The Girls

—

Emma Cline

ザ・ガールズ

エマ・クライン
堀江里美 訳

早川書房

ザ・ガールズ

THE GIRLS
by
Emma Cline

Translated by
Satomi Horie
First published 2017 in Japan by
Hayakawa Publishing, Inc.
This book is published in Japan by
arrangement with
The Clegg Agency
through The English Agency (Japan) Ltd.

顔を上げたのは笑い声がしたからで、じっと見てしまったのは、その女の子たちのせいだった。

まず目にとまったのは、長くてぼさぼさの髪。それから、太陽でキラキラ光るジュエリー。その三人は離れたところにいておぼろげにしか見えなかったけれど、そんなことは関係なくて、この公園のなかであの子たちだけは違うということが、わたしにはわかった。なんとなく列を作ってグリルでソーセージやハンバーガーが焼けるのを待つ家族や、恋人に駆け寄るチェックのブラウスの女たちや、増えすぎて野生化したニワトリにユーカリの実を投げつける子供たちなんかとは違う。長い髪の女の子たちは、そういうまわりで起きていることよりも高いところをするすると進んでいくように見えた。悲劇的で、孤立していた。追放された王族みたいだった。

わたしは恥ずかしげもなく、口をぽかんと開けて見とれていた。むこうがこちらに気づくことはまずなさそうだった。わたしの膝の上では食べかけのハンバーガーが忘れられ、川から流れてくる魚臭い空気のなかをそよ風が吹き抜けていった。そのころは女の子と見ればすかさずランク付けをして、自分に足りないところを数えあげてばかりいたから、黒髪の子がいちばんかわいいということはすぐにわかった。ひとりひとりの顔がちゃんと見える前から予想はついた。この世のものとは思えない雰囲気が、その子のまわりには漂っていた。お尻がぎりぎり隠れる丈の汚れたスモックワンピース。両側にはガリガリに痩せた赤毛の子と、もう少し年上の子がいて、同じように思いつきで選んだようなぼろぼろの服を着ていた。湖の底からかき集めたみたいなしろものだ。新しい関節みたいにいくつもはめた安っぽい指輪。彼女たちは窮屈な境界線をものともせず、美しいと同時に醜かった。それに気づいた意識のさざ波が公園の隅々にまで広がっていった。母親たちは言いようのない感情に駆られて、我が子の姿を捜した。女たちは恋人の手を握った。太陽が木々のあいだから差しこんでいるのは、いつもの風景だった。眠たそうな柳も、ピクニックの敷物に吹きつける熱い風も。それなのに見慣れた一日をかき乱すように、女の子たちは規則正しい世界を突っ切っていった。なめらかに、遠慮なしに、水を切り裂く鮫のように。

第一部

一台のフォードが細い私道をのろのろと進むところから始まる。ハニーサックルの甘く物憂げな香りが八月の空気にとろみをつけている。後部座席には女の子たちが手をつないで座り、開け放した窓から夜が流れこむ。ラジオがついているけれど、運転手が急にいらだったようにパチリと消す。

一行は、クリスマスの電飾がついたままの門をよじのぼる。最初に遭遇するのは、管理人小屋の押し黙ったような静けさで、管理人はカウチでうたた寝をしている。素足を二本のパンのようにそろえて。バスルームでは彼の恋人が、かすんだ三日月のようなアイメイクを落としている。

それから母屋（おもや）に移り、来客用のベッドルームで本を読んでいた女が彼らを見てぎょっとする。ナイトテーブルに置いた水のグラスが小刻みに震え、女のコットンのショーツがじんわりと濡れる。女のかたわらには五歳の息子がいて、意味のないことをつぶやきながら眠気と闘っている。

全員がリビングルームに集められる。その瞬間、おびえきった人々は心地よい日常——起き抜けに飲み干すオレンジジュース、自転車を傾けて曲がるカーブ——がすでに過ぎ去ったことを理解する。彼らの表情が変わる。カメラのシャッターが開くように、目の奥で錠がはずれたように。

その夜をたびたび想像してきた。暗い山道、太陽のいない海。夜の芝生に倒れこむ女。年を重ねるにつれて細部は薄れ、二重にも三重にも膜がかかっていくとはいえ、真夜中近くにガチャガチャと鍵を開ける音がしたとき、真っ先に浮かんだのはそれだった。

玄関に誰かいる。

わたしは物音の正体があきらかになるのを待った。近所の若者が歩道に空き缶を投げ捨てたか。鹿が茂みを無理やり通り抜けていったか。どっちもありえると自分に言い聞かせる。この家のどこかで鳴っている音はそれかもしれない。昼間はこの空間がどれほど平和に見えるか思い出そうとした。どれほど穏やかで、危険にはほど遠いか。

けれども音はやまず、完全に現実のものとなった。こんどは別の部屋で笑い声までする。複数の声。冷蔵庫を開け閉めするような音。説明を探し漁っても、網にかかるのは最悪の想像ばかりだった。すべての結果として、こんな最期を迎えるのだ。他人の家に閉じこめられ、他人の人生を示すモノや習慣に囲まれて。静脈瘤のできた自分の脚。彼らが襲いかかるとき、隅から隅へと這いまわる中年の女はどれほど頼りなく見えるだろうか。

わたしはベッドに横たわり、浅く息をしながら閉じたドアを見つめた。侵入者たちを待ち、想像のなかで恐怖が人のかたちになってこの部屋にやってくるのを待った。英雄めいた行動なんて取れるわけがない。わかっている。あるのはありふれた恐怖と、避けることのできない肉体的苦痛だけ。逃げようなんていう気はなかった。

ベッドから出てみることにしたのは、女の子の声がしたからだった。高い、無害な声。とはいえ、それを慰めにするべきじゃない。スザンヌたちは女の子だったけれど、そのことで助かった人はいないのだから。

いまわたしがいるのは、人から借りた家だった。窓の外を埋めつくす暗いイトスギの海岸林、ぴりっとした潮風。子供に返ってお行儀など気にせず食べた。チーズで苔むした山盛りのスパゲッティ。喉で跳びはねるソーダ味のげっぷ。週に一度、ダンの植物の水やりをする。ひとつずつバスタブへ運んだら、蛇口の下に置いて土がごぼごぼと泡立つくらいまで水を流す。バスタブが枯れ葉まみれのままシャワーを浴びたことも一度じゃなかった。

祖母が映画で――スクリーンに映し出される鷹のような笑顔と、きれいに整えたカールで――築いた遺産は、十年前に使いきってしまった。わたしは他人の生活の、誰も手が回らないスペースの手入れをする住み込みの看護助手として働いた。中性的な服に身を包み、庭の置物みたいな楽しげであいまいな表情で顔をぼかし、慎ましやかな透明人間になる。この楽しげというのが重要で、透明人間になる手品は、いろんな条件が整って初めて成り立つ。わたしが好きでやっていることでもあるように見せるのだ。お世話をする相手はいろいろだった。ある特別支援が必要な子供は、電気のコンセントや信号機を怖がった。ある高齢の女性の場合は、彼女がトーク番組を見ているあいだに皿一杯分の錠剤を数えるのがわたしの仕事だった。繊細なキャンディみたいな淡いピンクのカプセルだった。

最後の契約が満了になり、次が来なかったとき、ダンが別荘を使えと言ってくれた。古い友人の気づかいで、むしろこちらが彼の頼みを聞いてあげているかのように。天窓の明かりが部屋を水族館めいたもやもやで満たし、木造部分が湿気でふくらんだり縮んだりした。家が呼吸しているみたいだった。

ここのビーチはあまり人気がなかった。水温が低くて、牡蠣も獲れない。町を通る一本道には無秩序に増えていくトレーラーハウスが軒を連ねる。せわしなく回転する風車（かざぐるま）や、ポーチに雑然と置かれている白くなったブイや救命胴衣が、慎ましい人々の装飾品だった。ときどき、家主がくれた尖ったにおいのふさふさしたマリファナを少しだけ吸い、町の商店まで歩いた。皿洗いのようにわかりやすく、わたしにもこなすことのできるタスク。汚れているのか、きれいなのかといった二択をよろこんで受け入れた。そのくりかえしが一日を支えていた。

外に出てもめったに人を見かけなかった。町の希少なティーンエイジャーはみんな田舎じみた悲惨なやり方で自殺していくように見えた。聞こえてくるのは、夜中の二時にピックアップトラックが事故を起こしたとか、ガレージのキャンピングカーでお泊り会のはずが一酸化炭素中毒を起こしてクォーターバックが死んだとかいう話ばかりだった。これが時間と退屈とキャンピングカーだけはいくらでもある田舎暮らしならではの問題なのかはわからない。あるいはカリフォルニア特有のことで、危険でむこうみずな映画的スタントへの抵抗があまりない気質のせいなのか。

海には一度も入ったことがなかった。カフェのウェイトレスは、ここは偉大な白人の繁殖地なんだと教えてくれた。

キッチンのライトのまばゆい光に、彼らはごみ漁りを見つかったアライグマのようにぱっと顔を上げた。女が悲鳴をあげ、男がひょろ長い体ですっくと立ちあがる。ふたりだけだった。わたしの心臓はばくばくしていたとはいえ、ふたりはかなり若く見えた。別荘荒らしをする地元の若者だろうか。わたしが死ぬことはなさそうだ。

「誰だ」男の子がビールの瓶を置き、女の子がわきにしがみついた。男の子は二十歳くらいで、膝丈のカーゴパンツをはいている。白のハイソックスをはき、薄く生やした顎髭のすぐ下に薔薇色のニキビがあった。ところが女の子のほうはまだほんの子供で、十五歳か十六歳くらいに見え、青ざめたような真っ白い脚をしていた。

わたしはありったけの威厳をかき集めようとした。Tシャツの裾を太ももに押しつけながら。そして警察を呼ぶと告げると、男の子は鼻で笑った。

「呼べよ」彼は女の子をもっと近くに引き寄せた。「警察を呼ぶんだろ。どうなんだよ」そして自分の携帯電話を取り出す。「もういい、おれが呼んでやる」

胸に抱えていた恐怖のガラス板がばりんと割れる。

「ジュリアン?」

声をあげて笑いだしたかった。最後にこの子を見たのは十三歳の、やせっぽちで体もできあがっていないときだった。ダンとアリソンのひとり息子。過保護に育てられ、チェロのコンクールに出るためにアメリカ西部をあちこち連れまわされていた。毎週木曜日は中国語の個人レッスンを受け、黒パンやビタミン入りのグミを与えられ、失敗を恐れる両親によってさまざまな防衛策が取られた。どれもぱっとせず、最終的にはカリフォルニア州立大学のロングビーチ校だかアーヴァイン校だかに入学し、そこでなにかトラブルを起こしたらしい、というのがわたしの記憶だ。退学か、あるいはもう少し軽い処分で、短大で一年間学びなおすみたいな話だったかもしれない。ジュリアンは内気で、つねにいらついていて、カーラジオやなじみのない食べ物にも委縮してしまう子供だった。いまの彼はだいぶ尖った風貌で、シャツの下からからみつくようなタトゥーがのぞいている。わたしを覚えていないようだけれど、無理もない。わたしは女といっても、彼の性的関心の外にいたのだから。

「数週間だけここに住まわせてもらってるの」とわたしは言った。自分のむき出しの脚が気になりだし、このメロドラマめいた状況や、警察沙汰にまでなりかけたことを気まずく思いながら。「あなたのお父さんと友達でね」

彼が必死に思い出そう、理解しようとがんばっているのがわかった。

「イーヴィーよ」とわたしは言った。

それでもだめだった。

「わたしが昔住んでたバークリーのアパートメント。あなたがチェロを習っていた先生のお宅近くの」ときどきレッスンのあとに、ダンはジュリアンを連れて遊びにきた。ジュリアンはミルクをぐびぐび飲んで、うちのテーブルの脚をロボットキックで傷だらけにした。

「マジかよ」とジュリアンは言った。「そうか」ほんとうに思い出したのか、たんに安心できるだけの情報をわたしが差し出したからなのかはわからない。

女の子はジュリアンを見た。スプーンみたいな無表情だった。

「大丈夫だよ」と彼は言って、彼女のおでこにキスした。思いがけないやさしさだった。

ジュリアンにふっと笑いかけられ、わたしは彼が酔っていることに気づいた。あるいはマリファナを吸っているのか。顔は清潔感に欠け、肌が不健康にべたついているものの、育ちのよさは母語のように彼のなかに生きていた。

「こいつはサーシャ」と女の子を肘でつついて言った。

「どうも」と、彼女は居心地悪そうにこちらのようすをうかがっている。そういうティーンエイジャーの女の子にありがちな愚かな一面を、わたしはひさしぶりに思い出した。その顔には愛されたい願望があまりにも露骨に浮かんでいて、こちらが恥ずかしくなるほどだった。

「で、サーシャ」とジュリアンは言った。「こちらは――」

ジュリアンの目が必死にわたしに焦点を合わせようとしている。

「イーヴィーよ」と助け舟を出す。

「そうそう」と彼は言った。「イーヴィーだ。まったく」

彼がビールを飲むと、琥珀色のボトルが強い光を受けてキラキラ光る。彼の視線はわたしを素通りして、家具や本棚の中身を見回していた。ここがわたしの家で、彼のほうが部外者であるかのように。

「マジで勘違いされてもしかたないよな、強盗かなにかだと思われたって」

「地元の子だと思った」

「ここも昔、入られたことがあるんだ」とジュリアンは言った。「おれがガキのころ。留守中に。みんなのウエットスーツと、冷凍庫にあった大量の鮑を盗られただけで済んだけど」そしてもう一口飲んだ。

サーシャはかたときもジュリアンから目を離さなかった。ジーンズをカットしたショートパンツは肌寒い海岸部にはふさわしくないかっこうで、ぶかぶかのスウェットシャツは彼のものだと思われた。袖口がぼろぼろで湿っているように見える。メイクは見られたものじゃなかったけれど、どちらかというと記号のようなものなのだろう。わたしの目を気にしてそわそわしている。その不安は理解できた。わたしもその年ごろは、自分の一挙一動に自信が持てなかった。歩くのが速すぎるんじゃないか、戸惑いや、ぎこちなさが他人にも見えているんじゃないか。まわりの全員がたえずわたしの性能を評価して、粗探しをしているみたいに感じた。するとサーシャがかなり若いことが気になりだす。ここにジュリアンといるにしては若すぎるんじゃないか。むこうにもわたしの考えが伝わったようで、びっくりするくらい反抗的な目で見つめてきた。

「ごめんなさいね、わたしがいることが伝わってなかったみたいで」と言った。「わたしはほかの部屋で寝てもいいから、大きなベッドを使って。それか、ふたりきりのほうがよかったら、なにか別の──」

「いやいや」とジュリアンは言った。「おれたちはどこでも寝られるから。だよな？　それに通りかかっただけなんだ。北へ行く途中で。葉っぱの運び屋をしててさ」と彼は言った。「車で運ぶんだ、LAからハンボルトまで、最低でも月に一度はやってるかな」

どうやらジュリアンは、わたしが感心すると思ったらしい。

「売りはしないよ」と、ジュリアンはやや態度を変えて続けた。「運ぶだけ。防水バッグがいくつかと、警察無線の受信機さえあればできる仕事」

サーシャは心配そうな顔だった。わたしのせいでめんどうなことになると思っているんだろうか。

「それで親父とはどういう知り合いなんだっけ？」とジュリアンが言った。ビールを飲み干して新しい瓶を開ける。ふたりは六本入りのパックをいくつか持ってきていた。それ以外に目に入った食料は、ドライフルーツ入りのミックスナッツ、未開封のワームグミ、もみくちゃになったファストフードの紙袋。

「LAで知り合ってね」とわたしは言った。「しばらく同居してたの」

ダンとは七〇年代後半にヴェニスビーチでアパートメントをシェアしていたことがあった。当時のヴェニスには第三世界を思わせる路地がたくさんあり、ヤシの葉が生ぬるい夜風に吹かれて窓を打った。わたしは祖母の映画のお金で生活しながら、看護の資格取得にむけて励んでいた。ダンは俳優をめざしていた。映画に出るという彼の夢が実現することはなかったけれど、かわりに裕福な家の女性と結婚して、ベジタリアン向け冷凍食品の会社を始めた。いまではパシフィックハイツに、サンフランシスコ大地震以前に建てられた家を持つまでになっている。

「ちょっと待って、ヴェニス時代の友達？」ジュリアンの反応がいきなり早くなったように思えた。「なんて名前だっけ？」

「イーヴィー・ボイド」と答えたとたんに彼の顔に浮かんだ表情は、わたしを驚かせた。半信半疑のようではあるけれど、ほんとうに興味があるようだった。

「待って」と彼は言った。彼が腕を離すと、サーシャは支えがなくなって生気が抜けたようになった。

「あんたが例の人ってこと？」

ダンの口から、わたしにどんなひどいことが起きたか聞いたのかもしれない。そう思うと急に気まずくなり、わたしは無意識に顔を触った。それは思春期からの嫌な癖で、そうやってニキビを隠していたのだった。さりげなく顎に手を当てて口をいじる。それがよけいに注意を引いてしまっているとも知らずに。

ジュリアンは、いまや興奮していた。「例のカルトにいたんだよ」と彼女に説明する。「だろ？」と、わたしを振り返って言う。

胃にぽっかりと恐怖の穴が開く。ジュリアンは期待でぴりぴりしながら、ずっとわたしを見ている。ビール臭い酔っぱらいの息。

あの夏、わたしは十四歳だった。スザンヌは十九歳だった。彼らはときどきお香を焚き、それを嗅ぐとみんなぼんやりして、いろんなことを受け入れやすくなった。スザンヌは《プレイボーイ》の古い号を声に出して読んでくれた。みんなで説明不要の卑猥なポラロイド写真を隠し持ち、ベースボールカードのように交換した。

それがどんなにかんたんに起こるかは知っていた。過去がふっと目の前にあらわれるのだ、自分じゃどうすることもできない目の錯覚みたいに。それがどんな色合いを帯びるかは、いつもなにか特定のものとむすびついていた。母のシフォンのスカーフ、カボチャのしっとりした断面。陰のでき方。日光が白い車のボンネットに反射しただけでも、わたしのなかに一瞬、さざ波が立って、過去へと続く細いすきまができることがあった。ヤードリーがキッズ向けに売り出したスリッカーシリーズの口紅——中身はすでにぼろぼろだ——がネット上で百ドル近くで売られているのを見たことがある。あのむっとする人工的な花の香りを、大人になってもう一度嗅ぐことができるというわけだ。それこそが、人々が求めてやまないことだった。自分の人生は現実に起きたことで、かつての自分はいまも自身のなかにいると確かめたいのだ。

　わたしを連れ戻すものはたくさんあった。大豆の独特の風味、誰かの髪の毛についた煙草のにおい、六月になると金色に変わる草深い丘。楢（ナラ）の木と大きな岩という組み合わせは、それが目の端に映るだけでも胸のなかでなにかがはじけて、手のひらがアドレナリンで急に湿ってきた。

　わたしはジュリアンが嫌悪感か、ひょっとしたら恐怖すら抱くんじゃないかと思った。それが当然の反応だから。ところが彼のわたしを見る目に困惑した。畏れているような目だった。

　きっと父親が話したのだろう。あの崩れかけた家で過ごした夏、よく日に焼けたよちよち歩きの子供たち。ダンに初めて打ち明けたとき、夜のヴェニスは停電中だった。ろうそくの明かりがこの世の終わりめいた親密さを生み出すなかで、彼はゲラゲラ笑いだした。わたしが声をひそめて話すのを、おもしろくするための演出と勘違いしたのだ。わたしが嘘を言っていないと納得したあとも、ダンはあいかわらず茶化すような調子であの農場（ランチ）についてしゃべった。まるでそれがお粗末な特殊効果のホラー映画で、ブームマイクが画面に映りこんでいたり、大量殺戮がコメディに見えてきたりするように。そんなふうに距離を誇張することで、わたしの心は軽くなった。わたしが関わったことを、きちんとパッケージされたひとつの逸話に変えてくれた。

　ほとんどの関連書がわたしに触れていないことも助けになった。血なまぐさいタイトルの、犯行現場の写真をカラーでのせているようなペーパーバックだけじゃなく、人気では劣るけれどもより正確な、担当検事によるルポ——男児の胃袋から見つかった未消化のスパゲッティにいたるまで、ぞっとするような詳細に満ちている——にも出てこない。元詩人によるすでに絶版になった書籍には、埋もれるようにしてわたしのことが数行のみ触れられていたものの、名前を間違えているせいで、それが祖母へとつながることはなかった。ちなみにその詩人は、薬漬けになったマリリン・モンローを使ってCIAがポルノ映画を撮り、政治家や外国の首脳にフィルムを売っているとも主張していた。

「大昔の話よ」とわたしはサーシャに言ったけれど、彼女の表情はうつろだった。

「それでもさ」とジュリアンは顔を輝かせて言った。「いつも思ってた、それってかっこいいじゃんって。イカれてるけど、かっこいいよ」と彼は言った。「ひでえやり方だけど、それもひとつの表現だろ。アーティスティックな衝動。創造するためには破壊しなきゃならないとかいう、例のヒンドゥーの考えだ」

わたしが動揺して途方に暮れているのが、彼には承認のように見えているらしい。

「マジで想像もできないよ」とジュリアンは言った。「じっさいにそういう事件のど真ん中にいるって」

彼はこちらがなにか返すのを待っている。わたしはライトの奇襲攻撃にくらくらしていた。この子たちは部屋が明るすぎることに気づかないのか？　そもそもこの女の子はきれいなんだろうか。歯がだいぶ黄ばんでいる。

ジュリアンは彼女を肘でつついた。「サーシャにはなんの話かもわからないよな」

たいていの人が陰惨な細部のひとつくらいは知っている。大学生がハロウィンでラッセルの仮装をすることもあった。両手を食堂からくすねてきたケチャップまみれにして。彼らのハートマークをアルバムのジャケットに使ったブラックメタルのバンドもいた。そのいびつなハートを、スザンヌはミッチの家の壁に残してきたのだ。そこにいた女の血で。けれどもサーシャはとても幼く見えた。聞いたことがあるわけがない。きっとどうでもいいことなのだ。彼女は自分が経験したこと以外はなにも存在しないような、あの深い、たしかな感覚の真っ只中にいる。人生は一本道で、年月に導かれて廊下を進めば、その先には変えることのできない自分が胎児のように世に送り出されるのを待つ部屋があると思っている。そこに永遠にたどり着けないことだってあると知るのは、どんなに悲しいことか。みじめに時間だけが過ぎ、表面をかすめて飛ぶだけの一生を送ることだってあると知るのは。

ジュリアンはサーシャの髪をやさしくなでた。「そりゃもう、とんでもない事件だったんだぜ。ヒッピーがマリンで殺人事件を起こしたの」

彼の顔に浮かんだ熱っぽさには見覚えがあった。それはネット上の掲示板の住民たちが見せるのと同じ情熱で、そうした掲示板は下火になることも途切れることもなかった。みんながよく似た知ったふうな口調でうわべだけの知識をひけらかし、あの目論見の残忍さを覆い隠す。つまらない事実のなかになにを見出そうというのか。まるで当日の天気が問題であるかのように。どんなごみくずもそれなりに時間をかけてながめていれば重要に見えてくるものだ。ミッチの家のキッチンのラジオはどの局に合わせられていたか、刺し傷の数や深さはどうか。特定の道路を特定の車が通ったとき、どこでどう陰になるのか。

「何か月か付き合いがあったっていうだけよ」とわたしは言った。「たいしたことじゃない」

ジュリアンはがっかりしたようだった。ジュリアンにはどんなわたしが見えているのか想像してみた。ぼさぼさの髪、目もとにあらわれた気苦労のカンマ。

「でも、そうね」とわたしは言った。「あそこにはよく行ってた」

その答えは、わたしを彼の興味の域にしっかりと連れ戻した。

そうやってその瞬間をやり過ごした。

スザンヌと出会わなければよかったと思っていることは言わなかった。ペタルーマに近い乾いた丘の自分のベッドルームでおとなしくしていればよかった、小さいころ好きだった金箔押しの背表紙がぎっしり並んだ本棚のそばでおとなしくしていればよかったと思っていることは言わなかった。ほんとうはそう思っていたのに。けれどもときどき眠れない夜にシンクに立ってゆっくりと林檎(リンゴ)の皮を剝きながら、キラリと光るナイフの下に長い長いカールを作った。家のなかを真っ暗にしたまま。するとそれがときどき後悔のように感じられないことがあった。恋しさのように感じるのだった。

ジュリアンがシッシッと言って、やさしい山羊飼いの少年みたいにサーシャをもうひとつのベッドルームへ追い立てる。それからおやすみを言う前に、なにか必要なものはないか訊いてきた。わたしは不意を突かれ、学生時代に出会った男の子たちを思い出した。ドラッグをやっているときのほうが礼儀正しく高機能になる男の子たち。律儀に家族全員の夕食の皿を洗いつつも、洗剤のサイケデリックな魔法にはまってトリップ状態だったりするのだ。

「おやすみなさい」とジュリアンは言い、ぺこりと芸者風のおじぎをしてからドアを閉めた。

わたしのベッドはシーツがくしゃくしゃで、部屋には胸を突く恐怖がまだしぶとく漂っていた。愚かしいにもほどがある。あんなにおびえて。けれども思いがけずやってきたのが無害な他人だったとしても、やっぱり邪魔だった。たとえ偶然にでも人に見せたくなかった。そういう意味では、ひとりで暮らすのは恐ろしいことだ。心の堕落を、原始的な欲求をいくらさらけ出そうと、自分からこぼれ出たものを取り締まってくれる人はいないのだから。それは繭(まゆ)のなかにいるようなもので、繭はありのままの自分の性癖でできていて、よくある人生のパターンに振り分けられることは決してない。

まだ気が張っているせいで、呼吸を整えてリラックスするのもひと苦労だった。この家は安全で、もう大丈夫なんだと自分に言い聞かせる。するとこのぶざまな鉢合わせが、急にばかばかしく思えてきた。薄い壁越しに、サーシャとジュリアンが隣の部屋に入る音が聞こえた。床が軋み、クローゼットのドアが開く。おそらくむき出しのマットレスにシーツを敷いているのだろう。積もりに積もった数年分のほこりを払いながら。棚に並べた家族写真をサーシャがながめているところを想像する。歩き始めたばかりのジュリアンが大きな赤い電話を持っている写真。十一歳か十二歳くらいのジュリアンがホエールウォッチングの船上にいて、潮まみれの顔でびっくりしている写真。おそらく彼女はこうした無邪気で愛らしいイメージを彼に投影するだろう。カーゴパンツを脱ぎ、こっちへおいでとベッドを叩く、もう大人といってもいい男に。さっき見た、素人が彫ったような両腕のタトゥーが目に浮かぶ。

マットレスがギシギシと音をたて始める。

ふたりがセックスをすることには驚かなかった。でもそのとき、サーシャの声が聞こえた。ポルノみたいに切なげにあえいでいる。甲高い、神経にさわる声。すぐ隣にわたしがいることを知らないのか？　わたしは壁に背をむけて、ぎゅっと目をつぶった。

ジュリアンのうめき声がする。

「ヤラれたかったんだろ？」と彼は言った。ヘッドボードがガタガタと壁に当たる。

「どうなんだよ」

あとから思えば、すべて筒抜けなのをジュリアンは知っていたに違いない。

一九六九年

一、

　あれは六〇年代の終わりというか、終わる前の夏のことで、永遠に続くような、かたちのないもやっとした夏だった。ヘイト・アシュベリーでは、白い服を着たプロセス教会の信者たちがオーツ麦色のパンフレットを配り、通り沿いのジャスミンの花が、その年はひときわ激しく咲き乱れていた。誰もが健康そうで、日に焼けて、飾りをたくさん身につけていて、そうじゃなくても、それはそれでよくて、月の住人になりきって、ランプシェードにシフォンをかぶせ、キッチャリークレンズで家じゅうの皿をターメリックの黄色に染めてしまうような人もいた。

　けれどもそういうのはぜんぶどこか別の場所で起きていたことで、ペタルーマとは関係なかった。ここは寄棟造りのランチハウスがあって、ハイホーレストランの前に幌馬車が永久に停まっているような場所で、太陽が横断歩道を焦がしていた。わたしは十四歳だったけれど、ずっと幼く見えた。みんながそれをわたしに言いたがった。十六歳でも通るとコニーは言ってくれたけれど、わたしたちはしょっちゅう嘘をつき合っていた。コニーは中学校に入って以来の友達で、いつも教室の外で牛みたいに辛抱強くわたしを待っていた。ふたりのエネルギーは、ひたすら芝居じみた友情を演じることに注がれた。コニーはぽっちゃりしているのに、そういう子にありがちなかっこうはせず、メキシコ風の刺繍をほどこしたショート丈のブラウスに、タイトすぎて太ももが怒りだしそうなスカートを合わせたりした。わたしは最初から彼女が好きだったけれど、それについて深く考える必要がなかったという意味では自分の両手みたいなものだった。

九月が来れば、母が通ったのと同じ寄宿学校に送られることになっていた。手入れの行き届いたキャンパスは、モントレーの古い修道院を囲むように作られていて、なめらかな芝生が斜面に広がっている。朝は霧がたなびき、そのときだけは海が近いことを感じさせた。そこは女子校で、制服を着るのが決まりだった。ローヒールの靴、メイクは禁止、紺のリボンを通したセーラー襟のブラウス。刑務所のような場所というか、じっさいに石垣で包囲されているその空間に、個性のない丸顔の女の子たちが暮らしていた。キャンプファイヤー・ガールズやフューチャー・ティーチャーズ出身の子たちが送りこまれて、一分間に百六十語を書き取る速記なんかを学ぶ。そしていつかロイヤル・ハワイアンの結婚式でおたがいの付添人(ブライズメイド)をしようという譫言(うわごと)みたいな約束を交わすのだ。

出発の日が近づくにつれて、コニーとの友情に、それまでなかった決定的な距離が生まれた。いろんなことが目につくようになったのだ。ほとんどはわたしの意思に反して。たとえばコニーは、「誰かを忘れるのにいちばんいい方法は、ほかの誰かと寝ること」なんてことを言う。まるでわたしたちがソノマの農業地帯の世間知らずの子供じゃなく、ロンドンのショップガールであるかのように。いっしょに乾電池を舐めて、舌で金属的な刺激を味わった。それが十八分の一のオーガズムだと噂されていたからだ。そんなふたりが他人にはどう見えているのか想像するのは苦しかった。依存し合うタイプだと思われているんだろうか。性別のない学校の備品みたいなやつだと。

学校が終わればいつも、おなじみの午後の軌道にすっと切り替わった。根気のいる作業に、ひたすら時間を費やした。ヴィダル・サスーンのすすめに従い、髪を丈夫にする生卵のスムージーを飲んだり、消毒した縫い針の先で鼻の角栓を取ったり。女の子でいるための終わりなきプロジェクトには、へんてこで正確な気配りが求められるらしかった。

大人になって驚くのは、自分がどれだけ時間を無駄にしたかということ。世界には祝宴と飢饉のときがあると思うように、わたしたちは教えこまれた。たとえば、始業式の三十日前から準備をするようにうながす雑誌のカウントダウン。

28日前：アボカドと蜂蜜のパックでお肌を整えましょう。

14日前：いろんな明かりの下で、メイクの見え方を確かめましょう（自然光、オフィス、夕暮れどき）。

あのころは人目を意識してばかりいた。恋を引き寄せるかっこうをした。胸元をぐっと開けて、人前に出るときはいつも物思いに沈んだ表情を浮かべて、前途有望な深い考えがたくさんあることをほのめかす。誰かがふと目をとめてくれたときのために。小さいころ、慈善団体のドッグショーに参加したことがあり、シルクのバンダナを首に巻いたきれいなコリーの紐を引いて会場を回った。承認されてパフォーマンスをすることに、ものすごく興奮した。知らない人たちの前で犬を褒めてもらうあいだ、わたしはずっと販売員のようににんまりとした笑みを浮かべていた。ショーが終わって、もう誰もわたしを見る必要がなくなったときは、すごくむなしかった。

誰かがわたしのいいところを教えてくれるのを待っていた。ラッセルたちの農場に男の子よりも女の子の数がずっと多かった理由はこれじゃないかと、あとで思ったものだ。とにかく準備ばかりして過ごした。雑誌の記事に教わったのは、人生は誰かに気づいてもらうまでの待合室にすぎないということだった。その時間を、男の子たちは自分らしく生きることに使っていたというのに。

公園に行ったその日が、スザンヌたちを初めて見かけた日だった。わたしは自転車に乗って、グリルから立ちのぼる煙をめざしていた。じゅうじゅうと退屈そうな音をたてながらハンバーガーのパティを網に押しつけている男のほかに、声をかけてくる人はいなかった。楢の木の影が両腕の上を流れていき、わたしは草むらで自転車ごと転んだ。カウボーイハットをかぶった年上の男の子がぶつかってきたので、わたしはわざとゆっくり動いて、もう一度ぶつかるようにした。コニーがやりそうな気の引き方だ。それも彼女なら軍事作戦並みに訓練を積んでやるだろう。

「なんのまねだよ」と彼はぼそっと言った。わたしは謝ろうとして口をひらきかけたけれど、男の子はすでに歩き去っていくところだった。わたしの言おうとしたことがなんであれ、耳を貸す必要がないのを知っていたみたいに。

わたしの前には夏があんぐりと口を開けていた。まき散らされた日々、延々と連なる時間、家のなかをうろつきまわる他人のような母。父とは何度か電話でしゃべる機会があった。むこうにとっても苦痛らしかった。妙によそよそしい質問をしてくるのが、又聞きの事実でしかわたしを知らない遠い親戚のおじさんみたいだった。イーヴィーは十四歳だとか、イーヴィーは背が低いとか。ふたりのあいだに流れる沈黙が、悲しみや後悔の色を帯びていたらまだよかったのに、その逆だった。出ていった父がすごく幸せなのが声でわかった。

ひとりでベンチに座り、ナプキンを膝に広げてハンバーガーを食べた。

ひさしぶりに食べる肉だった。母親のジーンは離婚後の四か月で肉を食べなくなった。ほかにもいろんなことをやめてしまった。季節ごとに必ず新しい下着を買うように言っていた母や、わたしの白い靴下を卵みたいにかわいく畳んでくれた母はもういない。人形たちにパジャマを縫ってくれた母はいなかった。そのパジャマはわたしとおそろいで、パールのボタンまでいっしょだったのに。母は数学の難問に取り組む女学生の熱心さで、自分の人生とむき合う覚悟をしていた。ひまさえあればストレッチをした。つま先立ちをして、ふくらはぎを鍛えた。アルミ箔に包まれたお香を焚いて、わたしを涙ぐませた。香りのいい樹の皮を煎じた新しいお茶を飲みだした。それをすすり、ぼんやりと喉をさすりながら家のなかをすり足で歩きまわる姿は、長患いから回復しきっていない病人みたいだった。

病状が不確かなわりに、治療法は具体的だった。母の新しい友人たちはマッサージをすすめた。感覚を遮断するタンクに入って塩水に浮かんでみることをすすめた。Eメーターや、ゲシュタルト療法や、満月のときに作付けされた高ミネラルのものだけを食べるようにすすめた。そんなアドバイスを聞き入れるなんて信じられなかったけれど、とにかく母はぜんぶに耳を傾けた。目標や計画をほしがり、努力さえしていれば、どんなときにもあらゆる方向から答えがやってくると信じていた。

母の探求は、探求以外にすることがなくなるまで続いた。アラメダの占星術師は、あなたの上昇宮に不吉な影が差していますなどと言って母を泣かせた。あるセラピーは、クッションを敷き詰めた部屋に知らない人たちと入って、なにかにぶつかるまでぐるぐる回り続けるというものだった。帰宅した母は体に靄（もや）がかかったような皮下出血を起こし、いくつかの痣（あざ）は生々しい肉の色をしていた。わたしは母がその痣をどこか愛おしげにさすっているのを見た。母はふと顔を上げ、見られていることに気づくと、ぽっと顔を赤らめた。脱色したての髪が、化学薬品と薔薇の香料が混じった強烈なにおいを放っていた。

「似合う?」と母は言って、切りそろえた毛先に指でそっと触れた。

わたしはうなずいたものの、髪の色のせいで母の肌は黄疸にかかったように見えた。

母は毎日変わり続けた。ちょっとしたことだった。エンカウンターグループで出会った女から手作りのイヤリングを買い、原始人みたいに木のかけらを耳にぶら下げて帰ってきた。腕に口なおしのミンツみたいにカラフルなエナメルのブレスレットをじゃらじゃらとはめていた。アイラインを引くようになった。ペンシルをライターの火にかざして先がやわらかくなるまで回転させてから両目に深い切り込みのような線を引くと、眠たいエジプト人みたいな顔になった。

ある晩、出かけようとする母がわたしの部屋の前で足を止めた。トマトみたいな赤のブラウスは肩がまる見えで、しきりに袖を引っぱっている。肩はグリッターがちりばめられてキラキラしていた。

「あなたの目もやってあげようか？」

そんなこと言われても、わたしにはお出かけする場所がなかった。この目がさらに大きく青く見えたところで誰が気にするだろうか。

「遅くなるかもしれないから、さきに寝てて」母は腰をかがめて、わたしの頭のてっぺんにキスした。「わたしたち大丈夫よね、ふたりでも」

母がわたしをそっと叩いて笑いかけてきたとたん、その顔がぴしっと裂けて欲求が噴き出したように見えた。わたしも心のどこかでは大丈夫だと思っていたというか、親しみを幸せと混同していた。たとえ愛がなくても、親しみはそこにあったから――家族のつながり、習慣や我が家というものの純度。家で過ごした計り知れないほど多くの時間、これ以上のものは得られないかもしれない――このぐるりと囲いこまれている感じ、テープの端を探してもいっこうに見つからない感じ。継ぎ目もなく、さえぎるものもない――ただ人生のところどころに目印があって、でもそれは自分のなかにすっかり取りこまれているせいで、そうと気づくことすらできなくなっている。縁の欠けた柳（ウィローパターン）柄のディナープレートは、好きだった理由さえ忘れた。廊下の壁紙は、他人にはどうにも説明ができないくらい深く慣れ親しんだものだった。色あせたパステル調の椰子の木、ひとつひとつに個性を見出していたハイビスカスの花たち。

さらに母は、食事を規則正しくとるのもやめてしまった。シンクの水切りボウルに放置した葡萄、マクロビオティックの料理教室から持ち帰ってくるディルを散らした味噌スープ。気味悪い琥珀色のオイルにまみれた海藻サラダ。「これを毎日、朝食がわりに食べるのよ」と母は言った。「もうニキビができなくなるから」

わたしは身がすくむ思いで、おでこのニキビから手を離した。

母はグループで出会ったサルという年上の女性としょっちゅう深夜のセッションをしていた。サルはどんなときも対応可能で、変な時間にやってきてはドラマを求めてそわそわしていた。立襟のチュニックを着て、耳が見えるくらい短くした白髪まじりの髪が年老いた少年みたいだった。母はサルに鍼治療について語り、つぼのまわりを流れるエネルギーをあらわした経絡図の話をした。「とにかくスペースがほしいの」と母は言った。「自分の居場所がほしい。この世界はそれを奪っていくでしょう?」

サルは広がったお尻の位置を変えながらうなずいた。轡(くつわ)をはめられた馬のように従順だった。

母はサルとふたりで、例の木の香りがするお茶を茶碗に注いで飲んだ。覚えたばかりの新しいこだわりらしい。「ヨーロッパではこうするの」と、言い訳がましい説明をされたけれど、わたしはなにも言わなかった。あるときキッチンを通りかかると、ふたりは会話をやめてしまった。ところがそこで母が首をかしげた。「ねえ」と手招きして母は言った。そして目を細めた。「前髪を左分けにしなさいよ。そのほうがかわいく見えるから」

前髪を垂らしていたのは、つぶしたニキビがかさぶたになっているのを隠すためだった。ビタミンEオイルを塗っても我慢できずにいじってしまい、トイレットペーパーで血を吸い取るたびにかさぶたが剝がれた。

サルもうなずいた。「丸顔だもんね」と偉そうに言った。「前髪はぜったいに似合わないわ、この子には」

わたしは想像した。サルを椅子ごと倒してやるのはどんな気分か。その巨体が一瞬で崩れ落ちて、樹皮のお茶がリノリウムの床にぶちまけられるところを。

ふたりはすぐにわたしへの興味を失った。母はすでにおなじみの話を、交通事故に遭って動転している生存者のようにふたたび語りだした。不幸をさらに強調するように肩を落として。

「で、いちばんごきげんな話はね」と母は続けた。「おかげでわたしもちゃんと前に進めるわけなんだけど」自分の両手に笑いかける。「カールがちゃんと稼ぐようになってくれたの」と母は言った。「例の外貨にかんする仕事で」そしてもう一度笑った。「やっとよ。軌道に乗ったみたい。でもまあ、女の給料はわたしのお金で払ってたわけだけどね。母が映画で稼いだお金。それをあの子に注ぎこんでたんだから」

母が話しているのはタマルという、父が新しいビジネスのために雇ったアシスタントのことだった。そのビジネスは為替と関係があった。外貨を買い、それをまた売ったり買い戻したりして動かしているうちに利益が出る、要はスケールのでかい手品みたいなもんだ、というのが父の言い分だった。父の車にあったフランス語の学習用カセットテープはそのためので、フランやリラも含む取引を進めようとしていた。

父はいま、パロアルトでタマルと暮らしている。わたしが彼女に会ったのは数回きりで、離婚前に一度だけ学校に迎えにきてくれたことがあった。彼女は愛車のプリムス・フューリーからけだるげに手を振った。スリムで陽気な二十代のタマルがいつもそれとなく口にする週末のプラン、もっと大きいところがよかったというアパートメント、そうしたものが織り成す生活は、わたしには想像もつかなかった。彼女はほとんど白に近い金髪を無造作に下ろしていて、母のなめらかな巻き毛とはだいぶ印象が違った。そのころのわたしは女と見れば感情抜きに厳しく評価した。胸の勾配を目で測り、いやらしいポーズをとらせたときどう見えるか想像するのだ。タマルはすごくきれいだった。運転しながらプラスチックの櫛で髪をまとめあげ、首をボキボキ鳴らし、わたしににこっと笑いかけた。

「ガムいる?」

曇り色の板ガムを二枚もらって銀紙から取り出す。タマルの横に座って、ビニールのシートにのびるミサイルみたいな太ももの隣で、愛情にも似たものを感じていた。女の子だからこそおたがいの細かいところにまで注意を払うことができて、それをわたしたちは愛と同等なものだと考える。相手が気づいてほしいものに気づく。それが、わたしがタマルにたいしてしていたことだった。彼女を象徴するものに、わたしは反応した。彼女の髪型、洋服、鼻をつくレールデュタンの香り。まるでそれが重要なデータで、彼女の内面を映し出すサインであるかのように。わたしは彼女の美しさを自分のことのようにとらえていた。

家に着き、ホイールの下で小石がジャリジャリと音をたてているとき、彼女にトイレを貸してほしいと言われた。

「どうぞ使って」と答えながら、彼女を家に入れることに少し興奮していた。要人を迎える気分だった。両親の部屋のそばにあるきれいなバスルームに案内した。するとタマルは両親のベッドをちらっとのぞいて、鼻にしわを寄せた。「悪趣味な掛け布団」と小さな声で言った。

その瞬間まで、それはたんなる両親の掛け布団だったのに、急に母にたいする間接的な恥ずかしさがこみあげてきた。センスのない掛け布団を選び、しかもそれで満足しているような愚かな母に。

わたしはダイニングテーブルに座ったまま、タマルがトイレを済ませて水を流す音に耳を傾けた。彼女は長いこと入っていた。ようやく出てきたとき、なにかが違っていた。少ししてから気づいた。

彼女は母の口紅をつけていた。こちらが気づいたことに気づかれた瞬間は、まるで彼女の観ている映画をわたしが中断したみたいだった。彼女は新しい人生への予感でうっとりした表情を浮かべていた。

よく空想したのが、ジャクリーヌ・スーザンの小説『人形の谷間』で読んだ睡眠療法だった。病室で医師がほどこす長期睡眠。哀れで高飛車なニーリーの鎮痛剤で朦朧とした頭にとっては、それが考えられる唯一の答えだった。完璧じゃないか。わたしの肉体は静かで安全な装置によって生かされ、脳みそはぷかぷかと休息し、金魚鉢の金魚みたいに平穏が保たれている。そして数週間後に目を覚ます。それからはたとえ元のつまらない人生に戻ったとしても、そこにはあの糊のきいたまっさらな場所が存在するのだ。

寄宿学校には矯正の意味もあった。もっとがんばりなさいというわけだ。両親は離婚が成立し、それぞれの世界にのめりこんでもなお、わたしに失望し、平凡な成績に心を痛めた。わたしは可もなく不可もない娘で、それがなによりも残念なことだった。輝く長所がなにもなかった。評価が甘くなるほどかわいげもないし、見た目と頭脳のどっちにも天秤は傾いていなかった。ときにはもっとよくなりたい、がんばりたいなどという、いい子ぶった衝動に駆られることもあったけれど、もちろんなにも変わらない。なにか不可解な力が働いているみたいだった。数学の時間に席のそばの窓が開けっぱなしで、木の葉が震えているのをながめて過ごしてしまったとか、ペンのインクが漏れてノートが取れなかったとか。しかもわたしが得意なことは、ちっとも実用性がないのだ。たとえば封筒の宛名をバブル文字で書き、折り返しにスマイルしているキャラクターを描くこと。わたしがいつも厳粛な気持ちで飲むどろどろのコーヒーを淹れること。ラジオで聴きたい曲があれば、霊能者が死者の声を聞き取るみたいにすぐに見つけられること。

あなたはおばあちゃんにそっくりだと母は言うけれど、それは疑わしいというか、間違った希望を抱かせる甘い嘘のように思えた。祖母の話はわたしもよく知っていて、それこそ反射的に口をついて出るお祈りのようにくりかえし聞かされた。ナツメヤシ農家の娘ハエリットは、インディオという日に焼けた辺鄙な土地から引きあげてロサンゼルスにやってきた。やわらかそうな顎と、濡れた瞳。まっすぐに並んだ小ぶりのやや尖った歯が、美しい珍種の猫を思わせた。撮影所のシステムにだいじにされながら、泡立てたミルクと卵、あるいはレバーを焼いたものとニンジン五本という夕食を、わたしが小さいころは毎晩食べていた。女優業を引退したあと、一家はペタルーマの広大な牧場に根を下ろし、祖母は植物学者のルーサー・バーバンクの株から挿し木で増やした品評会用の薔薇を育て、馬を飼った。

祖母が亡くなると、わたしたちの暮らす丘はひとつの国家のようになり、それを支えていたのが祖母の遺産だった。自転車で町まで行くことはできたけれど、心理的な距離はそれ以上だった。大人になったいま、あの孤立っぷりにあらためて驚く。母は腫れ物に触るように父に接した。わたしもそうだった。わたしたちを横目で一瞥(いちべつ)するときの父の目つき、プロテインをたっぷり摂ってディケンズを読み、深い呼吸を心がけることへのこだわり。父は生卵と塩漬け肉のステーキを食べ、冷蔵庫に常備した牛肉のタルタルを一日に五、六回、スプーンですくって食べた。「肉体はその人の内面を映す」と言い、プールサイドに敷いた茣蓙(ござ)の上で体操をした。わたしを背中に乗せて腕立て伏せを五十回。脚を組んだまま宙に浮かぶのは魔法だった。麦畑、ひんやりした土のにおい。

コヨーテが一匹、山から下りてきて犬と喧嘩を始めたときは――いやらしい、鋭い唸り声にゾクゾクした――父がコヨーテを撃ち殺した。あらゆることが、それくらいシンプルに見えた。鉛筆画の本から馬を何頭も模写して、石墨(グラファイト)のような鬣(たてがみ)に陰影をつけた。ハタネズミをくわえて運ぶボブキャットの写真を見ながら、その鋭い野生の牙をスケッチした。あとになって思えば、あそこには最初からずっと恐怖が存在した。母が出かけてしまい、乳母のカーソンと二人きりにされたときの心のざわめき。カーソンはじめっとしたにおいがして、彼女が座るべきじゃない椅子に座っていた。おまえはいつも楽しそうだったね、などと家族にいくら言われようと、そうじゃなかったことを説明するすべがなかった。しかも幸せな時間も、あとにはなにかしら失望させられることが続くのだ。父の笑い声がした次の瞬間には、はるか先をずんずん歩いていく背中に追いつこうと必死だった。熱っぽいおでこに母の手が触れた次の瞬間には、隔離された部屋でどうしようもない孤独感に襲われ、母はどこか別の部屋に消えて、聞き覚えのない声で電話越しに誰かとしゃべっていた。トレイに並べたリッツのクラッカー、冷めきって、脂の膜から黄ばんだ肉が飛び出しているチキンヌードルスープ。星空にも似た虚無感、そこに子供ながらに死のようなものを感じていた。

母が日中、どう過ごしているのか気にしたことはなかった。誰もいないキッチンで生臭いスポンジのにおいがするテーブルを前に、学校帰りのわたしが駆けこんでくるのや、父が帰ってくるのを待つ母を想像したことはなかった。

父は母に、まわりがどぎまぎするような、しかつめらしいキスをした。階段にビール瓶を置いてスズメバチを捕らえ、肺を鍛えるために毎朝、半裸で胸を叩いた。自分の肉体という容赦ない現実に強くこだわり、厚手のうね織りの靴下がいつも靴からのぞいていて、その靴下には父がたんすに入れているシダーウッドのにおい袋のカスがついていた。父がボンネットに映る自分の姿をチェックするときの冗談めかしたようす。わたしは父に話すネタを集めようとして、ちょっとでも興味を引きそうなことがないか毎日くまなく探した。これは大人になるまで気づかなかったことだけれど、不思議なことに、これだけ父のことを知っているのに、父はわたしについてなにも知らないようだった。父はレオナルド・ダ・ヴィンチが好きだけれど、それはダ・ヴィンチが太陽エネルギーを考案し、貧しい生まれだったからなのをわたしは知っている。父はエンジンの音を聞いただけで車種を当てることができるし、人々は樹木の名前を知るべきだという考えを持っていることも知っている。父がごきげんになるのは、ビジネススクールは詐欺だとか、俺の車にピースサインを描いたガキは売国奴だとかいう話にわたしが調子を合わせてあげたときだ。父から一度、クラシックギターを習えと言われたことがあったけれど、エメラルド色のカウボーイブーツを踏み鳴らして黄色い薔薇について歌う西部劇みたいなバンド以外に父が音楽を聴いているのは見たことがなかった。父は自分が成功しなかったのはもっぱら身長のせいだと考えていた。「ロバート・ミッチャムも背が低いんだぞ」と、あるとき父は言った。「オレンジの木箱の上に立たされるくらいだ」

公園を我が物顔で進む女の子たちを見たとたん、わたしの目は釘づけになった。黒髪の女の子とその取り巻き。彼女たちの笑い声は、わたしの孤独を非難していた。わたしはよくわからないままなにかを待った。するとそれは起きた。あっというまの出来事だったけれど、たしかに見た。黒髪の子がワンピースの襟元を一瞬、ぐいっと下げて乳房を出し、ピンク色の乳首を見せたのだ。人でごったがえす公園のど真ん中で。自分の目が信じられないでいると、女の子はワンピースをさっと元に戻した。三人でゲラゲラ笑う姿はがさつで、奔放で、まわりを気にするようすもなかった。

女の子たちはグリルの先にあるレストランの脇の路地に入っていった。場慣れしたようす。わたしは目をそらさなかった。年上の子がごみ収集箱のふたを開けた。赤毛の子が腰を落とすと、その膝を踏み台にして、黒髪の子が収集箱の縁を乗り越えた。なかでなにか探しているようだけれど、それがなにかは想像もつかない。わたしはナプキンを放り出して立ちあがり、ごみ箱のそばで足を止めて見入った。黒髪の子はごみ箱から取り出したものをほかの子に渡している。パッケージに入ったままの食パン、しなびたキャベツはにおいを嗅いでからまた箱に放りこんだ。ちゃんと手順が決まっているように見えるけれど――あれをほんとうに食べるのか？　黒髪の子が最後にまた縁を乗り越えて、ぴょんと着地した。手になにか持っている。奇妙なかたちで、わたしの肌と同じ色をしている。もう少し近づいてみた。

ビニール袋のなかでてらてら光るそれが生の鶏肉だとわかったとき、わたしはよっぽど真剣な顔で見ていたのだろう、黒髪の子が振り返って、目と目が合った。微笑みかけられて胃が落っこちそうになる。わたしたちのあいだでなにかが交わされて、かすかに空気が入れ替わった気がした。彼女は気さくな、少しも悪びれないようすでわたしを見つめている。ところがハッと気を取られたのは、レストランの網戸が勢いよく開いたからだった。がっしりした男が、早くも怒鳴りながら出てきた。三人を犬のようにシッシッと追い払おうとする。女の子たちは食パンと鶏肉をつかんで走りだした。店の男は立ち止まって、しばらく彼女たちを見ていた。大きな手をエプロンでぬぐいながら胸を苦しそうに上下させている。

そのころにはもう、三人は一ブロック先にいて、髪の毛を旗のように風になびかせていた。一台の黒いスクールバスがガタガタやってきて速度を落とし、三人はそのなかに消えていった。

そこで目にしたもの。不気味な胎児のような鶏肉の質感、サクランボみたいな乳首。どれもがあまりにも強烈で、たぶんそれが彼女たちのことが頭から離れない理由だった。整理がつかなかった。どうしてあの子たちはごみ箱で食べ物を漁らなくちゃならないのか。あのバスを運転しているのは誰で、スクールバスをあんな色に塗ろうと考えるのはどんな人たちなのか。わかったのは、あの子たちはたがいに大切な存在で、家族の契約を交わした仲間だということ。自分たちがいっしょにいる理由をちゃんと知っているのだ。わたしを待ち受ける長い夜――母はサルと出かけることになっていた――が急に耐えがたく思えてきた。

それがスザンヌとの出会いだった。遠くからでも人と違うのがわかる黒髪、こちらをまっすぐ見て値踏みするような微笑み。彼女を目にしたことで得た苦しみを、自分でもうまく説明できなかった。彼女は奇妙で生々しく、それは五年に一度だけ咲く毒々しい大輪の花を思わせた。けばけばしくてまっすぐに伸びた棘は美しさとほとんど同じものだ。わたしと目が合ったとき、彼女にはなにが見えた？

レストランのトイレに入った。〈あきらめるな〉と、サインペンで落書きがしてある。〈テス・パイルは死ね！〉という殴り書きに添えられたイラストは、上からバツで消されていた。こういうばかげた暗号を発信するのは、ひとところに閉じこめられて通りいっぺんの命令をこなすことを強いられた人たち。小さな抗議の声をあげようとした人たち。なかでもとびきり悲しいのが、鉛筆で書かれた〈ファック〉だった。

手を洗ってごわごわしたタオルで拭きながら、洗面台の鏡に映る自分をまじまじと見た。しばらくのあいだ黒髪の女の子の目や、さっきのカウボーイハットの男の子の目を通して自分を見てみようと思った。この皮膚の下に流れるものを知りたくて、自分の顔を食い入るように観察した。するとそこには努力の跡がはっきりと見えて、わたしは恥ずかしくなった。カウボーイハットの子が嫌そうにしていたのは無理もない。きっと必死なのが伝わってしまったのだ。見るからに物欲しそうな顔をしていたのだろう、空っぽの皿を前にした孤児みたいに。それがわたしと黒髪の子の違いだった。彼女の顔はすべての疑問にちゃんと自分で答えていた。

自分のそんなところなんか知りたくなかった。わたしは顔をバシャバシャ洗った。冷たい水で、いつかコニーに言われたように。「冷たい水は毛穴を小さくしてくれる」という話はたぶん真実で、わたしは顔や首に水をしたたらせながら肌が引き締まったような気がしていた。コニーとわたしはいつも一生懸命で、こういう儀式——冷たい水で洗顔する、就寝前は猪毛のブラシを使って髪が静電気でふわふわになるまで梳かす——をちゃんとこなせば問題がひとりでに解けて、新しい人生がひらけると思っていた。

二、

ガチャーン。コニーの家のガレージにあるスロットマシンがアニメーションのように動きだし、ピーターの顔が薔薇色の光に包まれる。彼は十八歳、コニーの兄で、肘から先がトースト色に焼けている。その横には友人のヘンリーがうろついている。コニーがヘンリーに恋をすると決めたせいで、わたしたちの金曜の晩はもっぱらウェイトリフティングのベンチにちょこんと腰かけているために使われることになった。そばにはヘンリーのオレンジ色のバイクが、入賞したポニーみたいにたたずんでいた。わたしたちは男の子たちがスロットマシンで遊ぶのをながめながら、コニーの父親がガレージの冷蔵庫に買い置きしているノーブランドのビールを飲んだ。そのあと男の子たちはBB銃で空き瓶を撃ち始め、ガラスが砕けるたびに歓声をあげた。

わたしはその晩、ピーターに会えるとわかっていたから刺繍入りのシャツを着て、髪の毛をヘアスプレーでかちこちに固めていた。顎のニキビはマール・ノーマンのコンシーラーで隠そうとしたものの、ベージュのパテが縁に溜まってよけいにテカっていた。髪型が崩れないかぎりはそれなりにいい感じというか、少なくとも自分ではそう思っていた。シャツの裾をたくしこみ、ブラを寄せて無理やり谷間を作った小さな胸を強調した。見られているという感覚がそわそわしたよろこびになって、自然と背筋が伸びた。カップに立てた卵みたいに、頭がちゃんと首の真上に来るように。公園で見た黒髪の女の子のようになりたくて、あのくつろいだ表情をまねしてみた。コニーはわたしを見るなり目を細めて唇を引きつらせたけれど、なにも言わなかった。

ピーターが初めてちゃんと話しかけてくれたのは、つい二週間前のことだった。わたしは一階でコニーを待っていた。彼女の部屋はわたしのよりもずっと狭くて、家そのものがみすぼらしかったけれど、わたしたちはほとんどの時間をそこで過ごした。家はマリン風にまとめられていて、それは彼女の父親がインテリアを女らしくしようとした見当違いの試みのせいだった。わたしはコニーの父を気の毒に思っていた。酪農工場で夜勤をしているそうで、関節炎にかかった手をいつも神経質そうに握ったりひらいたりしていた。母親のほうはニューメキシコ州のどこか温泉が近いところで、双子の息子たちと別の人生を送っているらしいけれど、それについては誰も話そうとしなかった。一度、クリスマス前に母親からコニーのもとに、中身が砕けた頬紅のコンパクトと、フェア・アイル柄のセーターが送られてきたことがあった。ただしセーターは小さすぎて、コニーもわたしも頭を通すことができなかった。

「色づかいはいいよね」とわたしは希望をこめて言った。

コニーは肩をすくめただけだった。「バカな女」

ピーターがドアを突き破るように帰ってきて、キッチンテーブルに本を投げ捨てた。わたしにむかって軽くうなずくと、サンドイッチを作り始めた。スライスした食パンと、毒々しい色のマスタードの瓶を取り出す。

「お姫様はどこ?」と彼は言った。唇が真っ赤に荒れている。それをうっすらと覆うマリファナの樹脂を、わたしは想像した。

「上着を取りにいってる」

「そっか」彼は食パンをぴたっと重ね合わせてかぶりついた。もぐもぐしながらこちらを見てくる。「ボイド、最近かわいくなったね」と彼は言って、ゴクリと呑みこんだ。わたしはその評価にすっかりやられて、これは想像じゃないかとまで思った。なにか返すべきだろうか。そのせりふは早くも胸に刻まれた。

そのとき玄関で物音がして、彼が振り返った。デニムジャケットを着た若い女の子の姿が、網戸越しにぼんやり見えている。パメラという、彼のガールフレンドだ。四六時中いっしょにいて、たがいに吸いこまれてしまいそうなふたりだった。似たような服を着て、カウチの上で無言のまま新聞をやりとりして、『００１１ナポレオン・ソロ』を観ながら自分のことのように相手の糸くずを取り合う。高校にいるパメラを見かけたことがあった。いつものようにこげ茶色の校舎を自転車で通りかかったときだ。枯れかけた芝生が段々畑のようになっているところにはいつも上級生の女の子たちが座っていた。貧しい少年みたいなシャツを着て、小指をからめ合い、手のひらにケントの箱を隠して。彼女たちのあいだに漂う死の気配、蒸し暑いジャングルにいるボーイフレンドたち。手首をけだるげに振って煙草の灰を落とすしぐささえも大人びて見えた。

「あっ、イーヴィーじゃん」とパメラが言った。

感じよくしたり、相手の名前を覚えたりすることがかんたんにできてしまう女の子もいるのだ。パメラは美しかった。その美しさはほんもので、美しいものにたいして誰もが抱くようなひそやかな関心を、わたしも彼女に寄せていた。彼女のデニムジャケットは肘から先がふくらんでいて、とろんとした目つきはアイライナーのせいだった。小麦色に焼けた脚を出していた。わたしの脚ときたらあちこち蚊に刺されて、わたしはそれが傷痕にならないか気にして、しかもふくらはぎには白っぽい毛がびっしり生えているというのに。

「ベイビー」ピーターは口をいっぱいにしたまま言うと、駆け寄って彼女を抱きしめ、その首筋に顔をうずめた。パメラはきゃっと叫んで彼を押し返した。彼女が笑うと八重歯がキラリと光った。

「ゾッとするわ」と、コニーが小声で言いながらやってきた。けれどもわたしは黙って想像しようとした。たがいの区別がつかなくなるくらい自分を知ってもらうのはどんな気分なんだろう。

数日後、わたしたちは二階で、コニーが兄からくすねてきたマリファナを吸っていた。ドアの下のすきまは、太くねじったタオルでふさいである。ひらいてくる巻紙をコニーが何度も指でつまんで閉じながら、ふたりでものものしく、温室のような静けさのなかで吸った。窓からはピーターの車が見えた。よっぽど切迫した状況にあって車を見棄てるしかなかったような、ひどい停め方だった。ピーターのことはずっと前から意識していたけれど、それはそういう年ごろの年上の男の子がいたらもれなく気になってしまうのと同じで、彼らの存在そのものが注意を引いていたのだった。けれども急にその気持ちがふくらんで苦しいくらいになった。夢のなかの出来事だと思えるほど誇張されて、必然的なものになってしまった。わたしは彼にかんするささいなことで自分をいっぱいにした。彼が着るTシャツのローテーション、うなじが襟に隠れるあたりのやわらかそうな肌。部屋から聞こえてくるポール・リヴィア・アンド・ザ・レイダースの管楽器のループ、ときどき自慢げに、あからさまに秘密を隠してふらふら歩くようす。そういうときはLSDをやっているのだ。何度もキッチンへ行っては、異様なくらいの慎重さでグラスに水を汲んでいた。

コニーがシャワーを浴びているすきに、ピーターの部屋に忍びこんだ。そこには、いまならマスターベーションの跡だとわかる、空気を切り裂く湿ったにおいが漂っていた。彼の持ち物はどれも謎めいた意味に満ちていた。低いマットレス、枕もとにあるビニール袋いっぱいの粉を吹いたマリファナ。

機械工の見習いになるための手引き書。床の上の指紋がべったりついたグラスには濁った水が半分ほど入っていて、洋服だんすの上にはつるんとした川原の石が一列に並べてある。ときどきつけているのを見かける安っぽい銅のブレスレット。そういうのをぜんぶ食い入るように見た。そうすればひとつひとつに隠されている意味があきらかになり、彼の人生の内部構造を解き明かせるかのように。

その年で抱く欲望なんて、ほとんどが意図して作りあげたものだ。男の子の荒っぽくて残念な部分にはあえて目をつぶり、愛せる誰かに仕立てあげる。その人を切実に必要としていることを、どこかで聞いた決まり文句で語る。芝居のせりふでも読んでいるみたいに。あとになってわかったのは、わたしたちの愛がいかに人間味に欠けた、がめつい愛だったかということだ。そういう愛が世界を駆けめぐっていた。わたしたちの願望にかたちを与えてくれる宿主を求めて。

子供のころ、バスルームの引き出しに雑誌がしまってあるのを見つけてしまった。それは父の雑誌で、紙が湿気を吸ってふくらんでいた。なかは女の人であふれかえっていた。股間にぴったり張りつくメッシュの下着をはき、紗がかかったような光の効果が肌を白く輝かせていた。わたしのお気に入りは、ギンガムチェックのリボンを首に巻いて蝶むすびにしている子だった。全裸でも首にはちゃんとリボンをつけているのがすごく奇妙で刺激的だった。それが彼女の裸をよそゆきにしていた。

雑誌を見たあとは決まって後悔に襲われ、毎回、慎重に元の位置に戻した。息を殺してバスルームの鍵をかけるときの病んだ悦びはすぐにかたちを変え、絨毯の継ぎ目やマットレスの縁、あるいはカウチの背もたれに股をこすりつける行為になった。そもそもあれはどういうことだったんだろう。その子の姿をしつこく思い描くことで、わたしはその興奮というか、ひとひらの快感を生み出すことができた。そのうちにそれは強迫的になり、何度でも同じ感覚を味わいたくてたまらなくなった。不思議だったのは、思い描くのが男の子じゃなく女の子だったこと。しかもその感覚は、おかしなきっかけでふとよみがえってくるのだ。たとえばおとぎ話に出てくる、蜘蛛の巣に捕らわれた女の子のカラーの挿絵。邪悪な怪物の横一列に並んだ眼が女の子をぎろりとにらみつけているやつだ。あるいは父が近所の女の人のお尻を、濡れた水着越しに触っていた記憶。

経験がなかったわけじゃない。セックスまではいかなくても、それに近い行為はしたことがあった。学校のダンスパーティーによくある、廊下での乾いたまさぐり合い。両親のカウチで味わう息の詰まるような興奮、膝の裏にじっとりとかいた汗。アレックス・ポズナーは探るような、すました態度でわたしのショーツに手のひらを這わせ、足音がしたとたんにぱっとわたしを突き放した。それらのどれひとつとして――キスも、下着のなかにもぐりこんでくる手も、わたしの手のなかでビクンと跳ねるむき出しのペニスも――わたしがひとりでしていたこととは似ても似つかなかった。圧迫感が広がって、階段を駆けあがるようなあの感覚とは違った。そんなわたしの欲望を、ピーターが叩きなおしてくれるんじゃないかとまで思った。その欲望は衝動的で、ときどき怖くなるくらいだった。

コニーのベッドにかかった薄いつづれ織りのカバーの上に仰向けになる。コニーはひどい日焼けをしたあとだった。わたしは彼女が肩をこすり、剝けた皮をまるめて小さな灰色の玉にするのを見ていた。かすかな嫌悪感も、ピーターのことを思えばやわらぐ。彼はコニーと同じ家に住んで、同じ空気を吸っている。同じキッチンで作られたものを食べている。ふたりは本質的な意味でひとまとめにしていいものなのだ。同じ実験室で育てられた種類の異なる二匹の生物のようなものだった。

下の階から、パメラのはじけるような笑い声が聞こえてくる。

「わたしはボーイフレンドができたら、ディナーに連れてってもらうもんね」とコニーは偉そうに言った。「パメラは、ヤるためだけに呼び出されてもぜんぜんかまわないみたいだけど」

ピーターが下着をはいてくれないと、コニーがぼやいていたことがあった。その事実が頭のなかでふくらんで吐き気を催させたけれど不快じゃなかった。つねにハイでいるせいでとろんとしている目つきだって。でもコニーはそこまでの存在じゃなかった。友情そのものが目的になりうるなんて信じていなかったし、男の子に愛されるかどうかというドラマの背景音くらいにしか考えていなかった。

コニーが鏡の前に立ってハモろうとしているのは、わたしたちが取り憑かれたように聴いていた甘く切ないレコードのひとつだった。そういう歌はわたしの正当な悲しみを盛りあげて、世界の悲劇性とつながっているように思わせてくれた。そうやって自分を追いこむのがどれほど好きだったか。それ以上耐えられなくなるまで感情をかき立てるのだ。人生は激しくて、不吉な意味に満ちているように感じられるのがいいと思っていた。色や天気や味でさえもが飽和状態になるくらいに。そういうことを歌は約束してくれたし、そこにわたしは引きつけられた。

ひとつの歌が、わたしだけの響きと共鳴してくれるように思えた。むこうから見つけてくれたみたいに。ひとりの女にかんするシンプルな歌詞。最後に彼女が男にむけた、その背中について歌った曲だ。女がベッドに残していった煙草の灰。曲が終わると、コニーはぱっと立ちあがってレコードを裏返しにいった。

「もう一回かけてよ」とわたしは言った。歌手がその女性を見たのと同じような感じで、自分を想像してみた。揺れる銀のブレスレット、緑がかった瞳、流れ落ちる髪の毛。けれどもばかみたいな気分になったのは、目を開けたらコニーが見えたからだった。鏡の前で、安全ピンを使って睫毛(まつげ)をばらしている。お尻にはショートパンツが食いこんでいた。自分で自分のことを気にしているようじゃだめ。ある種の女の子たちだけがあんなふうに注目してもらえるのだ。たとえば、公園で見たあの子。あるいは高校の階段に座って、ボーイフレンドが空吹かしさせる車がけだるい興奮を運んでくるのを待ち、車が来たのを合図にぱっと立ちあがるパメラたちのような子。お尻を払って、まばゆい太陽のなかに飛び出していくのだ、残された子たちにバイバイと手を振って。

それからまもないある日、こんどはコニーが眠っているすきに、ピーターの部屋に忍びこんだ。キッチンで言われたひとことが有効期限付きの招待状のようで、無効になる前に使わなければいけない気がしたのだ。コニーとわたしは寝る前にビールを飲んでいた。籐の家具の脚にもたれて、カッテージチーズを容器から指ですくいながら。わたしのほうがだいぶ多く飲んだ。思いきって行動に出るために、なにかもうひとつ勢いがほしかった。コニーみたいにはなりたくない。いつまでも変わろうとせず、なにかが起こるのをいたずらに待つばかりで、セサミクラッカーをまるまる一袋食べきったあと、部屋でジャンピングジャックを十回するようにはなりたくなかった。コニーが体をぴくぴくさせて完全に眠りこんだあとも、わたしは起きていた。階段を上がってくるピーターの足音に耳を傾けた。

彼がようやく自分の部屋に戻る気配がして、わたしはずいぶん長いこと待ってからあとに続いた。ショートパンツのパジャマで幽霊のようにそろそろと廊下を進む。てかてかしたポリエステルの生地が、お姫様風にもランジェリー風にもなりきれない残念なパジャマだ。家を包む静けさはまるで生き物だった。それは重苦しい存在感を放つと同時に、あらゆるものを見慣れない自由の色に染め、濃い空気のようにあたりを満たしていた。

ブランケットの下のピーターはじっと動かず、ごつごつした男らしい足がのぞいていた。どんなドラッグをやったのか知らないけれど、ブルブルと寝息を立てている。部屋が揺りかごになって彼をあやしているように見えた。これでじゅうぶんだったのかもしれない。すやすや眠る彼を、親がするようにながめて、あとは好きなだけ楽しい夢を見る。彼の寝息はロザリオのビーズみたいで、吸う息、吐く息のひと粒ひと粒が心地よかった。それなのに、わたしはこれで満足したくなかった。

さらに近づいてみると顔がわかって、暗さに慣れてくると目鼻立ちまではっきり見えてきた。誰にも遠慮することなく、心ゆくまで彼を観察した。そのとき、ピーターの目がぱっとひらいた。枕もとにわたしがいても、どういうわけか驚いていないようすだ。グラスに注いだミルクみたいにまろやかな表情でこちらを見ている。

「ボイドか」と彼は言った。まだ寝ぼけた声だったけれど、彼は目をぱちぱちさせた。わたしの名前を口にしたときのそれが受け入れるような言い方だったせいで、彼が待っていてくれたような気分になる。わたしが来ることを彼は知っていたような気分になる。

立ちっぱなしでいるのがきまり悪かった。

「座ったら」と彼は言った。わたしはマットレスの横にぎこちなく腰を浮かせてしゃがんだ。無理な姿勢に、早くも両脚が悲鳴をあげ始める。するとピーターは片手でわたしを引っぱって、そのままマットレスに横たえた。自然と顔がほころぶけれど、むこうにこちらの顔が見えているのかはわからない。彼がなにも言わないので、わたしも黙っていた。床の高さから見る部屋は変な感じだった。巨大な洋服だんす、細く裂けた戸口。何部屋か先にコニーがいるとは想像できなかった。コニーは寝言でも言っているだろう。いつものように、ときおりイカれたビンゴプレイヤーみたいに数字を読みあげながら。

「なかに入りな、寒いだろ」と彼が言ってブランケットをめくると、裸の胸が、生まれたままの姿が見えた。わたしは儀式のように静々と彼の横にもぐりこんだ。これほどかんたんなことだったなんて。ずっとそこにあった可能性に、わたしはついに足を踏み入れた。

彼がそれきりしゃべらないので、わたしも静かにしていた。するとぐいっと抱き寄せられ、背中に彼の胸が押し当てられた。太ももの裏にペニスが当たっているのがわかる。息をしたくなかった。厚かましいんじゃないかと思った。それでもじっさいには困惑するあまり、わたしの肋骨は大きく上下していた。鼻で小さく息をするうちに頭がくらくらしてきた。暗闇で嗅ぐ彼の強烈なにおい、彼のブランケットのにおい、彼のシーツのにおい。それはパメラがいつも味わっているもので、においだけでかんたんに彼の存在でいっぱいになる。わたしに巻きつけられた片腕、これが男の子の腕の重さなんだとくりかえし確かめる。ピーターは眠ろうとしているふりなのか、さりげなくため息をついたり足をもぞもぞさせたりしているけれど、それがすべてをつなぎとめていた。なにもおかしなことは起きていないふりをするしかなかった。だから乳首をなでられたときも、じっとしていた。首筋に規則正しく吐き出される息を感じながら。やがて彼の手がひとりでに値踏みを始める。乳首を強くつままれたので、聞こえるように息を吸ってみると、彼は一瞬ためらったけれどやめなかった。太ももにペニスがこすりつけられる。わたしはこれからなにが起きても身をまかせるつもりだったし、ちゃんと理解していた。彼がこの夜をどこへ導こうと。怖い気持ちはなくて、あるのは興奮にも似た、空を飛びながら下をながめているような感覚だった。これからイーヴィーになにが起きる？

廊下でギーと床が軋んだ瞬間、魔法は解けた。ピーターは手を引っこめてごろんと仰向けになった。天井を見つめる彼の目が見えた。

「眠らなきゃ」と、わざと疲れたような声で彼は言った。消しゴムみたいな声。必要以上に無気力なのは、わたしをなにごともなかったような気にさせるため。わたしはのろのろと立ちあがった。頭は真っ白なのに、幸せな気持ちでくらくらしていた。これっぽっちのことでおなかいっぱいになったみたいに。

男の子たちがスロットマシンで遊びだしてからだいぶ時間が経ったように思えた。コニーとわたしはいつものベンチで胸をときめかせながら無関心なふりをしていた。わたしは、ピーターがこのあいだの出来事をなにかのかたちで認めてくれるのをずっと待っていた。ちらっと見るだけ、ふたりの過去が刻みこまれた視線を投げてくれるだけでよかった。それなのに彼はわたしを見てはくれなかった。湿気の多いガレージには、ひんやりとしたコンクリートのにおいと、濡れたまま畳んでしまったテントのむっとする悪臭が漂っている。壁にはガソリンスタンドのカレンダーがかかっている。目のすわった女がバスタブに浸かって、剝製のような歯をむき出しにしているやつだ。ありがたいことに、その晩はパメラがいなかった。ピーターと喧嘩したらしいと、コニーが教えてくれた。もっと詳しく訊きたかったけれど、とがめるような顔をされた。興味を持ちすぎてはいけないのだ。

「おまえらさあ、もうちょいましな遊び場はないわけ？」とヘンリーが訊いた。「アイスクリームパーティーみたいなのとかさ」

コニーは髪の毛を手でさっと払って、ビールのおかわりを取りにいった。ヘンリーは彼女が近づいてくるのをおもしろそうにながめている。

「ちょうだいってば」とコニーは鼻にかかった声で言った。ヘンリーが二本のビールを届かないように高く掲げたのだ。そのとき初めて気づいたのを覚えている。この子はなんてうるさくて、意味なく突っかかるようなしゃべり方をするんだろう。駄々をこねて媚態を振りまき、作られたような、というか、じっさいのところ作られた耳障りな声で笑うコニー。そういうことに気づき始めて男の子の目で彼女の欠点を列挙しだしたとたん、ふたりのあいだにぽっかり穴があいた。自分の心の狭さを、いまは後悔している。まるで彼女と距離を置くことで、同じ病から救われようとしたみたいだった。

「かわりになにをくれる?」とヘンリーが言った。「世の中、タダでもらえるもんなんてないんだぜ、コニー」

彼女は肩をすくめたあと、ビールに飛びかかった。ヘンリーはじたばたする彼女にたくましい体を押しつけてニヤニヤしている。ピーターはあきれ顔だった。彼もこういう、わめくだけの茶番が苦手なのだ。彼の年上の仲間は鬱蒼としたジャングルや、どろどろの川に消えていった。帰ってきた仲間は無駄口をたたきながら小さな黒い煙草をたえず吸い、委縮した地元のガールフレンドを臆病な影のように背後に従えていた。わたしは背筋をぴんと伸ばして、退屈した大人の顔を作ろうとした。ピーターに見てもらいたかった。彼のなかの、きっとパメラには見えていない部分がほしかった。強いまなざしにときおりよぎる悲しみ、コニーだけに見せる、隠れたやさしさ。彼はわたしたちをアローヘッド湖に連れていってくれた。コニーの母親が娘の誕生日を完全に忘れていた年のことだ。そういうことをパメラは知らないんだと思い続けることが支えだった。それでなにかが変わるのかと言われても、わたしの気持ちの問題にすぎないのだけれど。

ヘンリーが、コニーのショートパンツの上からのぞくぷにゅぷにゅした肌をつねった。「最近、ひもじいんじゃない?」

「触んないでよ、ヘンタイ」と彼女は言って彼の手を払いのけた。そしてくすくす笑った。「ファックユー」

「いいよ」と彼はコニーの手首をつかんで言った。「ファックしようよ」彼女は逃げるそぶりを見せながら文句を言い続け、やがてヘンリーが手を放した。コニーは手首をさすった。

「バカ」と彼女はつぶやいたけれど、本気で怒っているわけじゃなかった。それは女の子でいることの一部で、あとでなにを言われようとそうするしかないのだった。本気で怒ればおかしいと言われるし、平気な顔をしていればビッチと言われる。女の子にできるのは、追いこまれた窮地でにっこり笑ってみせることだけ。みずからジョークのなかに飛びこんでいくのだ。たとえネタにされるのがつねに自分であっても。

わたしはビールの味が苦手で、そのざらついた苦味は、父が作るマティーニのきりっとした爽快感とはまるで別物だった。それでも一本飲んで、さらにもう一本飲んだ。スロットマシンで遊んでいた男の子たちは、ショッピングバッグいっぱいにあった五セント硬貨をいつのまにかほとんど使いきっていた。

「鍵がいるな」とピーターは言って、ポケットから取り出した細いジョイントに火をつけた。「マシンを開けようぜ」

「取ってくる」とコニーが言った。「わたしがいなくても寂しがらないでね」甘ったるい声でヘンリーにそう告げると、小さく手を振って去っていった。わたしにたいしては両眉を上げてみせただけだった。これはヘンリーの気を引くための作戦の一部なんだとわたしは理解した。一度去って、また戻る。たぶん雑誌でそんな記事を読んだのだろう。

それは女の子の勘違いだったと、いまとなっては思う。たくさんある勘違いのひとつ。男の子というものがロジックに従って行動し、わたしたちにもいつかそれが理解できると信じてしまうこと。彼らのすることに、たんなる衝動以上の意味があると信じてしまうこと。わたしたちは陰謀論者のように、あらゆるディテールに前兆や意図を見出しては、あれこれ悩んだり作戦を立てたりされるにふさわしい存在になりたいと切に願った。けれども彼らはただの男の子だ。バカで、幼稚で、単純。なにも隠しちゃいなかった。

ピーターはレバーをスタート位置に戻すと、一歩下がってヘンリーと交代し、ふたりでジョイントを回し合った。ふたりとも洗濯しすぎて生地が薄くなった白いTシャツを着ている。大当たりのカーニバル状態になり、ピーターはにやっとした。マシンがじゃらじゃらとコインを吐き出しているにもかかわらず、彼はどこかぼんやりしたようすで新しいビールを飲み干し、ジョイントが崩れかけてオイルがにじみ出すまで吸っていた。ふたりは低い声でしゃべった。会話の内容がところどころ聞こえてくる。

ウィリー・ポートラックの話だった。彼のことはみんな知っていて、このペタルーマで最初に入隊した男の子だった。父親の強いすすめで登録していたのだ。そのあとハンバーガー・ハムレットで、鼻水を垂らした小柄なブルネットの女の子といっしょにいるのを見かけた。女の子は彼のことをウィリアムと、かたくなに本名で呼び、その余分な音節は秘密のパスワードみたいに彼を責任ある大人の男に変えていた。彼女はこぶみたいにくっついて離れなかった。

「あいつ、いつも家の前にいるだろ」とピーターが言った。「なーんも変わってないみたいに洗車してるんだ。もう運転なんてできないだろうに」

それは別世界からのニュースだった。気が引ける思いでピーターの顔を見た。わたしなんかはしょせん実感しているように見せかけて、歌を通して世界に触れようとしているだけ。それにひきかえピーターはじっさいに戦地へ送られて、じっさいに命を落とす可能性があるのだ。そういうことを無理やり実感するために、コニーとわたしがやるような感情のエクササイズをする必要も彼にはない。もし父親が死んだら、とか、もし妊娠したら、とか、もしギャリソン先生とパトリシア・ベルのことみたいに教師に肉体関係を迫られたら、とか。

「しわしわになってんだよ、切ったところがさ」とピーターは言った。「ピンク色で」

「ひでえ話だよな」とヘンリーがスロットで遊びながら言った。くるくる回るサクランボから視線をそらすことなく。「人を殺してえとか、脚を吹っ飛ばされてもかまわねえ、なんてさ」

「しかもそれを誇りに思ってる」とピーターはさっきよりも大きな声で言いながら、ジョイントの吸い殻をガレージの床にひょいと投げ捨てた。そして火が消えるのを見届けた。「人に見せたいんだよ。そこがもう、どうかしてる」

そのドラマチックな会話は、わたしまでドラマチックな気分にさせた。アルコールが効いてきて胸のあたりが激しく燃えだし、自分のではない力に動かされているようになった。わたしは立ちあがった。男の子たちは気づいていない。こんどはサンフランシスコで観た映画について話していた。タイトルは聞いたことがある。町で上映されないのは、いやらしい内容だからだということだったけれど、詳しいことは思い出せなかった。

大人になってようやくその映画を観たときは、セックスシーンにはっきりと漂う天真爛漫な空気にびっくりしたものだ。女優の陰毛の上にのっかった慎ましやかな贅肉。ヨットの船長の顔を、たるんだ愛らしい胸に引き寄せるときの明るい笑い声。卑猥(ひわい)さのなかにもどこか無邪気なところがあって、そのころはまだ楽しいことがエロティックに感じられていたみたいだった。そのあとに作られた映画の、顔をしかめて両脚を死んだようにぶらぶらさせている女の子たちとは違っていた。

ヘンリーが物欲しげに目をしばたたかせながら、いやらしく開けた口から舌を見せた。映画のワンシーンをまねているらしい。

ピーターは笑った。「おえっ」

ふたりはその女優がほんとうにヤられていたのかという話をしていた。すぐそばにわたしがいても気にしないみたいに。

「見りゃわかるだろ、あれは好きもんだよ」とヘンリーは言った。「ああぁ」と甲高い女の声をまねしてみせる。「ああ、いいわぁ、あーん」スロットマシンに腰をガンガン叩きつける。「それ、わたしも観たよ」考えるより先に口が動いていた。嘘でもいいから、会話に加わるきっかけがほしかった。ふたりが振り返った。

「へえ」とヘンリーが言った。「幽霊がようやくしゃべった」

顔がカッと熱くなる。

「観たの？」ピーターは信じていないようだった。わたしをかばおうとしてくれているんだと自分に言い聞かせる。

「うん」とわたしは言った。「けっこう激しかったよね」

ふたりは目くばせした。わたしは彼らが信じると本気で思ったのだろうか。わたしがなんとか車を見つけて、サンフランシスコまで行ったと。そういうもの、つまりポルノだとされているものを、わざわざ観にいったと。

「なるほどね」ヘンリーの目がキラリと光る。「じゃあ、どこが気に入った？」

「いま話してたところかな」とわたしは言った。「女の子のところ」

「でもさ、どこがいちばん好きだった？」とヘンリーが訊いた。

「ほっといてやれよ」とピーターが穏やかに言った。すでに興味がないらしい。

「クリスマスのシーンはどうだった？」とヘンリーは続けた。彼の笑顔のせいで、まともな会話をしているような、うまい受け答えができているような気がしてしまった。「でかい木のところは？　あたりいちめん雪景色でさ？」

わたしはうなずいた。もう少しで自分の嘘を信じてしまうところだった。

ヘンリーが声を立てて笑った。「映画の舞台はフィジー。最初から最後まで島の話だから」彼は笑いが止まらず鼻を鳴らしながら、ちらっとピーターを見た。ピーターは気まずそうにしていたけれど、それは赤の他人が道で転ぶのを見て気まずいのと変わらなかった。まるでわたしたちのあいだにはなにもなかったみたいだった。

わたしはヘンリーのバイクを押した。本気でひっくり返すつもりはなかった。ちょっとだけ、ヘンリーの笑いがやむていどに揺らせばそれでよくて、そしたら彼は一瞬ドキッとして、冗談っぽく悲鳴でもあげて、わたしの嘘なんか忘れてくれるんじゃないかと思った。けれども押すときについ手に力が入ってしまった。バイクは倒れ、コンクリートの床に叩きつけられた。

ヘンリーがにらみつけてきた。「このビッチが」彼はペットが撃たれたみたいに、倒れたバイクに駆け寄った。そして介抱するように両腕で抱えた。

「壊れてないでしょ」とわたしは愚かにも言った。

「おまえ、完全にイカれてんな」と彼はつぶやいた。車体に手を這わせ、それからオレンジ色の金属片をピーターに見せた。「信じられっか？」

ピーターがこちらを見たとき、その顔は憐れみでこわばっていて、それがどういうわけか怒りよりもつらかった。これじゃまるで子供だ、省略形の感情しかない子供だ。

戸口にコニーがあらわれた。

「トントン」と彼女は言った。人差し指に鍵を引っかけている。そしてこの状況に気づいた。バイクの横にしゃがみこむヘンリー。腕を組むピーター。

ヘンリーは不快な笑い声をあげた。「おまえの友達はとんだビッチだよ」と言いながら、わたしを一瞥する。

「イーヴィーが倒したんだ」とピーターが言った。

「おい、クソガキども」とヘンリーが言った。「次はベビーシッターでも雇え、おれらにまとわりつくな。クソが」

「ごめん」とわたしは小さな声で言ったけれど、誰も聞いちゃいなかった。

ピーターもバイクを起こすのを手伝い、壊れた個所を詳しく調べた。「たいしたことない」と彼は言った。「すぐに直るさ」とはいえ、壊れたのはもっと別のものであることがわたしにはわかった。コニーは冷ややかな驚きの目でわたしを見つめた。裏切り者を見るように。たぶん、わたしは裏切り者だ。わたしたちがしてはいけないことをしたのだから。隠しておくべき弱さに光を当てて、震える兎の心臓をさらけ出してしまったのだから。

三、

フライングAの店主は太った男で、カウンターを腹に食いこませて両肘をつき、わたしがハンドバッグで太ももを叩きながら店内を歩きまわるのを目で追っていた。店主の前には新聞が広げてあるのに、ページをめくるようすはまったくなかった。責任の重さにくたびれてしまったような感じで、それはお役所的というか、どこか神話的でもあって、ある洞窟を永遠に護るように運命づけられた者のようにも見えた。

その午後、わたしはひとりだった。たぶんコニーは小さなベッドルームでぷりぷりしながらボブ・ディランの『寂しき四番街』でもかけて傷ついた自分、正しい自分に酔っているだろう。ピーターのことを考えると胸がえぐられるようだった。あの夜のことはさっさと過去に流してしまいたかった。あの屈辱をもっとぼんやりしたあつかいやすいもの、赤の他人の噂みたいなものに変えてしまいたかった。コニーに謝ろうとしたとき、男の子たちはまだ衛生兵のようにバイクを心配していた。わたしは修理代を払うとさえ申し出て、ヘンリーに手持ちのお金をぜんぶ渡した。その八ドルを、彼は顎をくいっと動かして受け取った。しばらくして、とりあえず帰ったほうがいいとコニーに言われた。

数日後にまた顔を出してみると、コニーの父親がわたしを待っていたのかと思うくらいすぐに出てきた。ふだんは酪農工場で真夜中過ぎまで働いている人だから、家にいるのはおかしかった。

「コニーなら上にいるよ」と彼は言った。背後のカウンターにはウィスキーのグラスがあり、日が当たって氷が溶けかかっていた。わたしは自分の目的で頭がいっぱいだったせいで、家に漂うただごとではない雰囲気、父親がいるというふつうではない状況に気がつかなかった。

コニーはベッドに横たわっていた。スカートがめくれて白いショーツの股間と、そばかすだらけの太ももがまる見えだった。わたしが入っていくと、起きあがって目をぱちぱちさせた。

「化粧、キマってるね」と彼女は言った。「わたしに会うためにしてきたわけ?」そして枕の上に仰向けになった。「いいニュースがあるよ。ピーターがいなくなったんだ。ハイ、サヨナラ〜って。それもパメラとだよ、とんだサプライズでしょ」言いながらあきれたように目玉を回してみせたけれど、パメラの名前をはっきりと発音するあたりにひねくれたよろこびがこめられていた。そしてちらっとわたしを見た。

「どういうこと、出てったの?」早くもパニックで声が乱れている。

「身勝手にもほどがあるよ」とコニーは言った。「パパにさ、サンディエゴに引っ越さなきゃならないかもしれないって言われたの。そしたら次の日にピーターは出てった。洋服やらなにやらをどっさり持って。ポートランドにいるパメラのお姉ちゃんのところに行ったんじゃないかな。というか、間違いなくそこだね」前髪にぷっと息を吹きかける。「あの意気地なし。あとパメラは子供を産んだら太るタイプだ」

「パメラ、妊娠してるの?」

彼女はわたしをにらみつけた。「驚いた。どうでもいいんだね、わたしがサンディエゴに引っ越さなきゃならないかもしれないってところは」

ここでコニーの好きなところをあげて、いなくなったらどれだけ寂しいか伝えるべきなのはわかっていた。けれども催眠術のようにわたしをとらえていたのは、車のなかでピーターと並んで座るパメラ、彼の肩にもたれて眠る彼女のイメージだった。足もとにはハンバーガーの脂が染みこんだ道路地図、後部座席に積みこんだ服や機械のマニュアル。パメラを見下ろすピーター、彼女の髪の分け目からのぞく白い頭皮。彼はパメラにキスをするかもしれない。家庭的なやさしさに突き動かされて。でも彼女は眠っているから気づきもしない。

「べつに本気じゃないかもよ」とわたしは言った。「ほら、ひょっこり帰ってくればそれでよくない？」

「死ね」とコニーが言った。いまの発言にも驚いているようだった。

「わたしがなにかした？」

もちろん、それはふたりともよくわかっていた。

「いまはひとりでいたいかも」とコニーはすました口調で言って、窓の外をじっとにらんだ。

ピーターは北へ逃げた、彼の子を宿しているかもしれないガールフレンドとともに——想像してみたところで、それは生物学的な話、パメラのおなかのなかでタンパク質が増殖しているという事実でしかなかった。一方で、コニーはここにいて、ベッドに寝そべるぽっちゃりした体は、そばかすや肩に残る水疱瘡（みずぼうそう）の痕の位置まで言えるほど慣れ親しんだものだ。いつもそこにいてくれるコニーが急に愛おしくなった。

「映画でも観にいこうよ」とわたしは言った。

コニーは青白い爪の先をくんくん嗅いで、じっとながめた。「ピーターはもういないよ」と彼女は言った。「だからここに来る理由もないでしょ。どうせあんたは寄宿学校に行くんだし」

わたしが必死なのはばればれだった。「フライングAに行くのはどう？」

コニーは唇を噛んだ。「メイに言われたんだ、イーヴィーはコニーにたいして思いやりが足りないって」

メイは歯科医の娘だった。いつも格子縞のパンツにおそろいの柄のベストという、会計士の見習いみたいなかっこうをしていた。

「言ってたじゃん、メイはつまらないやつだって」

コニーは黙りこんでしまった。以前はふたりでメイのことを金持ちなのにバカでかわいそうなやつだと思っていたのに、こんどはピーターを必死に追いかけるわたしを見て、コニーが同じように思っているのがわかった。たぶんピーターはずっと前からポートランドに行く計画を立てていたのだ。何週間も、何か月も前から。

「メイはいい子だよ」とコニーは言った。「すごくいい子」

「じゃあ、みんなで映画に行こうよ」わたしは必死にペダルをこいだ。なんでもいいから引きとめて、空っぽの夏が来るのを食い止めなくては。メイもそこまで悪いやつじゃないと、自分に言い聞かせる。歯の矯正中だからキャンディもポップコーンも禁止されているけれど、まあいい。想像できないこともない、これからは三人組だ。

「メイはあんたのこと、くだらないやつだと思ってるみたいよ」とコニーは言った。そしてまた窓に顔をむけた。わたしはレースのカーテンをじっと見つめた。それは十二歳のときに接着剤で縁を処理するのを手伝ってあげたものだった。それから長すぎるくらい待って、この部屋にわたしがいるのはあきらかな間違いで、立ち去るしかないのがはっきりすると、一階にいたコニーの父親にしぼり出すような声であいさつして——彼はうわの空でうなずき返してくれた——カタカタ鳴る自転車をこいで通りに出た。

かつてこれほどひとりぼっちが身に染みたことがあっただろうか。丸一日時間があって、誰にも気をつかわなくていいなんて。胸の奥の痛みがよろこびに感じられるくらいだった。忙しくすることだ、と自分に言い聞かせる。なんのしがらみもなく時間を燃やそう。父に教わったやり方でマティーニを作ることにした。ベルモットが手にバシャバシャ撥ねて、バーテーブルにこぼれようが気にしない。昔からマティーニグラスが嫌いだった。あの脚と独特のかたちが気恥ずかしくて、大人が無理して大人ぶろうとしているように見えた。だから金縁のジュースグラスに注いで、がんばって飲み干した。それからもう一杯作って、それも飲んだ。気分がゆるんでいくのが楽しくて、自分の家がおもしろくなり上機嫌のうちに気づいたのは、家にあるのが醜い家具ばかりだということで、重苦しくて癖のある椅子はまるでガーゴイルだった。沈黙を煮詰めたような空気、カーテンはつねに閉まっている。わたしはカーテンを開けて、悪戦苦闘しながら窓を上げてみた。外は暑かった――熱気を入れるなと怒る父が目に浮かぶ――だけどかまわず窓を開けておいた。

母は遅くまで帰らない。お酒が、寂しさをあつかいやすいものにするのに役立ってくれた。こんなにもかんたんに気持ちを切り替えられるのが不思議だった。わたしのくだらない悲しみを確実にやわらげる方法があるなんて。自分の悩みが小さくてかわいらしい、ほれぼれとながめることができるものになるまで飲めばいいのだ。お酒の味を、がんばって好きになろうとした。吐きそうになったら、ゆっくり呼吸するようにした。ブランケットに苦いゲロを吐いても、きれいに片づけたあとは部屋に残るすえたにおいさえ好きになれそうな気がした。電気スタンドをひっくり返して、へたなりに一心不乱に真っ黒なアイメイクをほどこす。母のライト付きの鏡台に座って、いろんな場面を試した。オフィス、自然光、夕暮れどき。まばゆいカラーライトを浴びて、お化けみたいに真っ白な自分の顔を見ながらスイッチをカチカチ押して人工的な一日を演出した。

幼いころに好きだった本を拾い読みすることにした。わがままに育った女の子が地下世界に追放されて、ゴブリンが支配する街に送りこまれる話だ。膝小僧がまる見えの子供っぽいワンピース、木版画の暗い森。縛られた女の子の挿絵に興奮して、いくらでも見ていられそうなのを無理やり切りあげた。わたしもそんな絵を描いてみたかった。人の心の恐ろしい内側をあらわしたような絵を。そうじゃなかったら、町で見かけた黒髪の女の子の顔でもいい。なにがどうなってあの顔になるのかわかるまで、じっくり観察するのだ。それから何時間もマスターベーションにふけった。枕に顔を押しつけて、いろんなことがどうでもよくなるまで。しばらくすると頭痛がしてきて、筋肉がビクンと跳ね、感じやすくなった両脚がぶるぶる震えた。下着も太ももの付け根もじっとり濡れていた。

また別の本をひらく。銀細工の職人が、溶けた銀をうっかり手にこぼしてしまう場面。腕から手にかけて皮膚を剝いだように見えるのは、火傷がかさぶたになって取れてしまったから。引きつった皮膚は生々しいピンク色で、体毛やそばかすひとつ見当たらない。ふと思い浮かんだのはウィリーと、その切断した脚のことだった。温まったホースの水を彼はバシャバシャと車にかける。アスファルトの水たまりがゆっくり蒸発していく。そのあとオレンジを剝く練習をした。片腕に肘までの火傷を負い、爪を失ったということにして。

わたしには死が、ホテルのロビーのように思えた。かんたんに出入りできて、それなりに文明化された明るい部屋。町ではある男の子が、富くじの偽造チケットを売ったのがばれたあと、地下にある自分の部屋で拳銃自殺した。わたしの頭に浮かんだのは血まみれの光景とか、ぐちゃぐちゃになった内臓みたいなものではなく、引き金を引く直前の安らぎだった。世界が塵ひとつなく澄みきって見えたはずだ。失望はすべて、罰と屈辱に満ちた日常もすべて、しかるべき動作ひとつで余分なものとなる。

店内が知らない場所のように見えて、アルコールのせいでちっとも考えがまとまらなかった。ちかちかする明かり、古くなったレモンドロップを売る容器、女心をくすぐる魅力的な並べ方をした化粧品。口紅のキャップをはずして、前に雑誌で読んだように手首で試そうとした。入り口で来客を告げるチャイムが鳴った。わたしは顔を上げた。公園で見た黒髪の女の子だ、デニムのスニーカーを履いて、袖を肩で切り落としたワンピースを着ている。興奮が体を駆け抜ける。彼女になにを言うか、早くもイメージしようとしていた。彼女が突然あらわれたことで、今日という日にはシンクロニシティがきつくからみつき、太陽の角度にさえ新しい意味があるように思えた。

あらためて見ると、黒髪の子は美人じゃないことに気づいた。もっと別のなにか。前に写真で見た、俳優のジョン・ヒューストンの娘みたいな感じだ。彼女の顔は一歩間違えれば失敗作なのに、なにか別のプロセスが働いていた。そしてそれは美しさに勝っていた。

カウンターの店主が嫌な顔をした。

「忘れたのか」と彼は言った。「おまえらは全員出入り禁止だ、もう来るな。出ていけ」

黒髪の子はめんどうくさそうに微笑んで両手をあげた。わき毛が飛び出ているのが見えた。「あのねえ」と彼女は言った。「トイレットペーパーを買おうとしてるだけなんだけど」

「万引きしただろ」と店主は言いながらだんだん赤くなっていった。「仲間とグルになって。靴も履かずに汚い足で走りまわって俺を混乱させようとしてる」

わたしならそんなふうに怒りをむけられたら身がすくんでしまうところなのに、彼女はいたって平静だった。むしろふざけているような感じだ。「それは違うんじゃない」彼女は首をかしげた。「たぶん、別の人でしょ」

店主は腕組みをした。「いや、おまえだ」

女の子の表情が変わり、瞳の奥でなにかがこわばっていったものの、微笑んだままだった。「あっそ」と彼女は言った。「お好きにどうぞ」それから一瞬、こちらをむいたけれど、それは遠くをながめるような冷めた目だった。わたしのことなんか見えてないみたいに。するとこんどは欲望が体を駆け抜ける。自分でもびっくりするくらい強く、彼女に消えてほしくないと願っていた。

「さっさと出ていけ」と店主が言った。「ほら」

彼女は出ていく前に、店主にむかって舌を出していった。ぺろっと、おどけた仔猫みたいに。


ほんの一瞬、迷ったあと、彼女について外に出た。けれどもむこうはすでにきびきびした足取りで駐車場を歩きだしていた。わたしはあわてて追いかけた。

「ねえ」と声をかける。彼女は止まらなかった。

もう一度、もっと大きな声で呼びかけると止まった。わたしが追いつくまで待ってくれた。

「嫌なやつだよね」とわたしは言った。その顔はきっと林檎みたいにつやつやしていたことだろう。ほろ酔いで追いかけたせいで、ほっぺたが真っ赤だった。

黒髪の子は店の方向をにらんだ。「あのデブ」と彼女はぶつぶつ言った。「トイレットペーパーも買えやしない」

それからようやく気づいたように、わたしの顔をしばらく見ていた。子供だと思われたのがわかった。わたしの着ている胸当て(ビブ)付きのウェスタンシャツは母が買ってくれたもので、贅沢品(ぜいたくひん)だとされている。そうした事実なんかよりも意味のあることをしたかった。深く考えるよりも早く、こんな提案をしていた。

「盗ってくるよ」と、不自然なくらい明るい声で言った。「トイレットペーパーでしょ。わけないよ。あの店ではしょっちゅうやってるから」

信じてもらえたのかは怪しかった。軽々しく嘘をついているのはばれていたはずだ。それでも尊重してくれたのかもしれない。わたしの想いの強さを。そうじゃなかったら、どんな展開になるか見てみたかったのかもしれない。金持ちの少女が生ぬるい犯罪に手を染めるところを。

「本気？」と彼女は言った。

わたしは心臓をドキドキさせながら肩をすくめた。もし気の毒に思われたとしても、わたしは気づかなかった。

わたしがなぜかまた戻ってきたので、カウンターにいた店主はぴりぴりし始めた。

「また来たのか？」

たとえ本気で万引きを企てていたとしても、とても無理そうな雰囲気だ。わたしは努めて悪気のない顔をして店内をのんびり歩いていたけれど、店主は目をそらそうとしなかった。にらまれ続け、とうとうわたしはトイレットペーパーをつかんでレジに持っていった。情けないことに、こうもかんたんにいつもの行動を取ってしまった。なにか盗る気なんかありません。そんなことはありえませんと。

店主はトイレットペーパーをレジに打ちながらまくしたてた。「あんたみたいないい子は、あんなやつらとつるんじゃいかん。薄汚い連中め。黒い犬を連れてるやつまでいたぞ」そして苦い顔をする。

「うちではお断りだ」

汚れたガラス越しに、駐車場でぶらぶらしている女の子が見えた。おでこに手をかざしている。それは突然で思いがけない幸運だった。あの子がわたしを待っている。

代金を払ったあとも、店主は長いことわたしを見ていた。「あんたはまだ子供だ」と彼は言った。「うちに帰りなさい」

その瞬間までは、この人もたいへんだろうと思っていたのに。「袋はいらない」とわたしは言って、トイレットペーパーをハンドバッグに押しこんだ。それきりなにも言わないわたしに店主はお釣りを渡し、不快な味をぬぐい去るように唇を舐めた。


わたしが近づいていくと、黒髪の子はぱっと元気になった。

「うまくいった?」

わたしがうなずくと、彼女は腕を回してきて、わたしを建物の陰にいそいそと連れていった。わたしは自分がほんとうに盗んだと信じてしまいそうで、アドレナリンで気分をはずませながらハンドバッグを差し出した。

「はんっ」と彼女はなかをのぞいて言った。「いい気味だわ、あのクソったれ。楽勝だった?」

「なんてことなかったよ」とわたしは言った。「どっちにしろあいつ、いつもぼんやりしてるし」ふたりでグルになってやったんだ、わたしたちはチームになったんだと思うとゾクゾクした。彼女のワンピースはボタンがちゃんとしまっていなくて、三角形のすきまからおなかがのぞいていた。この子はものすごくふしだらで性的な感情をかんたんに呼び起こす。汗も乾かないうちにあわてて服を着てきたみたいだった。

「スザンヌっていうの」と彼女は言った。「言い遅れたけど」

「イーヴィー」とわたしは片手を差し出した。するとスザンヌは笑い、その笑い方によってわたしは握手をするのがおかしなこと、まじめくさった世界を象徴するうわべだけの行為なんだと気づいた。わたしは顔を赤らめた。ふだん使っている儀礼的なジェスチャーや言葉に頼らずにどうふるまったらいいのかわからない。それらに代わるものが思いつかなかった。会話が途切れ、それをあわてて埋めようとした。

「このあいだ、見かけたかも」とわたしは言った。「ハイホーの近くにいなかった？」

彼女は返事をせず、わたしがつかまれそうなものをなにも与えてくれなかった。

「ほかの女の子たちといたよね」とわたしは言った。「それからスクールバスが来て」

「ああ」彼女の表情が生き返る。「うん、あいつ、本気で怒ってたね」ゆったりと記憶のなかに分け入っていく。「あの子たちにはやりすぎないようにしてもらわないと。さもないと共倒れ。捕まっちゃう」わたしが興味津々でスザンヌを見ているのは伝わったはずだけれど、彼女はとくに意識するようすもなく見られるままにしていた。

「その髪を覚えてたの」とわたしは言った。

スザンヌはうれしそうだった。さりげなく毛先に触れる。「ずっと切ってないんだ」あとでわかったことだけれど、髪を切るのはラッセルに禁止されていることのひとつだった。

スザンヌはトイレットペーパーを胸に押しつけて、急に誇らしげな態度になった。「お礼をいくらか払ったほうがいいかな？」

彼女の服にはポケットがないし、ハンドバッグも持っていなかった。

「いいって」とわたしは言った。「わたしがなにか損したわけじゃないし」

「じゃあ、ありがとう」と彼女は見るからにほっとして言った。「このへんに住んでるの？」

「すぐそこ」とわたしは言った。「ママとだけどね」

スザンヌはうなずいた。「どこの通り？」

「モーニングスター通り」

彼女はへえと驚いてみせた。「すごいじゃん」

彼女にとってそれはなんらかの意味を持つことらしかった。わたしが町の高級な地区に住んでいることは。けれどもそれがなにかは想像つかなかった。若者なら誰もが金持ちにたいして抱くような漠然とした嫌悪感以上の意味があるなんて。彼らは富裕層やメディアや政府をいっしょくたにしてひとつのぼんやりとした悪の集団、壮大なインチキの犯人とみなす。わたしは特定の情報に言い訳を盛りこむ方法をやっと学び始めたばかりだった。人にからかわれる前に、自分からネタにするのだ。

「そっちは？」

スザンヌは指をひらひら動かした。「それはもう、見てのとおり。みんなそれなりに忙しくしてるよ。でも大勢が一か所に暮らしてるから」――トイレットペーパーを持ちあげてみせる――「そのぶん拭いてやらなきゃいけないケツも多いってわけ。資金的に厳しいっていうのがいまの状況だけど、きっとそれもすぐに変わると思うんだよね」

みんな。この子はその一部なのだ。うらやましかった。彼女は駐車場を出たあとにむかうべき場所について悩んだり迷ったりすることがない。公園で見たほかの二人や、誰か知らないけど、いっしょに暮らす人たちがいるのだ。彼女がいなければ気づき、帰ればよろこんでくれる人たちがいるのだ。

「あんまりしゃべらないんだね」と、少ししてスザンヌが言った。

「ごめん」わたしは蚊に刺された場所を掻かないようにがんばっていたけれど、ほんとうは皮膚がよじれるくらいかゆかった。会話の糸口をつかもうとしても、思いつくのはどれも話せないことばかりだった。あの日以来、よくあなたのことをぼんやりと思い出すなんて言えるはずがなかった。友達がいないことも、寄宿学校に入れられることも、それが必要とされていない子供たちの収容所であることも言えるはずがなかった。わたしはピーターにとってどうでもいい存在なんだということも。

「かっこいいよ」彼女は片手をひらりと振った。「誰にでもその人らしさってもんがあるじゃない？見てわかった」と彼女は続けた。「あなたは思慮深い人。自分らしい生き方をして、いろんなことを頭に取りこんでる」

わたしはこんなふうに自然な関心をむけられることに慣れていなかった。女の子からはとくに。ふだんなら、こういうのは男の子がいるときに話題を独占してしまったことを詫びる手段のひとつでしかなかった。自分は人から思慮深いと思われる女の子なんだと想像してみた。スザンヌが体の向きを変え、それが立ち去る合図だとわかっても、このやりとりを長引かせる方法が思いつかなかった。

「じゃあ」と彼女は言った。「わたしはあれだから」日陰に停めてある車を顎で示す。それはなんとロールス・ロイスで、しかも泥まみれだった。彼女はわたしが戸惑っているのに気づくと笑顔になった。

「借り物なんだけどね」と彼女は言った。それですべて説明がつくかのように。

歩き去っていく彼女を、引きとめることなく見守った。よくばりたくない。なにかしら得たものがあればそれで幸せだと思いたかった。

四、

母がまたデートをするようになった。一人目の男はヴィスマヤと名乗り、母の頭皮を指先でいつまでもマッサージしていた。きみの誕生日は水瓶座と魚座の境界(カスプ)に位置するから、「わたしは信じる」と「わたしは知る」の二つがきみのキーワードだ、と言われた。

「きみはどっちかな?」とヴィスマヤは訊いた。「知っていると信じる人か、信じることを知っている人か」

その次は銀色の小型機を操縦している男で、そいつはわたしに、シャツから乳首が透けていることを教えてくれた。平然と、それがさも有益な情報であるかのように言った。パステルでネイティヴ・アメリカンの肖像画を描いていて、母の助けを借りてアリゾナに自分のミュージアムをひらきたがっていた。その次はティブロンの不動産開発業者で、いっしょに中華料理を食べにいった。娘と会ってみるようにしきりにすすめてきた。ぜったいに気が合うからとくりかえし言われたけれど、彼の娘は十一歳だとわかった。コニーだったら笑い飛ばして、男の歯に米がべっとりついていることをていねいに指摘したりするのだろう。でもコニーとは家を訪ねたあの日以来、会っていなかった。

「わたし、十四歳なんだけど」と言ってやった。男が母の顔を見ると、母はうなずいた。

「たしかに」と彼は醤油臭い息で言った。「よく見ると大人っぽいね」

「ごめん」と、母がテーブル越しに口の動きで伝えてきたけれど、男が母のほうをむいて、ぬるぬるしたサヤエンドウをフォークで食べさせようとすると、母は小鳥みたいに素直に口を開けた。

こういう場面で母を哀れに思ってしまうのはこれまでなかったことでつらいけれど、しかたがないというふうにも感じていて、そんな感情を抱くのは病気の症状みたいにほかでもない当人に責任があるからだった。

離婚する前の年、両親がカクテルパーティーをひらいた。言い出したのは父だ。父が出ていく前の母は社交的ではなく、パーティーやイベント中はいつも居心地が悪そうだった。つらくてしかたないのに無理やりこわばった笑みを浮かべていた。それは父が投資家を見つけたのを祝うパーティーだった。父が母以外でお金を出してくれる人を見つけたのはたぶん初めてのことだから舞いあがっていたのか、父はよりいっそう気が大きくなって、ゲストがやってくる前から飲みだしていた。髪の毛からは整髪料の父親らしい濃厚な香りがして、吐く息は酒臭かった。

母が作ったポークリブの中華風ケチャップ和えがあって、それがラッカーを塗ったようにてかてか光っていた。あとは缶詰のオリーブと、バターで炒ったナッツ、チーズストローなんかもあった。蜜柑で作ったよくわからないどろどろしたデザートは、母が《マコールズ》で仕入れたレシピだった。ゲストがやってくる前、母がこのかっこうで大丈夫かしらと訊いてきた。ダマスク柄のスカートを手で触りながらそう訊かれたとき、あっけにとられたのをいまでも覚えている。

「すごくいいよ」と妙に落ち着かない気分で答えた。わたしもシェリー酒をピンクの切子グラスで少しだけなら飲んでいいと言われていた。その朽ちた渋味が気に入って、こっそりおかわりを注いだ。

ゲストはほとんどが父の友人で、父のもうひとつの人生というか、わたしには周辺からしか見ることのできない人生の広さに驚いた。なぜって、ここには父を知っているらしい人たちがいて、彼らはいっしょにランチを食べたり、ゴールデンゲートフィールズ競馬場に行ったり、大リーグのサンディー・コーファックス選手について議論したりするなかで作られた父の人物像を抱いているのだ。母はビュッフェのまわりをそわそわとうろついていた。箸を用意したのに誰も使わないのでがっかりしているようだった。体格のいい男とその奥さんにしつこく箸をすすめたものの、ふたりは首を横に振り、男のほうがなにかジョークを言ったらしかった。よく聞こえなかったけれど、母の顔に絶望のようなものがよぎるのがわかった。母も飲んでいた。誰もが早い時間から酔っぱらうたぐいのパーティーで、もやっとした、とりとめのない会話がいたるところで繰り広げられていた。少し前に父の友人のひとりがジョイントを吸いだしたときは、母の非難めいた表情が、耐え忍ぶ女の顔に切り替わった。いろんな境界線があいまいになっていった。妻たちは、飛行機が弧を描いてサンフランシスコ国際空港にむかうのをじっと見上げた。誰かがプールにグラスを落とした。それが底にむかってゆっくりと沈んでいくのが見えた。もしかしたら灰皿だったかもしれない。

わたしはパーティー会場をあてもなく歩きまわりながら、小さな子供の気分を味わった。透明でいたい願望は、それとなく参加していたい気持ちとセットになっている。バスルームを尋ねられて教えたり、ナプキンに取ったナッツをプールサイドで一粒ずつ、指をしょっぱいカスまみれにして食べたりするだけでじゅうぶん楽しかった。子供だからこそ自由で、まわりからなにも期待されていなかった。

タマルに会ったのは、学校に迎えにきてくれた日以来だった。彼女がやってきたとき、がっかりしたのを覚えている。タマルという目撃者があらわれたからには、大人っぽくふるまわなければならない。彼女は少し年上の男の人を連れていた。その人を紹介しながら、みんなのほっぺたにキスしたり、握手したりしている。全員と顔見知りのようだった。彼女がしゃべるあいだ、その腰にボーイフレンドが手を回しているようすがなんとも妬ましい。彼の手はスカートと上着のあいだにわずかにのぞく素肌の上にあった。お酒を飲んでいるところをタマルに見てもらいたくて、彼女がバーカウンターにむかうときにわたしも行き、シェリー酒のおかわりを注いだ。

「その服、いいね」とわたしは胸を焦がすものに押されるようにして言った。彼女はこちらに背をむけていたので聞いていなかった。もう一度声をかけると、彼女はぎょっとした。

「イーヴィー」と彼女はそこそこうれしそうに言った。「びっくりさせないで」

「ごめん」ばかみたいな気分になる。すとんとしたデザインのワンピースを着たやぼったいわたし。タマルのほうは紫と緑と赤の菱形模様が波打つ色鮮やかな流行の服を身にまとっていた。

「楽しいパーティーじゃない」と彼女は集まった人たちを見渡して言った。

なんと返そうか、ハワイ風のトーチがばかげているのに気づいていることを示す冗談でも言おうかと考えているうちに、母が割りこんできた。わたしはあわててグラスをテーブルに戻した。湧いてくる感情が憎らしい。タマルが来る前の気楽さは影をひそめ、いまは家のなかのあらゆるものと、両親にかんするあらゆることが意識されて苦しかった。責任はすべてわたしにあるみたいに。母の重たいロングスカートが、タマルと並ぶと古くさく見えることや、母がタマルに一生懸命にあいさつするようすが恥ずかしかった。神経がたかぶっているのか、母の首には赤い斑点が浮き出ている。わたしはふたりが儀礼的なおしゃべりに気を取られているすきに、そっと立ち去った。

吐き気と日焼けで体がだるくて、どこかに座りたかった。誰とも話す必要がなくて、タマルの視線を気にしなくてよくて、箸を手にした母がそんなに難しくないからと陽気に言ったとたんに蜜柑がずるっと皿に落ちるのを見なくてすむ場所に行きたかった。コニーがいてくれたらよかったのに——そのときはまだ友達だったのだ。プールサイドのお気に入りの場所は、噂好きの奥様方に占拠されていた。庭を挟んだここにまで、父の豪快な笑い声が響いてくる。父を取り巻く人たちも同じように笑っていた。わたしはワンピースの裾を引っぱった。なんとも気詰まりで、さっきまで手のなかにあったグラスの重みが恋しかった。すぐそばにタマルのボーイフレンドが立って、ポークリブを食べていた。

「カールの娘さん」と彼は言った。「だよね？」

ふたりが別行動をして、彼がひとりぼっちでがつがつ食べてばかりいるのを不思議に思ったのを覚えている。わたしなんかとしゃべりたがるのもおかしな話だった。わたしはうなずいた。

「いい家だね」と彼は口をいっぱいにしたまま言った。唇がポークリブでテカっている。ハンサムなのだけれど、どこか漫画っぽいところがあった。上をむいた鼻とか、顎の下の余分なたるみとか。

「とにかく土地が広い」と彼は付け加えた。

「おばあちゃんの家だったから」

彼は視線を動かした。「聞いたよ」と彼は言った。「おばあちゃんのこと。ちっちゃいころ、よく観てた」そのときになって、彼がだいぶ酔っていることに気づいた。口の端からずっと舌が見えている。「彼女が泉でワニを見つける回。ありゃ傑作だね」

人が祖母について懐かしげに語るのには慣れていた。彼らは大げさに祖母を褒め称え、テレビに映る彼女とともに育ったことや、リビングルームにむかって笑いかける彼女はもうひとりの、ほんものよりすてきな家族だったことを語るのだった。

「だろうな」とタマルのボーイフレンドはあたりを見回して言った。「ここが彼女の家だってこと。きみの親父さんにはひっくり返っても買えるわけがない」

それが父にたいする悪口なのはわかった。

「不思議だよ」と彼は言って唇をぬぐった。「きみのお母さんが耐えてるのが」

わたしは無表情だったに違いない。彼は指を揺らしてタマルのほうを示した。彼女はまだバーにいて、父の姿もあった。母はどこにも見当たらない。タマルがグラスを揺らすと、ブレスレットがじゃらじゃらと音をたてた。ふたりはしゃべっていた。とくに変わったことはない。どうして彼が異様なくらいにこにこしているのかわからなかった。わたしがなにか言うのを待っているらしい。

「親父さんはヤレるなら誰彼かまわずファックするからな」と彼は言った。

「お皿を下げましょうか？」とわたしは訊いた。あまりの衝撃に、ひるむ余裕もなかった。これは母から学んだことだった。礼儀に立ち戻る。慇懃にふるまうことで痛みを断ち切るのだ。ジャクリーン・ケネディみたいに。それがあの世代の美徳だった。不快なものをかわして、儀礼で抑えこんでしまうことが。だけどそれはもう過去の話で、皿を渡されたとき、彼の目に軽蔑のようなものが見えた。気のせいだったのかもしれないけれど。


日が暮れて、パーティーはおひらきになった。ハワイ風のトーチがまだ何本かついていて、濃紺の夜にぼんやりした炎がひらめいていた。家の前には派手な色の大型車が何台も連なり、父が大声であいさつするあいだ、母はナプキンをまとめたり、誰かの唾液がついたオリーブの種を手のひらに集めたりしていた。父がまたレコードをかけた。わたしの部屋の窓からのぞくと、父が母をダンスに誘おうとしているのが見えた。「アイル・ビー・ルッキング・アット・ザ・ムーン」と父が歌っている。当時、はるか彼方の月面はそれくらい憧れの的だったのだ。

父を憎むべきなのはわかっていた。でも、ばからしいとしか感じない。それよりも恥ずかしかった――父ではなく、母のことが。ロングスカートを手で触りながら、自分がどう見えるか尋ねてくること。ときどき歯に食べかすがついていて、わたしが指摘すると顔を赤らめること。父の帰りが遅いときに窓辺に立って、空っぽのドライブウェイに隠された新しい意味を読み取ろうとしていること。母はなにが起きているかわかっていたはずなのに――そうでなきゃおかしい――それでも父がほしかったのだ。コニーが、ばかげて見えるのを知りながらビールに飛びかかるように。タマルのボーイフレンドだってそう。すさまじい勢いでむさぼり食い、呑みこむよりも早く口を動かしながら知っていたはずだ、人は空腹のときに本性が出ることを。

だんだん酔いがさめてきた。眠気とむなしさのせいで、嫌でも自分に立ち返ってしまう。わたしはあらゆるものを軽蔑した。子供時代の痕跡を残す部屋、机に付けたレースの縁飾り。ずんぐりしたベークライトのアームが付いたプラスチック製のレコードプレーヤー、しっとりした生地が太ももの裏に張りつく袋型クッション。手のこんだオードブルを並べたパーティー、アロハシャツで浮かれ気分を演出する男たち。そういうのがぜんぶ合わさって、父がなにか別のものを求める理由になっているように思えた。わたしはタマルが首にリボンをむすんで、パロアルトの狭すぎるアパートメントで絨毯に横たわっているところを想像した。そこには父もいて――彼女を見ている？　椅子に座って？タマルのピンクの口紅がいやらしい気分を盛りあげる。彼女を憎もうとしたけれど無理だった。父を恨むことさえできない。残るは母ひとり。こんなことにした母、パン生地みたいに頼りなくて芯が弱い母だった。お金を渡し、毎晩夕食を作り、やがて父がなにか別のもの――タマルの型破りな意見や、テレビで見るような夏の過ごし方――を求めるようになったのは無理もない。

結婚をシンプルに、希望を持って想像していたころだった。結婚とは、あなたをだいじにすると誓い、あなたが悲しいときや疲れたときは気づき、冷蔵庫の味がするものなんか食べさせないと誓うこと。あなたの人生に寄り添うと誓うことだった。母はわかっていたはずで、にもかかわらずそのまま続けることにしたとき、それは愛にとってなにを意味するのか。決して心安らぐことはないのに――

あなたはわたしが愛するようには愛してはくれなかったことを嘆く、すべての悲しい歌のリフレインのように。

とても恐ろしいことだけれど、なにかが変わってしまったその原因、その瞬間を突き止めることはできない。目の前に背中が大きく開いたドレスの女がいるという事実と、どこかの部屋には妻がいるという事実のあいだには境目がなく混ざり合っているからだ。

音楽が止まったとき、母がおやすみを言いにくるのはわかっていた。それは恐れていた瞬間だった。取れかかったカールや、口のまわりににじんだ口紅に嫌でも気づく瞬間。ノックの音がしたとき、眠ったふりをすることも考えた。だけど電気がつけっぱなしだ。ドアがじわじわとひらいた。

母はかすかに顔をしかめた。「まだ着替えてなかったの」

いつもなら無視するか、冗談で返すところだけれど、なんであれ母を悩ませたくなかった。いまはやめておこう。わたしは体を起こした。

「いいパーティーだったんじゃない?」と母は言って、ドア枠に寄りかかった。「ポークリブも好評だったみたいだし」

もしかしたらわたしは純粋に、母が知りたがると思ったのかもしれない。あるいは母に安心させてほしくて、冷静な大人の解釈を求めていたのか。

わたしは咳払いをした。「ちょっと気になることがあって」

戸口の母が緊張する。

「そうなの?」

それを思い返すと自分が嫌になる。きっと母はなにを言われるかすでに気づいていたのだ。わたしを黙らせたいと願っていたはずだ。

「パパがしゃべってたんだよね」わたしは靴に視線を戻して、留め金に意識をむけた。「タマルと」

母はハアと息を吐いた。「で?」小さく笑っている。悩ましげな笑みではなかった。

わたしはわからなくなった。言いたいことは伝わったはずなのに。「それだけ」とわたしは言った。

母は壁を見た。「あのデザートは考えものね」と言った。「次回はマカロンにしようかしら、ココナッツマカロン。あの蜜柑のは食べにくくてしかたなかったから」

わたしは黙っていた。ショックで用心深くなっていた。靴を脱いでベッドの下に並べる。おやすみなさいとつぶやいたあと、顔を上げて母のキスを受けた。

「電気、消そうか?」と母が戸口で立ち止まって訊いた。

わたしが首を横に振ると、母はドアをそうっと閉めた。用心深く、取っ手がカチッと鳴って閉まるように。わたしは靴の跡がついて赤くなった自分の足を見つめた。なんとも苦しそうで、おかしな見た目をしている。すごくぶかっこうだ。こんな足の持ち主を誰が愛してくれるんだろうか。

母は父のあとにデートした男たちについて、生まれ変わったように、怖いくらいの明るさで語った。しかもそれには惜しみない努力が伴うらしかった。リビングルームにバスタオルを敷いて、レオタードを汗まみれにしながらエクササイズをする。手のひらを舐めてにおいを嗅ぎ、口臭をチェックする。母の付き合う相手は、ひげ剃り中に切ったところがおできになっているような男たちで、彼らは伝票を探そうとはするけれど、母が自分のクレジットカードを取り出すと、ほっとした表情を浮かべた。母が見つけてくるのはそんな男ばかりで、しかもそれで満足しているようだった。

そういう男たちとテーブルを囲んでいるとき、わたしはよくピーターを想像した。オレゴン州の知らない町にある地下のアパートメントで、パメラと眠っているところを。嫉妬と奇妙に混ざり合うのが、ふたりを守りたい、パメラのなかで育っている赤ん坊を守りたいという気持ちだった。かぎられた数の女の子だけが愛を約束されている。あのスザンヌという子みたいに、存在するだけでそんな反応を引き出すことのできる女の子がいるのだ。

母のいちばんのお気に入りは金（きん）を掘っている男だった。真実はどうあれ、フランクはそう自己紹介し、口の端からつばを飛ばして笑った。

「よろしくな、お嬢ちゃん」初めて会った夜、彼はそう言いながら太い腕でわたしを引き寄せて、ぎこちないハグをした。母は浮かれているうえにほろ酔いで、まるで川床や崖の下に金塊が転がっていて桃みたいにかんたんに収穫できる世界、それが人生だと言わんばかりだった。

フランクはまだ既婚者だけど近いうちに離婚する予定だと、母がサルに話すのを聞いていた。ほんとうなのかはわからない。フランクは家族を捨てるタイプには見えなかった。着ているシャツはボタンがクリーム色で、両肩に赤い糸で牡丹の刺繡がほどこしてあった。母はそわそわしたようすで髪を触ったり、前歯で爪を嚙んだりしていた。視線をわたしからフランクに移して言った。「イーヴィーはすごく頭のいい子なの」やけに大きな声だった。それでも、そう言われてうれしかった。「きっと才能を開花させてくれるはずだわ、カタリナで」わたしが通うことになっている寄宿学校のことだけれど、九月は何年も先に思えた。

「名案だな」とフランクは大声で言った。「あそこじゃグレようがないんだろ？」

わたしには彼が冗談を言っているのかどうかわからなかった。母にもわからないようだった。

ダイニングルームで静かにキャセロールを食べた。わたしは豆腐のかけらをよけて皿に積みあげていた。母の顔色をうかがうと、それについてはなにも言わないことにしてくれたようだった。

フランクはたとえ女物みたいにごてごてした変なシャツを着ていても見た目はよかったし、母をよく笑わせた。父ほどじゃないけれどハンサムだった。母はしょっちゅう手を伸ばして彼の腕に触れた。

「十四歳なんだろ?」とフランクが言った。「間違いない、ボーイフレンドが掃いて捨てるほどいるはずだ」

大人たちはすぐにボーイフレンドがいるだろうとからかうけれど、ある年齢が来たらそれはもはや冗談じゃなくなって、男の子たちがじっさいに求めてくることだってありうるのだ。

「まあね、山のようにいるよ」とわたしは言った。母がハッとしたのは、わたしの声に冷ややかなものを感じ取ったからだった。フランクは気づいていないらしく、母ににこっと笑いかけて、その手をぽんぽんと叩いた。母も笑ってはいたけれど、それは仮面を貼りつけたような笑みで、テーブル越しに彼とわたしのあいだを視線が行ったり来たりしていた。

フランクはメキシコに金鉱を持っているということだった。「あっちは規制がゆるいからね」と彼は言った。「労働力も安い。ほぼ確実にうまくいくわけだ」

「金はどれぐらい見つかったの?」とわたしは訊いてみた。「いまのところって意味では」

「そうだなあ、設備がぜんぶ整ったら、ざくざく出てくるだろうな」ワインを飲む彼の指がグラスにべったりと跡を残していく。母は彼と目が合って気持ちが落ち着いたらしく、肩の力が抜けて口もともゆるんだ。今夜の母は若く見えた。母にたいして、わたしが母親になったような奇妙な感情が湧いてきて、それがなんとも居心地悪くて顔をしかめた。

「いっしょに行こう」とフランクは言った。「三人で。メキシコまで小旅行だ。頭に花でもつけて」彼は小さいげっぷをしたあと、つばをごくりと呑みこんだ。母は顔を赤らめ、グラスのなかでワインが揺れた。

母はこの男が好きなのだ。ばかげたエクササイズをするのは、彼の前で服を脱いでもきれいでいるため。母の体は手入れされ、オイルを塗られ、その顔はしきりに愛を求めていた。母がなにかを必要としていると思うとつらくて、わたしは母のほうを見て笑おうとした。大丈夫だよね、ふたりでも、と伝えたくて。けれども母はわたしを見てはいなかった。それよりも母の意識はフランクにむけられていて、なんであれ彼が差し出すものを受け止めようと待ちかまえていた。わたしはテーブルの下で両手を握りしめた。

「奥さんはどうするの？」と訊いてみた。

「イーヴィー」と母がたしなめた。

「いいんだ」とフランクは両手をあげて言った。「もっともな質問だよ」彼は両目をごしごしこすってから、フォークを置いた。「これが込み入った問題でね」

「そんなに込み入ってないでしょ」とわたしは言った。

「失礼よ」と母が言った。フランクが母の肩に手をかけたけれど、母はすでに立ちあがって皿を片づけようとしているところで、いかにも忙しそうな険しい表情を作っていた。フランクは気づかうような笑みを浮かべて皿を手渡した。濡れてもいない手をジーンズで拭いている。わたしは母のことも彼のことも見ていなかった。爪の甘皮をいじって、満足感が得られるまで剝き続けた。

母が部屋を出ていくと、フランクは咳払いをした。

「あんまりママを怒らすなよ」と彼は言った。「いい人じゃないか」

「よけいなお世話だから」甘皮から少し血が出ている。指で押して、ヒリヒリする感覚を味わった。

「なあ」と彼はリラックスした声で、友達になろうとしているみたいに言った。「わかったぞ。家を出たいんだろ。年食ったママと暮らすのにうんざりしてるんだ、違うか？」

「どうしようもないわ」とわたしは口だけ動かして言った。

彼はなにを言われたのかわからず、望んだ答えが返ってこなかったことだけは理解したようだった。

「爪を嚙むのはみっともないことだぞ」と彼は熱くなって言った。「はしたない人間がする、みっともなくて、はしたない癖だ。きみはそういう人間か？」

母が戸口に戻ってきた。きっと聞こえたはずだ。フランクがいい人じゃなかったことにやっと気づいたはずだ。母はがっかりしたかもしれないけれど、わたしがもっとやさしくなろう、もっと家の手伝いをしようと心に決めた。

けれども母は苦い顔をしただけだった。「どうしたの？」

「イーヴィーに言ったんだ、爪を嚙まないほうがいいって」

「わたしも注意してるのよ」と母は言った。その声はあわてふためき、唇は引きつっていた。「ばい菌が入って、おなかを壊すわよって」

いろんな可能性が頭を駆けめぐった。母は時間稼ぎをしているだけだ。どうしたらうまいことフランクをわたしたちの人生から追い出せるか、わたしのことは他人がとやかく言う問題じゃないと伝えられるか考えているんだ。けれども母が座って、フランクに腕をさすられるままにしただけじゃなく、彼のほうに体を寄せたとき、わたしはこの先の展開を理解した。

フランクがトイレに行くと、わたしは母からなにかしら謝罪の言葉があるんじゃないかと思った。

「そのシャツ、ぴったりしすぎてるんじゃない」と母は小声でとがめるように言った。「ふさわしくないわ、その年齢には」

わたしは口をひらきかけた。

「明日話しましょう」と母は言った。「いいわね、あとで話しましょう」フランクの足音がすると、母は最後にもう一度わたしを見てから、立ちあがって彼のほうに歩いていった。わたしはひとり、食卓に取り残された。腕に降りそそぐ頭上のライトが痛いくらいに不快だった。

ふたりはポーチに出て腰を下ろした。母は人魚のイラストが入った空き缶を灰皿にしていた。わたしの部屋からも、ふたりが交互に話す声が遅くまで聞こえた。母の笑い声は自然であっけらかんとしていた。煙草の煙が網戸越しに漂ってくる。わたしのなかでは、その夜に起きたことがふつふつと煮えていた。母ときたら、人生なんて地面に転がった金を拾うようなもので、なにごともそんなふうにこなせばいいと思っているのだ。この不穏な気持ち、わたしだけがこのままだという息苦しさをなだめてくれるコニーはいなかった。あのおつむが鈍くて、いつも必死の相棒はもういなかった。

あとになって思えば、母のことはそれなりに理解できる。父といた十五年間が人生に空けていった大きな穴を埋め戻そうとしていたのだ。脳卒中を乗り越えた人が、車やテーブルや鉛筆を表す言葉を学びなおそうとするみたいに。鏡という神託所におずおずと自分を映すとき、母は若者のように批判的で希望に満ちていた。おなかを思いきり引っこめて、おろしたてのジーンズのジッパーを上げた。

翌朝、キッチンへ行くとテーブルに母がいて、茶碗はすでに空っぽで底に澱(おり)が溜まっていた。唇はきゅっと閉じられて、瞳は傷ついていた。わたしはなにも言わずに母の横を通り過ぎて、コーヒーの袋を開けた。がつんと来るその豆は、父が好きだったカフェインレスのインスタントコーヒーのかわりに母が買ってきたものだった。

「あれはどういうこと?」母が冷静になろうとしているのは伝わってきたけれど、言葉が焦っていた。

わたしは挽いてある豆をコーヒーメーカーに入れて火にかけた。仏教徒みたいな穏やかな表情を保ち、粛々と自分のタスクをこなす。これはわたしのとっておきの武器で、母がいらいらを募らせるのがわかった。

「あら、今日はやけにおとなしいじゃない」と母は言った。「昨日のあなたはフランクにものすごく失礼だったのに」

わたしは無視した。

「わたしを不幸にしたいの?」母は立ちあがった。「ちゃんと聞きなさいよ」手を伸ばしてコンロの火をパチンと消す。

「あのさあ」とわたしは言ったものの、母の表情を見て黙った。

「どうしてそっとしておいてくれないの?」と母は言った。「大騒ぎするようなことじゃないのに」

「あいつは奥さんと別れないよ」激しい感情に自分でもびっくりする。「ママといっしょになる気なんかないんだ」

「彼がどんなふうに生きてきたか知らないくせに」と母は言った。「なにも知らないでしょ。よくわかった気でいるみたいだけど」

「あっそ」とわたしは言った。「金か。いいじゃん。あっちで大成功するんじゃないの。パパみたいに。どうせカネを貸してくれって言われてるんでしょ」

母はびくっとした。

「わたしはあなたにたいしてちゃんと努力してる」と母は言った。「わたしはずっと努力してきたけど、あなたはちっともしてない。自分を見てみなさいよ。なにもしてないじゃない」母は首を横に振りながら、ガウンの前をきつく合わせた。「いまにわかる。人生にあっというまに呑みこまれて、どうなると思う？　いつか自分に行き詰まるんだわ。野心も気力もないまま。カタリナにほんとうのチャンスがあっても努力しなきゃ。わたしの母があなたの年でなにをしてたかわかる？」

「ママはなにもしてないじゃん！」わたしのなかでなにかがひっくり返った。「ママがしたのはパパの世話を焼くことだけ。そしたらパパは出てった」顔が燃えるように熱かった。「がっかりさせてごめん。こんなにひどい娘でごめん。わたしもカネをバラまかなきゃ褒めてもらえないんだよ、ママみたいに。ママがそんなにすごい人なら、なんでパパは出てったの？」

母の手が伸びてきて、ひっぱたかれた。強くじゃないけれど、バチンと音が鳴るくらいには強く。わたしはニッと笑った。気が触れた人みたいに、しっかりと歯を見せて。

「出てって」母の首は赤くまだらになり、手首はか細かった。「出てって」と押し殺した声でもう一度、弱々しく言った。わたしは家を飛び出した。

砂利道を自転車で走った。心臓がばくばくして、目の奥がぎゅっと締めつけられるみたいだった。ひっぱたかれたところがひりひりするのを楽しんだ。母がひと月かけて注意深く育ててきた善のオーラ――お茶も、はだしの生活も――が一瞬でだめになった。いい気味だ。好きなだけ恥じればいい。どんなクラスも洗浄（クレンズ）もリーディングも意味がなかった。母はいままでどおりの弱い人間だった。わたしはさらに速くペダルをこいだ。喉に吹きつける風。フライングAに星チョコでも買いにいこうか。映画館でなにをやっているかのぞきにいってもいいし、だし汁みたいな川のほとりを散歩するのもいいかもしれない。乾いた熱風で、髪の毛がふわりと浮きあがる。自分のなかで憎しみが凝り固まっていくのを感じた。それはほとんど気持ちいいくらいの大きな憎しみで、混じりけがなく激しかった。ものすごい勢いでこいでいたところ、急に失速した。チェーンがはずれたのだ。自転車はのろのろ進んだ。わたしはふらつきながら消火用道路の端のほうに止まった。両脇からも、膝の裏からも汗が噴き出す。格子細工みたいな楢の木のすきまから太陽が照りつけている。わたしは泣くまいとした。地面にしゃがんでチェーンを直していると、そよ風が目に染みて涙がにじみ、指先はグリースでつるつる滑った。つかんでいるのが難しくて、チェーンは落ちてしまった。

「くそっ」と言ったあと、もっと大きな声でくりかえした。自転車を蹴飛ばして八つ当たりしたいところだけれど、それほどみじめなことはない。怒りをぶちまけてみせたところで誰も見ちゃいないのだから。もう一度、チェーンを引っかけようとしたけれどうまくはまらず、どうしても弛んでしまう。わたしは自転車を土の上に倒して、その横にへたりこんだ。前輪がちょろちょろ回転して、やがて止まった。地面にのびた役立たずの自転車をじっと見る。フレームは「キャンパス・グリーン」というカラーで、店頭で見たときに連想したのは、夜間部の授業のあと家まで送ってくれる元気な男子学生だった。女々しい空想、使えない自転車。失望が次々につながって輪っかを作り、どこかで聞いたような悲しい歌を奏で始めるのにまかせる。たぶん、コニーはメイ・ロープスというのだろう。ピーターとパメラはオレゴンのアパートメントに置く鉢植えを買い、夕食用のレンズマメを水で戻しているだろうか。わたしにはなにがある？　顎から地面にしたたり落ちる涙は、この苦しみをじょうずに証明してくれた。自分のなかにある欠乏感を動物のようにまるくなって包みこんだ。

まず音がして、そのあと見えてきたのは、砂埃を舞いあげながら道路をのろのろやってくるあの黒いスクールバスだった。汚れが点々とついた灰色の窓のむこうに、人影がいくつかぼんやりと見える。ボンネットにはいびつなハートマークがひとつペンキで描いてあり、人の目のようにばさばさした睫毛がついていた。

男物のシャツにニットのベストを着た女の子が、ぺったりしたオレンジ色の髪の毛を振り払いながらバスから降りてきた。ほかの声もして、窓のむこうが騒がしくなる。誰かの丸い顔がぬっとあらわれて、こちらを見ている。

女の子が抑揚のない声で言った。「どうしたー？」

「自転車が」とわたしは言った。「チェーンがひどいことになっちゃって」女の子はサンダルの先でタイヤに触れた。名前を訊こうとしたとき、バスのステップからスザンヌが下りてきて、心拍数が急上昇する。わたしは立ちあがって膝についた土を払おうとした。スザンヌは微笑んでいるけれど、どこかうわの空に見えた。名前を思い出してもらう必要があることに気づいた。「このあいだ」

「イースト・ワシントンのお店で会ったよね」とわたしは言った。

「そうそう」

こんなふうに再会した不思議なめぐり合わせについてなにか言ってくれるかと思ったけれど、彼女はなんだか退屈しているようだった。わたしはちらちらと彼女のようすをうかがった。このあいだ話したこと、思慮深い人だと言ってくれたことを思い出してほしかった。けれどもちゃんと目が合うことはなかった。

「あんたがそこに座りこんでるのが見えてさ、あらら、かわいそうにって」と赤毛の子は言った。これがドナだと、あとで知ることになる。変わった風貌の子で、眉毛が薄すぎて顔が宇宙人みたいにのっぺりして見えた。彼女はしゃがみこんで自転車に顔を近づけた。「スザンヌが知り合いだって言うからさ」

三人でチェーンを元に戻そうとがんばった。ふたりの汗のにおいを嗅ぎながら自転車をスタンドで立たせる。どうやら自転車を倒したときにギアが曲がってしまったらしく、溝がうまく嚙み合わない。

「だめだ」スザンヌはため息をついた。「こりゃどうしようもないわ」

「ペンチかなにかが要るね」とドナは言った。「すぐには直せない。バスに積んで、しばらくあたしらに付き合いな」

「町まで乗っけてあげればそれでいいよ」とスザンヌは言った。

彼女はきびきびしゃべった。わたしは片づけなきゃいけないお荷物であるかのように。たとえそうだとしてもうれしかった。わたしのことなど考えてくれない人のことを考えるのに慣れていたから。

「いまから夏至のパーティーなんだ」とドナが言った。

母のところには帰りたくなかった。自分で自分のめんどうを見るしかないむなしい場所。それにここでスザンヌを手放してしまったら、もう会えない気がした。

「イーヴィーも来たがってるし」とドナが言った。「この子、ぜったいに乗り気だね。ねえ、あんたも楽しみたいよね？」

「あのねえ」とスザンヌは言った。「まだ子供じゃない」

恥ずかしさがこみあげる。「十六歳だよ」とわたしは嘘をついた。

「十六歳だよ」とドナがくりかえした。「ラッセルがいたら、ちゃんともてなすように言うと思わない？　おもてなしの心が足りなかったことをもし言いつけたら、彼は怒ると思うんだけど」

ドナの声に脅迫めいたところはなくて、たんにからかっているような調子だった。

スザンヌの口は堅くむすばれていたけれど、最後には微笑んでくれた。

「しょうがないね」と彼女は言った。「じゃあ自転車を後ろに積みこんで」

スクールバスは中身を取り払って改装したらしく、その時代らしい、安っぽくてごてごてしたインテリアになっていた。ほこりで灰色になったオリエンタルな絨毯を敷いたフロア、古道具屋にありそうなよれよれの房飾りがついたクッション。車内を満たす強烈な線香のにおい、窓にカチカチ当たるプリズム。段ボールに書き殴ったくだらないフレーズ。

車内にはほかに女の子が三人いて、いっせいにわたしに注目した。食いつくような視線に、まんざらでもない気分になる。彼女たちは煙草を吸いながら、わたしをじろじろながめまわした。お祭りのような、時間を超越した空気。袋に入った緑色のジャガイモ、べたっとしたホットドッグのパン。木箱に入っているのは熟れすぎてぐっちゃりしたトマトだ。「フード・ランしてたとこだったんだよね」とドナは言うけれど、どういう意味かよくわからなかった。それよりもこの急激に動きだした運命と、脇の下をゆっくりと伝う汗のことでいっぱいいっぱいだった。見抜かれて、無関係な侵入者だと思われるのをただ待った。わたしの髪はきれいすぎたからだ。とはいえ体裁とか礼儀とかはどうでもいいことで、誰も気にしていないように見えた。ひらいた窓からのながめを風に乱れる自分の髪の毛がさえぎり、ますますどこにいるのかわからなくなって、気づいたらこの奇妙なバスに乗っていたような気分になる。バックミラーに吊るしたビーズの房付きの羽根。ダッシュボードの上の太陽で色あせたラベンダーのドライフラワー。

「この子も来るから」とドナがのんびりした声で言った。「夏至に」

いまは六月の頭で、夏至は下旬だと知っていたけれど、なにも言わなかった。くりかえされる沈黙の一つ目の例だ。

「今日の捧げ物はこの子だね」とドナがみんなに言った。くすくす笑いながら。「この子を生贄（いけにえ）にしよう」

わたしはスザンヌを見た。たとえ短くても、ふたりで共有したあの時間が、ここにいる承認になる気がしたから。けれども彼女は端のほうに座って、木箱のトマトに夢中だった。表面を押してみて、傷んだものをよけている。蜂を手で払いのけながらやっている。あとから思えば、あのときわたしを道で拾ったことを、スザンヌだけがあまりよろこんでいないようだった。彼女の態度には、どこか冷ややかでよそよそしいところがあった。守ろうとしたんだと思うほかない。スザンヌにはわたしの弱さが見えたのだ。光で照らしたみたいにはっきりと。弱い女の子がどうなるか知っていたのだ。

ドナがみんなに紹介してくれたので、わたしは名前を覚えようとがんばった。ヘレンという子は年が近く見えたけれど、それはおさげにした髪型のせいかもしれない。地元で評判の美女にありがちな若さゆえにかわいいと言われるタイプで、獅子鼻でとっつきやすい顔立ちではあるけれど、あきらかに賞味期限があった。それから、ルーズ。「ルーズベルトの省略形だよ」と彼女は教えてくれた。「フランクリン・Dと同じね」彼女はいちばん年上で、赤らんだ丸顔が絵本の登場人物みたいだった。運転をしている背の高い女の子の名前は覚えられなかった。その日以降、彼女に会うことはなかった。

ドナが場所を空けて、刺繡をほどこしたクッションの真ん中をぽんぽん叩いた。

「おいで」と彼女に言われ、わたしは毛羽立ってちくちくするクッションに座った。変わっているし、ちょっとおつむが弱そうだけれど、わたしはドナが気に入った。彼女は自分の欲深さや卑しさを少しも隠さなかった。

バスはふらつきながら進んだ。内臓がこわばってガタピシいっても、安物の赤ワインの大瓶が回ってくれば両手にこぼしながら飲んだ。みんな幸せそうに笑っていて、ときどきおしゃべりから急に短い歌が始まった。いろいろ変わったところがあるのに気づいた。みんながよく無意識に手をつなぐこと、「調和（ハーモニー）」とか「愛（ラブ）」とか「永遠（エタニティー）」といった言葉をさりげなく使うこと。ヘレンが小さな子供みたいにふるまうこと。彼女は自分のおさげを引っぱりながら赤ちゃん声でしゃべり、ルーズの膝の上にどっかり座りこんだ。甘えてお世話してもらおうとするみたいに。ルーズは文句も言わずにぼんやりして、いかにも人がよさそうだった。ピンク色のほっぺたと、両目にかかるまっすぐな金髪。でもそれは人がいいというより、人のよさがあるべき場所にぽっかり空いた、押し黙る穴だったのかもしれないと、あとで思うようになった。ドナはわたしのことを知りたがった。ほかの子たちも訊いてくるから、質問がいっこうに途切れない。注目を浴びているのがうれしくてしかたなかった。どういうわけか、この子たちに好かれているらしい。その考えはなじみのないもので、よろこばしくもあった。謎めいた贈り物ということにして、あまり深く詮索しないことにしよう。スザンヌの口数が少ないことだって、いいほうにとらえることもできる。きっと彼女はシャイなのだ。わたしみたいに。

「すてき」とドナがわたしのシャツに触れて言った。ヘレンも袖をつまんだ。

「あんたってお人形さんみたい」とドナは言った。「きっとラッセルも好きになるね」

　彼女はその名前を、そんなふうにぽんと出した。相手がラッセルを知らないかもしれないなんて想像できないみたいに。彼の名前を聞いて、ヘレンがくすくす笑った。キャンディでも舐めているみたいにうれしそうに肩をまるめて。わたしがよくわからずに目をぱちくりさせるのを見て、ドナも笑った。

「きっとあんたも好きになるよ」と彼女は言った。「あの人はみんなとは違う。ほんものだから。いっしょにいるだけでナチュラルハイになるんだ。太陽みたいな感じかな。それくらいでっかくて、間違いない人」

ドナはこちらをむいてわたしが聞いているかどうか確かめ、そうとわかると満足そうにした。いまから行くのは、生き方を探る場所なんだと彼女は言った。そこでラッセルが教えているのは真理にいたる道の見つけ方や、ひとりひとりのなかに隠されたほんとうの自分を解放する方法。彼女はガイという男について話した。前は鷹の訓練士をしていたけれどグループに加わって、いまは詩人になろうとしているらしい。

「初めて会ったとき、彼はおかしなライフスタイルを実践してて、肉しか食べてなかったんだ。自分を悪魔かなにかだと思いこんでて。でもラッセルが手を差し伸べて、愛する方法を教えてあげたの」とドナは言った。「誰にだって愛することはできるし、嘘も超越することができる。だけどあまりにもいろんなもんがあたしらの邪魔をしてくるね」

ラッセルという人物をどうイメージしたらいいかわからなかった。基準となる男性が自分の父親や、好きになったことのある男の子たちくらいしかいなかったのだから。ここにいる女の子たちがラッセルについて話すときの口ぶりは違っていた。もっと地に足のついた崇(あが)め方で、そこにはわたしが知っている遊び半分の少女じみた憧れはいっさいなかった。彼女たちには揺るぎない自信があって、ラッセルの不思議な能力を引き合いに出すときは、それがまるで月と海の満ち干の関係や、地球が回っているのと同じくらい広く認められていることであるかのようにしゃべった。

ラッセルはほかの人間とは違うんだとドナは言った。彼は動物が発するメッセージを聞くことができた。両手を使って人を癒すときは、腐った部分をできもののようにきれいに取りのぞいてしまうことができた。

「相手のことがぜんぶわかっちゃうしね」とルーズが付け加えた。まるでそれがいいことみたいに。

わたしに評価が下されるかもしれないという考えが、ラッセルにたいして抱いたかもしれない不安や疑問を押しのけてしまった。そのころのわたしはなによりもまず、評価される対象だった。そうなるとどんな関係でも、相手側が力を握ってしまう。

ラッセルについて話すとき、彼女たちの顔にはセックスをほのめかすものがよぎった。プロムの夜みたいな興奮。誰かがはっきりと口にしたわけじゃないけれど、全員が彼と寝ているんだとわかった。そんな取り決めがあることにわたしは顔を赤らめ、ひそかにショックを受けた。しかも誰もほかの子に嫉妬しているようには見えない。「心はなにも所有することはできない」とドナは読みあげるみたいに言った。「愛ってそういうもんじゃないからね」そう言ってヘレンの手をぎゅっと握り、視線を交わした。スザンヌはろくにしゃべらず離れたところに座っていたけれど、ラッセルの名前が出ると表情が変わるのがわかった。そんなやさしい妻のような目を、わたしもしてみたかった。

よく知る町並みが流れていくのをながめているうちに、わたしはいつのまにか笑顔になっていたかもしれない。バスが日陰を抜けて太陽の下に出た。わたしはここで育ったから、あまりに深く知りすぎて、通りの名前なんかほとんど知らなくて、移動するとき頼りになるのは目や頭が覚えている目印だった。藤色のパンツスーツを着た母が足首をひねった曲がり角。いつもなんとなく邪悪なものがひそんでいるように見えた雑木林。日よけが破れたドラッグストア。よく知らないバスの窓から、おんぼろの絨毯で太ももがちくちくするのを感じながらながめる故郷の町は、わたしの存在をきれいさっぱり洗い落としたように見えた。この町を去るのなんてかんたんなことだった。

みんなは夏至のパーティーの相談をしていた。ヘレンは膝をついて、うきうきしたようすでおさげを編みなおしていた。どんなおしゃれをしようかとか、ラッセルがへんてこな夏至の歌を作ったとかいう話を、わくわくしながら聞いた。ミッチという人物がお酒を買うお金を出してくれたらしかった。彼の名前を、ドナは意味ありげに強調して言った。

「ほらあれ」それから彼女はくりかえした。「ミッチだってば。あのミッチ・ルイスだよ」

ミッチという名前には聞き覚えがなかったけれど、彼のいるバンドはわたしも知っていて、テレビで観たことがあった。スタジオのセットの強烈なライトの下で、額から汗を飛び散らせて演奏していた。背景にはキラキラしたティンセルが垂れ下がり、バンドメンバーは回転式のステージの上で宝石箱のバレリーナみたいにくるくる回っていた。

わたしは興味のないふりをしていたけれど、そこにあるのはずっと存在を疑ってきた世界、有名ミュージシャンをファーストネームで呼ぶ世界だった。

「ミッチはラッセルとレコーディングもしてるんだよ」とドナが教えてくれた。「そこでラッセルにすっかりやられちゃったの」

やっぱりそこでも出てきたのは、ラッセルはすごいんだという彼女たちの自信だった。そんなふうに信頼するものがあることがうらやましかった。誰かが人生の穴を繕ってくれたら、落ちても下に安全ネットがあって、毎日がちゃんと明日につながっているような気になれるのかもしれない。

「ラッセルは有名になるよ、あっというまに」とヘレンが付け加えた。「もうレコード契約も済んでるんだから」おとぎ話のようだけれど、それですまされる話でもない。だって彼女はそうなると確信しているのだから。

「ミッチがラッセルをなんて呼んでるか知ってる？」ドナは両手をおばけみたいにゆらゆらさせた。

「魔術師(ウィザード)。かっこよくない？」

農場（ランチ）に着いてしばらくすると、そこらじゅうでミッチの話をしていた。ラッセルがレコード契約まであと一歩だということ。ミッチはみんなのパトロンで、ランチの子供たちがカルシウムを摂れるようにクローバー牛乳を配達させるなど経済的に援助していること。経緯を知ったのは、だいぶあとになってからだった。ミッチはベイカー・ビーチの集会（ラブ・イン）でラッセルに出会った。ラッセルはいつものようにバックスキンのシャツを着て、メキシコのギターをかついで参加していた。取り巻きの女の子たちを従えて、聖書が教える清貧めいた空気を漂わせながら小銭をせがんでいた。冷たく暗い砂、焚き火の明かり。ミッチはアルバムを出したあとで休業中だった。ポークパイハットをかぶった誰かさんとして、浅蜊（アサリ）を蒸した鍋の番をしていた。

あとで知ったことだけれど、ミッチはそのとき危うい状況にあった。幼なじみだったマネージャーと金銭関係で揉め、マリファナで逮捕されたときは不起訴になったものの、それでも――彼にはラッセルが、よりリアルな世界の住人に見えたはずだ。ゴールドディスクとか、プールをアクリル板で覆ったホームパーティーなんかにたいする罪の意識をかき立てたに違いない。ラッセルが差し出したのは神秘的な救済で、それを支えていたのが、ラッセルが話すときにうやうやしく目を伏せる若い女の子たちだった。ミッチはティブロンの自宅に全員を招いて、冷蔵庫のものを好きなだけ食べさせ、来客用の部屋に泊めてやった。みんなは林檎ジュースやピンク色のシャンパンを何本も飲み干し、ベッドに泥の足跡を付けた。やりたい放題の、どこかの占領軍みたいに。朝になると、ミッチはみんなをランチまで送ってくれたという。彼はそのときすでに魅了されていたのだ。真実と愛について穏やかに話すラッセルに。そうした呪文は、裕福な探求者たちにはとくによく効いた。

わたしはその日に女の子たちから聞かされたことをすべて信じた。彼女たちは酔ったように、あふれ出すプライドとともに、ラッセルの素晴らしさを語った。彼が道を歩けば人だかりができるようになる日も近いこと。自由になる方法を彼が全世界に伝えるにはどうすればいいかということ。それに、ミッチがラッセルのためにレコーディングのお膳立てをしたというのはほんとうだった。レコード会社がラッセルの雰囲気をおもしろくて時代に合っていると思うかもしれないと、ミッチは考えたのだ。これも知ったのはずっとあとのことだけれど、じつはそのレコーディングはうまくいかず、伝説的な失敗とされた。ほかのいろんなことが起きる前の話だ。

災害で命拾いした人たちの体験談は、必ずしも竜巻警報とか、機長がエンジンの故障を告げるところから始まるわけじゃなく、たいていかなり時間をさかのぼったところから始まるものだ。その日は朝から太陽の光がおかしかったとか、シーツに異常な静電気が発生していたなんてことを言い張る。あるいはボーイフレンドと意味のない喧嘩をしたとか。まるでそれより前に起きたすべてのことに、虫の知らせが織りこまれていたみたいに。

わたしはサインを見逃したんだろうか。体の奥がうずくようなことはなかったか？ トマトの木箱を這いまわるキラキラした蜂は？ 道路にやけに車が少なかったことは？ バスのなかで、ドナにこんな質問をされたのを覚えている。さりげなく、ふと思いついたみたいに。

「ラッセルについてなにか聞いたことはある？」

わたしにはその質問はぴんとこなかった。わたしはわかっていなかったけれど、彼女はわたしが噂をどれくらい知っているか確かめようとしたのだった。乱交パーティーをしているとか、ＬＳＤでトリップしまくっているとか、大人の男たちへの奉仕を強いられたティーンエイジャーが脱走したとかいう噂。月夜の浜辺で生贄にされる犬たち、砂に埋もれて腐っていくヤギの頭部。もしコニーのほかにも友達がいたら、パーティーなんかでラッセルにかんするおしゃべりを耳にしていたかもしれない。

キッチンで声をひそめて交わされる噂話を。そしたらもっと慎重になれたかもしれない。だけどわたしはただ首を横に振った。なにも聞いたことがなかった。

五、

たとえあとになって、いろいろ知ることになるとしても、最初の夜に目の前にあったものの、その先を見通すことは不可能だった。ラッセルのバックスキンのシャツは肉のような腐ったようなにおいがして、ベルベットのようにやわらかかった。スザンヌの微笑みはわたしのなかで花火みたいにぱっと咲いて、あとに色付きの煙と、空に漂うきれいな燃えかすを残していった。

「平原の我が家よ（ホーム・オン・ザ・レンジ）」と歌うドナの声を聞きながら、その日の午後、わたしたちはバスを降りた。

一瞬、どこにいるのかわからなくなる。バスはハイウェイからだいぶ離れ、未舗装の道をガタゴト走って、この楢の木に覆われたまばゆい夏の丘陵地帯の奥深くまで来ていた。古い木造の家が一軒。ごつごつした薔薇の文様と漆喰塗りの円柱が、寂れたお城みたいな雰囲気を醸し出している。それはかりそめの世界を生み出すことに一役買っていて、あとは見えるかぎりでは家畜舎や、沼みたいになったプールもあった。もこもこした六頭のリャマが、囲いのなかでぼんやりしている。遠くの人影が、フェンス伝いに広がる茂みを刈りこんでいた。彼らは手をあげてあいさつしたあと、また腰を曲げて仕事に戻った。

「小川があって、水が減ってるけどまだ泳げるよ」とドナが言った。

彼女たちがじっさいにここで共同生活を送っているのが、わたしには魔法のように思えた。家畜舎の壁を蛍光色のいろんなシンボルマークが這いあがり、一列に干した服がそよ風を受けて幽霊みたいに揺れている。問題児たちが暮らす孤児院だ。

ここで車のコマーシャル撮影が行われたこともあるんだと、ヘレンが赤ちゃん声で言った。「だいぶ前だけどね」

ドナに肘でこづかれた。「わくわくしてこない？」

わたしは訊いた。「でもこんなとこ、どうやって見つけたの？」

「とあるじいさんが住んでたんだけど、屋根が傷んで出ていくことになって」ドナは肩をすくめた。「それであたしらが修理したってわけ。それを孫が貸してくれてんの」

彼女の説明によると、お金を稼ぐためにリャマの世話や、隣の農家の手伝いをしているという。レタスをポケットナイフで収穫したり、そこの特産物を青空市場へ売りにいったりするらしかった。ヒマワリの花や、ペクチンたっぷりのマーマレードの瓶詰なんかを。

「時給三ドル。悪くないでしょ」とドナは言った。「でもちっとも余裕がないんだよね」

わたしはうなずいた。その心配はよくわかる、というふうに。四、五歳の男の子がルーズめがけて勢いよく走ってきて、彼女の脚にぶつかった。ひどく日焼けして、髪を白く脱色したその子は、もうオムツをはずしてもいい年齢に見えた。ルーズの子だろうか。ラッセルが父親なのか？　セックスのことが頭をよぎり、胸のドキドキが急に速くなる。男の子は起こされた犬みたいにハッと顔を上げて、おもしろくなさそうに、怪しいものを見るように目を細めてわたしを見た。

ドナがもたれかかってきた。「ラッセルに会いにいこう」と彼女は言った。「ぜったい好きになるからさ」

「パーティーで会えるでしょ」とスザンヌが話に割りこんできた。そばに来ていたのを知らなかったから、その近さにドキッとした。彼女はジャガイモの袋をわたしに渡すと、自分は段ボール箱を抱えた。「まずこれをキッチンに置きにいくよ。今夜のごちそうになるんだから」

ドナはぷっとふくれたけれど、わたしはスザンヌのあとを追った。

「じゃあね、お人形さん」ドナは細い指をぱらぱら動かしながらそう言って笑ったけれど、決して意地悪な笑いじゃなかった。

スザンヌの黒髪を追いかけて、知らない人たちのなかを進んだ。地面が傾いているせいで平衡感覚がおかしくなる。煙が充満したようなにおいのせいもあった。スザンヌに頼み事をされたのが仲間の証しのようでうれしかった。髪の毛が日焼けしてぱさぱさになった若者たちが、はだしやブーツでうろつきまわっている。この夏至のパーティーについて熱っぽくしゃべる声をあちこちで聞いた。わたしはまだ知らなかったけれど、みんながこんなにてきぱき働いているのは、農場(ランチ)では珍しいことだった。女の子たちはめいめいが一張羅の古着を着て、楽器を赤ん坊のようにだいじに抱えていた。太陽がギターの金具に当たってサイケデリックな光のダイヤを作り出し、腕のなかでタンバリンが調子はずれな音を鳴らした。

「こいつら一晩中嚙みついてくるんだよね」スザンヌはまわりを飛んでいるアブを一匹、ぴしゃっと叩いた。「起きたら掻きすぎて血まみれになってるんだから」

母屋の裏手はフィルターみたいな楢の木と大きな岩ばかりの荒地で、中身が抜き取られて廃車になった車が何台か放置されていた。スザンヌのことが好きなのに、自分が必死についていこうとしている気がしてしかたなかった。そのころは人を好きになることと相手の前で緊張することが、しばしばセットになっていた。上が裸で、ベルトにごついシルバーのバックルがついている男の子が、通りかかったわたしたちに野次を飛ばしてきた。「なに持ってんの？　夏至のプレゼント？」

「まさか」とスザンヌが言った。

男の子がニカッとやんちゃな笑顔を浮かべたので、わたしも笑い返そうとした。彼はまだ若く、黒い髪を長く伸ばしていて、その目尻が垂れた古風な顔を、わたしはロマンチックだと思った。女性的な陰のある、映画の悪役にいそうなタイプのハンサムだったけれど、彼がカンザス出身だということをあとで知った。

これがガイだった。農場の息子で、トラヴィス空軍基地から逃げてきたのは、そこが父の家と同じようにくだらない場所だとわかったからだった。ビッグサーでしばらく働いたあと、北へ流れた。そしてヘイト・アシュベリーの周辺部をにぎわしているグループにはまる。それはかたちばかりの悪魔崇拝者たちから成るグループで、ティーンの女の子よりもたくさんのジュエリーを身につけていた。スカラベのロケットペンダント、プラチナの短剣、赤いろうそく、パイプオルガンの音色。そんなガイはある日、ゴールデンゲート・パークでギターを弾くラッセルに出会った。西部開拓時代風のバックスキンのシャツを着たラッセルを見て、幼いころ読んだ冒険記を思い出したかもしれない。カリブーの皮を剝ぎ、極寒のアラスカの川を歩いて渡るような男たちが活躍する冒険シリーズ。それ以来、ガイはラッセルとずっといっしょにいる。

その夏、のちに女の子たちを乗せたあの車を運転していたのがガイだった。彼が自分のベルトを管理人の両手首にきつく巻き付けると、大きなシルバーのバックルがやわらかい皮膚に食いこんで焼き印のような、奇妙なかたちの跡を残したのだ。

けれども初めて会ったその日、彼はただの男の子で、黒魔術師（ウォーロック）みたいな危険な香りを放っていた。わたしはゾクゾクしながら肩越しに彼を盗み見た。

スザンヌが、通りかかった女の子を呼び止めた。「ニコを子供部屋に戻すようにルーズに言って。ここにいちゃだめ」

話しかけられた子はうなずいた。

スザンヌは歩きながらわたしをちらっと見て、困惑を読み取ったらしかった。「ラッセルは、子供とべったりしすぎるのはよくないって考えなの。それが自分の子の場合はとくにね」彼女はちっとも楽しくなさそうに笑った。「だって、子供は大人の所有物じゃないでしょ？　なにか抱きしめるものがほしいからって、子供をだめにしていいわけじゃない」

呑みこむまでに少しかかったけれど、つまり親に権利はないということだった。それがたちまち光り輝く真実に思えた。母がわたしを産んだからといって、わたしは母の所有物じゃない。母はたんにそのときの気分で、わたしを寄宿学校に送りこもうとしている。ここはまるで異国だけれど、むしろ生きやすいかもしれないと思った。この得体の知れない集団の一部になって、愛はあらゆる方向からやってくると信じるほうがいいのかもしれない。そしたら願った方向からじゅうぶんな愛が得られなくても、がっかりすることはないのだから。

キッチンは外にくらべると真っ暗で、急な変化にわたしは目をぱちぱちさせた。屋内には大量の料理と体臭が混ざり合ったような、鼻をつく泥臭いにおいが立ちこめている。壁はほとんどむき出しでヒナギク柄の壁紙が筋状に残っているのと、スクールバスの奇妙なハートマークがここにもペンキで描いてあった。窓はサッシがたがたで、カーテンのかわりにTシャツがかかっている。どこか遠くないところでラジオが流れていた。

キッチンには十人かそこらの女の子がいて、料理という任務に精を出していた。みんな健康そうで、ほっそりした腕は日に焼けて、髪はふさふさしている。でこぼこだらけの床板をはだしで踏みしめていた。彼女たちはきゃっきゃと笑いながらじゃれ合い、体の肉をつまみ合ったり、スプーンで叩き合ったりしていた。料理はどれもどろっとして、ちょっと傷んでいるようにも見えた。わたしがカウンターにジャガイモの袋を置くと、ひとりの女の子がすぐに状態を調べ始めた。

「緑のジャガイモは毒でしょ」と彼女は言った。舌打ちをして、袋の中身を選り分けていく。

「火を通せば平気」とスザンヌは言い返した。「だから使って」


スザンヌが寝泊まりしている小さな離れは地面がむき出しで、シングルサイズの裸のマットレスが四方の壁に一台ずつ置かれていた。「女の子はたいていこっちで寝てる」と彼女は言った。「場合にもよるけど。あと、ニコもときどき。ほんとうは来てもらいたくないんだけどね。自由に育ってほしいから。でもわたしのことが好きみたいで」

正方形のシルクの染め物を敷いたマットレスには、ミッキーマウスのカバーをした枕が置いてあった。スザンヌに巻き煙草を渡された。吸い口が唾液で湿っている。彼女は灰が太ももに落ちても気にするようすもなかった。それはマリファナだったけれど、コニーがピーターの靴下の引き出しから取ってくるぱさぱさのくずみたいなやつよりも強力だった。こっちはオイルをたっぷり含んでいるから、立ちのぼる濃厚な煙もなかなか消えない。わたしは感覚が変化してくるのを待った。コニーならなにもかも嫌がるだろう。ここは汚くて変な場所で、ガイとかいう男は恐ろしいやつだと――そう考えると誇らしい気持ちになる。頭のなかが穏やかになってきて、葉っぱが効き始めたのがわかった。

「ほんとに十六歳なの？」とスザンヌが訊いた。

嘘をつきとおしたかったけれど、彼女のまっすぐな視線がまぶしすぎた。

「十四歳」とわたしは言った。

スザンヌは驚いていないようだった。「帰りたかったら家まで送るよ。無理して残る必要ない」わたしは唇を舐めた。無理だと思われた？　それとも、わたしのせいで恥をかくと思ったんだろうか。「どこにもいる必要ないんだ」とわたしは言った。

スザンヌは口をひらきかけたけれど、ためらった。

「ほんとに」とわたしはだんだん必死になって言った。「大丈夫だから」

そこで間があり、スザンヌがこちらを見たときは、間違いなく帰されると思った。ずる休みした生徒みたいに、母が待つ家に送り返されるのだ。でもそのとき、視線が別のなにかに吸いこまれて、彼女は立ちあがった。

「服を貸してあげる」と彼女は言った。


服をかけたラックが一台あって、さらにごみ袋からも服があふれていた。破けたデニム、ペイズリー柄のシャツ、ロングスカート。どれも裾がところどころほつれている。いい服はなかったけれど、その量と物珍しさに感動した。昔から、お姉ちゃんのお下がりを着ている子がうらやましかった。みんなから愛されるチームのユニフォームみたいに見えた。

「これぜんぶ自分のなの？」

「ほかの子たちとシェアしてる」スザンヌはわたしを受け入れることにしたらしかった。追い払いたいとか払えるとかいうことよりも、必死になったわたしの想いのほうが大きいことがわかったのかもしれない。そうじゃなかったら、憧れの目で見られるのがうれしかったか。だってわたしは目をまるくして、むさぼるように彼女の情報を求めていたのだから。「ヘレンだけはぶうぶう言うけどね。そのたびに取り返してるよ、よく枕の下に隠してるから」

「自分だけのがほしくならない？」

「なんで？」彼女はジョイントを深く吸って息を止めた。しゃべるとき、声がひび割れていた。「いまはそういうことに夢中になれないの。自分、自分、自分。わたしはみんなを愛してるし、シェアするのが好き。みんなもわたしを愛してくれてる」

そして煙のむこうからじっと見つめてきた。わたしは恥ずかしくなった。スザンヌに疑問を抱いたこと、シェアするのはおかしいと思ったこと。それから絨毯を敷いたわたしの部屋という、かぎられた世界を恥じた。わたしは両手をショートパンツのなかにしまいこんだ。ここはくだらないお遊びとは違う。母が通う午後のワークショップなんかとは違うのだ。

「わかった」とわたしは言った。それはほんとうだったから、軽々しく抱いた仲間意識を胸のなかに隔離しておこうとした。

スザンヌがわたしのために選んでくれたワンピースは鼠の糞みたいなにおいがして、それを頭からかぶるときは鼻が曲がりそうになったけれど、着てしまえば幸せだった。このワンピースはほかの誰かに属するもので、その承認が、自分で決めなくてはいけないプレッシャーから解放してくれた。「いいね」とスザンヌはわたしをながめて言った。その感想は、コニーのそれとはくらべものにならないほど大きな意味があった。スザンヌの態度にはどこか乗り気じゃないところがあったから、よけいに価値があった。「髪を編んであげる」と彼女は言った。「おいで。そのままだと踊ったときにもつれちゃうから」

わたしはスザンヌの前の地べたに腰を下ろした。両側に彼女の脚があって、その近さや、唐突で子供のようななれなれしさを心地よく思おうとした。わたしの両親は愛情深くはなかったから、すぐにでも触れてくれる人がいて、手という贈り物をガムみたいに気軽に差し出してくれる人がいることが驚きだった。思いがけない幸せだった。首に酸っぱい息がかかり、彼女の手がわたしの髪の毛を片側にまとめる。指を頭に這わせ、まっすぐな分け目を作っていく。彼女の顎のニキビでさえもどこか美しく、内側からあふれ出たものが薔薇色の炎に姿を変えたように見えた。

ふたりとも黙ったまま、彼女がわたしの髪の毛を編んでいく。わたしは鏡の下に並べてある外来種の卵みたいな赤い石をひとつ拾った。

「みんなと砂漠で暮らしてた時期があってね」とスザンヌは言った。「そこで拾ったの」

サンフランシスコで借りていたというヴィクトリア朝様式の家の話をしてくれた。ドナがベッドルームでうっかり火事を出して、引っ越すはめになったこと。デスヴァレーにいたとき、全員が日焼けしすぎて何日も眠れなかったこと。ユカタン半島の屋根すらない塩工場の廃墟で半年間暮らして、その濁ったラグーンでニコが泳ぎを覚えたこと。それと同じころ、自分がなにをしていたか考えるのはつらかった。わたしは学校の水飲み場のぬるくて金臭い水を飲み、自転車でコニーの家に遊びにいき、歯医者の診察台に仰向けになってお行儀よく両手を膝にのせているあいだ、口のなかをいじくるロープス先生の手袋をまぬけなよだれでべとべとにしていたのだ。

暖かい夜で、宴は早い時間に始まった。参加者は四十人くらいで、それが土の上に群がってひと塊になり、並べたテーブルの上を熱い風が吹き抜け、石油ランプの明かりがちらちら揺れた。パーティーはじっさいよりもずっと大がかりに見えた。記憶をゆがめる妙な感じは、みんなの背後にぬっと立つ母屋のせいで、すべてが映画のフィルムを通して見ているようだった。音楽が大音量で流れ、体のなかが気持ちいいビートでいっぱいになっていくのがすごく刺激的で、人々は踊りながら誰かの手首をつかんでたぐり寄せ、輪になってスキップしながらくねくねと進んだ。叫び声をあげる酔っぱらいの鎖が途切れたのは、ルーズが地面にどっかり座りこんでけらけら笑いだしたときだった。子供たちは犬みたいにテーブルのまわりをうろちょろしていた。おなかいっぱいで、大人たちのばか騒ぎから取り残され、唇が皮をむしりすぎてかさぶたになっていた。

「ラッセルはどこ?」とわたしはスザンヌに訊いた。彼女もわたしと同じようにキマっていて、黒い髪はくしゃくしゃだった。誰かにもらったしおれかけている薔薇を、どうにかして髪の毛に編みこもうとしている。

「そのうち来るよ」と彼女は言った。「彼が来てからがほんとうの始まり」

彼女はわたしのワンピースについた灰を払い、それが合図のようにわたしの心をかき乱した。

「いた、みんなのお人形さん」とドナがわたしを見て甘ったるい声で言った。頭にかぶったアルミ箔の王冠がしょっちゅう落ちている。そばかすだらけの腕と手にコール墨でエジプト風の模様を描いたのに、すっかり興味がなくなったようで、指は真っ黒でドレスも汚れて顎にまでついていた。ガイが彼女の手を避けて急に進路を変えた。

「この子が生贄だよ」とドナは彼に言うのだけれど、すでにまっすぐしゃべれていなかった。「夏至の捧げものにすんの」

ガイはこっちを見てにっこり笑った。歯がワインの色に染まっていた。

その夜、お祝いに車が一台燃やされ、熱く跳びはねる炎を前にして、わたしはどういうわけか声を立てて笑った。夜空を背負った丘は真っ暗で、わたしの日常世界に生きる人たちはみんな、わたしの居場所も、今日が夏至であることも知らないし、じつは今日が夏至じゃなかったところで誰も気にしない。頭のどこかに母のことがあって、小さな心配がずっとつきまとっていたけれど、きっとコニーの家にいると思っているだろう。それ以外にわたしが行きそうなところなんてないのだから。母にはこんな場所が存在することさえ想像できないし、たとえできたとして、奇跡でも起きて母がここにやってきたとしても、わたしに気づかないだろう。スザンヌのワンピースは大きすぎて、しょっちゅう肩からずり落ちてくるけれど、少ししたら、袖をあわてて引っぱりあげることもなくなった。肌が見えていることや、それを気にしていないふりをするのが楽しくて、しかもじっさいに気にならなくなりつつあったし、袖を引っぱりあげたときに勢いあまって片方の胸をさらしてしまったこともあった。恍惚とした表情の男の子——顔に三日月が描いてある——がニカッと笑いかけてきて、わたしはずっと前からここにみんなといる気分になった。

ごちそうは、ちっともごちそうじゃなかった。ボウルに盛ったたぶかっこうなシュークリームは水分がにじみ出て、しまいには誰かが犬にやった。プラスチック容器に入ったままのホイップクリーム、崩れて灰色になるまで茹でたサヤインゲン、それにどこかのごみ箱から拾ってきた戦利品の数々。巨大な鍋にはフォークが十二本差してあり、マッシュポテトとケチャップとオニオンスープの素を混ぜたどろどろの菜食料理を、みんなが交代ですくって食べていた。蛇みたいな模様のスイカが一個あったけれど、ナイフが見つからなかった。結局、ガイがテーブルの角で叩き割った。果汁のしたたる残骸に子供たちが鼠のように群がった。

わたしが想像していたごちそうとはかなり違った。あまりにもかけ離れていたことは、わたしを少しだけ悲しい気分にさせた。でもそれは古い世界の悲しみにすぎないと自分に言い聞かせる。人生の苦い薬におびえて暮らす世界。人がお金の奴隷になり、シャツのボタンをいちばん上までとめて、内側に秘めた愛をすべて抑えこんでしまう世界だ。

その瞬間を何度リプレイしただろうか。くりかえし、それがなんらかの意味を持つところまで。スザンヌに肘でつつかれ、火のほうへ歩いていく男がラッセルだと知った瞬間。最初は、とにかく衝撃だった。近づいてくる彼は若く見えたけれど、すぐにスザンヌよりも十は年上であることに気づいた。むしろわたしの母に近いかもしれない。汚れたラングラーのジーンズとバックスキンのシャツを着て、ただし足もとははだしだった。みんなが雑草や犬の糞の上をなんでもないみたいにはだしで歩きまわることが不思議でしかたなかった。女の子がひとり、彼のそばにひざまずいて彼の脚に触れた。名前が一瞬、出てこなかったけれど――ドラッグで頭がどろっとしていた――すぐに思い出した。ヘレン。バスで会った、髪をおさげにした赤ちゃん声の子だった。ヘレンは笑顔で彼を見上げて、わたしにはよくわからない儀式を演じた。

ヘレンはこの男とセックスをしているのだ。スザンヌもそう。その考えをいじくりまわしてみたくなり、この男がスザンヌのミルク色の体にのしかかるところを想像してみた。彼の手が彼女の胸に近づいていくところ。わたしはピーターみたいな男の子を思い描く方法しか知らなかった。皮膚の下に隠れた未発達の筋肉、彼らがだいじに育てているまばらな顎ひげ。わたしもラッセルと寝ることになるかもしれない。こんどはそれについて考えてみる。セックスはまだ父の雑誌で見た女の子たちに彩られていて、すべてが艶やかで、あっさりしていた。セックスはながめることだった。けれども農場（ランチ）の人たちはそれを飛び越え、子供のような純粋さと明るさで分けへだてなく愛し合っているように見えた。

彼は両手をあげると、よく響く声であいさつし、人々は古代ギリシャ劇の合唱隊（コロス）みたいにいっせいに沸き立ち、うごめいた。こういう場面では、ラッセルはすでに有名人なんだと信じることができた。彼はわたしたちよりも濃い空気のなかを泳いでいるように見えた。みんなのあいだを歩きながら肩に手を置いたり、耳もとでひとことささやいたりして祝福を与えていく。パーティーは続いていたものの、いまは全員が彼を目的として期待の表情をむけていた。それこそ太陽の動きを追いかけるみたいに。そしてラッセルはわたしとスザンヌのところまで来ると、立ち止まって、わたしの目をのぞきこんだ。

「よく来たね」と彼は言った。ずっとわたしを待っていたみたいに。遅かったじゃないか、というように。

彼のような声は聞いたことがなかった。豊かなゆっくりとした声で、決してためらわない。背中に彼の指が押しつけられていたけれど嫌な感じはしなかった。背丈はわたしより少し高いくらいなのに、押し固めたように引き締まった強そうな体つきをしている。後光のような髪の毛は汚れや油分でもつれて、ひとつのふわふわした塊になっている。その目は涙を流したり、揺れ動いたり、よそ見したりすることがなさそうだった。女の子たちが彼についてしゃべっていたことがようやくわかった。彼は食い入るようにわたしを見た。すべて見透かそうとするみたいに。

「イヴか」ラッセルはスザンヌにわたしを紹介されると、そう言った。「最初の女性だ」

わたしは自分が的はずれなことを言うんじゃないか、場違いであることがばれてしまうんじゃないかとびくびくしていた。「イヴリンなんだけどね、ほんとは」

「名前は重要だろう?」とラッセルは言った。「きみのなかに蛇はいないようだが」

そんな軽い承認でも、だいぶ気が楽になった。

「イーヴィー、きみはこの夏至の宴をどう思う？」と彼は言った。「ここはどう？」

そのあいだもずっと彼の手はわたしの背中で、わたしには解読できないメッセージを送り続けている。スザンヌのほうをちらっと見て、いつのまにか空が暗くなり、夜が深まっていたことに気づいた。

わたしは焚き火とマリファナのせいでうつらうつらしていた。なにも食べていないせいで、空っぽの胃がずきずきする。彼がくりかえし口にしているのはわたしの名前なのか？　よくわからない。スザンヌは全身をラッセルのほうにむけて、片手でそわそわと髪の毛をいじっている。

わたしはここが気に入ったと、ラッセルに伝えた。ほかにもどぎまぎしながら意味のないことをいくつか言ったけれど、にもかかわらず、彼はわたしから別の情報を受け取っていた。その感覚はずっと消えなかった。いまもそう。ラッセルはわたしの心を、棚から本を引き抜くみたいにかんたんに読んでみせた。

わたしがにっこりすると、彼は片手でわたしの顎を上にむけた。「きみは女優だ」と彼は言った。その目は熱したオイルのようで、わたしはスザンヌの気分になってみた。男が思わず息を呑み、触れてみたくなるような女の子。「そうだ、それでいい。見える。きみはいま崖の上に立って、海をながめている」

わたしは違うけれど、祖母は女優だったと伝えた。

「やっぱりな」と彼は言った。祖母の名前を出したとたん、彼はよりいっそう真顔になった。「すぐにわかったよ。きみはあの人によく似てる」

あとで読んで知ったことだけれど、彼は有名人や半有名人や取り巻き連を探していた。そういう人たちに言い寄って援助を引き出し、車を借りたり、家に住まわせてもらったりするためだった。きっと大よろこびしていたはずだ、言いくるめるまでもなくわたしがやってきたのだから。ラッセルは手を伸ばしてスザンヌを引き寄せた。わたしと目が合ったとき、彼女はひるんだように見えた。その瞬間まで考えてもみなかったけれど、彼女もわたしとラッセルがどうなるか気が気でなかったのかもしれない。体の奥にぐっと力が入るような、リボンをぴんと引っぱったような新しい感覚にはなじみがなく、それがなにかはわからなかった。

「じゃあ、我らがイーヴィーの責任者はきみだ」とラッセルはスザンヌに言った。「いいね？」

どちらもわたしを見てはいなかった。ふたりのあいだにはさまざまなシンボルが飛び交っていた。それからラッセルはわたしの手をしばらく握り、こちらにむかってなだれこむような視線を送ってきた。

「またあとで、イーヴィー」と彼は言った。

それからスザンヌに二言三言、ささやいた。戻ってきた彼女は人が変わったようにはきはきしていた。

「ここにいたければ、ずっといていいって」と彼女は言った。

ラッセルとしゃべったことで、彼女がエネルギーをもらったのがわかった。わたしは不安とも好奇心ともつかない気持ちも新たに、しゃべりながらこちらのようすをうかがっている。わたしは不安とも好奇心ともつかない、なにか落ち着かない気分だった。祖母から、役をもらうときの話を聞いたことがある。祖母はいつも集団からすぐさま引き抜かれたという。「違うのはそこなの」と祖母は言った。「ほかの女の子たちはみんな、監督のほうが選ぶものと思いこんでいた。でもじっさいは私が監督に教えてあげていたの、秘密のやり方で、この役は私のものよって」

そんなふうにしたかった。出所のわからない波が、わたしからラッセルのもとへ音もなく運ばれていく。スザンヌや、ほかのみんなのもとへ。この世界が終わってほしくなかった。

夜が崖っぷちの顔を見せ始める。ルーズは上半身裸で、重たそうな乳房を真っ赤にほてらせている。さっきからずっと黙りこんでいる。黒い犬が一匹、暗がりのほうへ駆けていく。スザンヌは足りなくなったマリファナを補充しにどこかへ消えてしまった。わたしはさっきから彼女を捜していたけれど、めくるめく光景にたびたび気を取られていた。踊りながらやさしく遠慮なしに笑いかけてくる見知らぬ人たち。

いつもならちょっとしたことにも動揺していたはずだ。ある女の子は火傷したらしく、腕の皮がめくれあがって赤くなったところをぼんやりと物珍しそうに見下ろしていた。外のトイレは排泄物の悪臭が漂い、暗号めいた落書きだらけで、壁にポルノ雑誌の切り抜きがべたべた貼ってあった。ガイはカンザスの両親の農場で豚を解体したときの内臓の温かさについて語っていた。

「自分たちの運命をわかってんだよ」彼はうっとりと聞き入る人たちにむけて言った。「餌を持っていけば笑顔になるし、ナイフを見れば暴れだす」

彼は大きなバックルのベルトを調節しながらべらべらしゃべっているけれど、よく聞こえない。でもこれは夏至の集まりだから、自然崇拝者のつぶやきみたいなことだろうと納得した。不安なことがあるとしたら、それはこの場所を理解できなくなることだった。ほかにも気づいたこと、おもしろいことはたくさんあった。ジュークボックスから流れるへんてこな音楽。キラリと光る銀色のギター、誰かの指からぽとりと落ちる溶けたホイップクリーム。高揚した狂信者みたいなみんなの顔。

ここは時間の感覚があいまいだった。時計はどこにもなくて、腕時計をしている人もいない。時間を数えるのも感じ方しだいで、一日がなにもないところへ流れこんでいくように思えた。どれくらい経ったのだろう。スザンヌの帰りをどれくらい待っているのかわからなくなっていたとき、声がした。

耳のすぐ横で、わたしの名前をささやいた。

「イーヴィー」

振り返ると、彼がいた。わたしはうれしくて身をよじった。ラッセルがわたしを覚えていた、人混みのなかで見つけてくれた。それどころか、わたしを捜していたのかもしれない。彼はわたしの手を取り、手のひらを、指をもてあそんだ。わたしはよくわからないまま、にこにこしていた。あらゆるものを愛したかった。


彼に連れられて行ったトレーラーハウスはほかのどの部屋よりも広く、ベッドにかけられた毛足の長いブランケットは、あとで気づいたけれど、じつは毛皮のコートだった。それは部屋のなかで唯一見栄えのするもので、床には服が散乱して、その山にまぎれるようにソーダやビールの空き缶が光っていた。独特の発酵したような強いにおいが漂っていた。わたしは初心(うぶ)なふりをしていたんだろう。いまからなにが起こるかわかっていないふりをした。でもほんとうにわからない自分もいた。というか、事実を深く考えようとしなかった。どうやってここに来たかを思い出すのも急に難しくなった。ガタガタ揺れるスクールバス、甘ったるい安ワイン。自転車はどこに置いてきたんだっけ?

ラッセルはわたしをひたむきな目で見つめた。こちらが目をそらすと首をかしげ、強引に視線を合わせようとする。わたしの耳にかかる髪をなでて、指でうなじに触れた。爪が伸びてぎざぎざしているのがわかった。

わたしは笑ってみたけれど、ぎこちなかった。「スザンヌもすぐ来る?」とわたしは言った。

さっき焚き火のそばで彼に、スザンヌも来ると言われたのだ。もしかしたら、わたしがそう望んでいただけなのかもしれないけれど。

「スザンヌなら大丈夫」とラッセルは言った。「いまはきみと話したいんだ、イーヴィー」

　頭の回転が、ひらひらと雪が舞う速度まで落ちている。ラッセルはゆっくりと深刻そうにしゃべり、そのせいでわたしは彼がずっと機会をうかがっていたような、わたしが言うべきことを聞くために待っていてくれたような気がした。ここはコニーのベッドルームとはまるで違った。あの部屋で、行ったこともないどこか遠い世界のレコードを、自分たちのつまらない苦悩を深めるだけの歌を聴くのとは違う。ピーターまでもが色あせて見えた。ピーターなんてただの子供、マーガリンを塗った食パンを夕食がわりにするようなやつだ。でもこれは、ラッセルの視線はほんもので、くすぐったくて吐き気にも似た感覚があまりにも心地よくて、逃がさないようにするのがやっとだった。

「内気なイーヴィー」と彼は言った。そしてやさしく笑った。「きみは頭のいい子だ。その目にいろんなものが見えてるんだろう？」

　彼はわたしを頭がいい子だと思っている。わたしはそれを証拠のようにしっかりつかんだ。もう迷子じゃなかった。外のパーティーの音が聞こえる。隅のほうに蠅が一匹飛んでいて、トレーラーの壁に何度もぶつかっている。

「俺もそうなんだ」と彼は続けた。「子供のころ、頭がよくて、よすぎたから当然のようにバカだと言われた」彼は砕けた笑い声をひとつあげた。「『バカ』という言葉は連中に教わった。そういう言葉をいくつも教えられて、それがおまえだと言われたよ」そしてにっこりしたときの彼の顔は、わたしには無縁のように思える歓喜の色に染まっていた。わたしはそんなにもいい気分になったことがなかった。子供のころでさえ、いつも不幸だった――それが疑いようのない事実であることに急に気づいた。

　彼がしゃべるあいだ、わたしは両腕で自分を抱きしめていた。いろんなこと、ラッセルの言うことがわかり始めていた。なにかがわかるときにありがちなかたちで。ドラッグは平凡でありふれた考えを継ぎ合わせて、いかにも重要な意味に満ちていそうなフレーズに仕立てあげてしまう。わたしの誤作動しやすい若い脳みそは、あらゆる言葉、あらゆるジェスチャーを意味の宝庫に変える因果関係なり陰謀なりを切に求めていた。わたしはラッセルが天才であってほしかった。

「きみにはなにかがある」と彼は言った。「どこかとても悲しい部分がある。わかるかな。それが俺にはものすごく悲しいんだ。連中はこの美しい特別な子をめちゃくちゃにしようとしてきた。この子を悲しませてきた。これといった理由もなく」

涙がこみあげてくるのがわかった。

「でもイーヴィー、きみはあいつらにめちゃくちゃにされなかった。だってほら、ここにいるだろ。俺たちの特別なイーヴィー。クソみたいな過去はぜんぶ水に流してしまおう」

彼はマットレスにゆったりと腰を下ろし、毛皮のコートの上に汚れた足を置いた。奇妙な穏やかな表情を浮かべている。彼はいくらでも待つ気だった。

そのとき自分がなにを言ったかは覚えていないけれど、わたしは緊張しながらべらべらしゃべっていた。きっと学校のこととか、コニーのこととか、若い女の子がする中身のないどうでもいい話だ。視線がトレーラーのあちこちに飛び、指はスザンヌのワンピースの生地をぎゅっとつまんでいた。汚れたベッドカバーの百合の紋章を目で追いながら。そのあいだラッセルが笑みを浮かべて、わたしのエネルギーが切れるのを辛抱強く待っていたのを覚えている。やがて切れた。トレーラーは静かになり、わたしの呼吸と、ラッセルがマットレスの上で体をずらす音しか聞こえなくなった。

「力になるよ」と彼は言った。「でも、きみがほしがらなきゃ」

彼の目はしっかりとわたしにむけられていた。

「ほしいかい、イーヴィー？」

言葉の裂け目からのぞく生物学的な欲望。

「きっと気に入る」とラッセルはささやいた。わたしにむかって両手を広げた。「おいで」

わたしはじわじわと進み出てマットレスに座った。一連の流れを完全に理解しようとして必死になる。こうなることはわかっていたのに、それでも驚いている自分がいた。彼がズボンを下ろし、短くて毛深い脚をさらし、片手でペニスを握ったことに。ためらいを宿したわたしの視線――彼を見つめるわたしを彼はじっと見た。

「俺を見て」と彼は言った。片手を激しく動かしながらも、やわらかい声で。「イーヴィー」と彼は呼んだ。「イーヴィー」

彼の手にしっかり握られた生肉のようなペニス。いまごろスザンヌはどこにいるんだろう。喉の奥が苦しくなる。初めはわけがわからなかった。ラッセルがしたかったのはそれだけ、自分でこするだけなのか。わたしはそこに座ったまま、この状況に無理やり意味を当てはめようとした。ラッセルの行為を、彼の善意の証しということにした。ラッセルはただ距離を縮めようとしているんだ、古い世界の悩みを壊そうとしてくれているんだと。

「ふたりで気持ちよくなろう」と彼は言った。「もう悲しまなくていい」

思わず身を引いたのは、彼の太ももに頭を押しつけられたからだった。身を焦がすぶざまな恐怖でいっぱいになる。彼はわたしがひるんでも、気分を害していないふりをするのがじょうずだった。臆病な馬を相手にするみたいに、寛大な表情を浮かべた。

「きみを傷つけようとしているわけじゃないんだよ、イーヴィー」そしてまた手を伸ばしてくる。わたしの心臓が高速で点滅し始める。「きみに近づきたいだけなんだ。きみだって俺に気持ちよくなってほしいだろう？ きみにも気持ちよくなってもらいたいよ」

彼は果てるとき、せつなげにあえいだ。口のなかを湿らすしょっぱい精液、こみあげる警戒心。わたしは彼に押さえつけられたまま頭を下げていた。どうしてわたしはここに、このトレーラーにいるんだろう、家に帰るためのパンくずも残さないでいつのまにか暗い森の奥まで来てしまった。でもそのときラッセルの両手はわたしの髪のなかにあって、それから両腕で抱きかかえられるように起こされて、名前を呼ばれた。その意図のこもった、はっきりとした言い方がわたしの耳には奇妙に聞こえて、でもそれが心地よくもあって、だいじそうで、誰か別の、わたしよりもよくできたイーヴィーのことみたいだった。泣けばよかった？ わからない。くだらないことで頭がいっぱいだった。コニーに貸したけど返ってこなかった赤いセーター。スザンヌはわたしを捜してくれているんだろうか。目の奥の妙な興奮。

ラッセルにコーラの瓶を渡された。生ぬるくて気が抜けていたけれど、いっきに飲み干す。それはシャンパンと同じくらいわたしを酔わせた。

その一夜のことはすべて運命で、自分が特別なドラマの主人公になったような感じがした。けれどもラッセルはわたしを、一連の儀式によって試したのだった。そのテストを彼はユカイア近くの宗教団体で働きながら何年もかけて完成させた。そこは食べ物を配ったり、シェルターや仕事を紹介したりする施設で、彼は途方に暮れたやせっぽちの女の子たちを次々に引きつけた。大学を中退したり、親にネグレクトされたり、最悪な上司がいたり、美容整形に憧れていたりする女の子たち。それが彼の日常だった。やがてサンフランシスコに派遣され、古い消防署を利用した支部にいたときに信者を集める。すでに彼は女性の悲しみにかんするエキスパートになっていた。独特の前傾姿勢、ストレスからくる発疹。語尾にあらわれる卑屈な明るさ、泣いたことを示す濡れた睫毛。ラッセルはそういう女の子たちにしたのと同じことを、わたしにしたのだ。初めは、ちょっとしたテスト。わたしの背中に触れ、手の脈を確かめる。小さなことで境界線を崩していく。そしてあっというまに手はずを整え、パンツを膝まで下ろしてしまった。たぶんあれは若い子を安心させるように工夫された行為だった。女の子はそれが少なくともセックスではないことをよろこび、最後まで服を着たままでいられる。なにもおかしなことは起きていないみたいに。

けれどもいちばんの謎は、そのやり方をわたしも気に入ってしまったことかもしれない。

わたしはパーティーの続きを、衝撃で耳が聞こえなくなったようにふわふわ漂った。空気がしつこく肌にまつわりつき、脇の下が汗でぬるぬるしている。あれは現実に起きたこと——そう何度も自分に言い聞かせずにはいられなかった。誰が見てもわかるだろうと思った。セックスのオーラは一目瞭然だと。もう不安ではなかったし、パーティーをうろうろしながら臆病な期待に押しつぶされそうになることもなかった。わたしには出入りできない秘密の部屋があるんじゃないか——そんな心配は消え、夢心地で歩きながら、なにも訊かずに笑顔ですれ違う人たちの顔をしっかりと見返した。

ガイが煙草のパックを指で叩いているのを見かけたとき、わたしは迷わず足を止めた。

「一本いい？」

彼はニッと笑った。「女の子が煙草をほしがってるなら、当然さしあげなくては」彼がわたしの口もとに煙草を差し出したところを、誰かに見られたいと願った。

火のそばに集う人たちのなかに、ようやくスザンヌを見つけた。わたしと目が合うと、彼女は奇妙で苦しそうな微笑みを浮かべた。きっと内側の変化に気づいたのだ。セックスを経験したばかりの若い女の子がときどき見せる、あの誇らしげというか、妙に澄ましこんだ態度。わたしは彼女に知ってほしかった。スザンヌはなにかでキマっているらしく、それもアルコールじゃないもの、なにか別のもののせいで瞳孔が虹彩(こうさい)を侵食しているように見え、首まわりがヴィクトリア朝のレースの襟飾りをつけたように赤くなっていた。

スザンヌはひそかにがっかりしていたのかもしれない。ゲームが勝手に進み、わたしがどのみちラッセルのところに行ったのを知って。あるいは彼女の予想どおりだったか。車はまだくすぶり続け、パーティーの喧騒が暗闇を切り裂いていた。わたしのなかで夜が車輪のように回転しているのを感じた。

「あの車、いつになったら火が消えるかな」とわたしは言った。

顔は見えないけれど彼女の気配や、あいだに流れるやわらかい空気を感じることはできた。

「さあ、どうだか」と彼女は言った。「朝まで消えないんじゃない?」

ちらちらする明かりのもとでは肘から先が鱗(うろこ)に覆われた爬虫類のように見えて、わたしは自分の体のゆがんだ幻影を心地よく受け入れた。バイクのエンジンがブルブルとかかり、誰かがフーッと叫ぶ――焚き火にボックススプリングが投げこまれたらしく、炎がよりいっそう色濃く、高くそそり立つ。

「なんならわたしの部屋で寝てもいいよ」とスザンヌが言った。裏のない声だった。「わたしはかまわない。でもここにいるつもりなら、本気でいること。わかる?」

スザンヌはなにか別のことを訊いているのだ。おとぎ話によくあるあれ、ゴブリンは住人の招待がないと家に入れないというやつみたいに。敷居をまたぐ瞬間、慎重に言葉を組み立てるスザンヌ――わたしの口から言わせたいのだ。わたしはうなずいて、わかっていると言った。とはいえ、ほんとうにわかるはずがなかった。こんなふうに知らない場所で、自分のではないワンピースを着ているわたしに、そのずっと先が見通せるはずがなかった。わたしの人生は、永遠に続く新しい幸せの一歩手前にあるのかもしれなかったのだから。聖人のように大きな気持ちになってコニーのことを思い出す——けっこういい子だったんじゃないか——父や母のことでさえ寛大な心で受け止められる。ふたりは異国の恐ろしい病に苦しむ犠牲者なんだ。バイクのヘッドライトが木の枝を白く浮かびあがらせ、母屋のコンクリートの基礎を照らし、黒い犬が見えないごちそうに食らいつく。誰かがずっと同じ曲を流している。「ヘイ、ベイビー」から始まる曲。しつこくくりかえされるので、だんだん耳について離れなくなる。「ヘイ、ベイビー」わたしはその言葉を、とくにどうするわけでもなくひたすら転がした。歯にカラカラ当たるレモンドロップみたいに。

第二部

目が覚めると、窓にべったりと霧が張りつき、ベッドルームが雪のように白い光で満たされていた。やがて、期待はずれのよく知る現実に引き戻される――わたしはダンの家にいた。部屋の隅の整理だんす、ガラス天板のナイトテーブル。サテン風のリボンに縁取られた彼のブランケットを首まで引きあげる。それからジュリアンとサーシャのこと、わたしたちをへだてる薄い壁のことを思い出した。昨夜のことは考えたくなかった。サーシャのめそめそ泣くような声。はっきりしない、取りつかれたようなつぶやき。「もっとして、もっともっともっと」という声は延々と、なにも意味しなくなるまで続いた。

わたしは味気ない天井をじっと見つめた。ふたりはティーンエイジャーならみんなそうであるように浅はかで、昨夜のことにそれ以上の意味はなかった。とはいえ、ふたりがハンボルトに発つまでこの部屋で待つのが親切というものだ。さわやかな朝の社交辞令を交わすことなく立ち去らせてあげよう。

車がガレージから出ていく音がすると、すぐにベッドから出た。家はふたたびわたしのものになった。ほっとするかと思いきや、どこか悲しくもあった。サーシャとジュリアンは新たな冒険に出かけた。もっと大きな世界の流れにすっと戻っていった。わたしはふたりの頭のなかではすでに過ぎ去ったもの、忘れられた家で暮らす中年の女で、しだいに小さくなって現実に取って代わられる脚注にすぎなかった。そのとき初めて思い知ったのは、自分がどれほど孤独かということだった。あるいは孤独ほど差し迫ったものではなく、誰も目をむけてくれないということかもしれない。わたしが存在するのをやめたところで、誰が気にするのか。そんなくだらないことをラッセルが言っていたのを思い出す。存在するのをやめよ、と彼は説いた。自分を消せと。それを聞いたわたしたちはみんなゴールデンレトリバーのようにうなずいた。存在することがわたしたちを傲慢にしているという考えには現実味があったから、永遠に変わらないように見えるものを打ち壊そうと躍起になった。

やかんを火にかけた。窓を開けて、肌に刺さる冷たい空気を循環させる。それからビールの空き瓶を集めた。ずいぶんとたくさんに思えるけれど、わたしが眠っているあいだにさらに飲んだのだろうか。

いまにも破れそうなビニール袋と、自分が出した生ごみを外に持っていったあと、気づくと、ドライブウェイに沿って広がるみすぼらしいマツバギクの花壇をながめていた。そのむこうにはビーチがあった。すでに霧が晴れ始め、波がクロールするのや、それを見下ろす乾いた錆色の断崖が見えた。散歩をする人もちらほらいるのが、スポーツウェアの色ですぐにわかった。その多くは犬を連れていた。ここはこのあたりで唯一、犬のリードをはずすことのできるビーチだった。何度か見かけたことのある黒々とした毛並みのロットワイラーがいて、すさまじい勢いで走りまわっていた。そういえば少し前にサンフランシスコで、ピットブルが女性を嚙み殺す事故があった。人に危害を加えうる生き物を愛せるのは不思議なことじゃないだろうか。あるいはもっともなことで、人が動物をなおさら愛おしく思うのは動物が本能を抑え、人間につかのまの安心を与えてくれるからなのかもしれない。

急いでなかに戻った。いつまでもダンの家で暮らすことはできない。新しい看護助手の仕事もすぐに見つかるだろう。それにしても、あの仕事がやけに懐かしかった。誰かを抱えて、治療用のバスタブの温かい水流のなかに入れてやるとき。医院の待合室で読む、大豆が腫瘍に与える効果を謳った記事。自分の皿をはかない希望で満たすことがいかにだいじか。願望にもとづくお決まりの嘘、それがいかに無力かという悲劇。本気で信じる人などいるのだろうか。まるでまばゆい努力が、迫りくる死の目をくらますことができるかのように。こちらは無傷のまま、牛にひたすら赤い布を追いかけさせることができるかのように。

　やかんの笛が鳴りだしたせいで、初めはサーシャがキッチンに入ってきたことに気づかなかった。急にあらわれて、ドキッとする。

「おはよう」と彼女は言った。ほっぺたに乾いたよだれの筋ができている。はいているのは思いきり短く切ったスウェット地のショートパンツで、靴下のピンクの水玉はよく見るとドクロだった。彼女は眠たそうに口をもごもごさせてしゃべった。「ジュリアンは？」と訊いた。

　わたしは驚きを隠そうと努めた。「さっき車が出ていく音がしたけど」

　彼女は目を細めた。「えっ？」

「出かけること、聞いてないの？」

　わたしが不憫に思ったのを、サーシャは察した。彼女の顔が険しくなる。

「もちろん聞いてるよ」と、少し間を置いてから彼女は言った。「そうそう、そうだった。明日戻るって言ってた」

　つまり置いてけぼりというわけだ。最初は、むっとした。わたしはベビーシッターじゃない。それから、ほっとした。サーシャはまだ子供だ。彼女とハンボルトになんか行くべきじゃない。オフロード車で有刺鉄線を張ったチェックポイントをいくつも通り抜け、ガーバーヴィルのタープを張った屋外便所みたいな農場まで、マリファナの詰まったダッフルバッグを受け取るためだけに行くなんて。さらに言えば、彼女というお客さんがいてちょっとうれしくもあった。

「それにドライブって苦手なんだよね」と彼女はこの状況にたくましく順応しながら言った。「ああいう狭い道だと酔っちゃって。あとジュリアンの運転もひどいんだ。めちゃくちゃ飛ばすし」それからカウンターに寄りかかって、あくびをした。

「疲れた?」とわたしは訊いた。

すると彼女は、多相睡眠なるものを試したときの話をしてくれた。でも中止するはめになったとも。

「あれはかなり不気味だった」と彼女は言った。シャツから乳首が透けている。

「多相睡眠?」とわたしは言いながら、淑女の気分に駆られてローブの前をしっかり合わせた。

「トーマス・ジェファーソンもやってたらしいよ。ちょっとずつ寝るの、一日に六回とか」

「で、それ以外はずっと起きていられるってこと?」

サーシャはうなずいた。「いい感じだったんだよ、最初の何日間かは。でも急にぶっ倒れて。もう二度とまともに眠れないかと思った」

昨夜、声を出していた子と、目の前で睡眠実験について話す女の子がむすびつかなかった。

「やかんにお湯がたっぷりあるから、よかったら使って」とわたしは言ったけれど、彼女は首を横に振った。

「朝は食べないことにしてるんだ、バレリーナにならって」彼女は窓の外にちらっと目をやった。白鑞(しろめ)を広げたような海が見える。「泳いだことある?」

「それがものすごく冷たくて」たまに勇敢なサーファーが波を求めて入っていくのを見かけるけれど、

彼らの体はゴムシートで覆われて、頭にはフードをかぶっていた。

「じゃあ、いちおう入ってはみたってこと？」と彼女は訊いた。

「ううん」

サーシャの顔に同情が浮かんだ。わたしがあきらかな楽しみを逃しているみたいに。けれどもこの借りた家での暮らし、決まった場所をぐるぐるするだけの日常を守りたいと思う人間が海で泳いだりするだろうか。「それに鮫もいるし」とわたしは付け加えた。

「鮫は本気で人を襲ったりしないよ」とサーシャは言って肩をすくめた。きれいな子で、内側の熱に蝕まれた結核患者みたいだった。ポルノめいた一夜の痕跡を見つけようとしたけれど、なにもなかった。彼女の顔は小さな月のように青白く無邪気だった。


サーシャがいるからには、今日一日とはいえ、それなりにまともな暮らしをしなくてはならない。家のなかに他人という妨害物があると、動物のように好き勝手にふるまうことはできないし、キッチンのシンクにオレンジの皮を剝きっぱなしにしておくこともできない。一日中ローブでうろつきまわるかわりに、朝食後はちゃんとした服に着替え、干からびる寸前のマスカラもつけた。そういうまっとうな人間の営み、日々のタスクはそれを超えるパニックを打ち砕いてくれるものだけれど、ひとりで暮らすうちに習慣からすっかり遠ざかっていた。そうした努力に見合うほどの意味があるとは思えなかったのだ。

最後に誰かと暮らしたのはもう何年も前のことで、相手はバス停のベンチに広告が出ているような大学もどきの学校で英会話を教えている男だった。そこの学生はゲームデザイナーをめざす裕福な留学生がほとんどだった。彼を、デイヴィッドを思い出すなんて意外だった。他人と生きようと考えていた時期のことを思い出すなんて。あれは愛じゃなく、それに代わる気持ちのいい惰性だった。車に乗っているときの、ふたりのあいだに漂う好ましい沈黙。いつかどこかの駐車場を歩いているときに見た、わたしを見守る彼の視線。

　けれどもあるときから、それは始まった。知らない女がおかしな時間にアパートメントのドアを叩き、祖母の形見だった象牙のヘアブラシがバスルームから消えた。わたしがデイヴィッドにあることを隠していたために、なんであれ、ふたりのあいだにあったむすびつきは自然と朽ちていった。林檎のなかを幼虫が這いまわるように。わたしの秘密は深く沈んでいたものの、たしかにそこにあった。それがああなった理由、別の女があらわれた理由かもしれない。秘密が入りこむ余地をわたしが空けたままにしていたのだ。そもそもどこまで他人を知ることができるというのか。

　サーシャとわたしはたがいに気をつかいながら今日一日を静かに過ごすのだと思っていた。サーシャは鼠のように隠れているだろうと。彼女はそれなりにお行儀よくしていたけれど、たちまち存在が目につくようになった。開けっぱなしの冷蔵庫、キッチンを満たす不穏な機械音。テーブルに投げ出されたスウェット、椅子の上に広げて置いた性格診断（エニアグラム）の本。彼女がいる部屋のノートパソコンのスピーカーから大音量で流れてくる音楽。これには驚いた。それは大学時代を思い出すとき、ある種の女の子たちの背景にいつも流れていたあの物悲しい声の歌手だった。その年ですでに懐古趣味にはまり、ろうそくを灯し、夜更けにダンスキンのレオタードを着てはだしでパン生地をこねるような女の子たち。

　ふとしたところで遺物に出くわすのには慣れていた。カリフォルニアのある地域では六〇年代の燃えかすがそこらじゅうに散らばっている。楢の木にひっかかったままぼろぼろになったチベットの祈禱旗、空き地に永久に停まっているタイヤのないバン。派手なシャツを着て、内縁の妻を連れた老年の男たち。けれどもそういうのは予想できる六〇年代の亡霊たちだ。どうしてサーシャが興味を持つのか。

サーシャが音楽を変えてくれたときはうれしかった。ゴスっぽい電子ピアノをバックに歌う女性の音楽は、わたしにはさっぱりわからなかった。

午後になって、昼寝をしようとした。でも眠れなかった。横になったまま整理だんすの上にかけられた額入りの写真をじっと見つめた。ミントグリーンの草が波打つ砂丘を写したものだ。部屋の隅には蜘蛛の巣の不気味な渦巻きができていた。わたしはシーツのなかでもぞもぞ動いた。隣の部屋のサーシャが気になってしかたない。ノートパソコンから流れる音楽は、午後のあいだずっとやむことがなく、歌に混じってときおりブブーとか、チャリンとかいう電子音も聞こえた。いったいなにをしているのか――携帯でゲーム？　ジュリアンにメール？　そんなかわいらしい方法で寂しさをまぎらわしているらしい彼女が急にいじらしく思えてきた。

ドアをノックしてみたものの、音楽にかき消された。もう一度ノックした。返事はなかった。無駄骨に終わったのがきまり悪くて、さっさと自分の部屋に戻ろうとしたところ、戸口にサーシャが出てきた。まだ眠たそうなむっつりした顔で、髪に寝ぐせがついている。彼女も昼寝しようとしていたのかもしれない。

「お茶でもどう？」とわたしは訊いた。

ややあってから彼女はうなずいた。わたしが誰だか忘れていたみたいに。

サーシャはテーブルについてからも静かだった。指の爪を観察しながら、果てしなく退屈そうなため息をつく。わたしも若いころはこんなふうだったと懐かしくなる。顎を突き出し、冤罪で刑務所に入った囚人のようにぼんやり車の外をながめながら、母が話しかけてくれるのを心から願っているのだ。サーシャもわたしが彼女の殻を破り、質問を投げかけるのを待っている。お茶を注ぐあいだも彼女の視線を感じた。たとえ疑るような目でも、人に見られるのがうれしかった。いいカップを出して、湿気たそば粉のクラッカーを受け皿に広げた。自分はこの子をよろこばせたいんだと自覚しながら、彼女の前にそっと皿を置いた。

お茶が熱すぎたために、ふたりでカップを囲んでぼんやりする時間があった。ふんわり香る植物性の湯気が顔を湿らせる。出身はどこなのか訊くと、サーシャは顔をしかめた。

「コンコード」と彼女は言った。「ひどいとこ」

「それであなたもジュリアンと同じ大学に？」

「ジュリアンは大学なんか行ってないよ」

はたしてそのことをダンは知っているのか。最後に聞いた話を思い出そうとした。ダンは息子について話すとき、わざとあきらめを口にすることでけりをつけるかのように、弱りきった父親を演じた。どんな苦労話もホームコメディ風に、ため息まじりに語った。男の子はどこまでいっても男の子だからと。ジュリアンは高校時代に行為障害気味と診断されたことがあるとダンは言っていたけれど、それほど深刻な口ぶりではなかった。

「付き合って長いの？」とわたしは訊いた。

サーシャはお茶をすすった。「二、三か月ってとこかな」と言ったとたんに表情が生き生きとしてくる。まるでジュリアンについて話すことが生きる糧であるかのように。置いてけぼりを食らったことも、きっともう許したのだろう。女の子は不本意な空白に色を塗ってしまうのがうまいから。昨夜のこと、彼女の大げさなうめき声が頭に浮かぶ。かわいそうなサーシャ。

彼女はたぶん、どんな悲しみも、ジュリアンにかんするかすかな不安も、たんに記号論的な問題だと思っているのだろう。この年ごろの悲しみには囚われているような、決して不快ではない感触がある。自分を縛りつける親や学校や年齢みたいなもの、将来の幸せを阻むものに反発しては不機嫌になる。大学二年生のとき、メキシコに逃避行することばかり話すボーイフレンドがいたけれど、もはや家から逃げることはできないなんて思いもしなかった。なににむかって逃げることになるのか想像もつかなかった。暖かい気候と、セックスの回数が増えるという漠然としたイメージのほかには。そしていま年を取り、未来の自分という希望に満ちた支えが慰めになることはもうない。そのことをなんらかのかたちでつねに感じているのかもしれない。憂鬱は晴れるどころか、こぢんまりとした見慣れたものになっていく。悲しくて宙ぶらりんのホテルの客室のような空間になっていく。

「ねえ」と、わたしは笑ってしまうくらい身の丈に合わない保護者面をして言った。「ジュリアンがあなたにやさしくしてくれてるといいんだけど」

「やさしくないわけなくない？」と彼女は言った。「ジュリアンはわたしと付き合ってるんだよ。いっしょに暮らしてるんだから」

なにをもって暮らしと言うのかはかんたんに想像できた。月極のアパートメントは冷凍食品と漂白剤のにおいがして、マットレスにはジュリアンが子供のころから使っている掛け布団がかかっている。女の子らしさを出そうとして枕もとに置いた香り付きのキャンドル。いまのわたしも似たり寄ったりだったけれど。

「洗濯機のある家に移ろうかと思ってるんだ」サーシャはさっきとは違う挑むような調子で、ままごとみたいなふたりの家庭生活を引き合いに出して言った。「たぶん二、三か月以内には」

「それであなたのご両親は、ジュリアンと暮らすことに賛成してるの？」

「なにをしようとわたしの勝手だし」彼女はジュリアンのスウェットの袖のなかに両手をひっこめた。

「もう十八だから」

そんなはずがない。

「それにさ」と彼女は言った。「おばさんが例のカルトにいたときも、いまのわたしくらいの年だったんじゃないの？」

それは他意のない言い方だったのに、責められているような気がしてしまう。

わたしがなにも言えないでいると、サーシャは席を立って冷蔵庫に吸い寄せられていった。わたしは彼女の気取った歩き方や、昨日持ってきたビールをパックからはずすときの余裕たっぷりな態度を観察した。ラベルに印刷された銀の山並みがキラリと光る。彼女と目が合った。

「一本いる？」と彼女は訊いた。

これがテストだということはわかった。ここにいる女も無視してよい、哀れんでよい大人のひとりなのか、あるいは話し相手にしてもよい人間なのか。わたしがうなずくと、サーシャの肩の力が抜けた。

「ほら取って」と言いながら瓶を投げてよこした。

あっというまに夜が来るのは海岸部の特徴で、それは変化をゆるやかにする仲介役のビルがないせいだった。太陽が直視できるくらい低いところにあったので、それが視界から出ていくのをふたりでながめた。それぞれビールを何本かずつ飲んだ。キッチンが暗くなっても、どちらも立ちあがって明かりをつけようとはしなかった。あらゆるものが青い影に包まれてやわらかく、気高く見え、家具は輪郭だけの存在になった。サーシャが暖炉に火を入れられないか訊いてきた。

「ガス式なの」とわたしは言った。「しかも壊れてる」

この家ではいろんなものが壊れたり、忘れられたりしていた。キッチンの時計は止まっていたし、クローゼットのドアノブは回すとはずれた。キラキラ光る蠅の死骸を部屋の隅から掃いて集めたこともあった。家が朽ちていくのを避けるには、人が住み続けなくてはならない。わたしが数週間暮らしたところで、たいした効果はなかった。

「でも庭で焚き火でもしてみようか」とわたしは言った。


ガレージの裏の砂に覆われた一画にはうまいこと風が当たらず、プラスチックの椅子には濡れた落ち葉が積もっていた。以前は焚き火台のようなものがあったらしく、石が散らばっていたほかに、家族が暮らしていたことを示す遺物が意味もなく転がっていた。誰かが置き忘れたおもちゃの部品、バリバリに割れたフリスビーのかけら。ふたりともてきぱきと準備するのに夢中になり、タスクのおかげで気まずくなることもなく黙っていられた。わたしはガレージから三年前の新聞と、町の雑貨屋で売られている薪の束を見つけてきた。サーシャはつま先で石を元の円形に並べた。

「こういうのって昔から苦手で」とわたしは言った。「なにかこつがあるんじゃなかった？　薪の組み方が決まってなかったっけ？」

「家のかたちね」とサーシャは言った。「山小屋みたいになるように組むの」足を使って輪のかたちを整えていく。「小さいころ、よくヨセミテでキャンプしたんだ」

じっさいに火をおこしたのはサーシャだった。砂の上にしゃがんで、一定の間隔で息を送りこむ。

炎を飼いならしていくうちに本格的に燃え始めた。

　わたしたちはプラスチックの椅子に腰を下ろした。表面が砂と風でざらついている。わたしは椅子を火に近づけた。熱を感じて、汗をかきたかった。サーシャは炎が跳びはねるのを黙って見ているけれど、心は穏やかではなく、遠く離れた場所にいるのがわかった。ジュリアンがガーバーヴィルでなにをしているのか考えていたのかもしれない。彼がムスクのにおいのするマットレスで、タオルを毛布がわりにして眠っているところ。冒険旅行のあらゆる場面。二十歳の男の子でいるのはなんと素晴らしいことか。

「ジュリアンが言ってた話だけど」とサーシャは言って照れくさそうに咳払いをしたけれど、興味があるのはあきらかだった。「つまりおばさんは、なんていうか、その男の恋人だったの？」

「ラッセルのこと？」とわたしは枝で火をつつきながら言った。「そういうふうには考えてなかったな」

　それはほんとうだった。ほかの女の子たちはラッセルのまわりに集まって、彼の動きや気分を気象パターンのように観測していたけれど、わたしの心のなかではたいてい、彼は少し離れたところにいた。それはみんなに愛される教師のようなもので、その私生活を生徒は決して想像しないのだ。

「じゃあ、なんでその人たちとつるんでたの？」と彼女は訊いた。

　その話題は避けたいというのが、最初の気持ちだった。きわどいところをぜんぶはぶいて話すしかない。一本の道徳劇を演じるのだ。後悔、教訓。できるだけ事務的な口調で話そう。

「みんなが四六時中そういうものにはまっていた時代だったの、当時は」とわたしは言った。「サイエントロジーとか、プロセス教会とか、エンプティ・チェア・ワークとか。いまも変わらないかな？」ちらっとようすをうかがうと、彼女は話の続きを待っていた。「ある意味じゃ運が悪かったと思ってる。わたしが出会ったのがあの集団だったことは」

「でも残ることにしたと」

サーシャが好奇心を初めて全開にしたのがわかった。

「ある女の子がいてね。ラッセルよりもその子の存在のほうが大きかった」そしてためらいながら言った。「スザンヌ」その名前を口にして、この世に生かしてしまうのは奇妙な感じがした。「年上だった。じっさいはそれほど変わらなかったんだけど、ずっと年上に感じた」

「スザンヌ・パーカー？」

わたしは焚き火越しにサーシャを見つめた。

「さっきちょっと調べたんだ」と彼女は言った。「ネットで」

わたしもそういうことに没頭した時期があった。ファンサイトなどと呼ばれるもの。見知らぬ人同士が意見を交わす場所だ。スザンヌが刑務所で作ったアート作品をひたすら紹介するだけのサイトもあった。水彩絵の具で描いた山並み、タンポポの綿毛みたいな雲、スペル間違いだらけのキャプション。スザンヌが一心不乱に描いているところを想像すると胸が締めつけられたけれど、ある写真を目にした瞬間、サイトを閉じた。ブルージーンズに白いTシャツを着たスザンヌだった――ジーンズに詰まった中年の脂肪、紗がかかったようなうつろな表情。

サーシャが巷にあふれるあのおぞましい記録をむさぼり食ったのかと思うと落ち着かなかった。検死報告や、あの夜についての女の子の証言という悪夢の台本みたいな詳細でおなかをいっぱいにしたんだと思うと。

「ちっとも自慢できることじゃないね」とわたしは言った。そんなお決まりの話を聞かせるなんて――気分が悪い。かっこよくもないし、うらやましがられるようなことでもない。

「おばさんのことがぜんぜん書いてなかった」とサーシャは言った。「わたしが調べたかぎりでは」

心がぐらっとよろめく。彼女になにか重要なことを教えて、わたしの存在を突き止めてもらいたかった。わたしの存在がちゃんと見えるように。

「そのほうがいいの」とわたしは言った。「おかしな人たちに特定されたりすることもないでしょ」

「でもあそこにいたんだよね？」

「あそこで暮らしてた、ってことになるわね。しばらくのあいだ。わたしは誰も殺してないけど」

弱々しい笑いが口から飛び出す。「当然のことながら」

彼女はスウェットのなかで縮こまった。「家出だったの？」感心したような口調だった。

「時代が違ったから」とわたしは言った。「みんなが好き勝手にやってた。両親は離婚してたし」

「うちもだよ」とサーシャは内気でいるのを忘れて言った。「わたしくらいの年だったんでしょ？」

「もう少し若かったかな」

「すごくかわいかったでしょ。だってほら、いまもきれいだし」と彼女は言った。

自分の気前のよさに得意になっているのがわかる。

「そもそもどうやってあの人たちに会ったの？」とサーシャは訊いた。

あせらず気持ちを奮い立たせて、一連の流れを思い出す。事件の節目ごとに書かれる記事には、決まって「再検証」という言葉が使われた。「エッジウォーター通りの惨劇を再検証する」などと、まるであの出来事が単独で存在し、蓋を閉めることのできる箱であるかのように言う。街角や映画のスクリーンにあらわれるスザンヌの亡霊に、わたしが何度となくハッとさせられてきたのが嘘のように。

わたしはサーシャの質問を次々とさばいていった。偶像化されてしまった彼らが、ふだんはどんなふうだったか。ガイはそれほどメディアの興味をそそらず、男たちが昔からしてきたことをした男にすぎなかったけれど、女の子たちのことは神話のように語られた。ドナは美人ではなくて、鈍くさくて荒っぽい残念な子という役回りにされることが多かった。その顔は物欲しげで、がさつな感じがした。ヘレンはキャンプファイヤー・ガールズ出身で、よく日に焼けて、髪をおさげにしたかわいい子だった。崇拝の対象になりやすいピンナップ向けの女殺人犯。一方、スザンヌはいちばん印象が悪かった。堕落。悪。彼女のひねくれた美しさは写真うつりがよくなかった。凶暴でみすぼらしくて、人を殺すためだけに生まれてきたように見えた。

スザンヌの話をするうちに心臓の回転数は上がり、それはサーシャにも伝わったらしかった。そんなふうにどうしようもなく興奮してしまうのが、いけないことのように思えた。なにが起きたかわかっているくせに。カウチの上でとぐろ状のはらわたを空気にさらしている管理人。髪の毛に血のりがべっとりついた母親。その息子は損傷がひどすぎて、警察も性別を見分けられなかった。そういうことについてもサーシャは読んでいるはずだ。

「自分も同じことをしていたかもしれないと思ったことは？」と彼女は訊いた。

「まさか」とわたしは反射的に言った。

これまで人にランチのことを話してきたなかで、その質問をされたことはほとんどなかった。わたしも手を下していたかもしれないのか。もう少しでそうなるところだったのか。たいていの人は、基本的な道徳心の違いだと決めてかかった。まるであの子たちが初めから別の生き物だったみたいに。

サーシャは静かになった。その沈黙が一種の愛のように感じられた。

「ときどき考えてしまうことはあるかもね」とわたしは言った。「わたしが手を下さなかったのは偶然のように思えてしまうの」

「偶然？」

炎が弱まってちろちろと揺れている。「それほど大きな違いはなかったから。わたしとあの子たちとのあいだには」

それをいざ口に出すと奇妙な感じがした。ずっと悩んでいたことを、くっきりとではなくとも浮き彫りにしてしまうのだから。サーシャは嫌な顔をするどころか、警戒するようにも見えなかった。ただわたしを注意深く見ていた。わたしの言葉たちを取りこんで、その居場所を作ろうとするかのように。

町で唯一の、食事ができるバーに行くことにした。いいアイデアに思えた。ふたりでめざすことのできるゴール。食事をとる。体を動かす。わたしたちは火が燃えつきて、新聞紙が赤くまだらな光を放つだけになるまでしゃべった。サーシャは燃えかすに足で砂をかけ、わたしはそんなふうにガールスカウトの教えをちゃんと守る彼女がおかしくて笑った。誰かがそばにいるのがうれしかった。ただしこれはいっときの猶予で、ジュリアンが戻ってくればサーシャは去り、わたしはまたひとりになる。だとしても、憧れの目で見られるのはいい気分だった。それがふつうではないだろうか。サーシャは十四歳のわたしを尊敬し、わたしが興味深い人物で、なんということか度胸があるとさえ思っているらしいのだ。わたしはその考えを正そうとしたけれど、すでに胸のなかに深い安堵感が広がって、わたしの体をふたたび満たしていた。睡眠薬によるほの暗い眠りから覚めたような気分だった。

道路脇の送水路に沿って、肩を並べて歩いた。尖った森は深く、真っ暗なのに怖い気はしなかった。夜が不思議なお祭りめいた色を帯びてきて、サーシャはどういうわけか、わたしをヴィーと呼び始めた。

「ママ・ヴィー」と彼女は言った。

サーシャは人懐っこくて温厚な仔猫みたいで、わたしの肩に当たるその肩は温かかった。ふと横を見たとき、彼女は下唇を噛んで空を仰いでいた。けれども空にはなにも見えず、星は霧のむこうに隠れていた。

バーには、スツールがいくつか並んでいるほかにたいしたものはなかった。いつもと変わらない継ぎはぎだらけの錆びた看板、ドアの上でジージーと音をたてるネオンサインの目。誰かが厨房で煙草をくゆらせていて、サンドイッチ用のパンが煙をたっぷり吸いこんでいる。食べ終わったあと、少しゆっくりしていくことにした。サーシャは十五歳くらいに見えるけれど、なにも言われなかった。バーテンダーは五十代の女で、どんなお客も大歓迎らしい。くたびれて見え、髪の毛はドラッグストアの白髪染めのせいでぱさぱさだった。わたしも同じような年齢だったけれど、鏡をのぞきこんで共通点を確かめる気になれないのは、隣にサーシャがいるからだった。彼女はメダイユの聖者みたいに清らかで澄んだ顔つきをしていた。

サーシャは小さな子供みたいにスツールごとくるくる回った。

「こんなのもいいよね」彼女は笑った。「今日ははじけちゃおう」彼女はビールと水をかわるがわる口にするという手堅い飲み方をしていたけれど、そのかいもなく体は目に見えてしなだれていった。

「ジュリアンがいなくてむしろよかったのかもしれない」と彼女は言った。

自分の言葉に興奮しているように見えた。この子を脅かすべきじゃないのはもうわかったけれど、かわりに、ほんとうの問題にゆっくりたどり着くことができるだけの間をあげた。サーシャは足掛けのバーをぼんやりと蹴っている。彼女のビール臭い息がすぐそばにあった。

「教えてくれなかったんだ」と彼女は言った。「ハンボルトに行くって」わたしはびっくりしたふりをした。彼女は力なく笑った。「朝、起きたらいなくて、外にでもいるのかと思ってた。おかしくない？　なにも言わずに出ていくなんてさ」

「たしかに、おかしいね」気をつかいすぎかもしれないけれど、もっともなことをしたジュリアンを擁護するふうにならないように注意した。

「メールだとだいぶ反省してるようすだった。この件についてはちゃんと話し合おうと思ってるみたい」

　彼女はビールをすすった。濡れた指でカウンターにスマイルマークを描く。「ジュリアンがなんでアーヴァインを追い出されたか知ってる？」はしゃぎながらも警戒しているようすだ。「ちょっと待って」と彼女は言った。「ジュリアンのパパに告げ口しないよね？」

　わたしは首を横に振った。ティーンエイジャーの秘密を守る用意のある大人として。

「オーケー」サーシャはひと息ついた。「ジュリアンが嫌ってたコンピューターの先生がいてさ。ひどいやつだったみたいなんだ。その先生が。提出が遅れた論文を受け取ってくれなかったの。その単位がないとジュリアンが落第するって知ってたのに。それでジュリアンはそいつの家まで行って、その犬にいたずらしたんだ。具合が悪くなるようなものを食べさせたの。漂白剤か、鼠用の毒みたいなものを、よく知らないけど」そこでわたしの目をとらえる。「で、犬は死んじゃった。その老いぼれ犬は」

　わたしは何食わぬ表情を保つので精いっぱいだった。抑揚のない声でさらりと語るところが、これをよりいっそうひどい話にしていた。

「学校側は、ジュリアンのしわざだってわかってたけど証明できなかった」とサーシャは言った。「だからほかのことで停学処分にしたけど、ジュリアンとしては戻ることもできないし、最悪の結果に」そこでわたしを見る。「つまりさ、どう思う？」

わたしはなんと言ったらいいかわからなかった。

「ジュリアンは言うんだよね、犬を殺す気はなかった、ちょっと具合が悪くなればいいと思っただけだって」サーシャはためらいがちに、自分の考えを試すように言った。「それって、そこまで悪いことじゃなくない？」

「どうかな」とわたしは言った。「わたしには悪いことに聞こえるけど」

「でも、わたしはジュリアンと住んでるわけじゃん」とサーシャは言った。「家賃からなにから払ってもらってるわけだから」

「行く場所はいくらでもあるんだよ」とわたしは言った。

かわいそうなサーシャ。かわいそうな女の子たち。世界は愛を約束して、彼女たちをおなかいっぱいにさせる。女の子が愛をどれほど強く求めるか、それを手に入れる子がどれほど少ないか。シロップ漬けにしたポップス、「黄昏時」や「パリ」みたいな言葉で紹介される洋服のカタログ。そしてある日、夢は乱暴に奪い去られる。ジーンズのボタンをもぎ取ろうとする手。バスのなかでガールフレンドを怒鳴りつける男がいても見て見ぬふりをする人々。サーシャへの悲痛な想いが、わたしの喉を締めつける。

そんな戸惑いを、むこうも感じ取ったに違いない。

「とにかく」と彼女は言った。「それがちょっと前の話」

母親になるというのはこんな感じだろうかと考えながら、サーシャがビールを飲み干して男の子みたいに口をぬぐうのを見守った。こんなふうに誰かにたいして思いがけず広がっていくやさしい気持ちは、どこからともなく湧いてきたように思えた。ビリヤードをしていた男がぶらぶら近づいてきたので、わたしは追い払おうと身がまえた。ところがサーシャは尖った歯を見せてにっこり笑った。

「ハーイ」と彼女が言った直後には、男はわたしたちに一本ずつビールを買っていた。サーシャはペースを落とすことなく飲んだ。退屈そうによそ見していたかと思うと、こんどはふりであれなんであれ、男の話に目を輝かせて聞き入るというのをくりかえした。

「ふたりとも、よそから来たんだろ？」と男は訊いた。長く伸ばした白髪まじりの髪、親指にはめたトルコ石の指輪――ここにもまた六〇年代の亡霊がいた。ひょっとしたらあのころどこかですれ違って、誰もが通る同じ道を通っていたのかもしれない。彼はズボンをぐいっと引きあげた。「姉妹？」

その口ぶりは、彼の努力がおよぶぎりぎりのところでわたしを含めようとしていたので、わたしは吹き出しそうになった。それでも、サーシャの隣にいても、男の関心の一部がわたしのほうにまで打ち寄せてくるのがわかった。たとえ直接じゃなくても、あのびりびりした感覚を思い出してびっくりした。欲望の対象にされるのはどんな気分か。サーシャにはあたりまえすぎて気づいてさえいないかもしれない。もっとよくなることを信じて、あわただしく生きるのに精いっぱいの彼女には。

「お母さんだよ」とサーシャは言った。その目は真剣で、わたしが冗談に付き合うことを望んでいた。

付き合うことにした。彼女に腕を回して肩を寄せ合う。「母と娘の二人旅ってやつよ」とわたしは言った。「一号線で、ユーレカまで行く途中なの」

「大冒険じゃないか！」と男はテーブルを叩きながら叫んだ。彼はヴィクターという名前だとわかった。ヴィクターはアステカの文様を携帯電話の待ち受け画面にしていて、この文様にはパワーがこめられているから画像を見つめるだけで頭がよくなるんだと教えてくれた。さらに彼は世界各地で起きる事件が、複雑で長きにわたって存在する陰謀によって仕組まれたものだと信じていた。一ドル札を出し、イルミナティがどうやってコンタクトを取り合っているか説明してくれた。

「秘密結社なのに、なんで自分たちの企みをみんなが使うお金の上で披露するの？」とわたしは訊いてみた。

彼はその質問を予想していたようにうなずいた。「影響力のでかさを見せつけるためさ」そんなふうに確信できること、自分こそ正しいと信じる愚かな思考回路がうらやましかった。世界には目に見える秩序があり、わたしたちはそのシンボルを探すだけなのだという信念。悪を解読可能な暗号のように思っているのだろうか。彼はしゃべり続けた。その歯はドリンクで濡れ、神経が死んで黒ずんだ奥歯が一本見えた。彼はわたしたちに解説すべき陰謀をたくさん知っていて、いろんな内部情報をちらつかせた。「もうその段階に来ている」ことや、「隠された周波数」のことや、「影の政府」についてしゃべった。

「すごい」とサーシャは無表情に言った。「ママは知ってた？」

彼女はわたしをママと呼び続け、その言い方がまたわざとらしくて、おかしいのだけれど、彼女がどれだけ酔っているのか、すぐにはわからなかった。そして、わたしがどれだけ酔っているのかも。夜はすでに未知の海域に乗り出していた。壊れたネオンサイン、戸口で煙草を吸うバーテンダー。彼女がビーチサンダルをぐりぐりさせて火を踏み消すようす。ヴィクターは、わたしたちみたいに仲のいい親子に会えてうれしいと言った。

「近ごろは、なかなか見られるもんじゃないぞ」彼はしみじみとうなずいた。「母と娘で二人旅をしようなんていう人たち、きみたちみたいに、いたわり合える親子は」

「そりゃ、すごくいいママだもん」とサーシャは言った。「わたしはママが大好き」

彼女は小ずるそうな笑顔でわたしを見てから、顔を寄せてきた。唇がそっと押し当てられて、かすかにしょっぱいピクルスの味がした。どんなキスよりもいやらしくないキスだった。とはいえ、ヴィクターはショックを受けた。まさにサーシャの思惑どおりに。

「まいったな」とヴィクターは嫌悪感と興奮と半々で言った。たくましい肩をそびやかし、乱れたシャツをズボンにたくしこむ。急にわたしたちを警戒し始めたらしく、応援なり確認なりを求めてきょろきょろした。わたしはサーシャが娘ではないことを説明したかったけれど、すでにそんなことを気にするような状態ではなく、夜がばかげた、よくわからない感覚に火をつけていた。どういうわけか長いお休みのあとでこの世界に戻ってきたような、生きるための場所にもう一度、住処を得たような気分だった。

一九六九年

六、

プールのメンテナンスはずっと父の仕事だった。水に浮かぶごみを網ですくったり、濡れた落ち葉を一か所に集めたり。父が塩素の濃さを測るのに使っていた色付きの薬瓶。そこまで熱心にというわけでもなかったのに、父が出ていってからというもの、プールはひどいありさまだった。フィルター付近はサンショウウオのたまり場になっていた。ぬるっとした抵抗を感じながら縁に沿って進むと、わたしが通った跡には澱のようなものがまき散らされた。母はなにかの集まりに行っていた。新しい水着を買ってくれる約束を母が忘れていたので、わたしはオレンジ色の古いのを着ていた。カンタロープ・メロンみたいに色あせ、縫いしろがよれて太ももまわりにすきまができているようなやつだ。トップがきつかったけれど、大人っぽい谷間ができるのはよかった。

夏至のパーティーから一週間しか経っていないのに、わたしはすでに農場を再訪し、スザンヌのために少しずつお金を盗むようになっていた。ほんとうはもっと時間をかけてそうなったんだと思いたい。何か月もかけて説得され、ゆっくりと壊れていった、バレンタインみたいに用意周到に口説かれたんだと。だけどわたしはやる気満々のいいカモで、自分を差し出したくてうずうずしていた。

水に浸かってぷかぷかしていると、磁石が砂鉄を引き寄せるみたいに脚の産毛に藻がくっついてきた。芝生の折り畳み椅子にしわの寄ったペーパーバックが一冊、置き忘れられている。木の葉が銀色にきらめくのが鱗のようで、あらゆるものに六月のけだるい熱がこもっていた。家のまわりの木々は昔からこんなふうに水生植物のような不思議な姿をしていたっけ？　あるいはわたしのなかですでにいろんなことが変わり始めていたからで、くだらないごみのようなふつうの世界が、別の人生を生きるための緑豊かなステージに変わりつつあったせいか。

　夏至のパーティーの翌朝、スザンヌは車の後部座席にわたしの自転車を無理やり押しこんで、家まで送ってくれた。いろんな煙を吸いすぎたせいで、口のなかには水分をしぼり取られたような慣れない感覚があり、服には体臭と灰のにおいが染みこんでいた。髪についた藁（わら）をさっきからずっと取っていたけれど、それは前夜の証拠、スタンプを押されたパスポートみたいなもので、わたしを興奮させた。やっぱりあれはほんとうに起きたことで、わたしはその幸せなデータで色鮮やかなカタログを作った。スザンヌの隣に座っていたときの打ち解けた沈黙。ラッセルの部屋に行ったという、よこしまなプライド。あの行為に含まれるのがたとえ汚らわしく退屈な事実だとしても、それをリプレイすることによろこびを感じた。ラッセルが自分を硬くしようとしているときのおかしな間。人間のあるがままの機能にはなにかパワーがあった。それをラッセルはこんなふうに説明した。肉体はどんな悩みも飛び越えることができる、きみがそれを許せば。

　スザンヌは運転しながら休みなく煙草を吸い、ときおりそれをわたしに差し出すのが静かな儀式になっていた。ふたりのあいだに流れる沈黙は、だぶついた居心地の悪いものではなかった。車の外を過ぎ去っていくオリーブの林、焦げた夏の大地。はるか遠くに見えているのは、くねりながら海まで続く運河。スザンヌはラジオ局を次々に変えていたけれど、やがてパチンと消した。

「わたしたちに足りないのはガソリンだね」と彼女は言った。

　わたしたち、と胸のなかでくりかえす。わたしたちに足りないのはガソリン。

スザンヌはガソリンスタンドに入っていった。ボートトレーラーを牽引する白とティールブルーのピックアップトラックのほかに客はいなかった。

「カードを取って」とスザンヌは言った。グローブボックスを顎で示しながら。

あわてて開けると、いろんなクレジットカードがばらばら落ちてきた。ぜんぶ違う名前だ。

「青いやつ」と彼女は言った。なんだかいらついているようすだった。青いカードを渡すとき、わたしが困惑していることに彼女は気づいた。

「みんながくれるの」と彼女は言った。「取りあげることもある」青いカードを指でいじっている。

「たとえばこれはドナ。あの子がママから盗んできた」

「ドナのママのガソリンカードってこと?」

「自分たちを守るためだからね――さもないと飢え死にしちゃう」とスザンヌは言った。そして視線をよこす。「あなたがあのトイレットペーパーをくすねてきてくれたのと同じようなことでしょ?」

その話が出てカッと熱くなる。あれが嘘だったのを彼女は気づいていたのかもしれないけれど、その閉ざされた表情だけではなんとも言えなかった。気のせいかもしれない。

「それに」と彼女は続けた。「そういうものはないほうがいいの。嘘に囲まれて、モノがあふれて、自分が、自分が、自分がってなるよりはさ。ラッセルはみんなを救おうとしてる。決して人を判断しないし、そういう人じゃない。金持ちだろうと貧乏だろうと彼は気にしない」

スザンヌの言うことは、それなりに納得できた。彼らはこの世界から力の差をなくそうとしているのだ。

「それってエゴだからね」と彼女は続けた。車に寄りかかっているけれど、メーターの針に目を光らせている。彼女たちは決してタンクに四分の一以上は入れなかった。「お金っていうのはエゴで、人はそれを手放そうとしない。自分を守るためだけに、毛布みたいにしがみつく。自分がお金の奴隷になってるとも気づかないで。異常だよ」

彼女は笑った。

「おもしろいのはさ、ぜんぶ手放して、はいどうぞって差し出したときに初めて、ほんとうにすべてを手に入れるってとこだよね」

仲間のひとりが食料調達のごみ漁りで捕まってそのままになっていることに、スザンヌはひどく腹を立てていた。車をまた路上へ動かしながら、その話をしてくれた。

「店側はますます慎重になっているようだけど、ふざけた話だよ」と彼女は言った。「捨てるものにまだしがみつくなんて。それがアメリカなんだ」

「ふざけた話だね」その言葉が口のなかで奇妙に響いた。

「なんとかしてみせるよ。すぐに」彼女はバックミラーをちらっと見た。「お金のことはきつい。でも逃げるわけにはいかないし」その感じはあなたにはわからないだろうけど」

彼女は決してばかにしているのではなかった。かわいく肩をすくめて現実を受け入れる。あるアイデアがしっかりとしたかたちになって浮かんだのはこのときだった。まるでわたしがみずから思いついたみたいに。それこそが解決策で、ピカピカ光るクリスマスツリーの飾りみたいに手の届くところにあるように見えた。

「いくらか用意できるよ」とわたしは言った。その必死さは、思い返すたびに身がすくむ。「うちのママ、財布をつねに出しっぱなしにしてるんだ」

それはほんとうだった。しょっちゅうお金を見つけた。引き出しのなか、テーブルの上、バスルームの洗面台に置き忘れていることもあった。おこづかいはもらっていたけれど、母はそれ以外にもふと思いついたようにくれることがよくあって、たんに財布があるほうを手で示すだけということもあった。「必要なだけ取っていきなさい」と、いつも母は言った。わたしは決して必要以上は取らず、お釣りはちゃんと返すように心がけていた。

「いやいや」とスザンヌは言って、吸い殻を窓の外にはじき飛ばした。「そんなことする必要ないから。でもやさしい子だね」と彼女は言った。「申し出はありがたく受け止めておくよ」

「そうしたいの」

彼女はぎゅっと口をむすんで不安をあらわし、わたしのなかの負けん気に火をつけた。

「したくないことはさせたくない」彼女は小さく笑った。「わたしが言いたかったのはそういうことじゃないから」

「でもそうしたいの」とわたしは言った。「力になりたい」

スザンヌは少しのあいだしゃべらず、それからこちらを見ることなく微笑んだ。「オーケー」と彼女は言った。それが試すような言い方だったのをわたしは見逃さなかった。「力になりたい、か。それならしかたない」

任務を得たわたしは、母の家で暮らすスパイになった。なにも知らず標的となった母。その晩、静まりかえる廊下で母に出くわしたとき、けんかしたのを謝ることさえできた。母は小さく肩をすくめながらも、けなげに笑って謝罪を受け入れた。そんなためらいがちでけなげな笑顔はいつもなら嫌でしかたないのに、新しいわたしは首をうなだれて卑屈に後悔をあらわした。娘を演じ、娘がしそうなふるまいをする。心のどこかでわくわくしていた。わたしは母の手の届かないところにいて、母を見てしゃべるたびに嘘をつくことになるのだ。ラッセルとの一夜やランチという秘密の領域がわたしのすぐそばにあった。母が手にすることができるのはわたしの抜け殻、干からびた残り物だった。「早かったじゃない」と母は言った。「今日もコニーのところに泊まってくるのかと思った」

「そういう気分じゃなくて」

コニーのことを思い出し、ふつうの世界に揺り戻されるのは奇妙な感じがした。しかもびっくりしたのは、食欲がふつうに湧いてきたことだった。変化を取り巻く世界の秩序を目に見えるかたちで取り戻したかった。繕うとかえってほころびがめだつように。

母はやさしくなった。「ともかく、いっしょに過ごしたかったからうれしいわ。ふたりきりなんて、ひさしぶりじゃない？　ストロガノフでも作ろうかしら」と母は言った。「それかミートボールでも。どっちがいい？」

はたしてそんなものが作れるのか。母が食べ物を買っておいてくれるのは、わたしが残したメモを、グループから帰った母が見つけてくれたときだけ。しかも肉なんてずっと食べていなかった。サルが母に教えたのだ。肉を食べるのは恐怖を食べることで、恐怖を取りこむから太るのだと。

「ミートボールがいいな」わたしは許した。それを母がすごくよろこんだことに嫌でも気づいた。


母がキッチンのラジオをつけると、流れてきたのはくだらなくて心なぐさむ曲で、わたしは小さいころ、そういう歌が大好きだった。ダイヤモンドの指輪、ひんやりした小川、林檎の木。そんな音楽を聴いているところはスザンヌどころか、コニーに見られたって恥ずかしい――当たりさわりがなく、陰がなく、時代遅れ――でもそういう歌をわたしは渋々ながらもひそかに愛していて、それを母は自分が知っているところだけ歌っていた。ほっぺたを赤く染めて大げさなくらいはりきっている上機嫌な母のペースに巻きこまれるのはたやすかった。母の身のこなしは、若いころ馬術をしていたときに培われたものだった。毛並みのよいアラブ種にまたがって笑顔を浮かべ、ラインストーンをちりばめた襟が競技場のライトできらめいていたころ。わたしが小さいとき、母はとても謎めいていた。なにかにおびえたようにスリッパでそろそろと家のなかを歩きまわる母。引き出しにしまった宝石の由来を、ひとつひとつ詩のように語り聞かせてくれた。

この家は清潔で、闇夜をへだてる窓があり、はだしの足の下にはふかふかの絨毯があった。ここはランチとは正反対で、わたしはやましさを感じるべきだと気づいた。こんなふうにくつろぎ、きれいに片づいたキッチンで母とそんなものを食べようとするのは間違っている。いまごろスザンヌたちはなにをしているんだろう。想像するのが急につらくなった。

「コニーは最近どう？」と母が訊いた。手書きのレシピカードをぱらぱらめくりながら。

「元気だよ」おそらくは。メイ・ロープスの食べかすがいっぱいついた歯のブリッジをながめているのだろう。

「ねえ」と母は言った。「いつでも連れてきていいのよ。近ごろ、あちらに入りびたりじゃない」

「コニーのパパは気にしないよ」

「わたしも会いたいし」とはいうものの、母はいつもコニーに戸惑っているように見えた。できれば付き合いたくない未婚のおばを相手にするような感じだった。「こんどパームスプリングスあたりに旅行に行きましょうよ」つまりそれを言いだすタイミングを待っていたのだ。「なんならコニーも誘って」

「どうかな」悪くないかもしれない。後部座席でコニーと体を寄せ合い、インディオ郊外のナツメヤシ農家で買ったシェイクを飲む。

「うん」と母はつぶやいた。「じゃあ二、三週間後にどうかしら。ただ、ほら」――そこで間を置く。

「フランクも来るかもしれないわよ」

「わたしは行かないよ、ママが男連れなら」

母は笑顔を作ろうとしたけれど、まだ言うことがあるようだった。ラジオの音がやけにうるさく感じられる。「ねえ」と母は切りだした。「こんな調子でいっしょに暮らしていけるのかしら――」

「はあ？」とたんに生意気な声になり、どんな説得力も失われていくのが嫌でたまらない。

「すぐにというわけじゃないのよ、それはぜったいにないわ」母は口をすぼめた。「だけどもしフランクが越してきたら――」

「ここにはわたしだって住んでるのに」とわたしは言った。「いつかあの人をここに住まわすつもりだったの？　わたしにはなにも言わずに？」

「あなたは十四歳なのよ」

「ふざけてる」

「ちょっと！　言葉に気をつけなさいよ」と母は両手を脇の下にしまいこんで言った。「どうしてそう突っかかるのか知らないけど、もうやめなさいよ、いいかげん」目の前に母の訴えかけるような、あからさまに傷ついた表情があり、それは母にたいする生物学的な嫌悪感をかき立てた。バスルームに立ちこめる鉄のにおいで、母が生理中なのを知ってしまったときのように。「わたしはよかれと思って言ってる」と母は言った。「あなたの友達まで誘って。そろそろやめてもらえるかしら」

わたしは笑ってみたものの、裏切られた想いでいまにも吐きそうだった。だから母は食事を作りたがったのだ。最悪だ、あんなにかんたんによろこんだりして。「フランクなんかただのろくでなしじゃん」

母は気色ばんだ表情を浮かべながらも、なんとか気持ちを落ち着かせたようだった。「態度に気をつけなさい。これはわたしの人生なの、わかる？　ちっぽけな幸せをつかもうとしてるだけ」と母は言った。「それならあなたも協力すべきでしょ。そうしてもらえない？」

母にはそんな冴えない人生がお似合いだ、女々しくてどうでもいい心配ばかりする人生。「いいよ」とわたしは言った。「わかった。フランクとお幸せに」

母は目を細めた。「どういう意味よ」

「べつに」肉が室温に戻りつつあるのが、鼻につく鉄臭いにおいでわかった。胃がきゅっとなる。「もうおなか減ってないから」とわたしは言い、立ちつくす母をキッチンに残して去った。ラジオからはまだ初恋の歌や、川のほとりでダンスをする歌が流れていて、肉を解凍したからには、母はそれを使わないわけにはいかなかった。たとえ誰にも食べてもらえなくても。

それがあってからは、お金を盗っていいんだと自分に言い聞かせるのが楽になった。世の中には身勝手で、愛することができない人ばかりだとラッセルは言うけれど、それは母にも当てはまるように思えた。それにパロアルトのリゾート風アパートメントにタマルとしけこんでいる父も同じ。だからそういうふうに考えれば、これはまっとうな取引だった。わたしが少しずつ盗んでいるお金が積もり積もってようやく、失われてきたものを埋め合わせてくれるような気がした。元から存在しなかったのかもしれないと考えるのは、ものすごくつらかった。なにもかも――コニーとの友情も初めからなかったのかもしれない。ピーターにしろ、わたしが子供じみた憧れを露骨に示すのをうるさく思っていただけで、なにも感じていなかったのかもしれない。

母はあいかわらずハンドバッグをそこらへんに出しっぱなしにするので、そのせいでなかのお金がさほど価値のない、母にとっては取るに足らないものであるように思えた。とはいえハンドバッグのなかを引っかきまわすのは、母のごちゃごちゃした頭のなかを探るようで落ち着かない。中身はものすごく個人的だった。バタースコッチキャンディの包み紙、マントラが書かれたカード、コンパクトミラー。バンドエイドの色をしたクリームのチューブは、母が目の下に叩きこんでいるものだ。わたしは十ドル札を抜き取ると、折りたたんでショートパンツにしまった。もし見つかっても、食料品を買いにいくと言えばいい。疑われるはずがない。わたしという娘はずっとよい子だった。たとえそれが素晴らしいことじゃなく、むしろがっかりさせることだったとしても。

自分でもびっくりするくらい罪の意識が薄かった。それどころか母のお金を貯めこむことに、どこか正しいことをしている感覚すらあった。わたしはランチ流に強気でいること、ほしいものは取っていいんだという信念を身につけつつあった。隠したお金のことを思えば、翌朝、母に笑いかけることだってできた。前の晩に言い合ったのが嘘のようにふるまい、だしぬけに前髪を触られてもじっと耐えることができた。

「目を隠さないで」と母は言った。熱い吐息がかかり、母の指がわたしの髪をかきあげる。

母を振り払って後ずさりしたくなっても、しない。

「ほらいた」と母はうれしそうに言った。「ここにいたのね、わたしのかわいい娘は」

お金のことを考えながらプールの水を蹴り、両肩を水面から出した。ジッパー式の小さな財布にお金を集める任務には、なにか純粋なところがあった。ひとりでいるときに数えるのが楽しくて、新たにやってくる五ドル札や十ドル札のひとつひとつが天の恵みのように感じられた。しわの少ないものを上にして、札束がなるべくきれいに見えるようにした。スザンヌやラッセルにお金を渡してよろこんでもらうところを思い浮かべては、甘く気まぐれな霧に包まれた白昼夢にふけった。

目を閉じて浮かんでいたとき、ふと目を開けた。垣根のむこうでなにかが転げまわるような音がしたからだ。鹿かもしれない。緊張が走り、落ち着かない気分のまま水のなかでゆらゆらしていた。人間かもしれないとは思わなかった。みんなその手の心配はしていなかった。まだそのころは。結局、一匹のダルメシアンが垣根のなかからとことこ出てきて、プールの縁までやってきた。きょとんとした顔でわたしを見つめてから、急に吠えだした。

ぶちのある変わった見た目の犬で、人間が危険を知らせるときのような甲高い声で鳴いている。うちの左隣に暮らすダットンさんちの犬だった。そこの父親はとある映画の主題歌の作曲者で、妻がパーティー客を前に、それを茶化すように鼻唄で歌うのを何度か見たことがあった。息子はわたしよりも年下で、庭でよくエアガンをぶっぱなし、それに合わせて犬が狂ったようにキャンキャン鳴いていた。犬の名前は思い出せなかった。

「シッシッ」と言いながら、軽く水をはねかけた。わざわざプールから出るのもめんどうだった。

「どっか行ってよ」

犬は鳴きやまない。

「ほら」もう一度追い払おうとしたけれど、犬はもっと大きな声で鳴くばかりだった。

ダットンさんの家にたどり着くころには、水着の水がしみてショートパンツはびしょ濡れだった。コルクのサンダルで幽霊みたいな足跡をつけながら、犬の首輪をつかみ、毛先から水をしたたらせてやってきた。玄関に出てきたのはテディ・ダットンだった。彼は十一、二歳で、両脚はかさぶたとすり傷だらけ。去年、木から落ちて腕を折ったとき、彼を車で病院に連れていったのはうちの母だった。母は暗い顔で、あそこの親はあの子をほったらかしにしすぎだとぼやいていた。わたし自身はテディとはあまり遊んだことがなくて、ご近所のパーティーで子供同士、顔を合わせるくらいだった。そういう場では十八歳以下の子供はぜんぶひとまとめにされて、仲よくすることを強いられる。ときどき彼が眼鏡をかけた男の子といっしょに消火用道路を自転車で走る姿を見かけた。ふたりが家畜小屋で見つけてきた仔猫を触らせてくれたこともあった。その小さな生き物を、彼はシャツでくるむように抱いていた。仔猫は目から膿がたれていたけれど、それをやさしくあつかう姿は小さなお母さんみたいだった。彼としゃべるのは、それ以来だった。

「ねえ」ドアを開けたテディに、わたしは言った。「おたくの犬」

テディは口をぽかんと開けた。生まれたときからご近所同士なのが嘘みたいに。なにも言ってこないので、わたしは少しあきれた顔をした。

「うちの庭にいたの」とわたしは続けた。犬がわたしの手から逃れようとして体を動かす。

テディがしゃべりだすまでには少し間があり、そのときに彼が困ったような目でわたしの水着のトップというか、はちきれそうな胸の谷間を盗み見たのがわかった。わたしが気づいたのを察したのか、テディはさらにまごついた。犬をにらみつけて首輪をつかんだ。「こら、ティキ」と、犬を家のなかに押しこみながら彼は言った。「悪い子だ」

テディ・ダットンが、どういうわけかわたしを前にどぎまぎしているらしいのが意外だった。もっとも、前に会ったときのわたしはビキニすら持っていなかったのに、いまでは胸も大きく育ち、自分でも楽しいくらいなのだ。そんなふうに意識されて小躍りしたい気分になる。そういえば前に、映画館の化粧室付近で、知らない男がコニーとわたしにペニスを見せてきたことがあった。初めはなぜ男が打ちあげられた魚みたいにあえいでいるのかわからなかったけれど、すぐにズボンのジッパーからそれが、袖から出た腕のように飛び出しているのに気づいた。男は蝶々を見るような目でわたしたちを見た。いまからピンで板にとめようとしているみたいに。コニーに腕をつかまれ、いっしょにけらけら笑いながら逃げるうちに、握りしめたレーズンチョコがいつのまにか溶けだしていた。そのあとふたりで、どれだけむかついたか声を大にして言い合ったけれど、そこには誇らしさもあった。いつだったか授業が終わったあとにパトリシア・ベルが自慢げに訊いてきたときのような調子だ。ねえ、ギャリソン先生のわたしを見る目、気づいた？　ちょっとおかしくない？

「この子、足がびしょびしょなんだ」とわたしは言った。「床が汚れちゃうかも」

「いま親がいないからさ。べつにいいんだ」テディは戸口に残って、なにか期待するようにもじもじしていた。わたしと遊ぼうと思っているんだろうか。

彼はときに黒板をながめているだけで訳もなく勃起してしまう気の毒な男の子みたいに、その場に突っ立っていた。あきらかに、なにか別の力に支配されていた。わたしのなかにセックスを示すものが、これまでにないかたちで見えていたのかもしれない。

「じゃあ」とわたしは言った。いまにも笑いだしてしまいそうだった。テディは恐ろしく居心地が悪そうだ。「またね」

テディは咳払いをして、低い声を出そうとした。「ごめん」と彼は言った。「ティキがもし迷惑をかけたなら」

どうしてテディをもてあそんでみようと思ったのか。どうしてそんな選択肢がすぐに浮かんだのか。夏至のパーティー以来、ランチへ遊びにいったのは二回きりだったけれど、わたしは早くもある種の世界観というか、考え方の癖みたいなものを身につけ始めていた。世の中はまじめくさった人たちであふれている、とラッセルはわたしたちに言った。そういう人たちは企業の利害に心を奪われて麻痺した状態にあり、薬漬けにされた実験室のチンパンジーみたいに従順だ。ランチにいるわたしたちはまったく違うレベルにいて、激しい向かい風と闘っているのだから、より大きな目標、より広い世界にたどり着くためには、まじめくさった人たちをないがしろにすることがあってもやむを得ない。そういう古い契約から抜け出して、公民の授業や祈禱書や校長室で聞くような嘘にまみれた脅しの策略にいっさい応じなければ、善悪などというものは存在しないことに気づくだろう、とラッセルは語った。彼はすべてを赦し、平等にあつかうことで、そうした概念を、すでに崩壊した政権から与えられた勲章のように意味のない過去の遺物に変えてみせたのだった。

わたしはテディに飲み物を頼んだ。レモネードとかソーダとか、とにかく彼が持ってきたのとは違うものを想像していた。グラスを渡されたとき、彼の手は緊張で震えていた。

「ナプキンはいる？」と彼は言った。

「いらない」彼の関心の強さが透けて見えるようで、少し笑ってしまった。わたしは見られ方を学び始めたところだった。ぐいっと飲む。グラスになみなみと注がれていたのはウォッカで、それを少量のオレンジジュースで色づけしてあるだけだった。わたしはむせた。

「親はなにも言わないの？」とわたしは口もとをぬぐいながら訊いた。

「なにをしようとぼくの勝手だもん」と彼は誇らしげに、でも一方では自信なさげに言った。その目はキラキラ輝いていて、わたしは彼が次になにを言うか決めるのを見守った。こっちが気にするんじゃなく、相手が自分の行いを気にして試行錯誤するのをながめるのは奇妙なものだった。ピーターも、わたしにたいしてこんなふうに感じていたんだろうか。そのもどかしさ、力がみなぎるような感じは、わたしを酔わせると同時に少し苦しくもあった。テディのそばかすだらけの赤ら顔は真剣そのものので、二歳年下というだけなのに、その差は歴然としているように思えた。わたしがドリンクを喉に流しこむと、テディはえへんと咳払いをした。

「クサもあるよ、よかったら」と彼は言った。

うきうきしているテディに連れていかれた部屋で、わたしは少年らしい小物を見回した。見せびらかすように並べてあるわりには、どれもこれもがらくただった。針が止まった古い船中時計、ほったらかしにされたあげく、ゆがんでカビが生えた蟻の飼育ケース。ガラスに点描をほどこしたような矢じりのかけら、沈没船の財宝みたいに緑に変色した一セント銅貨を詰めた瓶。ふだんのわたしなら、ここで冷やかしの言葉でもかけていたことだろう。その矢じりをどこで手に入れたのか訊くとか、わたしは完全な矢じりを持っていて、その黒曜石の先端は触れれば血が出るくらい尖っていることを話すとか。けれどもここは毅然とした態度で、クールにふるまわなければいけない気がした。それこそあの日、公園で会ったスザンヌみたいに。わたしはすでに気づき始めていた。人から称賛されるにはなにかが求められ、それに沿った自分を作りあげる必要があるのだ。テディがマットレスの下から出してきたのは茶色く粉々になったマリファナで、吸えるのかどうかも怪しかったけれど、彼はそのビニール袋をもったいぶった態度でほら、と差し出した。

わたしは笑った。「なんだかごみくずみたい。遠慮しとくよ」

彼は傷ついたようすで袋をポケットの奥に押しこんだ。それは彼の切り札で、まさか負けるとは思っていなかったのだ。いったいいつからそこにあって、マットレスに押しつぶされながら使われるのを待っていたんだろう。すると急にテディが気の毒になった。ボーダー柄のシャツは首まわりが伸びて垢で黒ずんでいる。いまならまだ立ち去ることができると自分に言い聞かせた。空になったグラスを置き、さわやかにありがとうと言って、うちに帰ればいい。お金を集める方法はほかにもあるのだから。けれどもわたしはとどまった。彼はベッドに腰かけたまま、わたしを見つめている。途方に暮れたひたむきな表情で、目をそらしたら魔法が解けてわたしが消えてしまうかのように。

「なんならほんものが買えるよ」とわたしは言った。「上物。知り合いがいてさ」

彼はこちらが戸惑うくらいありがたがってくれた。「ほんとに？」

「うん」わたしが水着のストラップの位置を直すのを彼が意識するのがわかった。「いまお金持ってる？」とわたしは訊いた。

彼のポケットには三ドルあり、まるまってしなしなになったそれを、彼はためらうことなく差し出した。わたしはそれをあくまでも事務的にしまった。こんな小さな金額でもそれを手にしたことが、つねにつきまとう欲求に火をつけた。自分の価値がどれくらいあるのか知りたい。そこで浮かんだひとつの方程式がわたしを興奮させた。かわいいこと、人から求められるということ、それはつまり価値があるということ。そんなわかりやすい取り決めが、わたしは気に入った。それは異性との関係のなかですでにわかっていたことかもしれない——あのもどかしく、だまされているような気持ち悪さ。少なくとも今回の取引は、なにかの役には立つ。

「親はどう？」とわたしは言った。「どっかにお金をしまってない？」

彼はわたしをちらっと見た。

「出かけてるんでしょ？」わたしはいらいらしてため息をついた。「そしたら誰も気にしないよね」

テディはこほんと咳をした。そして気を取りなおした。「だね」と言った。「見てくる」

まつわりついてくる犬を後ろに従え、テディにくっついて階段をのぼった。彼の両親の部屋は薄暗く、どことなく見覚えがあるようで——ナイトテーブルに置いた飲みかけの水、香水の瓶を並べたラッカー塗りのトレイ――それでいて見慣れない感じがするのは、隅のほうに父親のスラックスが脱ぎ捨ててあり、ベッドの足もとには布張りをした長椅子が置いてあるせいだった。わたしはびくびくしていたし、テディも緊張しているのが伝わってきた。真っ昼間に彼の親の寝室にいるのはとてもいけないことのような気がした。窓の外から太陽が照りつけ、ブラインドの輪郭をくっきりと浮かびあがらせていた。

テディが奥にあるクローゼットに入っていき、わたしもあとに続いた。そばにいたほうが侵入者らしく見えない。彼は思いきり背伸びして、段ボール箱のなかをやみくもに探った。彼が探すあいだ、わたしはシルクの生地を巻いた派手なハンガーにかかった服のあいだをうろちょろしていた。母親の服だった。襟がリボンになったペイズリー柄のブラウス、細身でいかめしいツイードのスーツ。どれもお芝居の衣装みたいに人間味がなくて、にせものめいて見えたけれど、ふと指でつまんだのがアイボリーのブラウスの袖だった。それと同じものを母も持っていて、わたしを落ち着かない気分にさせた。見慣れたI.Magninのゴールドのタグに責められているような気がした。わたしはブラウスから手を放した。「早くしてもらえない?」とテディをせかす。彼はもごもごとなにか答え、さらに奥まで引っかきまわしてようやく、新しそうな札を何枚か見つけた。

彼は箱を高い棚の上に押し戻し、わたしが数えるあいだ、苦しそうに息をしていた。

「六十五」とわたしは言った。端をそろえ、折りたたんで見た目だけでも厚みを出す。

「足りない?」

彼の表情や、肩で息をしている姿を見ればわかった。もしさらに求めたら、きっと彼はなんとかして見つけてくるだろう。そうしたい気持ちもあった。この新しい力を思うぞんぶん使って、それがどこまで続くか確かめたい。でもそのとき、ティキが戸口にひょっこりあらわれ、ふたりともぎくっとした。ティキはハアハアいいながらテディの脚に鼻先を押しつけた。その犬は舌にまで斑点があり、黒い染みのあるピンクのひだが見えた。

「これでいいよ」とわたしは言って、お金をポケットにしまった。濡れたショートパンツの塩素のせいで体がかゆかった。

「で、ブツはいつもらえる?」とテディは言った。

彼の見せた意味ありげな表情が一瞬、理解できなかった。わたしが約束したマリファナ。たんにお金を要求したのではなかったことを、あやうく忘れるところだった。わたしの顔つきを見て、彼は態度を改めた。「まあ、急がなくてもいいよ。時間がかかるとか、そういうことなら」

「なんとも言えないな」ティキが股間を嗅いできたので鼻っつらを押しのけたところ、思ったよりも荒っぽくなってしまった。鼻先に触れた手が濡れている。この部屋から出たい気持ちが急にどうしようもないくらいにふくらんだ。「すぐだよ、たぶん」と、ドアのほうに戻りかけながら言った。「手に入ったら持ってくる」

「ああ、うん」とテディは言った。「わかった、それでいいよ」

玄関まで来たものの、お客さんはテディで、わたしがもてなした側であるようなちぐはぐな感じがした。ポーチに吊るされたウィンドチャイムが揺れてはかない音を奏でる。太陽や木々や、そのむこうに見える金色の丘が大いなる自由を約束してくれているようで、自分がしたことなどほかの心配事に押し流されて、早くも忘れてしまいそうになる。ポケットのなかの、四角く折りたたんだ紙幣の心地よい厚み。そばかすをちりばめたテディの顔を見たとき、やさしい気持ちが自然と湧いてきて、わたしのなかを駆けめぐった。この少年が弟のように思えた。家畜小屋で見つけた仔猫をあやしていたときの思いやり。

「またね」と言いながら、顔を寄せて彼のほっぺたにキスをした。

そんなことができるやさしさ、気前のよさに自分のことながら感心していると、ふいにテディが身を護（まも）るように腰を引いた。体を離したとき、彼のジーンズの股間がしっかり盛りあがっていることに気づいた。

七、

自転車でだいぶ近くまで行くことができた。アドビ通りは交通量が少なく、ときおりバイクや馬を運ぶトレーラーが通りかかるていどだった。もし車がやってきたら、たいてい農場(ランチ)にむかう途中なので乗せてもらえばよかった。窓から半分飛び出た自転車といっしょに。女の子たちはショートパンツに木のサンダルを履いて、ドラッグストアの前のカプセル自販機で買ったようなプラスチックの指輪をつけていた。男の子たちはたびたび話の脈絡を忘れて、我に返ったような笑みを浮かべた。宇宙旅行から戻ってきたみたいに。そういう人たちとは最小限の相槌を打つだけで、見えない周波数がぴったり合った。

スザンヌたちに出会う前の暮らしを思い出せないわけではなかったけれど、かつてわたしが生きていたのは制約だらけの予想どおりの人生で、モノも人もすべてがほどほどの範疇(はんちゅう)におさまっていた。母が誕生日のたびに作る、冷凍庫でカチコチに冷やした黄色いケーキ。地べたにひっくり返したリュックの上に座ってランチを食べる女子。それがスザンヌに出会ってからというもの、人生が謎めいたレリーフみたいにくっきりと浮かびあがり、知られざる世界、本棚の奥にある秘密の通路が暴かれようとしていた。自分が林檎を食べていることをふと意識して、飲みこんだ果実のみずみずしさにさえ感謝の気持ちでいっぱいになることがあった。楢の葉がびっしり重なって温室のように頭上を覆っている光景が、解けるとも知らなかった謎の手がかりになることもあった。

スザンヌのあとについて、母屋の前に停まっている数台のバイクの横を通った。大きくてどっしりとした牛みたいなバイク。デニム地のベストを着た男たちが近くの石の上に座って煙草を吸っていた。あたりに漂うぴりっとした空気はリャマの囲いから流れてくるもので、干し草と汗と太陽に焼かれた糞が混ざったようなおかしなにおいだった。

「おーい、かわいこちゃんたち」男たちのひとりが声をかけてきた。そいつが伸びをするとシャツが引っぱられて妊婦みたいに腹が突き出た。

スザンヌは微笑み返しながらも、わたしをつかんで歩き続けた。「ぼやぼやしてたら飛びかかってくるよ」そう言いつつも、両肩を後ろに引いて胸を強調しながら歩いている。一瞬、後ろを振り返ると、男はこちらにむかって蛇みたいにちろっと舌を出した。

「だけどまあ、いろんな人に手を差し伸べることができるのがラッセルだからね」とスザンヌは言った。「それにほら、ブタどももバイク乗りには手出ししない。そこが重要」

「どういうこと？」

「だからさ」と彼女はわかりきった話をするみたいに言った。「警察はラッセルを嫌ってる。みんなを古い制度から解放しようとする人間を連中は嫌うから。でもあの男たちがここにいたら、警察は寄りつかないの」彼女は首を横に振った。「そんなブタどもも捕らわれの身だっていうことがまたふざけた話だよね。あのピカピカの黒い革靴から逃れられないんだから」

わたしはそのとおりだと正義感を燃やした。わたしは真実と手を組んだのだ。彼女について裏の空き地に回り、キャンプファイヤーを囲む人たちのざわめきのほうへ歩いていった。ポケットには小さくまるめた札束が入っていて、それを持ってきたことをスザンヌに何度となく言いかけては、そのたびにおじけづいていた。差し出す額が少なすぎるような気がしたのだ。それでもみんなと合流する前に、ようやく肩に手をかけて彼女を呼び止めた。

「もっと持ってこれるよ」と、わたしはまごまごしながら言った。そのときはただお金があることを伝えたかっただけで、それをラッセルに渡すのはわたしだと思っていた。ところがその考えはスザンヌによってすぐさま書き換えられた。彼女があっというまにお金を取りあげて目で数えだしたことを、わたしは気にしないようにした。彼女は金額に驚いているようだった。

「よくやったね」

日光がトタン板の離れに反射して、煙った空気を切り裂く。お香が燃えつきるたびに、誰かが新しく火をつけた。ラッセルの目がひとりひとりの顔を見渡す。わたしたちは彼の足もとに座っていた。彼と目が合い、カッと赤くなる——わたしが戻ってきたことに、彼は驚いていないようだった。スザンヌの手がそっと、これは自分のものだというようにわたしの背中に触れると、頭のなかがしんと静まりかえって映画館か教会にいるような気分になった。彼女の手を意識するあまり、全身がしびれたようになる。ドナはオレンジ色の髪の毛をいじっていて、細い編み込みをいくつも作ったり、爪の先で枝毛をちぎったりしていた。

歌っているときのラッセルは若く見えた。ぼさぼさの髪の毛を後ろで束ねて、おどけた調子でギターを弾く姿は、テレビで観るカウボーイみたいだった。その歌声は、これまで耳にしたなかで群を抜いていい声というわけじゃないのに、その日は——両脚に太陽が降りそそぎ、麦畑は刈り終えたばかりで——その日は、彼の声が体のすみずみにまで染みこんであたりいっぱいに広がっていくように思え、わたしはその場に釘づけになった。たとえ動きたくても、たとえほかに行く場所が思い浮かんだとしても動けなかった。

ラッセルの歌が終わってひと休みしていたとき、スザンヌが立ちあがった。早くも土で汚れてしまったワンピースで、彼のそばまでゆっくり歩いていく。彼女がなにかささやくと、彼は顔色を変えてうなずいた。そして彼女の肩をぎゅっとつかんだ。スザンヌがわたしの札束をそっと渡して、それをラッセルがポケットにしまうのが見えた。そのあとしばらくそこに手を当てていたのが、まるで祈りを捧げているみたいだった。

ラッセルの目がしわのようになる。「みんな、いい知らせだ。資金の提供があった。それもこれもある人が俺たちに心をひらいて、ありのままの自分を見せてくれたからだ」

かすかな光がわたしのなかを通り抜けていく。するとたちまち報われたような気になった。母のハンドバッグを漁ったこと。テディの両親の寝室を包む静けさ。そんな心配はまたたくまに一体感に変わった。スザンヌが満足したようすで、わたしの隣にいそいそと戻ってきた。

「リトル・イーヴィーが広い心を示してくれた」とラッセルは言った。「彼女が示したのは愛だ、そうじゃないか?」するとみんながこちらを見て、温かい感情が電流のようにわたしにむかって流れてきた。

残りの午後を、太陽の下でうつらうつらしながら過ごした。痩せた犬たちは床下にもぐりこみ、舌を出してハアハアいっている。わたしたちはふたりきりでポーチのステップに座っていた。スザンヌはわたしの膝に頭をのせて、前に見たという夢の断片を聞かせてくれた。ときどき話を止めて、フランスパンをまるかじりしながら。

「自分は手話ができると思いこんでるんだけど、あきらかにできていなくて、手をめちゃくちゃに振りまわしてるだけなの。それなのに相手の男にはわたしの言いたいことがぜんぶ伝わるんだ、ちゃんと手話ができてるみたいに。でもあとで判明するの、じつはそいつは耳が聞こえないふりをしてただけだって」と彼女は言った。「そういうオチ。結局、ぜんぶ嘘だったってこと。その男も、わたしも、最初から最後まで」

それから思い出したように笑ったけれど、それはとってつけたような鋭い笑いだった。わたしは彼女の内面にかんすることならどんな情報でもうれしくて、秘密ということじたいに意味があった。どれくらいそこにいるのかもわからず、わたしたちは日常のリズムから切り離されたところにいた。でもそれがわたしの望みだった。時間までもがいつもと違って新鮮に感じられて、特別な意味を帯びていた。ふたりが同じ歌の登場人物になったみたいだった。

俺たちは新しい社会を始めようとしているんだと、ラッセルは語った。人種差別も、仲間はずれも、階級もない社会で、より深い愛に仕える。そんなふうに彼は言った。より深い愛を叫ぶ彼の声が、カリフォルニアの草原にたたずむあばら家からとどろき、わたしたちは犬のようにじゃれ合い、転げまわったり、咬みついたりしては太陽の衝撃に息を切らした。ようやく大人になったばかりのような子がほとんどで、みんなまだ乳白色のきれいな歯をしていた。目の前に出されるものはなんでも食べた。喉に貼りつくオートミール。ケチャップを塗ったパンと、缶から出した薄切りの燻製牛肉。オイルでぎとぎとになったポテト。

「ミス・１９６９」スザンヌはわたしをそう呼んだ。「わたしたちだけのもの」

そんなふうにみんながわたしを新しいおもちゃのようにあつかい、かわるがわる腕をからませてきたり、わたしの長い髪を編ませろと言って騒いだりした。前に話した寄宿学校のことや、祖母のこと——名前を知っている人もいた——や、わたしがきれいな白い靴下をはいていることをよくからかわれた。みんなは数か月どころか、何年も前からラッセルと暮らしていた。だから最初の不安は、そんなふうに毎日が自分のなかでゆっくりと溶けてなくなっていくことだった。スザンヌみたいな女の子たちの家族はどこにいるんだろう。あるいは、赤ちゃん声のヘレンの場合は——彼女はときどきユージーンにある実家の話をしてくれた。父親は毎月、彼女に浣腸をして、テニスの練習後はふくらはぎにメントール入りのバームを擦りこむなど、ほかにも怪しげな健康法を彼女にほどこしていたという。でも、そんな父親はいまどこにいるのか。家が必要なものを与えてくれていたのだとしたら、なぜみんなは毎日ここにいるのか。来る日も来る日も飽きることなくこのランチで過ごすのはどうしてなのか。

スザンヌは寝たのが遅くて、正午近くにようやく起きてきた。おぼつかない足取りでふらふらしながら、ふだんの半分の速さで動いた。時間ならいくらでもあると思っているみたいに。そのころにはもう、わたしは数日おきにスザンヌのベッドで眠るようになっていた。マットレスは寝心地が悪くて、砂ぼこりでざらざらしていたけれど気にしない。彼女がときどき寝ぼけて腕を回してくると、その体から焼き立てのパンみたいなぬくもりが伝わってきた。わたしはよく眠れずに横になったまま、スザンヌが近くにいることを痛いくらいに意識していた。彼女が寝返りを打つとシーツがはだけて、裸の胸があらわになった。

彼女の部屋は朝も薄暗いのが鬱蒼としたジャングルのようで、タールを塗った屋根は熱で泡立って見えた。わたしの着替えが済んでも、みんなと顔を合わせるまでにあと一時間はかかるのを知っていた。スザンヌはいつも身支度に時間がかかったけれど、なにをしているわけでもなく、ただ時間がかかるだけで、ゆっくりと彼女自身に着替えているのだった。そんな彼女をマットレスの上からながめるのが好きだった。どこを見ているのかわからない肖像画みたいな目でうっとりと鏡をのぞきこんでいるようす。そういうときの彼女の裸体はちっともいやらしくないどころか子供みたいで、とんでもない角度に体を折り曲げてごみ袋の服を漁った。わたしの心をなごませるのは、彼女のそういう人間臭いところだった。無愛想に毛が生えた足首とか、鼻の頭にできた黒いぽつぽつに気づいたときだった。

彼女はサンフランシスコでダンサーをしていたという。クラブのおもてにきらめくネオンサインの蛇、通りがかった人に異界めいた光を投げかける真っ赤な林檎。楽屋で仲間の女の子にペンシル型の薬品でほくろを焼いてもらったという。

「そんな暮らしが嫌でたまらないって子もいた」と彼女は言って、ワンピースを自分の裸体に引き下ろした。「踊ることも、なにもかも嫌だって。でもわたしはそこまでひどい暮らしだとは思わなかったんだよね」

彼女はワンピース姿を鏡に映し、布地の上から両手で乳房を包みこんだ。「人って、あそこまで上品ぶることができるんだなって」と彼女は言った。みだらな顔をしてみせ、小さく笑ったあと、乳房をすとんと落とす。それから彼女は話した、ラッセルが彼女とやさしくファックすること、ときにはやさしくないこと、でもどっちもありなんだということ。「だって、眉をひそめるようなことはなにもないから」と彼女は言った。「けしからんって顔をする人、ものすごく悪いことみたいに言う人。ほんとうに道を踏みはずしてるのはそういう人たちのほうでしょ。ダンスを見にくる男たちのなかにもいた。自分がそこにいることに怒ってるの。まるでわたしたちがだましたみたいに」

スザンヌは生まれ故郷や家族についてあまり話さないから、わたしも訊かなかった。片方の手首には赤く盛りあがった傷痕が一本あって、それを彼女が悲劇の主人公みたいに誇らしげになぞるのを見かけたことがあった。あるときは気がゆるんだのか、彼女はレッドブラフ郊外にあるじめっとした通りのことを口にした。けれどもすぐにハッとした。「あのだらしない女」と、自分の母親のことを呼んだ。穏やかな口調で。こみあげる連帯感に頭がくらくらした。彼女の言い方にこめられた、くたびれた正義——わたしたちはどちらも孤独がどういうものか知っている。いまとなっては、それはばかげた考えに思える。そっくりだと思ったところで、しょせんわたしはお手伝いさんがいて両親のそろった家庭に育ち、彼女はときに車に寝泊まりする暮らしを送ってきたのだから。倒した助手席で彼女が眠り、運転席で母親が眠ったという。わたしはおなかが空けば、食べるものがあった。けれどもそれとは違う共通点がわたしたちにはあって、スザンヌもわたしも別のものに飢えていたのだった。ときに誰かに触れてもらいたくて、どうしようもない想いに心が擦りむけてしまうことがわたしにはあって、それと同じものがスザンヌにも見えた。ラッセルが近づいてくるたびに、食べ物のにおいを嗅ぎつけた動物のように耳をぴんとそばだててしまう彼女のなかに。

スザンヌがトラックを見に、ラッセルとサンラファエルに行ってしまった。わたしはランチに残った。雑用はいろいろあって、わたしは恐れから生まれる熱心さでそれに打ちこんだ。彼らにわたしを追い出すどんな理由も与えたくなかった。リャマに餌をやり、庭の雑草をむしり、キッチンの床をごしごし洗って漂白した。働くのもまた愛を示し、自分を捧げるもうひとつの方法だった。

リャマが飲む水の桶を満たすのは時間のかかる作業で、水圧が弱いのはどうしようもなかったけれど、太陽の下にいるのは気持ちよかった。肌が出ているところに蚊がまつわりついてくるので、しじゅう体を揺すって追い払っていた。リャマは蚊なんか気にもとめず、銀幕に映る妖婦みたいになまめかしく眠たげな目でただそこに立っていた。

母屋のむこうにガイがいて、科学博覧会のプロジェクトに取り組むようなのんきな好奇心で、スクールバスのエンジンをいじくりまわしているのが見える。休憩するときは煙草を吸ったり、ヨガでやる下をむいた犬のポーズをしたりしていた。ときどき、ラッセルが隠しているビールのおかわりを取りに母屋へ行き、みんながそれぞれの仕事をちゃんとこなしているか確かめていた。彼やスザンヌはキャンプ指導員みたいなもので、ふたりが思い出したように声をかけたり視線を投げかけたりしながらドナやほかの子たちをまとめていた。ラッセルの子分のような立ち位置ではあるけれど、ガイの服従の仕方はスザンヌとは違っていた。わたしが思うに、彼がラッセルのそばにいるのは、それがほしいものを手に入れる手段だったからだ。女の子、ドラッグ、眠る場所。彼はラッセルに心酔しているわけではなく、ラッセルの前で萎縮したり苦しそうにしたりすることはなかった。むしろ相棒に近く、ガイが冒険譚や苦労話を得意げに語るのは、すべて自分がスターであり続けるためだった。

彼が柵に近づいてきた。片手でビールと煙草をいっぺんに持ち、ジーンズを腰までずり下げている。見られているのはわかっていたけれど、わたしはホースに集中して桶に生ぬるい水を注ぎ続けた。

「煙が効くよ」とガイが言い、わたしはたったいま彼の存在に気づいたように振り返った。「蚊を追い払いたかったら」と言って、彼は煙草を差し出した。

「そっか」とわたしは言った。「たしかに。ありがと」柵越しに煙草を受け取りながらも、ホースの水が桶からはずれないように注意する。

「スザンヌを見かけた？」

早くもガイは、わたしなら彼女の動きを把握していると思っているのだ。彼女の所在にかんする第一人者になれたのがうれしかった。

「サンラファエルにトラックを売ろうとしている人がいるんだって」とわたしは言った。「それをラッセルと見にいったよ」

「へーえ」とガイは言い、手を伸ばして煙草をまた受け取った。わたしのプロ意識をおもしろがっているようだったけれど、きっとスザンヌついてしゃべるときにわたしの顔が崇拝の念に乗っ取られるのが彼にも見えていたのだ。足がからまりそうな勢いで彼女のそばに駆けていくようすも。もしかしたら彼は、そういう憧れの対象にされないことに戸惑っているのかもしれない。彼はハンサムで、女の子から注目されることに慣れていた。女の子たちは、彼がジーンズに手をかけてくればおなかをひっこめたし、彼がつけているジュエリーを、心の奥に手つかずの領域があることを示す美しい証拠だと信じていた。

「ふたりで無料診療所にでも行ったんじゃないの」とガイは言いながら股間をぼりぼり掻くまねをして、手に持った煙草がぶんぶん揺れた。わたしにスザンヌを蔑ませて、グルになろうとしているのだ。わたしはなにも返さず、ただ硬い笑顔を浮かべた。彼はカウボーイブーツのかかとに体重をあずけて、わたしをしげしげと見た。

「ルーズを手伝いにいってあげてよ」と彼は残りのビールをちびちび飲みながら言った。「キッチンにいるからさ」

自分がやるべき一日の作業はすでに終えていたし、蒸し暑いキッチンでルーズと働くのはおもしろいはずがなかったけれど、わたしは殉教者の心でうなずいた。

ルーズはコーパスクリスティで警察官と結婚していたことがあるらしいと、スザンヌから聞いていた。たしかにそう思わせるところがあった。ふとした瞬間に、暴力を受けている妻にありがちなとりとめのない不安が顔を出すことがあって、わたしが皿洗いを手伝うと申し出たときも、どこか萎縮したようすでそれを受けた。わたしはいちばん大きなシチュー鍋にこびりついたゼリー状の汚れをこすり落とすことにした。変色した残飯がスポンジにべっとりくっついた。ガイはこんなみみっちいやり方でわたしを懲らしめようとしているようだけれど、わたしは気にしなかった。いくら癪にさわろうが、スザンヌさえ戻ってくれれば忘れてしまうのだから。するとその彼女が息せき切ってキッチンに駆けこんできた。

「例のトラック、もらえることになったよ」スザンヌは顔を輝かせ、聞き手を求めてきょろきょろしながら言った。それから戸棚を開けて、なかを探った。「そりゃもう完璧だった」と彼女は言った。「だってその男は二百ドルかそこらで売りたがってたんだよ。そしたらラッセルが、ものすごく穏やかに、トラックを俺たちに譲るべきだって言ったの」

彼女は興奮さめやらぬようすで笑い、カウンターに腰かけた。ほこりっぽく見えるピーナッツを袋からがつがつ食べ始める。「そいつは最初、ものすごく怒った。譲れってことは、カネを払わない気かって」

ルーズはてきとうに聞き流して夕食の材料を見繕っていたけれど、わたしは水を止めて、全身でスザンヌを見ていた。

「それでラッセルが、少し話をしようって言ったの。俺のしようとしていることを聞いてもらえないかって」スザンヌはピーナッツの袋に殻をぺっと吐き捨てた。「三人でお茶をすることになった、男が住んでる風変わりな山小屋風の家で。一時間かそこらかな。ラッセルはビジョンを初めから終わりまで細かく語った。そしたらむこうは、ここでわたしたちがしようとしていることにすごく興味を抱いたらしくて、軍隊にいたころの古い写真を出してきた。そのあと言われたの、トラックを持っていきなって」

わたしはショートパンツで手をぬぐった。彼女のはしゃぎようを前に気後れしてしまい、しかたなく背をむけた。わたしは洗い物を済ませながら、彼女がカウンターに腰かけたままピーナッツをパチン、パチンと次々に割り、湿った殻を無秩序に積みあげていく音に耳を傾けた。やがて袋が空になり、彼女が話を聞かせるためにほかの人を探しにいってしまうまで。

女の子たちはよく小川のほとりでたむろしていた。というのもそこは涼しくて、そよ風がひんやりとした空気を運んできてくれるからで、ただし蠅はひどく多かった。藻に覆われた岩、眠気を誘う木陰。新しいトラックで町から戻ったラッセルは、チョコバーや漫画本をたくさん持ってきた。本はわたしたちの手でよれよれになった。ヘレンはあっというまに自分のチョコバーを食べきってしまい、嫉妬に燃える目でわたしたちを見回した。彼女も裕福な家で育ったらしいけれど、あまり仲よくはならなかった。いつもやる気がなくて、そうじゃないのはラッセルがそばにいて、彼女の利かん気な性格をむける場所がはっきりしているときだけだった。彼が触れると猫のように喉を鳴らしながらわたしよりもさらに幼い子供になりきって、あとから思えば病的とも考えられる行動を取るのだった。

「もう。じろじろ見ないでよ」とスザンヌがチョコバーをヘレンから遠ざけて言った。「自分のはもう食べたんでしょ」彼女は土手にわたしと並んで、つま先を土にめりこませて座っていた。耳もとに飛んできた蚊にびくっとする。

「ひと口だけ」とヘレンは哀れっぽい声で言った。「端っこだけでいいから」

ルーズが膝に置いたくしゃくしゃのシャンブレー生地からちらっと目を上げた。ガイの作業用のシャツを慣れた正確な手つきでちくちく繕っているところだった。

「あたしのをあげてもいいよ」とドナが言った。「静かにしてくれるんなら」彼女はヘレンのほうへゆっくり歩いていき、ピーナッツでごつごつしたチョコバーを差し出した。

ヘレンがぶっとかじる。くっくっと笑ったとき、その歯はチョコだらけになっていた。

「お菓子はヨガだもんね」と彼女は言った。どんなことでもヨガになった。皿洗い、リャマの世話。ラッセルの食事を作ることも。そういうことにこのうえないよろこびを感じて、それが持つリズムに導かれるところに落ち着く。

自分を叩き壊し、その塵のようなかけらを宇宙に差し出すのだ。

あらゆる本が、女が男になにかを強いられているような言い方をするけれど、それは必ずしも真実ではない。スザンヌはポラロイドカメラを武器のようにたくみに使った。彼女の手にかかれば男たちはジーンズを下ろし、ペニスをさらけ出した。感じやすく無防備な、黒っぽい鳥の巣みたいな陰毛に包まれたそれを。写真のなかで男たちは照れくさそうに笑っている。罪深いフラッシュに照らされた青白い肌と、体毛と、動物みたいな濡れた瞳。「フィルムは入ってないから」とスザンヌはよく言った。店から箱ごと盗んできたフィルムがあっても関係ない。男の子たちはその言葉を信じるふりをした。いろんなことがそんな具合だった。

わたしはスザンヌを追いかけ、みんなを追いかけた。スザンヌの背中に日焼けオイルで太陽と月をいくつも描いてあげるあいだ、ラッセルはギターをポロポロと爪弾いた。上がったり下がったりをくりかえす、ひかえめな音の断片。ヘレンは恋に悩む女の子らしいため息をつき、まぬけな笑顔を浮かべたルーズがやってきて、知らないティーンエイジャーの男の子が心地よい畏怖の目でわたしたちをながめ、誰ひとりとしてしゃべる必要すらない——こうした静けさにはたくさんのものが編みこまれていた。

ラッセルに呼ばれることをひそかに覚悟していたけれど、じっさいにそうなったのはしばらくしてからだった。ラッセルがわたしにむかってあいまいにうなずいたことで、自分がついていくべきなのを知った。

わたしは母屋でスザンヌと窓をきれいにしていたところで、床にはくしゃくしゃになった新聞紙や酢が散乱していた。トランジスタラジオがついていて、そんな作業にもずる休みしたようなよろこびがあった。スザンヌはラジオに合わせて歌いながら幸せそうに、とりとめのないことを思いつくままにしゃべった。そんなふうにいっしょに働いているときの彼女はいつもとようすが異なり、自分の立場を忘れて、ひとりの女の子の顔に戻っているように見えた。不思議な気がするけれど、彼女はまだ十九歳なのだ。ラッセルがこちらにむかってうなずいたとき、わたしは反射的に彼女を見た。求めたのは許可というか、赦しというか、そのどちらでもよかった。すると彼女の顔にあったくつろいだ表情が、こわばった仮面に吸いこまれていった。さっきとは別人のような集中力で、ゆがんだ窓を磨いている。わたしが出ていくとき、彼女はじゃあね、と肩をすくめた。気にしていないみたいに。けれども見張るような彼女の視線が背中に注がれるのをわたしは感じた。

そんなふうにラッセルがわたしにうなずくたびに、違和感をよそに、心臓はきゅっとなった。とにかくそうやって交流することで、みんなのなかでの自分の居場所を固めたかった。スザンヌがしていることをするのが、彼女といっしょにいる方法であるように感じていた。ラッセルはわたしとはぜったいにファックしなかった。そうじゃないことをいつもした。彼がわたしのなかで指を動かすときの計算しつくされた距離感を、わたしは彼の純粋さのせいだと考えた。この人の目的はずっと高いところにあって、それは原始的な欲望に汚されてはいないんだと自分に言い聞かせた。「自分を見るんだ」と彼が言うのは、恥じらいやためらいを感じ取ったときだった。わたしをトレーラーハウスの曇った鏡のほうにむかせた。「自分の体を見るんだ。これはどこかの誰かの体じゃない」と彼は淡々と言った。わたしがしりごみしてなにか言い訳でもしようものなら、ふたたびわたしを鏡にむかせた。「これはきみだ」と彼は言った。「イーヴィーだ。きみのなかには美しさしかない」

その言葉は、たとえいっときであれ効き目があった。わたしはトランス状態になって、自分の姿をながめた。アイスクリームのスコップですくったような胸、それからやわらかいおなかも、蚊に刺されてぼこぼこになった脚も。解き明かすべきことはなく、ややこしい謎なんかひとつもない。あるのはこの瞬間、この場所にはたしかに愛が存在するというまぎれもない事実だけ。

ことが終わると、彼はこれで体を拭きなさいとタオルをくれて、それが素晴らしい思いやりのように感じられた。

わたしがスザンヌの視界に戻ってきても、決まって少しのあいだ彼女は冷たかった。動きまでもがギプスをはめたようにぎこちなくなり、目が据わって、居眠り運転している人みたいになるのだ。そんな彼女のおだて方はすぐに学んだ。ぴったり寄り添っていれば、やがて彼女はよそよそしくするのを忘れて煙草を回してくれるようになる。スザンヌはわたしがいなくて寂しかったんだと、あとで思った。他人行儀な態度を取るのは、気持ちを隠すのが下手だから。でもわからない——そうであってほしいだけなのかもしれない。

ランチで起きたそれ以外のことは思い出しては消えていく。みんなからいろんな名前で呼ばれていた黒いガイの犬。その夏、一日か二日だけランチに泊まってはまた出ていった放浪者たち。手織り布のリュックを背負い、親の車で昼夜を問わずやってくる浅はかな夢の住人たち。そういう若者を説き伏せて、あっというまに持ち物を手放させてしまうラッセルのような人を、わたしは見たことがなかった。言葉で追いつめて、彼らの寛大な心を無理やり舞台に上げてしまうのだ。彼らは車や預金通帳に見切りをつけ、なんと金の結婚指輪を差し出した人までいた。みんな気が抜けてぐったりしたような遠い目をしていた。溺れかけた人が潮の流れにようやく屈したように。わたしは彼らの語る不幸話に気を取られた。それらは痛ましいと同時にありふれた話でもあった。怒りっぽい父親や心ない母親への不満。物語にはどれも共通点があって、それがわたしたちを同じ陰謀の犠牲者であるような気にさせた。

その夏には珍しく雨が降った日のことだ。ほぼ全員が家のなかにいて、かつての応接間は外の空気と同じように湿っぽくて陰気なにおいがした。床のあちこちに毛布が敷いてあった。キッチンのラジオからは野球中継が流れ、雨漏りの下に置いたプラスチックのバケツにしずくがポタポタ垂れている。ルーズはローションをたっぷりつけた指でスザンヌにハンドマッサージをしているところで、わたしはだいぶ前の雑誌を読んでいた。一九六七年三月の星占い。みんなのあいだに漂うむっつりした空気。わたしたちは制限されること、どこかに押しこめられることに慣れていなかった。

家のなかで過ごすことにかんしては、子供たちのほうがじょうずだった。いまだけはわたしたちの目の届くところで、それぞれが秘密の任務を受けてバタバタ走りまわっている。別の部屋でバンと椅子が倒れる音がしても、誰も立ちあがって見にいこうとはしなかった。ニコを別として、誰が誰の子なのかほとんど知らなかった。どの子も成長が止まったように細い手首をして、口のまわりにカリカりになった粉ミルクをくっつけていた。わたしもルーズからニコを見ているように頼まれたことが何度かあり、そんなときは彼を両腕に抱いて、汗ばんだ体の心地よい重みを味わった。髪の毛を指でとかし、からまった鮫の歯のネックレスを直してやった。そんなふうに母親らしいことをしている自分を意識するとき、よろこんでいるのは彼よりもわたしのほうで、わたしだけがこの子をなだめる力を持っているような想像にひたることができた。ニコはそういうやわらかいひとときに協力的ではなく、おかまいなしに魔法を解いてしまうのだけれど、それはまるでわたしがいい気分になっているのを察して腹を立てているみたいだった。ちっちゃなペニスを引っぱってわたしに見せたり、金切り声でジュースを要求したりした。一度、強くたたかれて痣になったこともある。わたしが見守るなか、彼はプールサイドにしゃがみこんで、コンクリートの上にうんちをした。そういう汚物は誰かがホースで流すこともあれば、放っておかれることもあった。

ヘレンがスヌーピーのTシャツ姿で一階をうろうろしていた。靴下が大きすぎて、赤いかかとの部分が足首あたりに来ている。

「誰か、ライアーズ・ダイスでもやらない？」

「やめとく」とスザンヌが言い放った。全員がそう思ったはずだ。

ヘレンはクッションが剝ぎ取られた肘かけ椅子にどさっと座った。天井にちらっと眼をやる。「まだ雨漏りしてるじゃん」と彼女はつぶやいた。みんな無視した。「誰か、ジョイント巻いてくれない？」と彼女は言った。「お願い」

誰も答えないと、彼女は床に座っているルーズとスザンヌのそばに行った。「ねえ、お願い、お願い」そう言いながらルーズの肩に犬みたいにぐりぐり頭をこすりつけて、膝の上に座りこんでしまった。

「あのねえ、勝手にやってよ」とスザンヌが言った。ヘレンがマリファナを保管してある象牙風の箱に飛びつくのを見て、スザンヌはあきれた視線をこちらによこしてきた。わたしはにこっと笑い返した。家のなかで過ごすのも悪くない。みんながひとつの部屋に、赤十字の避難所みたいに寄り集まって、コンロではお茶を淹れるためのお湯が沸いている。窓辺にはルーズがいて、継ぎはぎだらけのレースのカーテン越しに漏れてくる白くなめらかな光を頼りに手を動かしていた。

そんな平和を切り裂くように突然、泣きべそをかいたニコがおかっぱ頭の小さな女の子を追いかけて部屋に飛びこんできた。女の子はニコの鮫の歯のネックレスを持っていて、ふたりのあいだで悲鳴まじりの奪い合いが始まった。涙を浮かべて引っぱり合っている。

「やめなさい」とスザンヌが顔を上げることもなく言うと、子供たちは静かになった。とはいえ、にらみ合いは続き、肩で息をする姿が酔っぱらいのけんかみたいだった。すべてまるく収まったように思えたとき、ニコが女の子の顔を引っかき、しかも彼の爪は伸びすぎていたせいで悲鳴は倍になった。女の子は両手をほっぺたに当て、乳歯を見せてギャーギャー泣き叫んだ。哀れを誘う高音を保ちながら。

ルーズがようやく立ちあがった。

「ねえ」と彼女は言って両腕を広げた。「ねえお願い、いい子にしよう」それからニコのほうに何歩か近寄ると、彼までもが甲高い声で泣きだし、おむつの上にどっかり座りこんでしまった。「立って」とルーズは言った。「ほら、お願い」そうして息子の両肩をつかむものの、彼はぐにゃぐにゃして、てこでも動こうとしない。女の子のほうはニコの異様なふるまいを前にして醒めたらしく、というのもニコは母親を振りほどき、床に頭をガンガン打ちつけ始めたのだった。「お願い」とルーズは言い、さらに大きな声で「いいかげんにしなさい」とくりかえすけれど、ニコはやめるどころか、だんだんと暗いよろこびをたたえたボタンのような目になっていった。

「まいったね」とヘレンは笑った。奇妙な、尾を引く笑いだった。わたしはどうしていいかわからなかった。子供のお守りをしているときにときどき味わう、あのどうすることもできないパニックを思い出した。この子は他人の子で、自分の手には負えないと気づいたとき。けれどもルーズまでもが、それと同じ不安で身がすくんでいるように見えた。ニコのほんとうのお母さんがやってきて、ぜんぶ元通りにしてくれるのを待っているみたいに。ニコはがんばりすぎて肌をピンク色に染め、頭で床を打ちながら泣きわめいていた、やがてポーチのほうで足音がするまで——帰ってきたのはラッセルで、みんなの顔が新しい活力ですっと引き締まるのがわかった。

「どうした?」とラッセルは言った。着ているのはミッチから譲り受けたシャツのひとつで、首まわりに大きな薔薇の刺繍が入っていた。足もとははだしで、全身が雨で濡れている。

「ルーズに訊いて」とヘレンが陽気に言った。「彼女の子供だから」

ルーズはぼそぼそとしゃべりだし、終わりのほうは激しい口調になっていたけれど、ラッセルは同じ調子で返したりはしなかった。彼の声は穏やかで、泣き叫ぶ子供とうろたえる母親のまわりに円を描いているみたいだった。

「落ち着いて」とラッセルは歌うように言った。まわりの動揺をいっさい寄せつけず、部屋に漂うぴりぴりした空気を目で跳ね返した。ニコでさえもラッセルの存在が気になるようすで、癇癪はかたちだけになっていき、まるで彼自身の代役を演じているみたいになった。

「小さな人よ」とラッセルは言った。「こっちへ来て話そう」

ニコは母親をにらみつけていたけれど、どうしてもラッセルのほうに目が行ってしまうらしい。ぽってりした下唇を突き出して計算していた。

ラッセルは戸口に立ったまま動かず、よく大人が子供にするみたいに自分から腰を低くしてへらへら笑いかけることはしなかった。ニコはもうだいぶ静かになり、しくしく泣いている。もう一度母親とラッセルをすばやく見くらべてから、ついにラッセルのほうにちょこちょこ歩いていき、おとなしく抱きあげられた。

「小さな人が来た」とラッセルが言うと、ニコは両腕で彼の首にしがみついた。その子に話しかけるラッセルの顔が次々に変わるのを、不思議な気持ちでながめていたのを覚えている。彼の表情は変幻自在で、道化師のようにおどけたりふざけたりしながらも、声は最後まで落ち着いていた。それができる人だった。相手に合わせて自分を変える。水はどんな器に注がれてもそのかたちになるように。彼はいろんなものに瞬時になりきることができた。わたしのなかに指を入れてそれを曲げたりする男。どんなものもただで手に入れてしまう男。スザンヌと、ときには激しく、ときにはやさしくファックする男。小さな男の子にささやき声で、耳をくすぐるような話し方をする男。

ラッセルがなにを言ったのかは聞き取れなかったけれど、ニコは泣くのをぐっとこらえた。その顔は興奮してキラキラ濡れていた。誰かの腕に抱かれているだけで幸せそうだった。

ヘレンのいとこで十一歳のキャロラインが家出をして、しばらく滞在していったことがあった。ヘイト・アシュベリーにいたところ警察の手入れがあって、ヒッチハイクでランチまでやってきたのだという。彼女は牛革の財布とみすぼらしいキツネの毛皮のコートを持っていて、そのコートを、人目につかないところで愛おしげになでていた。それをどれだけ愛しているかを誰にも見られたくないみたいに。

ランチからサンフランシスコまではそれほど遠くなかったけれど、みんなめったに行かなかった。

わたしは一度だけスザンヌと行ったことがあり、それは彼女が冗談めかしてロシア大使館と呼んでいた家に五百グラム近いマリファナを取りにいくためだった。たしかガイの知り合いで、昔からある悪魔崇拝者のたまり場だった。玄関の扉がタールのように真っ黒に塗ってあり、わたしがためらっているのを見て、彼女は腕をからませてきた。

「不気味でしょ」と彼女は言った。「わたしも最初はそう思った」

ぐいっと引き寄せられたとき、彼女の腰骨が当たるのがわかった。こういうやさしい瞬間が、わたしにはまぶしくてしかたなかった。

そのあと、ふたりでヒッピー・ヒルまで歩いた。霧雨のせいであたりいちめん灰色で、ジャンキーたちがゾンビみたいにうろうろしているほかは誰もいなかった。そこに漂う雰囲気からなんらかのヴァイブレーションを受け取ろうとがんばってみたものの、なにも感じない——スザンヌも笑いだし、意味を探す努力をやめてくれたときはほっとした。「まいったね」と彼女は言った。「気が滅入るような場所だわ」あきらめて公園のほうに戻ると、濃い霧がユーカリの葉から音をたててしたたり落ちていた。

毎日のようにランチで過ごしていたけれど、ときどきちょっとだけ家に寄って、服を着替えたり、母に宛てたメモをキッチンのテーブルに残したりした。メモには「かわいい娘より」と書き添えた。大げさな愛情を心置きなく示すことができるのも、家を空けることで余裕ができたせいだった。

自分の見た目が変わり始めたことは知っていた。ランチにいた数週間で、すっかり薄汚い風貌になっていた。髪の毛は太陽で色あせて毛先があちこちに跳ね、シャンプーをしても煙のにおいがうっすら残った。わたしの服の多くがランチの所有物になったあとは、変わり果てた姿を見ても自分のだと気づかないことがよくあった。あるときはヘレンが、かつてわたしの宝物だった胸当て付きのウェスタンシャツを着てふざけまわっていた。シャツは破けて、桃ジュースの染みが点々とついていた。わたしはスザンヌをお手本にしながら、共有物の山から選び抜いた服をごてごてとパッチワークのように身に着けていたけれど、そのだらしなさは、外の世界には敵意のように映った。スザンヌと家具屋に行ったときだ。スザンヌはビキニトップに、ジーンズを切ったショートパンツというかっこうで、わたしたちはほかの買い物客がじろじろ見てくるのや、怒りでカッカして横目どころかまともににらんでくるのを観察した。ふたりで気が狂ったみたいに鼻で笑って、自分たちにはとんでもない秘密があるように――じっさいにあった――ふるまった。ある女は嫌悪感をどうすることもできず泣きだしそうな顔で娘の腕をつかんだ。その憎しみはわたしたちをさらに強くするだけだとも知らず。

うっかり母と鉢合わせたときにそなえて、親孝行のつもりで体を清めた。肌が赤くまだらになるまで熱いシャワーを浴びて、コンディショナーで髪をつるつるにした。無地のTシャツに白いコットンのショートパンツという、もっと幼いころのわたしが着そうな服を着て、母が安心できるくらいに清潔で性を感じさせないかっこうを心がけた。とはいえ、そこまでする必要はなかったのかもしれない。母はそんな努力に見合うほどちゃんと見てはくれなかったからだ。いっしょに夕食をとるときも会話はあまりなくて、母は好き嫌いの多い子供みたいに自分の料理にケチをつけた。口実を作ってはなにかとフランクについてしゃべろうとしたけれど、それは母の人生にかんする意味のない天気予報だった。しゃべる相手なんか誰でもよかったんだろう。ある晩、あえて着替えずに、おなかが見えるホルターネックのトップのままテーブルについてみた。母はなにも言わずにぼんやりとスプーンでライスをかき混ぜていたけれど、ふと、わたしがいることを思い出したようだった。横目でちらっとこちらを見た。「最近、痩せすぎなんじゃない」と言いながら、うらやましそうにわたしの手首を握ったあと、ぽとんと下に落とした。わたしは肩をすくめ、母がふたたびその話題を口にすることはなかった。

ついにじきじきに会うことになったミッチ・ルイスは、わたしが有名人はこうだと想像していたよりも太っていた。ふくらんだ体は皮膚の下にバターが入っているみたいで、顔はふわふわした金髪のもみあげで覆われていた。彼は女の子たちのためにルートビアを一ケースと、ネットに入ったオレンジを六袋持ってきた。それからココナッツのフロスティングをのせたパサパサのブラウニーでピューリタンの女性がかぶるボンネットみたいなカップに入ったやつと、鮮やかなピンクの缶に入ったヌガーについては、ギフトバスケットの余り物ではないかと思われた。煙草も一カートンあった。

「わたしがこの銘柄が好きなのを知ってるんだ」とスザンヌは煙草をぎゅっと抱きしめて言った。「覚えててくれたんだね」

女の子たちはそんなふうに自分だけのミッチについてしゃべった。それは実在の人物というよりはひとつの概念のような感じだった。みんな女の子らしく胸をときめかせながら身づくろいをして、ミッチがやってくるのに備えていた。

「ミッチの家のジェットバスからは海が見えるんだよ」とスザンヌは教えてくれた。「ライトアップしてあって、お湯がぼんやり光るの」

「あと、あそこがめちゃくちゃデカい」とドナが付け加えた。「しかも紫色をしてる」

ドナはシンクで脇の下を洗いだし、スザンヌはあきれた表情をした。「娼婦じゃないんだから」とぼやきながらも、自分もワンピースに着替えていた。さらにラッセルまでもが髪を濡らして後ろになでつけ、垢ぬけた都会的な感じを出そうとしていた。

ラッセルはわたしをミッチに紹介するとき、「うちの小さな女優だ」と言って、わたしの背中に手を添えた。

ミッチはなにか問いたげなキザな笑みを浮かべて、わたしをしげしげとながめた。男というのは、かんたんにそういうことをする。すぐさま品定めして包装紙でくるんでしまうのだ。しかも相手の女の子がいっしょになってその判定に参加するのを望んでいるように見える。

「ミッチといいます」と彼は言った。わたしがまだ彼を知らないみたいに。彼はお金持ちの大食漢にありがちな、つるんとした若々しい肌をしていた。

「ハグしてあげて」とラッセルが言った。わたしを肘で突つきながら。「ミッチもハグしてほしいんだ、俺たちみんなと同じように。彼にだってささやかな愛が必要だろ」

ミッチは期待しているようすで、箱を振ってすでに中身がわかっている贈り物を開けようとしていた。ふだんのわたしなら、気後れして身動きが取れなくなってしまうところだ。自分の肉体が意識されて、なにか間違うんじゃないかと気にして。けれどもわたしは、いまはもう違うふうに感じていた。わたしは彼らの仲間で、それはつまりミッチに笑い返すことができるということ。前に進み出て、彼がぎゅうっと体を押しつけてくるのを許した。

そうして始まった長い午後、ミッチとラッセルはかわりばんこにギターを弾いた。ヘレンはビキニトップでミッチの膝に座っていた。しじゅうくすくす笑いながら、おさげにした頭を彼の首の下にもぐりこませている。ミッチはラッセルよりもはるかにいいミュージシャンだったけれど、わたしは気づかないことにした。かつてないほどのすさまじい集中力で気は遠くなり、緊張を通り越してなにも感じなくなっていた。無理やり微笑んでいるせいで、ほっぺたが痛い。スザンヌは隣で地べたにあぐらをかいて座っていた。彼女の指がわたしの指にそっと触れている。わたしたちはチューリップみたいに顔をカップ状にして聞き入っていた。

そんなとろんとした毎日を送るなかで、わたしたちはある一日を、みんなで同じ夢を見ることに捧げた。それは現実を忌み嫌うがゆえの暴挙だったにもかかわらず、そうやってみんながコネクトして、チューン・インするのが目的なんだと自分たちに言い聞かせた。きっかけはミッチがLSDを置いていったことで、それは彼がスタンフォード大学の研究者から手に入れたものだった。それをドナが紙コップに注いだオレンジジュースに溶かして、みんなで朝食がわりに飲んだ。すると木々は元気よく歌いだし、影は紫色に濡れた。あとから思えば不思議なくらい、わたしはそういうものにかんたんに手を出した。まわりにドラッグがあれば試した。瞬間を生きる――あのころはすべてがそんなふうに起きた。その瞬間について、わたしたちは何時間でもしゃべることができた。いろんな角度から話し合った。日光の動き、人が黙りこんでいる理由。覆いをぜんぶ剝ぎ取って、目に見えるもののほんとうの意味をあきらかにする。それがだいじなことのように思えた。過ぎ去っていく一秒一秒のかたちを言葉にあらわし、あらゆる秘密を引きずり出してとことん話し合おうと強く願うことが。

スザンヌとわたしは子供っぽいブレスレットをせっせと作っているところだった。女の子たちのあいだでそれを中学生のように交換し合い、集めたのを腕に重ねづけするのが流行っていたのだ。V字編みや、キャンディの包み紙みたいな斜め編みを練習した。わたしが作っていたのは、スザンヌにあげるためのものだった。幅広で厚みがあり、桃色の下地に黄赤色のV字模様が入るやつだ。わたしはむすび目が整然と並んでいるのや、指の下で色がうきうき揺れ動くのを楽しんだ。いったん手を止めて、スザンヌのためにグラスに水を汲みにいくときは、家庭的でやさしいことをしているような気持ちになった。足りないものがあるなら満たしてあげたくて、彼女の口に水を注ぎ入れた。スザンヌは微笑みながらわたしを見上げて水を飲んだ。ぐびぐびと勢いよく飲むから喉が波打つのがよくわかった。

その日は、ヘレンのいとこのキャロラインもいっしょだった。彼女はわたしが十一歳のときよりもいろんなことを知っているように見えた。安っぽい金属のブレスレットがじゃらじゃらと揺れていた。パイル地のポロシャツはレモンスラッシーみたいな淡い黄色でおへそがちらりと見えているくせに、擦りむいて黒ずんだ両膝が男の子みたいだった。

「いかすね」と彼女は言った。ガイがジュースの紙コップを彼女の口もとに持っていったときだった。それからLSDが効きだしてくると、彼女はその言葉をぜんまい仕掛けのおもちゃみたいにくりかえした。わたしにも最初の兆しがあらわれ始めて、口のなかは唾液でいっぱいになっていた。頭に浮かんだのは子供のころに見た荒れ狂う渓流のことで、恐ろしく冷たい雨水が岩の上を勢いよく流れていくところだった。

ポーチでは、ガイがくだらないことをべらべらしゃべっていた。いつものようにとくに意味のない話で、そのまくしたてる声がドラッグのせいでぐわんぐわんと反響して聞こえた。彼は長い黒髪を下のほうでくるっとひとつにまとめていた。

「そいつがドアをドンドン叩いてさ」と彼は言う。「自分のもんを取り返しにきたとか騒いでるわけよ。それでおれはふーん、そりゃたいへんだ」と間延びした声で言う。「それならおれはエルヴィス・プレスリーだ、と返してやったってわけ」そんな話に合わせて、ルーズがうんうんとうなずいている。目を細めて太陽を見上げるとき、家のなかではカントリー・ジョー・マクドナルドが流れている。青い空を流れていく雲、そのネオンサインで描いたような輪郭。

「みなしごのアニーちゃんを見てあげて」とスザンヌがあきれた顔でキャロラインを見て言った。

キャロラインには量が多すぎたらしく、初めはよろめいたり、ぼんやりしたりしていたけれど、まもなく本格的に効きだすと、その目には狂気が漂い、しかも少しおびえていた。華奢な子で、首のリンパ節のあたりがドクドクしているのがわかるくらいだった。スザンヌもようすを見守っていた。わたしはむこうからなにか言うのを待ったけれど、キャロラインは黙ったままだった。いとこだとされているヘレンも、なにも言わない。太陽に当てられてへろへろになり、古い絨毯の切れ端の上に伸びて片手を目の上にかざしている。しかもひとりでくすくす笑っていた。しかたなくわたしがキャロラインのそばに行って、その細い肩に触れた。

「調子はどう？」とわたしは言った。

それから名前を呼ぶと、ようやく顔を上げてくれた。どこから来たのか訊くと、彼女はいぶかしむように目を細めた。よけいな質問だった。それはそうだろう、逃げてきたはずの嫌なことをわざわざ持ち出すなんて。こんなときは苦い記憶がさらにふくらんでもおかしくはないのに。どうしたら彼女を泥沼から引き戻せるのかわからなかった。

「これ、いらない？」わたしは作りかけのブレスレットを差し出した。それを彼女はちらっと見た。

「もうすぐ完成するんだけど」とわたしは言った。「あげるよ」

キャロラインの顔がほころぶ。

「きっとすごく似合うよ」とわたしは続けた。「そのシャツにぴったりだと思う」

彼女の目の奥のぴりぴりしたものがすっと引いていく。自分のシャツをひっぱってながめるうちに、彼女はだんだん落ち着いてきた。

「自分でやったんだ」と言いながら、彼女はシャツに刺繍されたピースマークを指でなぞった。わたしには、この子がそれに何時間もかけたのだということがわかった。母親の裁縫箱を借りたのかもしれない。やさしくするのはかんたんなことに思えた。できあがったブレスレットを彼女の手首に巻いて、あとで余分な糸をカットできるようにむすび目をマッチで焼いてあげよう。スザンヌが膝の上のブレスレットのことも忘れてわたしたちに見入っていたのには気づかなかった。

「きれいだよ」とわたしはキャロラインの手首を持ちあげて言った。「すごくきれい」

まるでわたしもそちら側の人間で、誰かに道筋を示すことができるような気がしてくる。そんな壮大な考えとやさしい気持ちが混ざり合っていた。わたしは自分のなかにできた空白を、ランチがくれる揺るぎない事実で埋めるようになっていた。ラッセルが紡ぎ出す痛快な言葉の数々——エゴを捨てて、頭のスイッチを切れ。そして宇宙の風に乗れ。わたしたちの信条は、サウサリートのベーカリーで盗んできたシナモンロールやケーキと同じくらい口当たりがよくて消化されやすく、口いっぱいに頬張るだけで元気が出た。


それからの数日間、キャロラインは迷い犬のようにわたしのあとをついてきた。スザンヌの部屋の前をうろうろしたあと戸口にやってきて、煙草を一本どうかと訊いてきた。バイク乗りたちからせしめてきたからと。スザンヌが立ちあがり、背中に回した手で両肘をつかんでぐんと伸びをした。

「ほんとにくれたの?」とスザンヌはからかうように言った。「タダで?」

キャロラインはわたしをちらっと見た。「いらない?」

スザンヌはそれ以上なにも言わずに笑っていた。こういうときはすごく困ってしまうけれど、一方でわたしはそれをいいようにとらえて確信を深めた。スザンヌがほかの人にとげとげしい態度を取るのは、その人がわたしほど彼女を理解してあげていないからなんだと。

口にすることはおろか、深く考えることさえなかった。スザンヌがいることで物事がどこへむかっているのか。彼女がラッセルと消えるとき、わたしは体中に不安をまぶしたようになった。彼女なしではどうしたらいいかわからなくて、迷子のようにドナやルーズを捜しにいった。戻ってきた彼女は乾いた汗のにおいを振りまきながら、手ぬぐいで股のあいだをごしごし拭いた。わたしが見ていようと気にしていないみたいに。

立ちあがったとき、わたしがあげたブレスレットをキャロラインがそわそわといじっているのが目に入った。

「一本もらうよ」とわたしは言って、キャロラインに笑いかけた。

するとスザンヌが腕をからめてきた。

「でもいまからリャマに餌をやりにいくんだよ」とスザンヌが言った。「腹ぺこじゃかわいそうじゃない？　飢え死にしちゃってもいいの？」

わたしがためらっていると、スザンヌの手が伸びてきてわたしの髪の分け目をいじりだした。彼女はよくそういうことをした。シャツについたひっつき虫を取ってくれたり、前歯に挟まった食べかすを爪で取ってくれたり。境界線を軽々と破って、そんなものはないんだと教えてくれた。

キャロラインは誘われたがっているのが見え見えで、こちらが恥ずかしくなるくらいだった。かといってスザンヌについていくのをやめる気にもならず、わたしはキャロラインにむかって、ごめんと肩をすくめた。わたしたちが出ていくのを、彼女は静かに見ていた。子供がフードの下からじっとようすをうかがうみたいに、口に出さなくてもぜんぶ理解しているみたいに。キャロラインにとって失望は、もはや珍しくもない感情だったのだ。

わたしは母が冷蔵庫になにを入れているのか調べているところだった。乾いた汗がこびりついたガラス瓶。ビニール袋のなかでどろどろになって嫌なにおいを放つ葉野菜。いつものように、食べるものはなかった。こういうちっぽけなことが、いっそほかの場所にいたほうがいい理由を思い出させた。

玄関のほうですり足で歩く母の気配がして、アクセサリーがじゃらじゃらと鳴ったとき、わたしは顔を合わせずにそっと立ち去ろうとした。

「イーヴィー」と母が言いながらキッチンに入ってきた。「ちょっと待ちなさい」

わたしはランチから自転車をこいできたせいで息があがっていたうえに、マリファナが抜けきっていなかった。まばたきの回数をできるだけいつもどおりにして、なんの印象も与えないうつろな表情を心がけた。

「ずいぶん日焼けしてるじゃない」と母はわたしの腕を持ちあげて言った。わたしは肩をすくめた。母はわたしの腕の産毛をぼんやりさすっていたけれど、やがて手を止めた。なんとも気詰まりなひときだった。わたしはふと思った。お金が少しずつ消えていることに、ついに気づいたのかもしれない。怒られるのが怖いとは思わなかった。やっていることじたいがふつうならありえないことだから、夢のなかの出来事みたいに安全な気がした。ここは自分のほんとうの家じゃなかったんだと思えてくるほどで、そんなばらばらな感じがさらに強くなるのが、スザンヌの手先となって家のなかを這いまわっているときだ。母の下着をしまった引き出しの紅茶色のシルクや毛玉のできたレースをしらみつぶしに調べ、ヘアゴムで束ねたドル札を掘り当てるときだった。

母は眉間にしわを寄せて、「あのね」と言った。「サルが今朝、あなたがアドビ通りにいるところを見たんですって。ひとりでいたって」

わたしは無表情を保ちながらも、ほっとした。サルがいつものように、うすのろな意見を述べただけだった。母にはコニーの家にいると言ってあるし、ときどきは眠るために家に帰ってバランスを取るようにしていた。

「あのあたりにおかしな人たちが住んでるってサルが言うの」と母が言った。「神秘主義かなにか知らないけど、とにかくそんなことを言う男がいるって」そして顔をしかめた。

もちろん、場合が場合なら母はラッセルを好きになっていただろう。もし彼がマリン郡の豪邸に住み、プールにクチナシの花を浮かべて、金持ちのご婦人方を相手に五十ドルで星占いでもしていたなら。すると母がずいぶんとわかりやすい人間に思えてきた。少しでも劣るものにたいしてつねに警戒しているのだ。笑いかけてくれる人がいれば、それがフランクというボタンがピカピカのシャツを着た男であれ、すぐに家に招き入れてしまうくせに。

「そんな人、会ったことないよ」とわたしは落ち着いた声で言った。その答えで、母はわたしが嘘を言っていることに気づいたのだろう。嘘という事実がふわふわ漂うなかで、わたしは母が答え方をじっくり選ぶのを見守った。

「ただ注意しておきたかったの」と母は言った。「そこにそういう人がいるのはわかったでしょ。コニーと仲よくするのよ、いいわね？」

母はなんとしても喧嘩を避けたいのだ。妥協点を見つけようとしてぴりぴりしているのがわかった。注意はしたのだから、義務は果たした。それは彼女がまだわたしの母親であるということだった。それが真実だと思わせておこう――わたしがうなずくと、ほっとしたようだった。母は髪がだいぶ伸びていた。着ているのは肩紐がニット素材の新しいタンクトップで、両肩の皮が剝けて、水着の跡が見えている。母がいつどこへ泳ぎにいったのか見当もつかなかった。わたしたちはあっというまに他人同士になってしまった。廊下でうっかり顔を合わせて気まずい思いをするルームメイトみたいに。

「よし」と母は言った。

一瞬、その顔にくたびれた愛情が見えた気がしたけれど、それをかき消すようにブレスレットが小さな音をたてて母の両腕を落ちていった。

「冷蔵庫にライスと味噌があるから」と母は言い、わたしはわかったというような音を喉の奥で鳴らしたけれど、わたしが食べないだろうことをふたりとも知っていた。

八、

警察の写真で見るミッチの家はごちゃごちゃして薄気味悪く、その運命があらかじめ決まっていたかのようだった。ささくれた太い梁を渡した天井、石造りの暖炉、フロアが何層にも重なり廊下がいくつもある光景は、ミッチがサウサリートの画廊で集めてきたエッシャーのリトグラフに似ていた。初めて目にしたとき、その家はだだっ広くがらんとして、海辺の教会みたいだと思ったのを覚えている。家具は少なくて、山形にくり抜いた大きな窓が並んでいた。ヘリンボーン柄の床、ゆったりした低いステップ。玄関を入ってすぐに目に飛びこんでくるのは黒々とした湾で、それが家の裏手の岩だらけの暗い海岸のむこうに広がっていた。のどかにぶつかり合うハウスボートが、グラスに浮かべた氷みたいだった。

ミッチが飲み物を注いでくれるあいだ、スザンヌは冷蔵庫を開けにいった。鼻唄を歌いながら棚をのぞきこみ、これは大丈夫、これはだめというような声を出しながら、ボウルのアルミ箔をはずしてくんくん嗅いでいる。わたしはそういうときの彼女を心からすごいと思った。誰の家にいようとちっとも物怖じしないのだから。わたしは真っ暗な窓でゆらゆらしている自分たちの影を見つめた。肩に無造作に広がった髪。わたしはいま、この有名な男の家のキッチンにいた。ラジオで聴いたことのある音楽を作った男。ドアの外でエナメル革のような光沢を放つ湾。そしてなによりうれしいのは、そんな場所にスザンヌといるということだった。こうしたものはみんな彼女が創り出したように思えた。

それに先立つ午後、ミッチはラッセルと打ち合わせの予定があった。そこにミッチが遅刻してきたことを奇妙に思ったのを覚えている。二時を回っても、わたしたちはまだミッチを待っていた。わたしは黙っていた、というのもまわりがそうしていたからで、静けさがみんなのあいだに広がっていた。わた蛇が一匹、足首に止まった。シッと追い払うのもはばかられるくらい、すぐそこにいるラッセルが気になってしかたなかった。彼は自分の椅子にちょこんと腰かけて目を閉じ、小さくハミングしていた。そうしようと決めたのはラッセルで、そこで女の子に囲まれて、ガイを脇に従えた状態で、聞き手を前にした吟遊詩人のようにミッチを出迎えるのがふさわしいと思ったのだった。音を出す準備はできていて、彼の膝の上にはギターが寝かせてある。はだしの足が小刻みに揺れていた。

ラッセルがギターをいじるようすはどこか変で、静かに指で弦を押しながらあきらかにそわそわしているのだけれど、その意味がわたしにはまだわからなかった。ヘレンがドナにむかってひそひそ話し始めたときも、ラッセルは顔を上げなかった。それはとても小さな声で、おそらくミッチのことか、ガイのばかげた発言にかんすることのようだったけれど、ヘレンはしゃべり続け、ついにラッセルが立ちあがった。ちゃんとギターを椅子に立てかけて、倒れないことを確かめてからつかつかと歩み寄り、ヘレンの顔をひっぱたいた。

彼女は思わず悲鳴をあげた。ぎゃっという変な音だった。目を見ひらいて傷ついた表情を浮かべたものの、すぐにすまなそうな顔になり、涙がこぼれないようにしきりにまばたきをしていた。

ラッセルがそんなことをするのを見たのは初めてだった。わたしたちのひとりにむかってぶつけられた怒り。まさか彼がヘレンをぶつなんて——こんな昼日なかの、狂おしいほどにまばゆい太陽の下でそんなことできるはずがない。そんなばかなことがあるもんか。これが恐ろしい裏切りであることを確かめたくてまわりを見回したけれど、みんなそっぽをむいて一点を見つめているか、けしからんという仮面を顔に貼りつけているかで、これはヘレン自身が招いたことだと言わんばかりだった。ガイは耳の後ろをかきながら、ハアとため息をついた。スザンヌまでもが退屈そうで、たったいま起きたことがただの握手と変わらないみたいだった。喉に酢を流しこんだようなこの感覚や、驚いて打ちひしがれていることのほうが間違いであるように見えた。

それからすぐにラッセルはヘレンの髪をなで始め、左右の高さが違うおさげをきゅっとむすびなおしてやった。さらに彼女の耳もとでなにかささやくと、彼女は笑顔になって、こくりとうなずいた。甘ったるい目をした赤ちゃん人形にそっくりだった。

一時間遅れでようやく農場（ランチ）に到着したミッチは、わたしたちが待ち望んでいた生活必需品をたくさん持ってきていた。段ボール一箱分の豆の缶詰、干しイチジク、チョコレートスプレッド。石ころみたいに硬い洋ナシは、一個ずつピンクの薄葉紙で包んであった。彼は子供たちが脚によじのぼろうとしても、いつもみたいに振り落とそうとはしなかった。

「やあ、ラッセル」とミッチが言った。汗のレースを顔に貼りつけている。

「ひさしぶりだね、ブラザー」とラッセルは言った。にこやかな表情は崩さず、でも椅子から立ちあがろうとはしなかった。

「順調だよ」とミッチは言った。「偉大なるアメリカン・ドリームの調子はどうかな？」

「しばらく連絡がないもんだから」とラッセルは言った。「遅れてすまなかった」

「忙しかったんだ」とミッチは言った。「いろいろあってね」

「いつだっていろいろあるよ」とラッセルは言った。わたしたちを見回したあと、ガイとしばらく目を合わせていた。「そうじゃないか？　いろいろあるように見えるのが人生というもんだ。止まるのは死ぬときだけだと思わなきゃ」

ミッチは笑った。なにも問題ないように。持ってきた煙草や食料を差し出す姿が、汗をかいたサンタみたいだった。いろんな本が、この日を境にラッセルとミッチの関係が変わったと書いているけれど、当時のわたしは、そんなことはこれっぽっちも知らなかった。ふたりのあいだに漂う緊張感になにか意味があるなんて気づかなかったし、ラッセルは激しい怒りを、落ち着いた甘やかな外観で覆い隠していた。ミッチはラッセルに悪い知らせを伝えにきたのだった。この期におよんでラッセルのレコード契約の話がなくなったことを。煙草や食料はぜんぶ腹の虫をおさめてもらう意味があったのだ。ラッセルは数週間にわたってミッチを追いまわしていた。約束したレコード契約についてしつこく迫り、ミッチをうんざりさせた。ガイを使って、脅しているようにも親切のようにも読める謎めいたメッセージをミッチのもとに届けさせたこともあった。ラッセルは自分にふさわしいと信じるものを手に入れようとしていた。

みんなでマリファナを吸った。ドナがピーナッツバターのサンドイッチを作ってくれた。わたしは楢の木が投げかける円い影のなかに座っていた。ニコともうひとりの子供が走りまわっていて、どちらも顎に朝食のかすをくっつけていた。ニコがごみの入った袋を小枝でバシバシ叩き、中身がそこらじゅうにぶちまけられても、わたし以外は誰も気づかない。ガイの犬が牧草地をうろつきまわっているせいで、リャマたちがそわそわと足踏みをしている。ときどきヘレンを盗み見ると、むしろうるさいくらい幸せそうで、さきほどのラッセルとのやりとりによって彼女を元気づけるなんらかのパターンが満たされたようだった。

やろうと思えば、もっと強く叩くことだってできたんだ。わたしはラッセルにやさしい人でいてほしかったから、そういうことにした。スザンヌのそばにいたかったから、ここで暮らすのに都合がいいほうを信じた。わたしには理解ができないことがあるんだと自分に言い聞かせて。前にラッセルがしゃべった言葉を再利用して、ひとつの説明を作りあげた。彼がときどきわたしたちを懲らしめなければならないのは愛を示すため。あんなこと、彼もしたくはなかったけれど、わたしたちが前に進み続けるため、みんなのためにはしかたなかった。彼も傷ついているんだ。

ニコたちはごみの山をほったらかしにして、芝生にしゃがみこんでいた。おむつがずっしり垂れ下がっている。ふたりは早口で意味不明なことをしゃべっているのだけれど、その妙にまじめくさった冷静なようすが小さな賢者のおしゃべりみたいだった。それから急に狂ったように笑いだした。

午後も遅い時間になり、わたしたちは町でガロン単位で売られている黒っぽいワインを飲んだ。舌が澱(おり)で染まり、体がほてってむかむかした。ミッチはすでに立ちあがって、家に帰ろうとしているところだった。

「ミッチといっしょに行ったら？」とラッセルがすすめてきた。わたしの手をぎゅっと握る動作になんらかの意味がこめられていた。

さっき彼がミッチと目配せしなかったか？　あるいは、そんなやりとりを見たのは気のせいかもしれない。その日の流れがなにひとつわからないまま、気がついたときは夕闇の迫るなか、スザンヌとふたりでミッチを家まで送るために、彼の車でマリン郡の裏道を飛ばしていた。

ミッチは後部座席に座り、スザンヌが運転していた。わたしは助手席にいた。ミラー越しにミッチをちらちら見ていると、彼はなにをするわけでもなくぼんやりしていた。すると急に我に返って、不思議なものを見るような目でわたしたちを見つめた。ミッチを送るのにわたしたちが選ばれた理由はよくわからない。情報をやりとりしていたのは選ぶ側で、わたしにわかるのは、スザンヌといっしょにいられるということだけだった。すべて開け放した窓の外には夏の土のにおいが立ちこめ、タマルパイス山の陰に隠れた細い道路沿いでひっそりと暮らす誰かのドライブウェイ、誰かの人生がひらめくように通り過ぎていった。まるめたホース、きれいに咲いたモクレンの花。ときどきスザンヌが反対車線を走ってしまうたびに、三人で浮かれた恐怖の悲鳴をあげたけれど、わたしの声はどこか気が抜けていた。なにも悪いことなんて起きるはずがないと本気で信じていた。

ミッチは、バラナシに三週間旅行したときの土産だというパジャマ風の白い上下に着替えた。わたしたちは彼にグラスを渡された。消毒液を思わせるジンと、なにか別の、かすかに苦い香りもする。わたしはそれをするする飲んだ。すると危険なくらいキマってしまい、鼻が詰まり、しょっちゅうつばを飲みこんだ。心のなかで小さく笑った。ミッチ・ルイスの家で、彼のがらくたを並べた祭壇や真新しい調度品に囲まれているのがなんだかおかしかった。

「ジェファーソン・エアプレインもここに何か月かいたことがあるんだよ」と彼は言って、のっそりとまばたきした。「犬もいっしょでさ」と彼は続けながら家のなかを見回した。「白くてデカい犬だ。なんて種類だったかな？　ニューファンドランド？　芝生をずたずたにされたよ」

わたしたちに相手にされなくても、彼は気にしないようだった。心ここにあらずといったようすで、ぼんやりと静けさに浸っている。それから急に立ちあがって、レコードをかけにいった。彼が音量を思いきり上げたのでびっくりしていると、スザンヌは楽しそうに笑って、もっと上げるように言った。それが彼自身の曲であることがなんだか気恥ずかしかった。彼のでっぷりとしたおなかが、ワンピースのようにゆったりした丈長のシャツを押しあげていた。

「おもしろい子たちだ」と彼はどんよりした声で言った。スザンヌが踊りだすのをながめている。彼女は白い絨毯を汚れた足で踏んづける。さっき冷蔵庫で見つけて手でむしりとったチキンのかけらをもぐもぐ嚙みながら腰を揺らしている。

「コナチキンだよ」とミッチが言った。「トレーダー・ヴィックスのやつだ」そんなことをいちいち言うのがくだらなすぎて、スザンヌとわたしは思わず顔を見合わせた。

「えっ?」とミッチは言った。わたしたちが笑い続けていると、いっしょになって笑いだした。「ごきげんだろ」と彼は音楽にかぶせて何度も言った。さらにどこかの俳優がこの曲をどれくらい気に入ってしまったかという話を続けた。「あいつはよくわかってる」と彼は言った。「くりかえし聴いてたもんな。いかしたやつだよ」

それがわたしには新鮮だった。有名人を特別あつかいしなくてよく、その人がつまらない、ふつうの人間と同じようにふるまうのを見て、キッチンに放置されたごみが悪臭を放っていることに気づく。壁に幻のように残る写真の額の跡、幅木に立てかけられた、ビニールをはずしてもいないゴールドディスク。スザンヌの態度を見ていると重要なのはわたしたちふたりだけで、ミッチを相手にちょっとしたゲームをしているような気分になった。彼はもっと大きなストーリーの背景みたいなもので、それはわたしたちのストーリーだ。犠牲を払ってまで楽しませてくれる彼を、わたしたちは哀れむと同時に感謝した。

ミッチはコークを少し持っていて、彼がそれを超越瞑想の本の上にそっと振りかけるのを痛ましい気持ちで見守った。彼は手元を見つめながら、それが自分の手ではないみたいに不自然に顔を遠ざけた。完成した三本のラインをためつすがめつながめる。それからあれこれいじって一本だけとびぬけて大きいのを作ると、すばやく鼻を近づけて思いきり吸いこんだ。

「ああ」と言ってのけぞった彼の首は赤くただれて金色の無精ひげが生えていた。彼が本を差し出すと、スザンヌが踊りながらやってきて二本目を吸いこみ、最後の一本をわたしが吸った。

コークのせいで踊りたくなったから踊った。スザンヌがわたしの手をつかんで微笑みかけてくる。それは不思議なひとときで、わたしたちはミッチのために踊っているのに、わたしは彼女の目や誘うようなそぶりにすっかり夢中になっていた。うれしくて踊るわたしを、彼女が見ていた。

ミッチは会話を続けようとして、ガールフレンドの話を始めた。彼女がもっと距離がほしいなどと騒いだあげく、マラケシュに旅立ってしまってから、どれほど寂しい想いをしているか。

「ありえない」と彼はくりかえした。「どう考えてもありえない」

彼には好きなようにしゃべってもらい、わたしはスザンヌのリードにまかせた。彼女は相槌を打ちながらも、わたしにはあきれた顔をしてみせたり、もっと話すように大声で彼をけしかけたりした。その夜、彼が話していたのはリンダのことだったけれど、その名前はわたしにとってはなにも意味しなかった。わたしはろくに聞いていなかった。なかで銀の玉がカラカラ鳴る小さな木箱をあちこち傾けて、ドラゴンの口みたいな色に塗った穴に玉を落とそうとしていた。

彼らが殺された日にはもう、リンダは元ガールフレンドになっていた。二十六歳の若さといっても、当時のわたしにとってその年齢は、遠くでドアを叩く音のようにぼんやりして聞こえた。息子のクリストファーは五歳だったけれど、すでに十か国を訪れたことがあり、スカラベのアクセサリーを入れたポーチみたいに母親の旅にくっついていった。彼女のオーストリッチのカウボーイブーツは型崩れしないように、まるめた雑誌が詰めてあった。リンダは美人だったけれど、年を重ねたらきっと下品で卑しい顔になっていたはずだ。彼女は金色の髪をした息子と、テディベアみたいにひとつのベッドで眠った。

わたしは自分とスザンヌを取り巻く世界が吹き飛んでしまったような、ミッチなんかすきまを埋める笑い話でしかないような気分にひたっていて、それ以外の可能性について考えもしなかった。わたしはバスルームに来ていた。ミッチの風変わりな黒い石鹸を使い、戸棚をのぞいてみると鎮痛剤の瓶がずらっと並んでいた。バスタブがぴかぴかで、鼻をつく漂白剤のにおいもすることから、彼が掃除婦を雇っているのがわかった。

ちょうど用を足し終えたとき、誰かがノックもせずにバスルームのドアを開けた。わたしはびっくりして、とっさに自分を隠そうとした。まる見えの脚に男がちらっと目をやったあと、すぐまた廊下のほうに引っこんだ。

「申し訳ない」と、ドアのむこうで声がした。シンクのそばに吊るされたマリゴールド色の小鳥のモビールがゆらゆら揺れている。

「ほんとうに申し訳ない」と男は言った。「ミッチを捜してたんだ。びっくりさせてすまなかった」

その場で彼はためらっていたようだけれど、やがてそっとドアを閉じて歩き去った。わたしはショートパンツを上げた。体中を駆けめぐっていたアドレナリンは勢いを失ったものの、消えはしなかった。たぶんミッチの友達だろう。コークのせいで神経が過敏になっていたけれど、怖くはなかった。無理もない。人を見たら他人と思えなんていう考えはまだなかった。すべての人へのかぎりない愛。この宇宙全体が大きなひとつのシェルターだった。

それがきっとスコッティ・ウェシュラーだったとわかったのは数か月後だった。住み込みの管理人で、母家の裏にある彼の白い小屋には電気調理器と小型暖房機が備え付けてあった。ジェットバスのフィルターを掃除したり、芝生に水をまいたり、夜にミッチがオーバードーズしていないか確かめたりするのが仕事だった。若いのに髪が薄く、細いメタルフレームの眼鏡をかけていた。ペンシルベニア州の陸軍士官学校にいたのをドロップアウトして、西に流れてきたらしい。それでも士官候補生らしい理想を追い求める姿勢は変わらず、よく母親に手紙を書いた。セコイアの木や大西洋について、「荘重な」とか「茫々たる」みたいな言葉を使って。

最初の犠牲者。反撃して、逃げようとしたのが彼だった。

その短い出会いから、もっとなにかをひねり出せたらよかったのに。バスルームのドアを開けられたとき嫌な予感がしたとか。けれども知らない人がちらっと見えただけで、深く考えることはなかった。それが誰なのかスザンヌに訊くこともなかった。

リビングルームに戻ると誰もいなかった。音楽が大音量で流れ、灰皿で煙草がくすぶっている。湾に面したガラス戸が開いていた。ポーチに出ると驚いたことに、すぐそこに海が広がっていて、それをぼんやりした街の灯りが取り囲んでいた。サンフランシスコは霧に包まれていた。

海岸に人影はなかった。そのとき、海のほうでいびつに響き渡る声がした。そこにふたりともいて、脚のまわりに白い泡を立てながら波間をざぶざぶ進んでいた。ミッチはずぶ濡れのシーツみたいになった白い服で動きまわり、スザンヌは彼女がブレア・ラビットの服と呼ぶピンクと青のワンピースを着ていた。心臓が飛び出しそうだった。わたしも混ざりたい。でもなにかがわたしをとどまらせた。砂浜へと続く階段に立ちつくしたまま、海水で軟らかくなった木材のにおいを嗅いでいた。次になにが起こるかわかったから？　わたしが見つめるなか、スザンヌは酔いのせいで手間取りながら身をくねらせてワンピースを脱ぎ、そこへミッチが飛びかかった。彼の頭がだんだんと下りていき、彼女の裸の乳房を舐めだす。ふたりとも水のなかで立っているのがやっとだった。わたしは異様なくらいずっとながめていた。背をむけて家のなかに戻るころには、頭がぐわんぐわんしていた。

わたしは音楽を消した。スザンヌに開けっ放しにされた冷蔵庫のドアを閉めた。身をむしり取られたチキンの残骸。コナチキンだとミッチが言い張るそれを見ていたら、少し気持ち悪くなった。鮮やかすぎるピンクの肉が不気味だった。いつもこうだ、と心のなかでつぶやく。冷蔵庫を閉める役。スザンヌがミッチに好き放題させるのを階段の上から幽霊のように見ている役。内側で嫉妬がぐらぐら揺れ始める。じんわり効いてくる奇妙な痛みは、あいつが彼女に指を入れるところや、彼女は潮の味がするだろうかなんてことを考えたせいだった。戸惑いもあった――あっというまに状況が変わって、またしてもわたしが仲間はずれになっている。

頭のなかにあったケミカルな快感はすでに去り、むしろそれがないことのほうがどうしようもなく意識された。疲れていたわけじゃないのに、ソファに座ってふたりの帰りを待つ気にはなれなかった。鍵のかかっていないベッドルームを見つけた。そこはゲストルームらしく、クローゼットは空っぽで、ベッドにはわずかに乱れたシーツがかかっていた。それは誰かのにおいがして、ナイトテーブルにはゴールドのイヤリングが片っぽだけのっていた。わたしは自分の家を、使い慣れたブランケットの重みと手触りを想った。すると急にコニーの家に泊まりにいきたくなった。いつもどおり、お約束のように背中合わせでまるくなって眠るのだ。漫画みたいなふっくらした虹がプリントされたシーツの上で。

ベッドに横になり、別の部屋でスザンヌとミッチが立てる音に耳をすました。わたしはスザンヌの血気盛んなボーイフレンドになったみたいに、じりじりと義憤に燃えていた。正確に言うと彼女への怒りではなく、とにかくミッチのことが憎たらしくて、すっかり目が冴えてしまうほどだった。教えてやりたかった。彼がさっきまでずっと彼女にばかにされていたこと、わたしにこれだけ哀れに思われていること。わたしの怒りは無力で、こみあげる感情には行き着く場所がなくて、そんなことにはもう慣れっこだということ。わたしのなかには抑えつけられた感情が、人になりきれていない胎児みたいにひそんでいて、苦しみながらじっと耐えているんだということ。

そこがリンダと息子が眠っていた部屋だということは、ほぼ間違いない。ただ、ほかにもベッドルームはあったから、別の場所だった可能性もなくはない。リンダはミッチと、事件の夜にはもう別れていたとはいえまだ友達で、一週間前のクリストファーの誕生日には、ミッチが巨大なキリンのぬいぐるみを届けさせていた。リンダがミッチの家にいたのはサンセット・ストリップのアパートメントがカビだらけになっていたからで、二晩だけの予定だった。そのあとはクリストファーを連れてウッドサイドにあるボーイフレンドの家に行くことになっていた。ボーイフレンドはシーフードレストランをいくつも経営する男だった。

事件のあと、トーク番組に彼が出ているのを見かけた。顔を真っ赤にして、両目にハンカチを押し当てていた。この人は爪にマニキュアを塗っているんだろうかと不思議に思った。彼は司会者に、リンダにプロポーズする予定だったと語った。とはいえ、それが真実かどうかは誰にもわからない。

午前三時ごろ、ドアを叩く音がした。するとスザンヌが、返事も待たずによろめきながら入ってきた。素っ裸で、煙草と潮の混じったすごいにおいがする。

「ハーイ」と彼女は言って、わたしのブランケットを引っぱった。

わたしは真っ暗な天井の単調さに負けてうとうとしていたところで、まるで夢のなかの魔物が飛びこんできてにおいを振りまいているみたいだった。彼女が隣にもぐりこんできてシーツが湿るのがわかった。わたしのために来てくれたんだと思った。わたしといっしょにいるために。お詫びのつもりで。ところがそんな考えはすぐに消えた。彼女のしつこさと、こちらにむけられたとろんとした目を見て、ここへ来たのは彼のためだと知った。

「来て」と彼女は言って楽しそうに笑った。不思議な青い光のなかで見る顔が新鮮だった。「すてきだから」と彼女は言った。「来ればわかる。やさしくしてくれるよ」

まるでこんなチャンスは二度とないと言わんばかりだ。わたしはベッドカバーをつかんで起きあがった。

「あの人、気持ち悪い」とわたしは言った。他人の家にいるんだということがはっきりした。広すぎる空っぽのゲストルーム、別の人間が残していった不快なにおい。

「ねえイーヴィー」と彼女は言った。「いい子だから」

彼女がすぐそばに来て、暗がりで二つの目がすばやく動いた。彼女はわたしの口にためらうことなく口を押しつけ、唇のすきまに舌をめりこませてきた。歯のでこぼこを舌先でなぞりながら、わたしの口に微笑みかけてなにか言うけれど、聞き取れない。

彼女の口のなかは喉に回ったコカインと、しょっぱい海の味がした。もう一度、わたしからキスしようとしたのに、彼女はすでに離れたところで微笑みを浮かべていた。これはゲームで、ふたりでおもしろくて現実離れしたことをやったんだと言いたげに。わたしの髪をやさしくいじりながら。

わたしはよろこんで事実を捻じ曲げ、わざと意味を取り違えた。スザンヌの頼みを聞くのが、わたしがしてあげられるせめてものことで、彼女のなかの相反する感情を解き明かす鍵だという気がした。

ほんとうはわたしと同じように彼女も彼女で捕らわれていたのに、それがわたしには見えなかったせいで、おだてられるままにころころと向きを変えた。まるであのカラカラ鳴る銀の玉が入った木のおもちゃみたいに、あっちこっちに傾きながら穴に転がりこもうとした。落ちて勝利を手にしたくて。

ミッチの部屋は広々として、タイルの床は冷たかった。ベッドは一段高いところにあり、壇にバリ風の彫刻がほどこしてあった。彼はスザンヌの後ろにいるわたしに気づくとニッと歯を見せて笑い、こちらにむかって両手を広げた。裸の胸はふわふわした毛で覆われていた。スザンヌはすぐに彼のそばに行ったけれど、わたしはベッドの端に腰かけて両手を膝の上に重ねた。ミッチは肘をついて上体を起こした。

「だめだめ」と彼はマットレスを叩いて言った。「ここだよ。こっちへおいで」

わたしは彼の隣に移動して横になった。待ちきれないスザンヌが犬みたいに彼ににじり寄る。

「きみはまだいい」とミッチが彼女にむかって言った。顔は見えないのに、スザンヌがたちまち傷ついたことが想像できた。

「これ脱げる?」ミッチはわたしの下着をぽんぽん叩いた。

恥ずかしかった。わたしのショーツはお尻をすっぽり包みこむもので、子供っぽいうえにゴムが伸びていた。わたしはそれを腰から徐々に膝のあたりまで下ろした。

「すごい」とミッチは言いながら座った姿勢になった。「脚をちょっと広げてごらん」

わたしが言われたとおりにすると、そこに彼は屈みこんだ。わたしの幼い土手のすぐそばに彼の顔があった。鼻先が動物みたいに熱く湿っている。

「触らないからね」とミッチは言うけれど、それが嘘なのはわかっている。「まいった」と彼は吐息混じりに言った。それからスザンヌを手で呼び寄せると、低い声でつぶやきながらわたしたちを二体の人形のように並べた。誰にともなく、自分の好みにかんすることをごちゃごちゃ言っている。見慣れない部屋で見るスザンヌは別人のようで、わたしが知る部分だけが隠れてしまったみたいだった。

舌を吸いこまれた。ミッチにキスされているあいだも、わたしはほとんど動かず、探るような舌も、なかに入ってきた指でさえも、それがどこか妙で、それでいて意味のないことであるかのように一歩引いた気持ちで受け止めた。ミッチは体を起こすとわたしのなかに押し入ろうとして、うまくいかないと小さくうなった。ペッとつばを吐いた手でわたしをこすってからもう一度試みたところ、次の瞬間には両脚のあいだに彼がはまりこんでいて、わたしはそれがじっさいに起きているんだと、どこか信じられない想いで考えていた。するとスザンヌの手が這ってきて、わたしの手をつかんだ。

ミッチがけしかけたのかもしれないけれど、わたしは見ていなかった。スザンヌがふたたびキスしてきたとき、わたしは信じこむことにした。これは彼女がわたしのためにしていることで、わたしたちがつながる方法なんだと。ミッチなんかただの雑音で、彼女が心ゆくまでその口と、曲げた指を使うために必要な口実なんだと。わたしのにおい、それと彼女のにおいもした。彼女が喉の奥でたてる音は、わたしに聞かせるための音なんだと信じた。まるで彼女の快感は、ミッチには聞こえない音程であらわされるかのように。彼女はわたしの手を自分の胸に引き寄せ、わたしが乳首に触れるとびくっとした。そして目を閉じたので、わたしはなにかいいことをしたような気分になった。

ミッチはながめるために、わたしから離れた。濡れたペニスの先端をこねくりまわす彼の重みでマットレスが傾く。

わたしはスザンヌとキスを続けた。異性とするキスとはぜんぜん違った。彼らは力ずくで押しつぶすようなやり方でキスという概念をわからせようとするくせに、こんなふうにぴったり嚙み合うことは決してない。わたしはミッチなんて存在しないふりをしながらも、彼が車のトランクみたいに口をあんぐり開けて見入っているのを感じた。スザンヌに脚を押し広げられそうになったときは恥ずかしくてたまらず、でも微笑みかけられたら許してしまうのだった。彼女の舌づかいは初めは遠慮がちで、でもそれに指も加わると、わたしはどうしようもないくらいに濡れて、自分のたてる音に戸惑った。心が壊れるほどの快感をこれまで知らなかったから、それに名前をつけようがなかった。

そのあと、ミッチはわたしたちのどちらともファックした。そうすれば自分が二の次にされたことを打ち消すことができるみたいに、汗だくで、目にぎゅっとひだを寄せて。ベッドがしだいに壁から遠ざかっていくのもかまわず。

翌朝、目が覚めて、タイルの床に自分の汚れた下着がくしゃくしゃになって落ちているのを見たときは、とんでもないことをしたような気分に襲われて泣きそうになった。

ミッチがランチまで送ってくれることになった。わたしは黙りこんで窓の外をながめていた。過ぎ去っていく家はどれも長いあいだ留守のように見え、高級車にはくすんだ色の覆いがかけられていた。スザンヌは助手席にいて、ときどき振り返ってわたしに微笑みかけた。お詫びのつもりのようだけれど、わたしは無表情で、心は固く握ったこぶしだった。のんびり悲しみにひたる余裕もなかった。

崩れ落ちそうな心をつっかい棒で支えていたのかもしれない。強がって、スザンヌなんてどうでもいいとひそかに思えば悲しみを回避できるかのように。それにわたしはセックスをしたけれど、だからなに？　たいしたことじゃない。これもまた人体のしくみのひとつで、食べることのように機械的で、すべての人にひらかれた行為なのだから。信心ぶったパステル調のすすめは、そのときを待ち、未来の夫に捧げる贈り物になりましょうなどと言うけれど、いざしてみると拍子抜けするくらいあっさりしていた。わたしは後部座席からスザンヌを見ていた。ミッチの言ったことにたいして彼女が笑い、窓を開けるのを見ていた。彼女の髪がぶわっと舞いあがった。

ランチまで来てミッチが車を止めた。

「きみたち、またね」と彼はピンク色の手のひらを見せて言った。まるでわたしたちをアイスクリーム屋のようなかわいらしいお出かけに連れていったあと、親が待つ家という揺りかごに戻しにきたみたいに。

スザンヌはすぐさまラッセルを捜しに、ひとことも言わずにわたしから去っていった。あとから思えば、彼女はラッセルに報告しにいったのだった。ミッチのようすはどうだったとか、わたしたちに満足して考えなおしてくれることになったかを伝えるために。でもそのときのわたしには見捨てられたようにしか思えなかった。

忙しくしようと思い、キッチンでドナといっしょにニンニクを剝いた。剝いたものは、教えられたとおり包丁の側面とカウンターのあいだでつぶしていった。ドナはラジオのダイヤルを端から端まで往復させたのに、いろんなタイプの雑音と、驚くような数のハーブ・アルパートのトランペットにしか出会えなかった。ついにあきらめてふたたび真っ黒なパン生地にパンチを加え始めた。

「ルーズが髪の毛にワセリンを塗ってくれたんだ」ドナが体を揺すっても、髪はほとんど動かなかった。「洗い流すと、すっごく軟らかくなってるんだって」

わたしは答えなかった。ドナはわたしがうわの空なのに気づいて、こちらにのっそりと目をむけた。

「裏庭の噴水は見せてもらった？」と彼女は言った。「ローマから運ばせたってやつ。ミッチの家ってヴァイブスが高いよね」と続けた。「海があるからイオンもたっぷり出てるし」

わたしは赤くなり、ニンニクを外皮からはずす作業に集中しようとした。がやがやしたラジオの音が急にひどく汚らしく思えてきて、アナウンサーがやけに早口でしゃべるように感じられた。みんなもあの海に面したおかしな家に行ったんだということはわかっていた。わたしもある種の型にはまった行動を取り、まんまと定義された。ありがちな価値を提供する女の子のひとりとして。でもそこにはなにかほっとさせるもの、わかりやすい目的があった。たとえ辱められても。それ以上望んでもいいんだということを、わたしは知らなかった。

わたしは噴水を見ていなかったけれど、口には出さなかった。

ドナの目はキラキラしていた。

「ところでさ」と彼女は言った。「スザンヌの親ってじつはかなりの金持ちなんだよ。プロパンかなにかの仕事で。あの子、ホームレスでもなんでもないんだ」カウンターの上で生地をこねながらしゃべる。「気がついたら病院にいたわけでもない。本人はいろいろ言ってるけど、クリップでひっかき傷をつけただけなんだよね、クスリでおかしくなってるときに」

シンクでとけかかった生ごみのにおいで戻しそうになる。わたしはどっちでもいいというふうに肩をすくめた。

ドナは続けた。「信じてないね」と彼女は言った。「でもほんとだから。メンダシーノに行ったとき、林檎農園に泊めてもらったんだけど、LSDをやりすぎてクリップで自分を傷つけ始めちゃって、みんなが止めるまでやめなかったの。っていっても、出血すらしてなかったけどね」

わたしが知らんぷりしていると、ドナはボウルに生地を叩きつけるように戻し、こぶしで空気を抜き始めた。「好きなように考えれば」と彼女は言った。

あとでスザンヌが部屋に戻ってきたとき、わたしは着替えの途中だった。背中をまるめて胸を隠そうとすると、気づいたスザンヌがわたしをからかおうとして、でも思いとどまったようだった。彼女の手首の傷が目に入ったけれど、あれこれ疑って悩むのはやめた。ドナはやきもちを焼いているだけだ。ドナも、あのワセリンで固めた汚いドブネズミみたいな髪もどうでもいい。

「昨日の夜はすごかったね」とスザンヌは言った。

彼女が腕を回そうとしてきたので思わず離れる。

「まいまたあ、自分も楽しんでたくせに」と彼女は言った。「見てたよ」

わたしがウエッという顔をすると、彼女は笑った。わたしはせっせとシーツを整えた。ベッドは気持ちよく眠るためだけにあるんだというように。

「もう、しょうがないなあ」とスザンヌは言った。「じゃあ元気が出るものをあげる」

わたしは彼女が謝ろうとしているんだと思った。でもそのあとすぐに浮かんだ——またキスしてくるんじゃないか。部屋は薄暗く、風通しが悪かった。空気がかすかに揺れ、ほら来たと思ったとき——スザンヌがベッドの上にどすんとバッグを置き、房飾りがマットレスの上に広がった。バッグにはなにやら重たい未知のものが詰まっていた。彼女は勝ち誇った表情でわたしを見た。

「さあどうぞ」と彼女は言った。「のぞいてみて」

スザンヌはわたしの頑固さにむっとして、自分でバッグを開けた。なにが入っているのかよくわからなかったけれど、金属らしきものがキラリと光った。尖った角も見える。

「出してみてよ」とスザンヌがじれったそうに言った。

それはガラスの額に入ったゴールドディスクで、思ったよりもずっと重たかった。

彼女はわたしを肘でつついた。「いい気味じゃない？」

その期待に満ちた目――これがなにかを説明してくれるとでも？　わたしは小さなプレートに刻まれた名前に目を凝らした。ミッチ・ルイス。アルバム『サン・キング』。

スザンヌはけらけら笑いだした。

「あのねえ、いますぐ自分の顔見てごらんよ」と彼女は言った。「わたしはあんたの味方だってわからない？」

暗い部屋でレコードは鈍い輝きを放っていたけれど、そのエジプトを思わせる美しいきらめきでさえも、わたしの心を動かすことはなかった。それはあのおかしな家があったことを示す遺物でしかなく、なんの価値もなかった。その重みでわたしの腕は早くも疲れていた。

九、

ポーチのほうで物音がしてぎくっとする。続いて聞こえたのは消えかかる母の笑い声と、フランクの重たい足音だった。わたしはリビングルームにある祖母の椅子で脚を伸ばして、母の《マコールズ》を読んでいるところだった。性器のようにつるんとしたハムをパイナップルで花輪のように飾った写真。女優のローレン・ハットンがバリというブランドのブラをつけて崖の上に横たわっている広告。母とフランクは大声でしゃべりながらリビングルームに入ってきたのに、わたしを見つけるなりぴたっと会話をやめた。フランクはカウボーイブーツを履いていた。母はなんであれそれまでしゃべっていたことをぐっと呑みこんだ。

「ただいま」その目はぼんやりして、体がかすかに揺れていることから母が酔っていて、それを隠そうとしているのがわかったけれど、どっちにしろピンクに染まった首——シフォンのシャツからのぞいている——を見れば一目瞭然だった。

「おかえり」とわたしは言った。

「おうちでなにしてるの?」母が近づいて両腕を回してきたので好きにさせて、その金属っぽいアルコール臭やしおれた香水のにおいは気にしないことにした。「コニーが病気になったとか?」

「違うよ」わたしは肩をすくめて、雑誌に顔を戻した。次のページでは、バターみたいな黄色いチュニックを着た女の子が白い箱の上にひざまずいていた。レブロンの口紅、ムーン・ドロップスの広告だった。

「いつもなら帰ってきてもすぐに出ていくのに」と母は言った。

「家にいたい気分だったの」とわたしは言った。「ここはわたしの家でもあるんじゃなかった？」

母はにこにこしながらわたしの髪をなでた。「ほんとにかわいい子ねえ。もちろん、ここはあなたのおうちよ。かわいい子だと思わない？」と母はフランクのほうを見て言った。「ほんと、かわいい子」と誰にともなくくりかえした。

フランクは笑顔で返したけれど、落ち着かないようすだった。わたしは知らないうちに身についた知識を恨んだ。力関係のちょっとした変化にいちいち気づくようになっていた。フェイントとジャブのくりかえし。恋愛というのはどうして対等ではなく、ふたりがつねに同じくらいの関心を持つことができないのか。わたしは雑誌をパンと閉じた。

「おやすみ」と言った。そのあとなにが起きるかは想像したくなかった。フランクの両手はシフォンのなかに埋まっていた。すべて包みこんでくれる暗闇を求めて、電気を消すだけの自覚が母にはあった。

よく空想する夢があった。農場（ランチ）をしばらく離れていると、スザンヌが突然あらわれて、わたしに戻ってきてほしいと泣きつくのだ。そんな寂しさをわたしは心ゆくまでむさぼった。クラッカーを箱ごと抱えて、口のなかでその塩気をじっくり味わいながら食べるみたいに。『奥さまは魔女』を観ると、主人公のサマンサにこれまで感じたことのないいらだちを覚えた。彼女の生意気そうな鼻、夫を笑いものにするところ。なりふりかまわずバカになって妻を愛する姿を、ジョークのオチにされてしまうなんて。ある晩、廊下にかかった祖母の写真をじっくりながめたことがあった。スタジオで撮ったもので、ニスを塗ったようにつるつるしたカールヘアの祖母は美しく、健康そのものだった。目だけが眠たげで、たったいまきらびやかな夢から覚めたように見えた。気づいたときは、すがすがしい気分だった――わたしたちはちっとも似ていない。

窓辺で葉っぱを少し吸ってから、ぐったりするまで自分を指でいじった。それをしながらながめるのは漫画本でも雑誌でも、どっちでもよかった。体のかたちさえしていれば、あとは脳が好き勝手に料理してくれる。なんならスポーツカー風のダッジ・チャージャーの広告でもよくて、真っ白のカウボーイハットをかぶってにっこり笑う女の子に、頭のなかで無理やり淫らなかっこうをさせた。その子のだらしなくゆるんだ顔に吸わせて、舐めさせて、よだれで顎をびちょびちょにさせるのだ。それならミッチとの一夜を受け入れて、気楽に受け止めてもいいはずなのに、わたしのなかにはこわばった型どおりの怒りしかなかった。あのばかげたゴールドディスク。わたしは新しい意味を必死に噛み砕こうとした。自分がなにか重要なサインを見逃したような気がして。たとえばスザンヌがミッチの背後から送ってきた苦しげな視線。山羊みたいな彼の顔からしたたり落ちる汗のせいで、わたしはしかたなく顔を背けたのだ。

翌朝、幸いにもキッチンには誰もいなくて、母はシャワーを浴びていた。わたしはコーヒーに砂糖を入れてから、クラッカーを袋ごと持ってテーブルについた。塩味のクラッカーを口のなかでよく噛み砕いてぐちゃぐちゃになったのをコーヒーで流しこむのが好きだった。この儀式に夢中になっていたせいで、急にそこにいたフランクにドキッとした。彼は反対側の椅子を引きずり出して、そばに引き寄せながら座った。わたしはこぼれたクラッカーのくずを食い入るように見られていることに気づき、なんとなく恥ずかしい気分になった。するっと逃げようとしたところ、逃げる前に彼が口をひらいた。

「今日はビッグなプランがあるのかい？」と彼が訊いた。

仲よくしようとしているらしい。わたしはクラッカーの袋の口をねじって手についたくずをぬぐい、急にきちょうめんになった。「さあ」とわたしは言った。

するとうわべだけの辛抱はたちまち崩れ去った。「家でただ塞ぎこんでるつもりか？」と彼は訊いた。

わたしは肩をすくめた。まさにそのつもりだったからだ。

彼のほっぺたがぴくっと動いた。「せめて出かけたほうがいい」と彼は言った。「囚人みたいに部屋に閉じこもってないで」

フランクの足もとはブーツではなく、これ見よがしに真っ白な靴下だけだった。わたしは鼻で笑ってしまいそうになるのをこらえた。大の男の靴下姿というのはなんとも間が抜けて見える。彼はわたしの口もとが引きつるのに気づいてうろたえた。

「なにもかもばかにして楽しいか？」と彼は言った。「やりたい放題やって。まさかママが気づいてないとでも？」

わたしは体をこわばらせたけれど、顔は上げなかった。彼が言い出しそうなことはたくさんあった。ランチのこと、わたしがラッセルとしたこと。ミッチとしたこと。いろんなやり方でスザンヌを思い出していること。

「この前は本気で参ってたぞ」フランクは続けた。「お金がなくなるっていうんだ。財布から消えてると」

ほっぺたが真っ赤になるのがわかったけれど黙っていた。目を細めてテーブルを見ていた。

「困らせないでやってくれ」とフランクは言った。「な？　ママはやさしい人なんだから」

「盗んでない」声が不自然にうわずっていた。

「借りた、ということにしよう。告げ口はしない。それは承知してる。だがもうやめるんだ。ママがきみを心から愛してるのはわかるよな？」

シャワーの音がしなくなった。まもなく母がやってくる。わたしはフランクがほんとうに告げ口しないつもりか見極めようとした。彼がいい人だと思われたがっていること、わたしを困らせようとしているわけじゃないのはわかる。でも感謝したくなかった。どうやらこの男は父親ぶろうとしているらしい。

「町の祭りがまだやってるぞ」とフランクは言った。「今日も明日も。行って楽しんできたらいい。ママもよろこぶはずだ。活動的な娘を見たら」

母が毛先をタオルで拭きながら入ってきたので、わたしはたちまち顔を輝かせてフランクの話に聞き入っているふりをした。

「きみもそう思わないかい、ジーニー？」とフランクは言って、母をじっと見た。

「なんのこと？」と母は言った。

「イーヴィーも例のカーニバルに行くべきじゃないか？」とフランクが言った。「百年祭だっけ？ひましてるよりいいだろ？」

という彼の持論を、母は素晴らしいひらめきであるかのように受け止めた。「百年祭なのかどうかはわからないけど――」と母は言った。

「なにはともあれ、祭りだ」とフランクがさえぎるように言った。「百年だろうがなんだろうが」

「でもいいアイデアだわ」と母は言った。「楽しんでらっしゃい」

フランクの視線を感じる。

「だね」とわたしは言った。「そうするよ」

「ふたりが仲よくおしゃべりするようになってくれてよかった」と母は照れくさそうに付け加えた。

わたしはマグカップとクラッカーを片づけながら顔をしかめたけれど、母は気づかず、すでにかがんでフランクにキスするところだった。ローブがはだけて、三角形のすきまからしみだらけの胸がうっすら見えたとき、わたしは顔を背けるしかなかった。


結局、町をあげて祝っていたのは百周年ではなく百十周年で、その中途半端な数字がみすぼらしい雰囲気を決定づけていた。それをカーニバルと呼ぶのさえ気前がよすぎるように見えたものの、住民のほとんどが遊びにきていた。公園では募金集めの手作り弁当が売られ、高校の講堂では町の成り立ちにかんする芝居が上演されて、生徒会の役員たちが演劇科から借りた衣装を着て汗だくになっていた。道路は車両が入れないようになっていて、気晴らしと楽しみを確実につかみたくて押し合いへし合いする人の波にわたしもいつのまにか呑みこまれた。夫たちは厳しい表情を浮かべ、両脇の子供たちや妻たちの不当な要求に応える。動物のぬいぐるみがほしい。酸っぱくて色の薄いレモネードやホットドッグや焼きトウモロコシがほしい。それが楽しい時間の証しだから。川はすでにごみだらけで、ポップコーンの紙袋やビール缶やうちわなどがゆらゆら漂っていた。

わたしを家から出してみせたフランクの驚くべき才能に、母は感銘を受けたようだった。フランクの望みどおり。彼が父親のひな型にするっと入りこむところを母が想像できるくらいに。わたしは事前に予想したていどには楽しんでいた。かき氷を食べていたら紙コップがふにゃふにゃになり、染み出したシロップが手にかかった。残りは捨てたけれど、両手のべとべとしたのはショートパンツで拭いても取れなかった。

人ごみにまぎれて、日陰を出たり入ったりしながら歩いた。ときどき知り合いを見かけても、それは学校が同じというだけの背景みたいな子たちで、濃い時間を過ごしたことはなかった。それでも心のなかで、その子たちのフルネームを呪文のようにむなしく唱えた。ノーム・モロヴィッチ、ジム・シュマッカー。ほとんどが農家の子で、彼らのブーツからは腐ったにおいがした。授業中はおとなしい口調で答え、指名されたときしかしゃべらず、机にひっくり返して置いたカウボーイハットの内側には見苦しい汚れのリングができていた。お行儀がよくて、道徳的で、その子たちからイメージするのは乳牛やクローバー畑や小さな妹たちだ。ランチの住人とはぜんぜん違った。いまだに父親の威厳を仰ぎ見て、母親のキッチンに入る前にブーツをぬぐうような男の子たちを、ランチのみんなはきっと哀れむはずだ。いまごろスザンヌはどうしているんだろう――小川で泳いでいるか、そうじゃなかったらドナかヘレンとごろごろしているかもしれない。あるいはミッチと。わたしはたまらず唇を噛み、乾いてがさがさになった皮をひたすら歯でいじった。

もう少しだけ時間をつぶしてから帰れば、わたしが健全な社会の営みに参加してきたことに、フランクも母も満足してくれるだろう。そこで公園のほうにむかおうとしたところ、すごい人だかりができていた。パレードが始まっていたらしく、ピックアップトラックが、町の集会所で作られたような色紙の模型をどっさりのせて運んでいる。インディアンに扮した銀行員や女の子たちが山車の上から手を振り、マーチングバンドが暴力的で耐えがたい音を奏でていた。わたしは混雑をなんとか抜け出すと、人垣に沿って急ぎ足で、できるだけ静かな脇道のほうに寄って歩いた。マーチングバンドの音はしだいに大きくなり、パレードはイースト・ワシントン通りをくねりながら進んでいた。そのとき笑い声が、夢中で歩くわたしの意識に突き刺さった。尖った、わざとらしい笑い声で、それがわたしにむけられたものであることは顔を上げなくてもわかった。

コニーだった。そこにいたのはコニーとメイで、コニーはネットのバッグを手首にぶら下げていた。バッグのなかにはオレンジソーダの缶や食料品が入っていて、シャツの下から水着の線が透けている。そこにはふたりのありふれた一日が記号のように埋めこまれていた。うんざりするような暑さ、気の抜けたオレンジソーダ。ポーチに干した水着。

初めはほっとしたというか、自宅のドライブウェイに車で入っていくような懐かしい感じがした。それに続くのは気まずさで、事実がカチッと音をたてて嚙み合った。コニーはわたしに怒っていて、わたしたちはもう友達ではないのだ。わたしはコニーが最初の驚きをやり過ごすのを見守った。メイは猟犬みたいに目を細めて、ひと悶着起きるのを待ちかまえている。矯正具のせいで口が厚ぼったく見える。コニーはメイと小声で二言三言交わしたあと、じりじりと進み出た。

「どうも」と彼女は慎重に言った。「元気だった?」

怒られるとか、ばかにされるのを予想していたのに、コニーはふつうにふるまって、会えたことをちょっとよろこんでいるようにさえ見えた。しゃべるのはほぼ一か月ぶりだ。手がかりを求めてメイの顔色をうかがってみたものの、みごとに無表情だった。

「まああってとこかな」とわたしは言った。この数週間やランチの存在がわたしを強くして、いつもの展開に陥るリスクを減らしてくれてもよかったはずなのに、あっというまに古い忠誠心や、粘り強いラバみたいなところが戻ってきた。わたしはふたりに好かれたかった。

「わたしたちも」とコニーが言った。

急に湧いてくるフランクへの感謝の気持ち——来てよかった、コニーのような人のそばにいるほうがいい。スザンヌみたいにややこしくてわかりにくい人じゃなく、ただの友達で、日々の変化なんか関係ないくらいよく知っている人。いっしょに目がちかちかして頭痛がするまでテレビを観たこと、バスルームのまぶしいライトの下で背中のニキビをつぶし合ったこと。

「ぱっとしなくない？」とわたしはパレードのほうを示して言った。「百十周年とか言ってさ」

「変なやつもいっぱい来てるしね」とメイがばかにしたように言った。遠回しにわたしのことを言っているんだろうか。「川のほう。ぷんぷんにおってた」

「そうそう」とコニーが、もっとやさしい声で言った。「お芝居もひどかった。スーザン・セイヤーなんかドレスがすけすけで、パンツがまる見えなの」

そこでメイと一瞬、目を合わせた。ふたりが記憶を共有しているのがうらやましかった。きっと客席に並んで座り、太陽の下で退屈してそわそわしていたのだろう。

「だから泳ぎにいってもいいかなって」とコニーが言った。それがふたりにとってはどこか笑える発言であるような気がして、わたしも恐る恐る調子を合わせた。ジョークを理解したみたいに。

「うーん」コニーはひそかにメイになにかを確認したように見えた。「いっしょに来る？」

めでたく終わるはずがないことに気づくべきだった。あまりにもうまくいきすぎているし、わたしの背信が許されるはずがないことに。「泳ぎに？」

メイが進み出てうなずいた。「そう、メドウ・クラブで。うちのママが車を出してくれるんだけど、行きたい？」

ふたりと遊ぶなんて時代錯誤な考えというか、別の世界の話みたいだった。そこではコニーとわたしはまだ友達で、メイ・ロープスがメドウ・クラブに泳ぎにいこうと誘ってくれる。着いたらミルクセーキとグリルチーズサンドイッチを買うのだ。とろけたチーズがレースのフリルみたいにはみ出たやつを。素朴な味の、子供の食べ物。支払いはすべて親の名前を書くだけでいい。わたしはまんざらでもない気分で、コニーとの気のおけない付き合いを思い出した。彼女の家のことなら手に取るようにわかる。ボウルを食器棚のどこにしまうか考える必要すらなくて、プラスチックのコップの縁が食洗機ですり減っていることまで知っている。それはすごくすてきなこと、すごく単純なことで、わたしたちの友情は力強く前に進もうとしているように思えた。

そのときだった、メイが近づいてきて、オレンジソーダの缶をわたしにむかってくいっとひと振りした。顔にソーダがかかったものの、ずれていたのでびしょびしょになるほどじゃなかった。ああ、とわたしは思った。胃が落っこちそうだった。ああ、やっぱり。駐車場がぐらっと傾く。生ぬるいソーダは薬品っぽいにおいがして、気の抜けたしずくがアスファルトにぽたぽた垂れた。メイはほとんど空になった缶を捨てた。缶はころころ転がって止まった。メイは二十五セント硬貨みたいに顔を輝かせ、自分の思いきった行動にびっくりしているようだった。コニーのほうはまだ迷いがあり、ちかちかする電球みたいな顔をしていたけれど、メイに警鐘のようにバッグを揺すられてハッと我に返った。

液体はわたしをかすっただけだった。もしかしたらもっとひどいことになっていたかもしれず、こんなみみっちい嫌がらせじゃなくずぶ濡れにされていたかもしれないのに、どういうわけかそっちのほうがずっとよかった。このみじめな気持ちと同じくらい強烈で容赦ない出来事であってほしかった。

「楽しい夏を過ごしてね」とメイはさえずるように言って、コニーと腕を組んだ。

それからふたりはバッグをぶつけ合いながら、サンダルの音も高らかに去っていった。コニーはちらっと振り返ったけれど、それをメイがぐいっと引っぱるのが見えた。道路の反対側にいた車の窓からサーフミュージックが流れてくる——ハンドルを握っているのがピーターの相棒、ヘンリーだったような気がしたけれど、わたしの思いすごしかもしれない。きっと子供じみた屈辱を、もっと大きな陰謀の網で覆ってしまおうとしたのだ。それでいくらかましになるみたいに。

わたしは気が触れたようににこやかな表情を保った。誰かに見られているかもしれないし、弱さを悟られたくなかった。とはいえ、ばればれだったはずだ——顔はこわばり、傷ついているくせに自分は大丈夫だと言い張っている。なにも問題ないし、あれはただの誤解で、仲よしの女の子同士にはよくあるおふざけみたいなもの。ハッハッハッと笑い飛ばせばいい。『奥さまは魔女』であの録音された笑い声が、ダーリンのマジパンみたいな顔に浮かぶ恐怖をぜんぶなかったことにしてしまうみたいに。

スザンヌと離れてまだ二日しか経っていないのに、退屈で青くさい日常にこんなにもかんたんに舞い戻ってしまった——コニーとメイがくりひろげるばかげたドラマのなかに。母の冷たい手が、ふいに首筋に触れた。娘をびっくりさせて、愛されようとしているみたいに。ひどいカーニバル、ひどい町。スザンヌにたいする怒りはどこにも見当たらなかった。しまいこんで存在すら忘れかけた古いセーターみたいに。そこで思い出すのはラッセルがヘレンを叩いたことで、それは確信の裏にひそむ小さな不具合で、疑問を抱かせるような記憶だった。だけど、どうにでも解釈のしようはある。

翌日、わたしはランチに戻った。

スザンヌはマットレスの上で、背中をまるめて本を読みふけっていた。ふだんは読書なんてしない人だから、じっと集中しているのはおかしな光景だった。表紙は半分破けて、未来的な五芒星（ペンタグラム）と、ごつごつした白い文字が見えた。

「なんの本？」とわたしは戸口から声をかけた。

スザンヌはびっくりしたように顔を上げた。

「時間」と彼女は言った。「それと空間」

彼女を見て脳裏に浮かんだのはミッチと過ごした夜のことだったけれど、それはもうぼやけて、どこかに反射した映像をながめているみたいだった。スザンヌはわたしがいなくなったことについてなにも言わなかった。ミッチについても。たんにため息をついて、本を放り投げただけだった。それからベッドに仰向けになり爪をじっとながめた。自分の二の腕をつまんだ。

「ぶよぶよ」と彼女は言い、わたしが否定するのを待った。きっと否定するとわかっていたのだ。


その夜はなかなか眠れなくて、マットレスの上でもぞもぞしていた。彼女のところに戻ってきてしまった。その顔に浮かぶどんな手がかりも見落としたくなくて、じっと観察するうちに気持ち悪くなるくらいだったけれど、幸せでもあった。

「戻ってきてよかった」とわたしはささやいた。暗いから言えたことだった。

するとスザンヌは半分眠ったまま、くすっと笑った。「でもいつでも帰れるじゃん」

「たぶんもう帰らない」

「イーヴィーに自由を」

「本気だって。もうどこにも行きたくない」

「サマーキャンプが終わるときはみんなそう言うよね」

彼女の白目がうっすら見えた。わたしがなにか言おうとしたとたん、彼女はハアッと大きく息を吐いた。

「なんだかすごく暑い」と彼女は言った。シーツを蹴飛ばしてわたしに背をむけた。

十、

ダットン家のなかは時計の音がやけに大きく聞こえた。ワックスがたっぷりかかった古そうな林檎がかごに入っている。暖炉の上には写真が飾ってある。よく知るテディとその両親の写真。IBMのセールスマンと結婚したというテディのお姉さんの写真。わたしは、いつか玄関に誰かあらわれて、わたしたちが侵入していることがばれるのをずっと待っていた。窓辺に飾られた折り紙の星に太陽が当たってキラキラ輝く。きっとテディのお母さんが家をきれいに見せたくて、あそこにテープで貼ったのだ。

ドナが別の部屋に消えたかと思いきや、また出てきた。引き出しをガタガタ開ける音や、ものを動かす音が聞こえてくる。

わたしはその日、ダットン家を初めて見るような目で見た。リビングルームに絨毯が敷かれていることに気づいた。それからロッキングチェアにクロスステッチをほどこしたクッションが置いてあり、それが手作りらしいこと。ぐらぐらするテレビのアンテナ、むっとするポプリのにおい。住人がいないことを知っているせいで、あらゆるものが水に沈んで見えた。ローテーブルに並べられた書類、キッチンにある蓋のないアスピリンの瓶。どれもこれも、一家がここにいて息を吹きこまないかぎり意味をなさない。それはぼやけた象形文字みたいな3D写真が、例の眼鏡をかけて初めて鮮やかに浮かびあがるのに似ている。

ドナは手を伸ばすたびに、なにかにぶつかって位置を変えていた。ちょっとしたことだった。青いガラス細工の花が十センチ左にずれたとか、コインローファーが片っぽだけ遠くに転がっているとか。スザンヌは、初めのうちはどこにも触れなかった。目で拾ったものをかたっぱしから取りこんでいった。額に入った写真、陶器のカウボーイの置物。ドナとスザンヌがそのカウボーイを見て力が抜けたようにくすくす笑いだしたので、わたしもいちおう笑顔を浮かべてみたものの、なにがおかしいのかはわからなかった。ただみぞおちのあたりが妙にざわついていて、うつろな日光が寒々しく感じられた。

その日、わたしたちは三人で午後からごみ漁りに出かけていた。借り物の車はトランザムで、たぶんミッチのものだった。スザンヌがラジオのボリュームを上げた。流れていたのはザ・ビッグ・610と呼ばれていたKFRCの、K・O・ベイリーの番組だった。スザンヌもドナも元気いっぱいで、わたしもまたいっしょにいられて心は晴れ晴れとしていた。スザンヌはガラス張りのスーパーマーケットに車を停めた。そのなだらかな緑色の屋根はわたしにとってもおなじみの風景で、母もときどきここで買い物をしていた。

「ごみのごちそうの時間でーす」とドナが宣言してひとりで笑った。

ドナはごみ収集箱の縁を、腹ぺこの動物みたいにひょいと乗り越えると、奥まで入っていけるようにスカートを腰のまわりでむすんだ。彼女はこの仕事をめいっぱい楽しみながら、ぬかるんだごみのなかをうきうきと動きまわった。

農場（ランチ）に戻る途中、スザンヌから発表があった。

「寄り道していくよ」だからドナも付き合うようにと彼女は言った。

きっと彼女はわたしのことを考えて、機嫌を取ろうとしているのだ。ミッチの一件以来、彼女の態度にこれまでとは違う、なんとなく必死になっているところがあるのにわたしは気づいていた。これまで以上に彼女の目が意識されて、それをずっととどめておく方法ばかり考えていた。

「どこに行くの？」と訊いてみた。

「お楽しみ」とスザンヌは言いながら、じっと見てくるドナと目を合わせた。「薬というか、悩みを消す治療みたいなもんかな」

「あれか」とドナが身を乗り出してきた。スザンヌの言うことをすぐに理解したらしい。「いいね、やろうやろう」

「まずは家」とスザンヌは言った。「それが必要なもの。誰もいない家じゃなきゃだめ」そこでわたしをちらっと見た。「ママは出かけてるよね？」

ふたりがなにをする気なのかわからなかった。それでもそのときすでに、なんとなく嫌な予感がしたので、わたしはとっさに自分の家を避けた。座りなおしてこう答えた。「それが、一日中家にいるんだよね」

スザンヌは、うーんと残念そうな声を出した。とはいえ、わたしはすでに別の誰もいなさそうな家を考えていた。なんのためらいもなくそれを差し出した。

スザンヌに道を教えながら、だんだんとなじみのある通りになっていくのをながめた。スザンヌがいったん車を止め、ドナが外に出てナンバープレートの頭二桁に泥を塗りつけたときもたいして不安じゃなかった。慣れない勇気をかき集めて限界を超える気持ちで、不確かなところに飛びこんでいこうと思った。自分の体に閉じこめられているような、味わったことのない感覚だった。自分はスザンヌに求められたらなんでもするだろうとわかっていたからかもしれない。それは不思議な考えだった——これからなにが起きても、それはきらめく川をただ流されていくような平凡なこと。こんなにもかんたんなことなのだ。

スザンヌの運転は危なっかしくて、赤信号を無視したり、長々とよそ見をしたまま空想にふけったりした。車はわたしの家がある通りに入っていった。家の門が次から次へと見慣れたビーズのネックレスみたいに流れていく。

「そこ」とわたしが言うと、スザンヌはスピードをゆるめた。

ダットン家の窓には地味なカーテンが引かれ、石畳の小道が玄関までまっすぐ続いていた。車庫は空っぽで、アスファルトにこぼれたオイルがキラキラしていた。庭に自転車がないからテディも出かけていた。家には誰もいないようだった。

スザンヌが道路の少し先の、見えにくいところに車を停めるあいだ、ドナは家の脇のほうにすたすた歩いていった。わたしはスザンヌの後ろを歩きながらもなんとなくおよび腰で、サンダルを引きずるようにして歩いていた。

するとスザンヌが振り返った。「どうすんの、来るの？」

わたしは笑ってみたけれど、無理しているのはきっと伝わったはずだ。「なにをするのかよくわかってなくて」

スザンヌは首をかしげて微笑んだ。「それって関係ある？」

怖いのに、理由をうまく言えない。自分の想像力が、ものすごい勢いで最悪のケースまで広がっていくのがおかしかった。いったいなにをする気なのか——盗みだ、おそらくは。でもわからない。

「急いで」とスザンヌが言った。いらいらしているのが伝わってきたけれど、それでも彼女はまだ微笑んでいた。「ここに突っ立ってるわけにはいかないんだから」

木々を通して午後の影が傾き始めていた。木製の通用門からドナが戻ってきて、「裏口が開いてる」と言った。胃がすとんと沈む——これからなにが起きようと、もう止めることはできない。するとティキがわたしたちのほうに駆けてきて、痛ましい声で吠えだした。キャンキャンいうたびに肩を引きつらせて全身を震わせている。

「くそっ」とスザンヌがつぶやいた。ドナも思わず後ろに下がった。

たぶん、口実ならこの犬でじゅうぶんだったのかもしれない。そしたらまた三人で車に乗りこんで、ランチに戻っていたかもしれない。心のどこかではそれを望んでいた。だけど別の部分では、胸のなかで暴れる病んだ勢いをなんとかしてやりたいと思っていた。ダットン一家も加害者のように見えた。コニーやメイやわたしの両親と同じ、身勝手で愚かな嫌われ者たち。

「待って」とわたしは言った。「わたしのことわかるはず」

わたしはしゃがんで手を差し出した。目をそらさないようにした。するとティキはやってきて、わたしの手のひらをくんくん嗅いだ。

「いい子だね、ティキ」と言いながらなでて顎の下を掻いてやると、やがてティキは吠えるのをやめて、わたしたちは家のなかに入った。

なんともないのが信じられなかった。パトカーがうわぁんと追いかけてくることもなかった。見えない境界線を踏み越えて、こんなにもかんたんにダットン家の領域に入りこんでしまったのに。そもそもわたしたちはなんでこんなことをしたのか。たいした理由もなく、家庭という神聖な空間を侵そうとしたのはなぜなのか。できると証明したかったから？　たとえばスザンヌがダットン家のものに触れるときの、顔に貼りついた穏やかな仮面はわたしを混乱させた。彼女は妙に冷めていた。わたしときたら得体の知れない興奮にひとり熱くなっていたというのに。ドナはさっき見つけたお宝を品定めしているところだった。乳白色をした陶器の置物で、近づいてよく見ると、オランダの民族衣装を着た女の子の人形だった。それはなんとも奇妙な、誰かの人生の残骸で、文脈から抜き出したら、どんなだいじなものでもただのがらくたに見えた。

心がよろめく感じがして、わたしはある午後を思い出した。小さいころのことで、わたしは父とクリア湖の岸にかがみこんでいた。父は照りつける真昼の太陽に目を細め、水着のパンツからは魚のように白い太ももが伸びていた。父が指さした先にヒルがいて、血を吸ってぱんぱんにふくらんだそれが水のなかで震えていた。父はおもしろがって、もっと動けとばかりに棒でつついたけれど、わたしは怖くてしかたなかった。あの真っ黒なヒルを見たときと同じ嫌悪感をこのダットン家でも感じていると、リビングルームの反対側にいたスザンヌと目が合った。

「気に入った?」とスザンヌは言った。小さく微笑みながら。「なかなかおもしろいでしょ」

ドナが廊下に出てきた。両腕を汁でべとべとにして、三角切りにしたスイカを片手に持っている。スポンジみたいな赤い果肉のスイカだ。

「みなさま、ご機嫌うるわしゅう」と彼女はビチャビチャ音をたてて食べながら言った。ドナからは野性が悪臭のようににじみ出ていて、ワンピースの裾は踏まれすぎてぼろ切れのようだった。そんな彼女がぴかぴかのコーヒーテーブルや、清楚なカーテンのそばにいるのはとんでもなく場違いに見えた。スイカの汁がぽたぽたと床に垂れた。

「シンクにまだあるよ」と彼女は言った。「めちゃくちゃうまいから」

ドナは唇についた黒い種を上品なしぐさでつまんだあと、ぴしっと部屋の隅まではじき飛ばした。

　わたしたちがそこにいたのは三十分かそこらだったのに、もっとずっと長かったように感じられた。テレビをつけて消して、サイドテーブルにあった手紙をぱらぱらめくってみた。スザンヌにくっついて二階へ行く途中、テディはいまどこだろう、彼の両親はどこにいるんだろうと考える。テディはわたしがマリファナを持ってくるのをまだ待っているんだろうか。ティキが廊下をバタバタ動きまわっていた。気づいたときはびっくりしたけれど、わたしは生まれたときからダットン家を知っているのだった。壁にかかった写真の下のほうに、壁紙のつなぎ目がうっすらと見えている。端のほうがめくれたピンクの小花柄の壁紙。ぺたぺた残る指の跡。

　あの家のことはいまでもよく思い出す。これは悪いことじゃなくて、誰も傷つかないお遊びなんだと自分に言い聞かせたことを。わたしはむこう見ずで、スザンヌの注目を取り戻したくて、もう一度ふたりで世界に逆らっているような気分になりたかった。ダットン家の暮らしの縫い目を、わたしたちがちょっとだけ引き裂く。一瞬でも、彼らがいつもと違う目で自分たちを見てくれればいい。ちょっとした変化に気づいて、いつ靴を動かしたっけとか、いつ引き出しに時計をしまったっけとか、思い出そうとしてくれればいい。そんなふうに見方を無理やり変えてあげるのはきっといいことなんだと自分に言い聞かせた。わたしたちは親切でやっているんだと。

　ドナはテディの両親のベッドルームで、ワンピースの上から長いシルクのスリップをかぶっていた。「七時にロールス・ロイスを一台呼ばなきゃ」と彼女はシャンパン色のしっとりした生地をひらひらさせて言った。

　スザンヌが鼻で笑った。見ると、ナイトテーブルの上ではカットグラスの香水瓶が倒れ、絨毯には薬莢みたいな金色の口紅がいくつも転がっている。スザンヌはすでに整理だんすを物色中で、肌色のストッキングに片手を突っこんで卑猥なふくらみを作っていた。ワイヤーががっちり入ったブラジャーはどれも重量感があって医療器具を思わせた。わたしは口紅をひとつ拾ってキャップを開け、オレンジがかった赤い中身のにおいを嗅いだ。

「おっ、いいじゃん」とドナがわたしを見て言った。彼女も口紅をひとつつかむと、漫画みたいに口をすぼめて塗るふりをした。「なにかメッセージを残していこうよ」と言ってきょろきょろする。

「壁だね」とスザンヌが言った。ドナの提案を聞いてわくわくしているのがわかった。

わたしは反対したかった。印を残すのはさすがにやりすぎじゃないかと。ダットン夫人は壁をごしごしこすって消すことになるだろう。それでもたぶん、消した跡は幻のようにいつまでも残る。必死でこすったからよけいに。だけどわたしは黙っていた。

「絵にする？」とドナが言った。

「いつものハートで」とスザンヌが言いながらやってきた。「わたしがやる」

そのとき見えたスザンヌ像にわたしはドキッとした。絶望が透けて見えるというか、彼女のなかで暗い部分が急にぱかっと口を開けたみたいだった。わたしは、その暗い部分がやりかねないことについて考えてみようとはせず、ただそこに近づきたいという想いを募らせた。

スザンヌはドナから口紅を受け取ったけれど、その先端を象牙色の壁に押しつける前に、ドライブウェイのほうで音がした。

「ちっ」とスザンヌが言った。

ドナが、おやっというように両眉を吊りあげた。いったいどうなる？

玄関のドアがひらいた。口のなかがやけにまずく感じられて、その嫌な味は恐怖そのものだった。スザンヌも怖がっているように見えたけれど、彼女の恐怖は他人行儀で、しかもおもしろがっていた。

まるでこれがかくれんぼで、誰かに見つかるまで隠れているだけであるかのように。ハイヒールの音がして、帰ってきたのがダットン夫人だとわかった。

「テディ？」と彼女は言った。「帰ってるの？」

わたしたちの車は少し先に停めてあったけれど、それでもダットン夫人は見慣れない車があることに気づいたはずだ。テディの友達だと思ったかもしれない。近所で仲よくしている年上の誰か。ドナが口を押さえてくっくっと笑いだした。おかしすぎて目玉が飛び出しそうになっている。スザンヌはシーッと、ものすごい顔をしてみせた。自分の心臓の音が耳のすぐそばで鳴っていた。一階ではティキが部屋から部屋へと駆けまわったあと、ダットン夫人になだめられてハアハア息をしていた。

「誰かいるの？」とダットン夫人は言った。

それに続く静けさは、あきらかに不自然に思えた。ダットン夫人はいまに二階に上がってくるだろう。それから先は？

「行くよ」とスザンヌが声を低くして言った。「裏からこっそり抜け出そう」

ドナは声に出さずに笑っていた。「まずいね」と彼女は言った。「まずいよ」

スザンヌは口紅を整理だんすの上に放り出したけれど、ドナはスリップを着たまま肩紐をくいくい引っぱった。

「お先にどうぞ」と彼女はスザンヌに言った。

キッチンにいるダットン夫人の横を通る以外に道はなかった。

彼女はたぶん、シンクに散らばるスイカの赤い残骸や、床のべたべたした染みを不思議に思っているはずだ。そろそろこの不穏な空気、家のなかに漂う他人の気配に気づきだしたかもしれない。そわそわと喉に手を当てて、夫がそばにいてくれたらという想いに駆られているかもしれない。

スザンヌが階段を駆け下り、ドナとわたしもあとに続いた。どたどたと足音を響かせてダットン夫人の横をすり抜け、全速力でキッチンを突っ切る。ドナとスザンヌはけらけら笑っていて、ダットン夫人が恐怖の悲鳴をあげた。ティキが狂ったように吠えながら、床を滑るように追いかけてくる。ダットン夫人は後ずさりしながら、かわいそうなくらいおびえきっている。

「ちょっと、待ちなさい」と言うけれど、その声は震えていた。

彼女はスツールにぶつかってよろめき、どすんとタイルに尻もちをついた。通り過ぎるときに振りむくと、床の上にダットン夫人が伸びていた。わたしに気づいて、顔をこわばらせる。

「見たわよ」と彼女は床の上から叫んだ。必死に体を起こそうとして呼吸が荒くなる。「見たわよ、イーヴィー・ボイド」

第三部

　ジュリアンがハンボルトから戻ってきた。ロスまで乗せてもらいたいという友人もいっしょだった。友人の名前はザヴ。本人の発音からしても、どことなくジャマイカのラスタマンのような名前だけれど、ザヴはなまっちろい白人で、オレンジ色の汚らしい髪を、女が使うようなヘアゴムでひとつに束ねていた。ジュリアンよりもだいぶ年上の三十五歳くらいに見えるのに、服装は若者風で、同じような中途半端な丈のカーゴパンツと、よれよれになったTシャツを着ていた。彼はダンの家を品定めするように目を細めて歩きまわり、なにかの骨か象牙を彫った雄牛の置物を手に取ってまた下に置いた。海辺で母親に抱っこされたジュリアンの写真立てをじっと見てから棚に戻し、くすくす笑った。

「こいつも泊まってっていい？」とジュリアンが訊いた。わたしがここの監督者であるかのように。

「ここはあなたの家よ」

　ザヴがやってきて片手を差し出した。「ありがとう」と彼は握手した手をぶんぶん振って言った。

「ご親切に感謝します」

　サーシャとザヴは知り合いらしく、すぐに三人はハンボルト近くの白髪の栽培家がやっている怪しげなバーの話を始めた。サーシャに腕を回したジュリアンは、鉱山から帰ってきた男のような大人の雰囲気をたたえていた。そんな彼が犬を傷つけたり、誰かに危害を加えたりするのを想像するのは難しく、サーシャもやっぱり彼のそばにいてうれしそうだった。今日の彼女は朝から女の子らしく楚々として、昨夜の会話が嘘のようだった。ザヴがなにか言うと、かわいい声でおしとやかに笑った。口もとを半分隠して、歯を見せるのを嫌がっているみたいに。

夕食は散歩がてら町へ行き、三人だけにしてあげようと思った。ところが外出しようとするわたしに、ジュリアンが気づいた。

「なになに、待ってよ」と彼は言った。

みんなが振り返ってわたしを見た。

「ちょっと町まで行ってくるね」とわたしは言った。

「いっしょに食べようよ」とジュリアンが言った。サーシャはうなずいて、すばやく彼の側についた。好きな人の軌道を回りだしたからには、わたしにたいしては投げやりで中途半端な関心しかないらしい。

「食べ物ならたくさんあるし」と彼女は言った。

わたしは定番の言い訳をにこやかに並べたてたけれど、最終的にはジャケットを脱いだ。関心をむけられることにもうだいぶ慣れてきた。

彼らはハンボルトから戻る道すがら食料雑貨店に立ち寄っていた。巨大な冷凍ピザが一枚と、発泡スチロールのトレイに入った安売りの牛挽き肉があった。

「さあ、ごちそうだ」とザヴが言った。「プロテインにカルシウム」そしてポケットから薬瓶を取り出す。「野菜はこれだ」

彼はテーブルの上でジョイントを巻き始めた。巻紙を何枚か使ったずいぶんと大がかりな作業だった。作品を遠くからながめたあと、薬瓶から少しつまんで足す。部屋はべとつくマリファナの強いにおいに浸かっていた。

コンロで牛肉を調理しているのはジュリアンで、肉の表面からつやが失われてくると、まだ生焼けのパティにバターナイフを突き刺してにおいを嗅いだ。学生寮で見かけるような調理風景だ。サーシャはオーブンにピザを入れて、ラップを手でくしゃくしゃにまるめた。それから席ごとにペーパータオルを並べた。とある郊外の町で家事をした、夕食のしたくをした思い出。ザヴはビールを飲みながら、小ばかにしたようにサーシャを観察していた。ジョイントにはまだ火をつけていないものの、指でくるくる回して見るからに満足げだった。

わたしは彼とジュリアンがマリファナについて専門家並みの激論を交わすのに耳を傾けた。まるで債券トレーダーのように統計知識が飛び交う。温室か屋外か。品種ごとのTHC含有量の比較。それはわたしが若いころの趣味のドラッグとはだいぶ違っていた。あのころはトマトの苗木といっしょに育てたのをメイソンジャーに入れてみんなに回し、その気になれば花穂(バッズ)から種を取って自分で育てればよかった。それがいまでは三十グラムのマリファナが、街まで乗せてもらうガソリン代になるのだ。聞いていて不思議なのは、ドラッグがたんなる数字の問題にフラット化されて、神秘世界への扉なんかじゃなく、誰にでもわかる商品としてあつかわれていることだった。いっそのことザヴとジュリアンのように、寝ぼけた理想主義はばっさり切り捨ててしまったほうがいいのかもしれない。

「やべっ」とジュリアンが言った。キッチンは焦げたでんぷんと灰のにおいがした。「おい、マジかよ」彼はオーブンを開けると素手でピザを取り出し、悪態をつきながらカウンターの上に放り投げた。ピザは真っ黒に焦げて煙が出ていた。

「あのなあ」とザヴが言った。「そっちも上物だったんだぜ。高かったのに」

サーシャはあわてふためき、空箱に駆け寄って表示を調べた。「二百三十度に予熱してください」と唸るように読んだ。「そのとおりにしたのに。意味がわからない」

「何時に入れた？」とザヴが訊いた。

サーシャの目が時計を見た。

「あの時計は止まってんだよ、バカが」とジュリアンが言った。彼が空箱をつかんでごみ箱に突っこむと、サーシャは泣きだしそうな顔になった。「もういい」と彼はうんざりしたように言い、カリカリに焦げたチーズを少しつまんでみたあと、指をぬぐった。わたしは教授の犬のことを想った。その動物がかわいそうに足を引きずってぐるぐる回っているところ。毒が回って血管がどろどろになっていくところ。それ以外のいろんなこと、おそらくサーシャがわたしに話さなかったことを想像した。

「なにか別のものを作るわ」とわたしは言った。「戸棚にパスタがあったから」

わたしはサーシャと目を合わせようとした。警告と同情が入り混じったものを彼女に届けたかった。けれどもサーシャは近寄りがたく、失敗に打ちひしがれていた。部屋が静まりかえる。ザヴはジョイントを指に挟んでいじりながら成り行きを見守っていた。

「でもまあ、肉はいっぱいあるしな」とジュリアンがようやく言ったとき、怒りは影をひそめていた。

「たいしたことじゃない」

彼はサーシャの背中をさすった。それが少々荒っぽく見えたけれど、彼女は落ち着いたらしく、こちらの世界に戻ってきた。彼にキスされて目をつぶった。

食事といっしょにダンのワインを一本開けた。ジュリアンの歯のひびが澱で赤く染まった。そのあとビールも飲み、アルコールがみんなの脂っこい息を清めた。何時になったのかわからない。窓は真っ暗で、ひさしに風が吹きこんでいた。サーシャは濡れたワインのラベルの切れ端を集めてひとまとめにしていた。ときどき彼女がこちらをうかがうのは、ジュリアンの手が彼女のうなじをさすっているときだった。男たちは食事中もべらべらしゃべり続けて、サーシャとわたしは小さいときから慣れ親しんだ沈黙のなかに身をひそめていた。ザヴとジュリアンの仲を切り崩そうとしたところで、得られるものはたかが知れている。ふたりをながめているか、そこにいるだけでじゅうぶんなふりをするサーシャをながめているほうが楽だった。

「おまえがいいやつだからだぞ」とザヴはしつこく言った。「おまえはいいやつだよ、ジュリアン、だからおまえには前払いなんてことは言わないんだ。マッギンリーとかサムみたいなクズどもじゃ、そうはいかない」

彼らは酔っていた、三人とも。それにわたしも酔っていたのかもしれない。吐き出される煙で天井がくすんで見える。みんなで太いジョイントを回したあと、ザヴは急にしどけない表情になった。やりきったというように目を細めていた。サーシャはさらに深く自分のなかに閉じこもっていたものの、スウェットはジッパーが下ろしてあり、静脈がうっすら浮かんだ真っ白な胸もとが見えていた。アイメイクがさっきより濃くなっているけれど、いつのまにそんなことをしたのか。

わたしは食べ終わると立ちあがった。「ちょっとやることがあるから」

三人はいちおう引きとめようとしてくれたけれど、わたしはやんわり断った。ベッドルームのドアを閉めても、彼らの会話の断片がすり抜けてきた。

「あんたはたいした人だ」とジュリアンがザヴに言っていた。「ずっと前から尊敬してたよ、スカーレットに、あの男にはぜったいに会っとくべきだって言われてからずっと」大げさなくらい褒める。楽観的にまとめようとするのは、キマっているときにありがちな傾向だ。

それにザヴが応じて、ふたりはふたたび慣れた手つきでボレーを始めた。サーシャからはなにも聞こえてこなかった。

少しして通りかかったときも、たいして変化はなかった。サーシャはあいかわらずふたりの会話に耳を傾けていた。それがいつかテストに出るみたいに。ジュリアンとザヴはすでにかなり酔っていて、髪の生え際に汗がにじんでいた。

「うるさかった？」とジュリアンが訊いた。またしても変な礼儀正しさが顔を出す。すっとスイッチが入るのだ。

「ぜんぜん」とわたしは言った。「水を汲みにきただけよ」

「座ったら」とザヴがわたしをじっと見て言った。「しゃべろうよ」

「けっこうです」

「いいじゃん、イーヴィー」とジュリアンが言った。わたしは妙になれなれしく名前で呼ばれたことにめんくらった。

テーブルにはボトルを置いたリング状の跡がいくつもできて、食べ散らかしたままになっていた。わたしは皿を下げ始めた。

「やらなくていいって」ジュリアンはそう言いながら、わたしが皿を取りやすいように椅子を後ろにずらした。

「作ってもらったし」とわたしは言った。

サーシャの皿も重ねてやると、ありがとう、というように一瞬だけこっちを見た。ザヴの携帯が光り、テーブルの上をガタガタ動きまわる。誰かからの電話で、画面にぱっとあらわれたのは下着姿の女のピンぼけ写真だった。

「レキシーから?」とジュリアンが訊いた。

ザヴはうなずき、電話を無視した。

男たちが意味ありげな視線を交わしたけれど、わたしは気づかなかったことにした。ザヴがげっぷをして、ふたりはけらけら笑った。さっき食べた挽き肉のにおいがした。

「いま、コンピューター関係はベニーがやってるんだぜ」とザヴが言った。「知ってた?」

ジュリアンはテーブルをバンと叩いた。「うっそだろ」

わたしは皿をシンクまで運び、カウンターの上にあったペーパータオルのごみを片づけた。パンくずは手で掃いて集めた。

「あいつ、すんげえデブだろ」とザヴは言った。「それがおっかしくて」

「ベニーって、高校がいっしょだったっていう人?」とサーシャが訊いた。

ジュリアンがうなずいた。わたしはシンクに水を溜めながら、ジュリアンがくるっと回ってサーシャとむき合い、膝と膝をぶつけて彼女のこめかみにキスするのを見ていた。

「おまえらって、ほんとにいいカップルだわ」とザブが言った。

それは微妙に棘のある言い方だった。水のなかに皿を沈めると、水面に網の目のような脂の膜が浮かんだ。

「理解できないのはさ」とザヴがこんどはサーシャにむけて言った。「あんたがなんでジュリアンと付き合ってんのかってことよ。もったいなさすぎる」

サーシャはくすくす笑ったけれど、わたしがさりげなく振り返ったときに見えた彼女は、どう答えようか必死に計算していた。

「だってさ、こんなかわいこちゃんだぞ」とザヴはジュリアンに言った。「違うか？」

ジュリアンはふっと笑った。それはわたしが考えるひとりっ子の笑い、ほしいものは必ず手に入ると信じている人の笑いだった。おそらく彼はそうやって生きてきたんだろう。三人は輝いていた。わたしが観るには年を取りすぎた映画のワンシーンみたいだった。

「でも俺とサーシャもこうして知り合ったわけだろ？」ザヴは彼女ににっこり笑いかけた。「俺はサーシャが好きだ」

サーシャはあたりさわりのない笑みを浮かべたまま、裂いたラベルの山を指で整えていた。

「こいつ、自分のおっぱいが嫌いなんだ」とジュリアンが彼女のうなじを揉みほぐしながら言った。

「おれはいいおっぱいだって言ってるんだけど」

「サーシャ！」とザヴは仰天したふりをした。「きみのおっぱいは素晴らしいよ」

顔がカッと熱くなり、わたしは皿洗いを早いところ終わらせようとした。

「そうなんだよ」とジュリアンは彼女のうなじに手をのせたまま言った。「ザヴはだめなものはだめって言うもんな」

「俺は嘘は言わない」とザヴは言った。

「そういうやつなんだ」とジュリアンは言った。「マジで」

「見せてみな」とザヴが言った。

「ちっちゃいんだよね」とサーシャは言った。自分をばかにするみたいに口を曲げて、椅子の上でもぞもぞ動いた。

「つまり垂れないってことだ、いいことじゃんか」とジュリアンは言った。そして彼女の肩をくすぐった。「ザヴに見せてやりな」

サーシャの顔が真っ赤になる。

「見せてやれよ、ほら」と言うジュリアンの荒っぽい口調に、わたしは思わず振り返った。サーシャと目が合う——そこに浮かんだ表情は哀願だと自分に言い聞かせた。

「ふたりとも、いいかげんにしなさいよ」とわたしは言った。

男たちがおっ、という顔で振りむいた。とはいっても、わたしの動きをずっと追っていたのだろう。わたしがいることもゲームの一部なのだ。

「どういうこと?」とジュリアンはさっと無邪気な顔に切り替えて言った。

「少し落ち着いたら」とわたしは彼に言った。

「いやいや、平気だから」とサーシャが言った。小さく笑いながら、目はジュリアンを見ている。

「ていうか、おれたちがなにかした?」とジュリアンは言った。「『落ち着け』って、どういうこと?」

そしてザヴといっしょに鼻で笑った。わたしのなかにたちまち古い感情がよみがえってくる。この恥ずかしくてまごついている感じ。わたしは腕組みをして、サーシャに目をやった。「彼女、困ってるじゃない」

「サーシャならなんともないよ」とジュリアンが言った。そして彼女の髪の毛を耳にかけてやった。サーシャはかすかに、かろうじて笑ってみせた。「それにほんとのところ」と彼は続けた。「あんたはおれらに説教できる立場なの?」

心臓がきゅっとなる。

「なんていうか、人、殺したんでしょ?」とジュリアンは言った。

ザヴはチッと舌打ちしたあと、気まずそうな笑い声を漏らした。

わたしは首を絞められたような声で言った。「そんなわけないでしょ」

「でも連中がなにをする気か知ってた」とジュリアンは言った。獲物をしとめた興奮でニヤニヤしながら。「ラッセル・ハドリックたちといたんだからな」

「ハドリック？」とザヴが言った。「からかってんの？」

わたしは声が感情的になるのを必死に抑えた。「いたと言えるほどじゃないわ」

ジュリアンは肩をすくめた。「聞いたかぎりじゃ、そうでもなさそうだけど」

「そんな話、本気で信じないことね」とはいえ、その場の全員がもはや取りつく島もない顔をしていた。

「サーシャに聞いたよ、あんたがそう言ったって」とジュリアンは続けた。「一歩間違えりゃ、あんたも手を下していたかもしれないって」

わたしは短く息を吸った。なんとも哀れな裏切りだ。わたしが言ったことを、サーシャは洗いざらいジュリアンにしゃべったのだ。

「ってことで見せて」とザヴがサーシャに顔を戻して言った。わたしはすでにまた透明になっていた。

「その名高いおっぱいを見せてよ」

「見せなくていい」とわたしは彼女に言った。

サーシャがわたしのほうにさっと目をむけた。「大騒ぎするようなことじゃないし」と冷ややかな、あきらかに軽蔑した声で言った。スウェットの襟元をつかんで胸から引き離し、それを沈痛な面持ちで見下ろした。

「ほらね？」とジュリアンが、わたしにわざとらしく笑いかけて言った。「サーシャもそう言ってるじゃんか」

ダンとまだ付き合いがあったころ、ジュリアンのリサイタルに行ったことがある。たしかジュリアンは九歳かそこらだった。彼はチェロがじょうずで、小さな腕で悲しみに沈んだ大人顔負けの仕事をした。鼻水を垂らさんばかりにして、楽器をだいじそうに支えながら。考えられないのは、あのせつなく美しい音色を奏でていた少年と、いまここでニスを塗ったような冷たい目でサーシャを見ている青年が同一人物だということだった。

彼女はスウェットを下に引っぱった。頰を赤らめながらも、むしろうっとりした顔で。スウェットの襟元がブラに引っかかると、じれったそうに事務的な手つきでぐいっと引っぱった。青白い乳房が二つともあらわになる。肌にブラの線がくっきりと残っていた。ザヴが満足そうに叫んだ。彼が手を伸ばして薔薇色の乳首を親指で押してみるようすを、ジュリアンが見守っていた。

わたしは用済みもいいところだった。

一九六九年

十一、

わたしは捕まった、当然のことながら。

キッチンの床に伸びたダットン夫人は、正解を叫ぶようにわたしの名前を呼んだ。わたしはほんの一瞬、ためらった。それはなんともまぬけな反応で、自分の名前を呼ばれたとたん、倒れたダットン夫人を助けなくてはと思ったのだ。けれどもスザンヌとドナはだいぶ先にいて、わたしが我に返るころには、ふたりは見えなくなりかけていた。振り返ったスザンヌがかろうじて見ていたのが、ダットン夫人が震える手でわたしの腕をつかむ瞬間だった。

母が途方に暮れ、苦しみながら宣告したのはつまり、わたしは欠陥品だということ、病的状態にあるということだった。母は危機的ムードを、自分を引き立てる新しいコートのように身にまとい、あふれ出す怒りを見えない陪審員たちにむかって演じた。そしてわたしが誰とダットン家に忍びこんだのか知りたがった。

「ジュディはね、あなたのほかに女の子が二人いたって言うの」と母は言った。「三人かもしれないって。誰なの？」

「誰も」わたしは被告人のように頑として沈黙を貫き、立派なことをしている気分でいっぱいになっていた。ふたりが見えなくなる前に、わたしはスザンヌにメッセージを伝えようとしたのだ。ここはわたしにまかせて。心配ないから、と。ふたりがわたしを置いていった理由はわかっている。「わたしだけだよ」と言った。

怒りにまかせて母が言うことはどうも要領を得ない。「いいかげんこの家でぺらぺらと嘘をつくのはやめて」

母がこの理解を超えた未知なる状況にどれだけ心を乱されているかわかった。これまで娘はとくに問題を起こすこともなく、ずっと文句も言わずに生きてきた。勝手に水槽の掃除をしてくれる魚みたいに世話が楽で、自己完結していたのだ。だからそれ以外の可能性を母がわざわざ考えるはずがないし、心がまえができているわけがなかった。

「コニーのところに行くって言ってたじゃない、この夏はずっと」と母は言った。ほとんど叫ぶように。「何度も言った。私に面とむかって。それでどうしたと思う？　アーサーに電話したの。そしたら、おたくの娘さんならひと月以上前から、たぶん二か月近く来てないって言われたわ」

そのときの母はまるで獣みたいで、逆上しておかしな顔つきになり、息もたえだえに涙を流していた。

「嘘つき。あれも嘘で、こんどもまた嘘をついてる」母はきつく握りしめた両手を上げたままにしていたけれど、やがて脇に下ろした。

「友達と会ってたんだってば」とわたしは言い返した。「コニー以外にも友達はいるし」

「別の友達ね。なるほど。どっかの男としけこんでたんでしょ、どうせ。どうしようもない嘘つきだわ」母はわたしをほとんど見ていなくて、強迫的で熱に浮かされたような言い方は変質者が卑猥な言葉をささやいているみたいだった。「矯正施設に連れていくべきかしら。それがあなたの望みなの？　もう私の手に負えないのはあきらかだし、とりあえず施設に預けて、根性を叩きなおしてもらおうかしら」

わたしは無理やりその場を離れたけれど、廊下に出ても、自分の部屋のドアを閉めても、まだ母がごちゃごちゃ言っているのが聞こえた。

援軍としてフランクが呼ばれた。わたしは彼がわたしの部屋のドアを蝶番からはずすのをベッドで見ていた。彼は慎重に、物音をたてることなく、時間はかかったけれども、それが安っぽい板張りのドアではなくガラスでできているみたいに取りはずした。それをそっと壁に立てかけた。それからしばらくのあいだ、なにもなくなった戸口にたたずんでいた。ネジを手のなかでサイコロのように転がしながら。

「すまんね」と彼は言った。自分は依頼を受け、母に言われた作業をこなすだけの修理屋であるかのように。

意に反して気づいたのは、彼の目に浮かんだほんもののやさしさで、そのせいで憎らしいフランクという設定から急に現実味が失われてしまった。メキシコにいる彼を初めて思い描くことができた。少し日に焼けた彼の腕毛がプラチナ色に輝く。レモンソーダをすすりながら自分の金鉱を監督している――足もとに金の塊がごろごろ埋まった洞穴の内部が目に浮かぶようだ。

わたしはフランクが、盗まれたお金のことを母に言うんじゃないかと思っていた。リストにさらなる問題を加えてくるんじゃないかと。でも彼は言わなかった。母がすでにじゅうぶん怒っているのを察したのかもしれない。母が父と数度にわたって電話でしゃべるあいだも、彼はテーブルで静かに寝ずの番を続けた。わたしはずっと廊下で聞いていた。母はきいきいと不満を並べ立てた。うろたえた声にありとあらゆる疑問がぎゅっと詰まっていた。ご近所に忍びこむなんてどんな人間よ？　大昔から知ってる一家なのよ？

「理由はないそうよ」と母は金切り声で続けた。少し間が空く。「わたしが訊かなかったとでも？そんなのとっくにやってみたわよ」

静かになる。

「いいんじゃない、きっとそのとおりだわ。じゃあ自分でやってみる？」

そんなわけで、わたしはパロアルトに送られた。

父のアパートメントで二週間を過ごした。デニーズの向かいにある、すっきりとしてブロックみたいなポルトフィーノ・アパートメントは、ごちゃごちゃして四方八方に広がった母の家とは対照的だった。タマルと父が越してきたのはいちばん大きな部屋で、大人びた静物画のような光景がそこらじゅうにあった。カウンターの上の、ワックスがけされた果物を入れたボウル、まだ開けていないお酒の瓶を並べたバーカート。絨毯には掃除機をかけた跡がきれいについていた。

きっとスザンヌはわたしのことなんか忘れて、農場(ランチ)ではわたしがいなくても飛ぶように時間が流れていき、わたしにはなにも残らないのだろう。そんな心配をむさぼりながら、わたしの被害者意識はふくらんでいった。スザンヌはまるで兵士が故郷に残してきた恋人のように、遠く離れて薄もやに包まれた完璧な存在になっていた。とはいえ心のどこかではほっとしていたのかもしれない。しばらく時間を置くことができて。ダットン家の一件で、わたしはわけがわからなくなっていた。あのときスザンヌの顔になにも浮かんでいなかったこと。それはちくっと刺されたていどの小さな心の変化、小さな不快感だったけれど、それでもそうした感情がたしかにあった。

わたしは父とタマルとの暮らしがどんなものになると考えていたんだろう。父はわたしがあんなことをした原因を探り出そうとするだろうか。わたしを懲らしめて、父親らしくふるまおうとするだろうか。けれども父はお仕置きなんて、とっくに放棄した権利だと感じていたようで、年老いた親に見せるようなうやうやしい態度でわたしを丁重にあつかった。

ひさしぶりに会ったとき、父はびっくりしていた。最後に会ったのは二か月以上前のことだ。父はハグするべきだということを思い出したらしく、わたしにむかってよろめくように一歩踏み出した。父はもみあげを長く伸ばしていて、着ているカウボーイシャツも見たことのないものだった。もちろん、見た目が変わったのはわたしも同じで、髪はだいぶ伸びてスザンヌみたいに毛先がはね放題だったし、ランチのワンピースは袖の穴に親指が入るくらいぼろぼろだった。父はかばんを持ってくれようとするそぶりを見せたけれど、わたしは父の手が触れる前にすでにそれを後部座席に運びこんでいた。

「ありがとね」とわたしは言ってにっこりしようとした。

父も両手を広げて笑い返してくれたけれど、それは外国人が説明を聞きなおすときのような、心もとない申し訳なさそうな笑みだった。父にとって、わたしの頭のなかは謎めいた手品みたいなものなのだ。不思議がるだけで、わざわざタネを解き明かそうとはしない。車に乗りこんだとき、父が勇気を奮い起こして親らしいせりふを口にしようとしているのが伝わってきた。

「部屋に閉じこめておかなくても大丈夫だよな?」と父は言った。そしてたどたどしく笑った。「人んちに押し入ったりしないもんな?」

わたしがうなずくと、父は見るからに安心した。障害物をうまいこと取りのぞいたみたいに。

「いいときに来たよ」と父は続けた。これが完全に自発的な訪問であるかのように。「ようやく落ち着いたところだったんだ。タマルが家具とかそういうものにかなりうるさくてね」父は事件にかんする話を早々に切りあげてエンジンをかけた。「蚤の市でバーカートを買うためにわざわざハーフムーンベイまで行ったりするんだ」

ほんの一瞬、隣に座る父に手を伸ばして、わたしからこの父親である男性へと続く一本の線を引きたいと思った。けれどもその瞬間は過ぎた。

「好きな局にしていいよ」と父は言った。その照れくさそうなようすが、ダンスに誘う男の子みたいだとわたしは思った。

最初の数日間は、三人とも気が張っていた。わたしは早起きしてゲストルームのベッドを整え、飾り枕もちゃんと元通りに並べた。巾着型のハンドバッグ、それと服を入れたダッフルバッグがわたしのすべてだった。できるだけすっきりと、影の薄い存在でいたかった。キャンプのような、自立心を試すちょっとした冒険だと思うことにした。初日の晩、父は紙バケツ入りのアイスクリームを買ってきて、チョコレートが筋状に入ったそれを気前よくたっぷりすくってくれた。タマルとわたしがちびちび食べるのをよそに、父はわざわざおかわりまでした。ちらちら顔を上げながら食べ、わたしたちを見ることで自分だけの楽しみを確認しているみたいだった。俺の女たちと俺のアイスクリーム。

タマルにかんしては意外なことばかりだった。パイル地のショートパンツに、聞いたこともない大学のTシャツを着ていた。彼女がバスルームですね毛をワックス脱毛したときは、なにをどう使ったのか、部屋中が樟脳のにおいのする湯気で満たされた。軟膏やヘアオイルを何種類も使い分け、爪の白い部分を見て栄養状態を調べた。

初めはわたしがいることがおもしろくなさそうだった。わたしの新しい母親という役目をしぶしぶ引き受けるかのように、ぎこちないハグをしてくれた。わたしのほうもがっかりしていた。彼女もただの女の子で、かつてわたしが思い描いていたようなエキゾチックな女性ではなかったからだ。彼女にかんして特別だと思っていたことはぜんぶ、じつはラッセルが言う「まじめくさった世界の生き方」の証しでしかなかった。タマルは彼女にとってあたりまえのことをしただけだった。父のために働き、ぴったりしたスーツを着る。誰かの奥さんになることに憧れて。

ところがそんな堅苦しさはすぐに消えた。彼女がかぶっていた大人のベールは、衣装のようにほんのいっときのためのものだった。彼女はキルトのポーチに入れたメイク用品や、派手な瓶の香水を自由に使わせてくれて、わたしのようすを真のコレクターらしく誇らしげにながめた。さらにボタンがパールで袖がベルのように広がったブラウスをわたしに押しつけてきた。

「もうこういうのは着ないんだよね」彼女は肩をすくめ、ほつれた糸をちぎった。「でもきっとあなたなら似合うと思う、こういうエリザベス朝風のやつが」

たしかに似合っていた。その手のことをタマルはよくわかっていた。たいていの食べ物のカロリーを知っていて、そんな自分の知識をあざ笑うように皮肉げな調子で数字を口にした。彼女はベジタブルビンダルーを作った。煮込んだレンズマメに、不思議な光沢を放つ黄色いソースをからめたやつだ。父は胃薬の粉末をキャンディみたいに口に放りこんだ。タマルはほっぺたを差し出して父にキスをせがんだくせに、父が手をつかもうとすると、ぴしゃっと払いのけた。

「汗だくじゃない」と彼女は言った。父はわたしの視線に気づいて小さく笑いながらも、気まずそうにしていた。

わたしたちがグルになってなにかするのを、父はおもしろがって見ていた。でもときどきしゃしゃり出ては、わたしたちに笑われた。あるときは、タマルとふたりでスパンキー&アワ・ギャングの話をしていたら父が割りこんできた。ひと昔前のテレビドラマ『ちびっこギャング』に出てくるガキ大将のことだと思ったらしい。タマルとわたしは顔を見合せた。

「バンドのことなんだけど」と彼女は言った。「ほら、若い子が聴くようなロックンロールの」すると父はぽかんとした顔になり、わたしたちはぷっと吹き出した。

ふたりは高そうなレコードプレーヤーを持っていて、タマルはそれを音響や美観を理由に、もう一方の隅か別の部屋に移したいとよく言っていた。彼女はことあるごとに将来設計について話し、床をオーク材にするとか、天井と壁の境目にクラウンモールディングをほどこしたいとか、いろんな布巾をそろえたいなんてことを言うのだけれど、計画を立てることですでに満たされているようにも見えた。彼女がかける音楽は、ランチの騒がしい音楽よりもしっとりしていた。ジェーン・バーキンとそのカエルみたいな年上の夫、セルジュの曲なんかをかけた。

「かわいい人だね」とわたしはレコードのジャケットをまじまじと見て言った。ナッツ色に焼けた肌と可憐な顔、そしてあの兎みたいな前歯の彼女はほんとうにかわいかった。でもセルジュは気持ち悪い男で、彼が歌うのは眠れる美女のことばかりだった。女の子はつねに目を閉じているのがいいみたいに。ジェーンはセルジュのなにを愛したんだろう。タマルはわたしの父を愛し、女の子たちはラッセルを愛した。これらの男たちは、わたし好みだと言われてきた男の子たちとはだいぶ違った。胸毛がなくて、なよっとした顔つきの、肩にぽつぽつとニキビがあるような男の子たちとは違う。ミッチのことは考えたくなかった。だって、自然とスザンヌのことを考えてしまうから——あの夜のことは、どこか別の場所で起きたことなんだ。ティブロンあたりの、ちっちゃなプールとちっちゃな芝生がついた、ちっちゃなドールハウスみたいな家で。そのドールハウスは上からのぞくことができて、屋根を持ちあげると、心臓の心房と心室みたいに区切られた部屋が見える。マッチ箱大のベッドが見える。

タマルはわかりやすいという意味で、スザンヌとは違っていた。タマルは難しい人じゃなかった。わたしの目を釘づけにしないし、支えてあげなきゃという気持ちを引き起こすこともない。わたしにどいてほしいときは、そう言ってくれた。こんなにリラックスできたのは珍しいことだった。それでもやっぱりスザンヌが恋しくて、彼女のことを思い出すときはなんというか、忘れられた部屋のドアを開ける夢を見ている気分だった。タマルはやさしくてかわいい人だったけれど、彼女が動きまわる世界はテレビのセットみたいに見えた。かぎられた場所で、まっとうな、ありふれた日常を生きる、ふつうを絵に描いたような暮らし。朝食、ランチ、そしてディナー。彼女が生きている人生と、彼女が考える人生のあいだに、ぞっとするようなへだたりはなかった。スザンヌのなかには真っ暗な谷が広がっているのをたびたび感じたし、わたしのなかにもあったかもしれない。スザンヌもわたしも、自分の人生にちゃんと参加することを知らなかった。あとでスザンヌは二度と引き返せないかたちでそれをやってみせてしまうのだけれど、そのときはこれでもうじゅうぶんだとか、これが自分に与えられたものだ、とは思えなかった。でもタマルはこの世界をひとつの終着点として、よろこんで受け入れているように見えた。彼女の計画というのは、なにかを変えてしまうことじゃない。見慣れた一定数のものを並べ替えて新しい配置を見つけようとしているだけだった。人生が大きな座席表であるかのように。

父の帰りを待つあいだ、タマルが夕食を作った。彼女はいつもより幼く見えた。顔を洗ったばかりで、その洗顔クリームにはシワ予防にミルクプロテインが入っているんだと教えてくれた。髪がまだ濡れていて、大きめのTシャツの肩に湿った跡がついている。下は裾にレースのついたコットンのショートパンツをはいていた。どこかの寮の一室で、ポップコーンを食べながらビールを飲んでいるのが似合いそうなかっこうだった。

「ボウルをとってくれる?」

わたしが渡すと、タマルはそこに一人分のレンズマメを出した。「こっちはスパイス抜き」彼女は目玉をくるりと回してみせた。「誰かさんの繊細な胃袋のためにね」

そのときぱっと浮かんだのは、皮肉にも同じことを母が父のためにしている場面だった。ちょこっと甘やかして、ちょこっと手を加えて、父の願いを反映させた世界を作ってあげるのだ。たとえば左右の靴下が違うなんてことが起こらないように、同じものを十足買っておくとか。

「あの人って、ときどき子供みたいじゃない?」とタマルは言って、ターメリックをひとつまみ加えた。「週末ずっとひとりにしておいたら、わたしが戻ったとき、ビーフジャーキーと玉ねぎしか食べるものがなかったの。ひとり暮らしすることになったら死んじゃうと思う」そこでわたしを見る。

「だけどこんな話、あなたの前でしちゃだめよね」

タマルに悪気はなかったものの、わたしはびっくりしていた。彼女が平気で父を丸裸にしてしまうことに。それまで本気で考えたことがなかった。父も笑われることがあって、失敗したり、子供っぽくふるまったり、広い世界で途方に暮れて導きを必要としたりすることがあるなんて。

わたしと父のあいだに、ひどいことはなにも起きなかった。過去を振り返っても、怒鳴り合いの喧嘩やドアを叩きつけて出ていくようなことはなかった。ただなんとなく感じていたことはあって、その感じがあらゆるところに染み出して、やがてはっきり見えてきたのは、父もごくふつうの人間だということだった。みんなと同じで、他人にどう見られるか気にして、玄関の鏡に目が行ってしまうような人。いまだに独学でフランス語を身につけようとして、カセットテープを聴きながらぶつぶつ単語をくりかえす姿を見かけた。わたしの記憶よりも大きくなったおなかが、ときどきシャツのすきまからのぞいていた。ちらっと見える素肌は赤ちゃんみたいなピンク色をしていた。

「それでもわたしはお父さんを愛してる」とタマルは言った。彼女はそれが記録に残るみたいに、慎重に言葉を選んだ。「ほんとに。わたしがイエスと言うまで六回も食事に誘ってきたのよ。でもそれについてはあの人のおかげね。わたしはあの人のことを初めから知ってたみたいだった」

そこで彼女はハッとした。ふたりとも同じことを考えていた。そのころ父はまだ家にいて、わたしの母と同じベッドで眠っていたのだ。タマルは身を硬くして、わたしがなにか言い返すのをあきらかに待っていたけれど、わたしには怒りを呼び起こすことができなかった。おかしなことに、わたしは父を憎んではいなかった。父もなにかがほしかったのだ。わたしがスザンヌをほしいと思うように。あるいは母がフランクをほしいと思うように。人がなにかをほしがるのは、どうしようもないこと。だって、そこにあるのはほかでもない自分の人生で、毎朝目覚めるのは自分でしかないのだから。そんな自分がほしがるものを間違いだなんて言えるはずがない。

タマルとわたしは膝を曲げて絨毯に寝そべり、頭をレコードプレーヤーのほうにむけていた。さっき飲んだオレンジジュースが酸っぱかったせいで、口のなかがまだざわざわしていた。ジュースはふたりで四ブロック先のスタンドまで買いにいった。生暖かい夏の夜をわたしはサンダルの木のヒールを歩道に打ちつけながら、タマルは楽しそうにしゃべりながら歩いて。

父が入ってきて、笑顔を浮かべながらも音楽にというか、それが軽やかに跳びはねて自己主張するのにいらだっていることがわかった。「音量を下げてもらえないかな」と父は言った。

「いいじゃない」とタマルは言った。「そんなに大きな音じゃないし」

「そうだよ」とわたしは、この思いがけない同盟関係にドキドキしながら調子を合わせた。

「ほらね？」とタマルは言った。「娘の言うことは聞くもんよ」手だけを伸ばしてわたしの肩をぽんぽんと叩く。父はなにも言わずに出ていった。それから一分後に戻ってきてレコードの針を上げると、部屋は急に静かになった。

「ちょっと！」とタマルは言って体を起こしたけれど、すでに父はつかつかと歩き去っていくところで、まもなくバスルームからシャワーの音が聞こえてきた。「クソじじい」とタマルはつぶやいた。立ちあがった彼女の脚の裏には絨毯の跡がついていた。彼女はこっちをちらっと見て、「ごめんなさい」と、うわの空で言った。

キッチンから彼女がぼそぼそしゃべる声がした。誰かと電話中で、コイル状のコードに何度も何度も指を突き刺すのが見えた。タマルは受話器を近づけ、手で口もとを覆うようにして笑った。悲しいことに、父のことを笑っているんだという確信がわたしにはあった。

いつからか、わたしはタマルが父のもとを去るだろうと思うようになった。いますぐじゃないけれど、近い将来。彼女の心はもう別のところにあり、彼女にとってもっと魅力的な人生を思い描いていて、そこではわたしも父もひとつのエピソードのなかの風景にすぎない。ほんとうに歩むべき大きな道からちょっとだけ横にそれてみたあとは、彼女自身の物語をもう一度飾りつけしなおす。そのとき、父には誰がいるんだろう。誰のために稼ぎ、誰のためにデザートを買って帰るんだろう。わたしは父が一日中働いたあと、玄関を開けて空っぽのアパートメントに帰ってくるところを想像してみた。部屋はすべて父が出かけたときのままで、別の人間の暮らしに乱された形跡はない。もしかしたら父はほんの一瞬、電気をつける前に、暗闇のなかに別の人生を想像するかもしれない。カウチの寂しいシルエットとは別のもの、眠たい自分の体のかたちをそのまま残したクッションとは別のものを想像するかもしれない。

逃げ出す若い子がたくさんいた。あのころはたんに飽き飽きしたというだけで、逃げることができた。悲劇のひとつもいらない。だからランチに戻ると決めるのは難しいことじゃなかった。もうひとつの家はもはや選択肢にはなく、戻れば母親に引きずられて警察署に行くという、なんともばからしい可能性もあった。じゃあ、父の家にはなにがあるのか。わたしという若い仲間を求めているタマル。夕食後に出てくる冷蔵庫で冷やしたチョコレートプリンは、一日一回配給されるお楽しみだ。

ランチに出会う前なら、そんな暮らしでじゅうぶんだったかもしれない。

だけど、もっとふつうじゃない生き方もできるとランチは証明してくれた。ちっぽけな人間の弱さを乗り越え、大きな愛のなかに飛びこんでいけると。わたしは若さゆえに自分の愛はぜったいに正しくて、人より優れていると信じていた。わたし自身の感情が、そのまま愛の定義になっていた。そんな愛を父もタマルでさえも理解してくれないのなら、当然、出ていく必要があった。

わたしが薄暗く蒸し暑い父のアパートメントで一日中テレビを観ているあいだに、ランチはだんだんとおかしくなっていった。ただそれがどのていどなのかは、あとになるまでわからなかった。問題は例のレコード契約だ――実現しないとなったとき、そのことをラッセルは受け入れられなかった。どうしようもないんだと、ミッチはラッセルに説明した。自分にはレコード会社に考えを改めさせることはできないと。ミッチは売れっ子ミュージシャンで、ギターの才能はあったけれど、そういう力はなかった。

それは真実で、だからこそミッチとの一夜が空回りする車輪のようにむなしく思えた。けれどもラッセルはミッチの言うことを信じなかった。あるいはもはやどうでもよかったのか。ミッチという男は、世界中にはびこる病（やまい）の宿主にはうってつけだった。ラッセルがそこらを歩きまわりながら熱弁をふるう頻度も長さも増していき、すべてをミッチのせいにして、あれは肥えすぎたユダだと批判した。二二口径は四五口径のバントラインと交換され、ラッセルはみんなのなかに裏切られたという激しい感情を植えつけた。もはや彼は怒りを隠そうともしなかった。ガイはアンフェタミンを持ちこみ、スザンヌとふたりでポンプ室まで走っていき、真っ黒いキイチゴみたいな目で戻ってきた。林のなかで射撃訓練が行われた。ランチはもともと広い世界に属してはいなかったのに、ますます孤立していった。新聞もないし、テレビもないし、ラジオもなかった。ラッセルは外から来た客を追い返すようになり、女の子たちがごみ漁りに行くときは必ずガイをつけた。そうやって自分たちを包む殻をさらに硬くしていった。

そんな場所で毎朝目を覚ますスザンヌをわたしは想像することができる。彼女にはもはや日にちの感覚すらない。食糧事情は深刻で、あらゆるものが傷んで変色している。プロテインが足りず、みんなの脳は単一炭水化物と、ときどき口にするピーナッツバターのサンドイッチで動いている。アンフェタミンが感情をこそげ取り、きっと彼女はしびれた体から染み出るぴりぴりした感覚のなかを進んでいる。深海を進むように。

あとになって誰もが驚いたのは、ランチにかかわる全員がそんな環境にとどまっていたことだった。見るからにひどい状況。それでもスザンヌにはほかに選択肢がなかった。彼女は人生をラッセルにすっかり捧げてしまったあとで、そのころには彼がそれをモノみたいに抱えて、くるくる回しながら重さを確かめていたのだ。スザンヌもほかの女の子たちもしかるべき判断を下すことができなくなり、使われない自我の筋肉は衰えて、ますます使えなくなっていった。彼女たちはみんな、現実的な意味での善悪が存在する世界から長いこと遠ざかっていた。なんであれ彼女たちがかつて持っていた本能のささやき――かすかな胸の痛み、心の隅に引っかかった不安――は聞き取れなくなっていた。そもそもそんな本能があることに気づいていたのかもわからない。

彼女たちが落ちるにはそれほどかからない。この世に女の子として生まれただけで、自分を信じて生きていくには不利であることをわたしは知っている。感情なんてものはぜんぜん当てにならなくて、降霊術で使うウィジャボードが示す意味のない文字の羅列のようなものに思えた。小さいころ、かかりつけ医のところに行くのが苦痛だったのもそれが理由だ。医者はやさしく訊いた。どんな感じがする？ それはどんな痛みなの？ ズキズキする？ それともズーンとする感じ？ わたしは途方に暮れた目で医者を見返すしかなかった。こっちが教えてもらいたかった。医者に診てもらうのはそのためじゃないか。検査して、機械に通されて、X線で体のなかを隅々まで調べられて、ほんとうのことを教えてもらうためじゃないか。

もちろん女の子たちはランチを出ていかなかった。耐えられることはたくさんあるのだから。九歳のとき、ブランコから落ちて手首を折った。バキッと派手な音がして、気の遠くなるような痛みだった。けれどもそんなときでさえ、手首が腫れて内出血の手錠ができているときでさえ、わたしは「大丈夫、たいしたことない」と言い張り、それを両親も鵜呑みにしていたのだ。きれいに折れた骨のレントゲン写真を医者に見せられるまで。

十二、

ダッフルバッグに荷物を詰めてしまうと、ゲストルームは初めから誰もいなかったようになり、わたしの不在は、あっというまに吸いこまれてしまった。それがこういう部屋にとっては重要なことなのかもしれない。てっきりタマルも父も仕事へ出かけたと思っていたけれど、リビングルームに行くと、カウチで父が不満そうにしていた。

「タマルがオレンジジュースかなにかどうでもいいものを買いにいってるんだ」と父は言った。

わたしたちは並んで座ってテレビを観た。タマルはなかなか帰ってこない。父は剃りたての顎をずっとさすっていて、その顔は生焼けの食材を思わせた。派手な演出のコマーシャルがなんとも気まずくて、わたしたちが変に黙りこんでいるのをばかにされているような気がした。父はこの沈黙をどうしたものかと考えている。ひと月前のわたしなら、期待を感じてぴりぴりしていたかもしれない。自分の人生を網でさらって、父に聞かせてあげられるようなおもしろい体験談を必死に探していたかもしれない。けれどもいまはもう、そんなふうにがんばる気にはなれなかった。父のことはこれまで以上に理解できたし、その一方で、これまで以上に他人でもあった。父もただの男で、辛いものが苦手で、外国市場を予測する仕事をしている。フランス語の勉強にこつこつ励んでいる。

タマルがドアに鍵を差す音がした瞬間、父は立ちあがった。

「三十分前には家を出るはずだったんだが」と父は言った。

タマルはちらっとわたしを見て、ハンドバッグを肩にかけなおした。「ごめなさい」と、父にこわばった笑みをむける。

「でかける時間はわかってるだろ」と父は言った。

「だからごめんって言ったじゃない」彼女は一瞬、ほんとうに悪いと思っているように見えた。でもそのときふと彼女の目が、つけっぱなしのテレビに吸い寄せられた。すぐに注意を戻そうとしたけれど、父も気づいた。

「そもそもオレンジジュースすら持ってないじゃないか」と父は、傷ついた震える声で言った。

最初に乗せてくれたのは若いカップルだった。女の子はバター色の髪をして、ブラウスの裾を腰でむすんでいた。たびたび笑顔で振り返って、袋に入ったピスタチオを分けてくれた。彼にキスするとき、すばやく舌をからませるのが見えた。

本格的なヒッチハイクをするのは初めてだった。人が長髪の女の子に期待するような言動を取らなくてはいけないと思うと緊張した。この戦争にたいしてどれくらい怒ってみせたらいいのか知らなかったし、学生が警官にレンガを投げつけたり、旅客機を乗っ取ってキューバまで行けと要求したりすることについてどう話せばいいのかわからなかった。これまではずっとそういうことの外側にいて、わたしのものになるはずだった人生の映画を観ているような感じだった。でもいまは違う、こうして農場（ランチ）にむかっているのだから。

わたしはくりかえし想像した。タマルと父がオフィスから帰ってきて、わたしが本気で出ていったと気づくときのことを。ふたりはゆっくりと理解する。たぶん、タマルは父よりも早く結論に達するだろう。アパートメントには誰もいなくて、わたしの持ち物はひとつも見当たらない。父は母に電話をかけるかもしれない、とはいえ、彼らになにができる？　どんな罰を下せるというのか。ふたりはわたしがどこに行ったか知らない。ふたりの考えがおよばないところにわたしはいる。むしろ心配されるという、そのことじたいに胸が熱くなる。ふたりにもきっと、娘がどうして出ていったのか考える瞬間があるはずで、どす黒い罪の意識が表層までのぼってきて、それをめいっぱい味わうはめになるはずだ。たとえほんの一瞬だったとしても。

カップルはウッドサイドまで乗せてくれた。そのあとスーパーマーケットの駐車場で待っていると、おんぼろのシボレーに乗った男が拾ってくれた。バークレーまでバイクのパーツを納品しにいく途中だという。道路の穴の上を通過するたびに、ガムテープでとめたグローブボックスがカタカタ鳴った。太陽を浴びて力いっぱい生い茂る木々が窓の外を流れていき、そのむこうに紫色のサンフランシスコ湾が広がっている。わたしは膝の上にハンドバッグを置いていた。彼はクロードといい、名前が見た目と釣り合っていないことを恥じているようだった。「母親がそういう名前のフランス人俳優のファンだったんだ」と彼はぼそぼそ言った。

クロードはわざわざ財布をめくって娘の写真を見せてくれた。鼻の頭が赤いぽっちゃりした子で、髪をソーセージみたいな時代遅れの縦巻きにしている。クロードはわたしが不憫に思ったのを感じ取ったらしく、財布をひったくるように戻した。

「女の子がこんなことしちゃいけない」と彼は言った。

それから彼は首を振りながら心配そうに顔を少ししかめたので、わたしは自分の度胸を認めてもらったような気がした。だけど知っておくべきだった。男が気をつけろと言うときは、たいてい自分の脳内で繰り広げられる邪悪なストーリーに気をつけろという意味なのだ。むごたらしい空想にたいする後ろめたさが、「ちゃんとうちに帰れ」などという説教をさせるのだ。

「だってな、俺だってそんなふうにしたかったさ」とクロードは言った。「自由気ままに、あっちこっち旅して。俺はずっと仕事してたから」

彼はわたしをちらっと見てから視線を道路に戻した。最初の不快感――わたしは男たちのそぶりから欲望を読み取るのがじょうずになっていた。咳払い、値踏みするような視線。

「みんな働かないでふらふらしてるんだろ？」と彼は言った。

わたしを困らせようとしているようだけど、確信は持てない。恨めしそうな言い方で、敵意がこめられていた。おびえるべきだったのかもしれない。この年上の男はわたしがひとりでいるのを見て、わたしに貸しができたと思っていて、そういう男が考えるのはろくなことじゃないのだから。それなのに、わたしは怖くなかった。自分は守られているという、天にも昇るような特別感で目がくらんでいた。いまからランチに戻るのだ。スザンヌに会うのだ。クロードなんか現実のものですらなくて、害もなくておもしろくもない紙のピエロみたいに思えた。

「ここでいいかい？」とクロードは言った。

車が止まったのはバークレーのキャンパスの近くで、時計台の裏手の丘には建物が階段状にひしめいていた。彼はエンジンを止めた。外の熱気と、近くを行き交う車の気配が感じられた。

「ありがとう」とわたしは言って、ハンドバッグとダッフルバッグを手に取った。

ドアを開けようとすると、「まあまあ」と彼は言った。「いいからちょっと座っていきなよ」

わたしはため息をつきながらも、シートに体を戻した。バークレーを見下ろす乾いた山並みが見えて、はっと思い出したのは、山がまるまる肥えてしっとりした緑色になる短い冬のひとときだった。昨年のそのころはスザンヌのことなんて知りもしなかったのだ。クロードが横目で見てくるのがわかった。

「だからさ」クロードは首をぼりぼり掻いた。「もしカネが要るんなら――」

「要らないって」わたしは恐れずに、じゃあと肩をすくめてドアを開けようとした。「とにかくありがとう。乗せてくれて」

「待って」と彼は言って手首をつかんできた。

「触んないで」とわたしは言いながら、がっちりつかまれた腕をもぎ取った。びっくりするくらい力強い声が出た。ドアを叩きつける直前、クロードが弱々しい顔でなにかまくしたてているのが見えた。わたしは鼻息も荒く歩き去った。いまにも笑いだしてしまいそうだった。歩道からまんべんなく発せられる熱に、烈しい太陽の鼓動を感じる。わたしはいまのやりとりに元気づけられて、急に世界が広がったような気がしていた。

「このビッチが」とクロードが叫ぶ声がしても、わたしは振り返らなかった。

テレグラフ通りは人でごったがえしていた。露店のテーブルにはお香やネイティヴ・アメリカンのコンチョボタンが並び、路地のフェンスには革製のハンドバッグがずらっとかかっていた。その夏、バークレーの街はいたるところで道路工事をしていたせいで、歩道にはがれきの山ができて、アスファルトには亀裂が入り、パニック映画みたいな光景が広がっていた。地面まで届くローブを着た一団が、わたしにパンフレットをひらりと差し出す。上半身裸で、腕にうっすらと青痣をつけた男の子たちが舐めるように見てくる。わたしと同じ年ごろの女の子たちが、絨毯の生地みたいな重たい旅行かばんを膝にぶつけながら歩いている。こんな八月の暑い日にもかかわらず、ベルベットのフロックコートを着ている。

クロードの一件があっても、ヒッチハイクが怖くはならなかった。あの男は視界の隅にぷかぷか漂う浮草みたいなもので、割れ目に吸いこまれたらそれでおしまい。六番目に声をかけたのがトムで、車に乗りこもうとする彼の肩をわたしは叩いた。乗せてほしいというわたしの申し出がうれしかったようで、彼に近づくための口実のように受け止めたらしかった。彼はあわてて助手席のシートを手で払い、カーペットに静かなパンくずの雨を降らせた。

「ふだんはもっときれいなんだけど」と彼は言った。すまなそうに、わたしがそういうことを気にする人間だった場合にそなえて。

トムは小ぶりの日本車を制限速度ぴったりで運転し、車線変更する前には後ろを振り返った。格子柄のシャツは肘のあたりが薄くなっていたけれど洗いたてで、裾をズボンのなかにちゃんとしまっていた。少年っぽい細い手首に、わたしは心を動かされた。ランチまで送ってもらえることになったものの、バークレーからは一時間くらいある。彼はサンタローザにいる中学時代の友達を訪ねるついでだと言うけれど、嘘がへたな人で、見ると首が赤くなっていた。彼は礼儀正しく、バークレーの学生だと言った。医学部に進むことになってるけど社会学と、あと歴史も好きなんだと。

「ＬＢＪ」と彼は言った。「あるところにそういう名前の大統領がいました、とかさ」

話によると彼の家は大家族で、シスターという名前の犬がいて、宿題が山のように出ているという。いまは必須科目に合格するための夏期講習に通っているらしい。きみはなにを専攻しているのと訊かれた。勘違いされてうれしかった。少なくとも十八歳にはなっていると思われたのだ。

「大学生じゃないんだ」とわたしは言った。まだ高校生なんだと説明しようとしたところ、トムはすぐさま言い訳を始めた。

「じつはおれも考えてたんだよ」と彼は言った。「ドロップアウトしようかって。でもとりあえず夏期講習には最後まで行く。もう授業料を払っちゃったからさ。だって、できれば行きたくなかったけど——」だんだんと声が小さくなっていく。彼にじっと見つめられ、許しを求められているんだと気づいた。

「そりゃたいへんだね」とわたしが言うと、満足してくれたようだった。

彼は咳払いをした。「そしたら仕事かなにかしてるの？　学校に行ってないとしたら」と彼は言った。「でもほら、失礼な質問だったらいいんだ。答えなくても」

わたしは肩をすくめて、気にしていないふりをした。ふりとはいえ、このときはじっさいに気持ちに余裕があったのかもしれない。その気になれば居場所なんかどこにでもあって、かんたんにニーズを満たす方法がいくつもある。知らない人に話しかけて、その場その場を乗り切る。

「いまから行こうとしてる場所——そこに住まわせてもらってるんだ」とわたしは言った。「大人数で、助け合って暮らしてる」

彼は道路を見据えたまま、わたしがランチについて説明するのにじっと耳を傾けた。奇妙な古い家屋や、子供たち。ガイが急場しのぎで組みあげた庭の配管システム、継ぎ目だらけのパイプ。

「うちの留学生会館みたいだな」と彼は言った。「おれが住んでるとこ。ぜんぶで十五人。玄関ホールに当番表があって、めんどうな仕事は交代でやってる」

「そう、そんな感じかもね」そう言いながらも、ランチと留学生会館がぜんぜん違う場所であることをわたしは知っていた。哲学科の学生たちが、夕食の皿を洗わず放置した犯人について難しい顔で議論したり、ポーランドから来た女の子が黒パンをかじりながら遠くのボーイフレンドを恋しがって泣いたりするような場所とは違う。

「そこの所有者は誰なの？」と彼は言った。「なにかの施設みたいなもの？」

ラッセルについて誰かに説明するのは変な感じだった。ラッセルやスザンヌが何者でもない世界が存在することを思い出した。

「もうすぐアルバムが出るんだ、たぶんクリスマスごろに」そんなふうに話したのを覚えている。

わたしはランチのことや、ラッセルについてしゃべり続けた。さりげなくミッチの名前を出した。あの日バスのなかで、ドナが考え抜いたうえで慎重にその名を持ち出したみたいに。近づくにつれて、気持ちはどんどんたかぶっていった。厩舎に嫌気が差し、騎手も忘れて飛び出す馬みたいに。

「いいところみたいだね」とトムは言った。わたしの話に魅せられ、うっとりと熱っぽい表情を浮かべている。別世界のおとぎ話に心を奪われている。

「しばらく泊まっていきなよ」とわたしは言った。「もしよかったら」

その誘いにトムは目を輝かせ、うれしそうにもじもじしていた。「迷惑じゃなければ」と言って顔を赤らめた。

この新しい仲間を連れていったら、きっとスザンヌたちはよろこんでくれると思った。それは兵力を増強するためにいつもやっていることだし、彼はくそまじめな賛同者になっていっしょに声をあげ、食糧事情にも貢献してくれるんじゃないかと思った。だけどわたしが示したかったのは、もっと別のことでもあった。ぴんと張った心地よい沈黙が車内に漂い、革のシートからむっとする熱気が立ちのぼっている。サイドミラーにはゆがんだわたしが映っていて、ボリュームのある髪と、そばかすだらけの肩しか見えない。わたしは女の子の姿をしていた。車は橋を渡り、ごみの埋立地を包むすさまじい悪臭のベールを通り抜けていく。遠くに伸びる別のハイウェイや、その横を流れる川や、ぬかるんだ湿地が見えてくると、道は急に谷底にむかって下り始め、その坂の途中にランチが隠れている。

そのころまでには、わたしが知るランチはもはや存在しない場所になっていた。すでに終わりが訪れて、からまった糸のひとつひとつがそれぞれの挽歌を奏でていた。けれども希望を胸に勢いづいていたわたしには気づけなかった。トムの車がランチへと続く私道のひとつ目の角を曲がったときの胸の高鳴り。二週間なんてちっとも長い期間ではないのに、戻ってきたことに感極まる。しかもすべてがまだそこにあり、以前と同じようにみんなが暮らして、おかしな夢のような光景が広がっているのを見たとき、ようやくわかった。わたしはここが消えてしまったんじゃないかと心配していたのだ。大好きな場所、奇跡の家——『風と共に去りぬ』のあのお屋敷のように、わたしはこの家にふたたびめぐり合った。泥水が中途半端に溜まった長方形のプールは藻が大発生してペンキが剝がれていたけれど、これもみんなもう一度わたしのものになるのだ。

車を降りてトムと歩きだしたとき、一瞬ためらったのは、トムのジーンズがきれいすぎたからだった。女の子たちは彼をからかうかもしれない、彼を誘ったのはまずい考えだったかもしれない。きっと大丈夫と自分に言い聞かせる。わたしは彼がこの光景を自分のなかに取りこむのを見守った。その顔を見て、彼は感動しているんだと思った。とはいえ、じっさいは荒れ果てたようす、打ち捨てられて骨組みだけになった車なんかに気づいていたに違いない。干からびてパリパリになったカエルの死骸がプールを漂っているところなんかに。けれどもそういう細かいところは、もはやわたしにとって注目に値することではなく、ニコの砂利まみれの脚にできたブツブツと同じようなものだった。わたしの目はそんな退廃した風合いにすっかり慣れていたから、自分がふたたび光の輪のなかに足を踏み入れたような気がしていた。

十三、

ドナがわたしたちに気づいて足を止めた。両手にこんもり抱えた洗濯物が、ほこりっぽいにおいを放っている。

「問題児だあ」と彼女は冷やかすように言った。「問題児」というのが長いこと忘れていた世界の言葉に聞こえる。「あの女にとっつかまったんじゃなかったっけ？」と彼女は言った。「あー重たい」

彼女の顔は目が落ちくぼんで三日月形のくまができていたのに、そういう細かいところは、こみあげる懐かしさの前ですっかりかすんでしまった。彼女はこの再会をそれなりによろこんでくれているように見えたけれど、わたしがトムを紹介すると、意味ありげな視線をむけてきた。

「この人が乗っけてきてくれたの」とわたしは助け舟を出すつもりで言った。

ドナの笑顔がぐらりと揺れ、彼女は洗濯物をよいしょと持ちなおした。

「おれがいても平気？」とトムが耳打ちしてきた。わたしになんらかの発言力があると思っているみたいに。農場（ランチ）ではお客さんはつねに歓迎されて、冗談かと思うくらい熱い注目を浴びるのがふつうだったから、まさかそれが変わっているとは想像できなかった。

「もちろん」とわたしは言い、ドナのほうを見た。「だよね？」

「うーん」とドナは言った。「どうだろ。スザンヌに訊いて。それかガイに。うん」

そしてやる気なさそうにふふっと笑った。変な感じはしたけれど、わたしからしたらドナはいつもそんな調子だったし、それが愛おしくもあった。草むらで動くものに、ドナがふと気を取られる。トカゲが一匹、日陰を求めて逃げていった。

「ラッセルが二、三日前にピューマを見たっていうんだよね」と彼女は誰にともなく言った。そして目を見ひらいた。「ゾクゾクしてこない？」

「誰かと思った」とスザンヌが、わざと怒った口調で出迎えてくれた。わたしがちょっとした旅行で留守にしていたみたいに。「てっきりここに来る道を忘れちゃったのかと思ったよ」

彼女はわたしがダットン夫人に捕まるところを目撃しているくせに、この子がいなくなったのはおまえのせいだというようにトムをちらちら見ていた。かわいそうなトムは草深い庭を博物館にいるみたいにひかえめな足取りでぶらぶらしていた。満タンになった屋外トイレや家畜のにおいに鼻をひくひくさせている。スザンヌの顔もドナと同じように、ぼんやりした困惑で閉ざされていた。なにかすれば罰を受ける世界のことなんて、ふたりにはもはや想像もつかないのだ。すると急にうしろめたくなってきた。タマルといた夜のこと、スザンヌのことなんて考えもしなかった午後のこと。だからわたしは父のアパートメントが、じっさいよりもひどい場所に聞こえるように話した。たえず見張られて、果てしなく続く懲罰を耐え忍んでいたみたいに。

「ひどいね」スザンヌは鼻で笑った。「退屈で死んじゃいそう」

母屋の影が芝生に広がって思いがけず屋外リビングのような空間を作り出し、その気持ちいい日陰にわたしたちは集い、淡い午後の光のなかを蚊が一列になって飛んでいた。空気がカーニバルのようなきらびやかさに満ちている。よく知る女の子たちの体が次々にぶつかってきて、わたしは自分を取り戻す。木々のあいだでなにかがキラリと光る——ガイの運転する車がランチの裏手をいきおいよく通り過ぎていき、叫び声がこだましては消えていく。子供たちがなんとなくひとかたまりになって、網の目のようにつながった水たまりで泥んこ遊びをしている。誰かがホースの水を止め忘れたらしい。ヘレンはブランケットにくるまっている。首までしっかりと、もこもこの襟巻きみたいに。それをドナがしつこくめくって、その下に隠れたかつての学校一の美少女の裸をみんなに公開しようとしている。ヘレンの太ももには痣ができている。わたしはトムが地べたに座りこんで気まずそうにしているのに気づいたけれど、それどころじゃないくらい興奮していたのは、懐かしいスザンヌの体がそばにあるからだった。彼女は早口でしゃべり、顔にはうっすら汗がにじんでいる。着ているワンピースは汚れているのに、目はキラキラしていた。

タマルも父もまだ家に帰ってもいないのだと気づく。すでにこうしてランチにいるのに、ふたりはわたしが出ていったことすら知らないのがおかしかった。ニコが、その体には小さすぎる三輪車に乗っている。三輪車は錆びていて、ペダルを強くこぐたびにギーギー音をたてた。

「かわいい子だね」とトムが言い、それをドナとヘレンが笑った。

トムはなにがおかしいのかわからず、理由を知りたそうに目をぱちぱちさせた。スザンヌが麦の茎をぐいっと引っこ抜いた。彼女は母屋から引っぱってきた古いウィングチェアに座っていた。わたしはずっとラッセルの姿を探していたけれど、どこにも見当たらなかった。

「ラッセルならちょっと街まで出かけてるよ」とスザンヌが言った。

悲鳴があがり、わたしたちはとっさに振り返ったけれど、たんにドナがポーチで逆立ちしようとして片脚を振りあげただけだった。トムのビールを蹴り倒したのは彼女なのに、申し訳なさそうにしているのはトムのほうで、モップでも探すみたいにきょろきょろしていた。

「なにしてんの」とスザンヌは言った。「落ち着いてよ」

彼女は両手の汗をワンピースで拭いた。なんだか目つきが鋭い――アンフェタミンをやっていると きの彼女は瀬戸物の猫みたいにこわばっている。高校生の女の子が痩せるためにそれを使ったりする けれど、わたしは一度もやったことがなかったし、それはランチと聞いて思い浮かべるだらだらした 高揚感とは相いれないような気がした。そんなときの彼女はふだんより遠いところにいるようで、そ れをわたしは認めたくなかった。きっと怒っているだけだろう。視線がちっともさだまらず、つねに ぎりぎりのところをさまよっている。

わたしたちはいつもと同じようにしゃべりながらジョイントを回し、それを吸ったトムはケホケホ とむせた。一方で、わたしはかすかに漂う不安だけじゃなく、ほかのことにも気づきだしていた。前 よりも人が少ないのだ。どこからか流れ着いた人が空っぽの皿のそばをうろついて、夕食のしたくは 何時にできるのか訊いてくるようなこともない。伸びた髪を払いのけて、ロスまではるばる車でやっ てきたことをにおわせるような人たちもいない。さらにキャロラインの姿がどこにも見当たらなかっ た。

「それがあの子、変でさ」と、わたしがキャロラインについて訊くとスザンヌは言った。「なんてい うか、内臓が透けて見えちゃいそうな感じだった。それで帰ったよ。誰かが迎えにきて」

「親が？」ばかばかしく思えた、ランチの住人たちにも親がいると考えることじたいが。

「おもしろいこと言うね」とスザンヌは言った。「バンは北にむかったから、メンダシーノあたりじ ゃないの。どっかで知り合った人たちみたい」

どこか知らないけれど、両親のもとにいるキャロラインを思い浮かべようとした。それ以上は深く 考えない。キャロラインはどこか別の場所で元気にしている。

トムは見るからに居心地が悪そうだった。きっと彼が慣れているのは、アルバイトをして、図書館に通って、枝毛を気にするような大学の女の子たちなのだ。ヘレンやドナやスザンヌは粗削りで、彼女たちが奏でる不協和音はわたしの心をも打ち、嘘みたいに整った空間で身づくろいに執念を燃やすタマルと過ごした二週間から引き戻してくれた。そういえばタマルは爪の手入れ専用のナイロンブラシなんてものまで持っていたっけ。トムの戸惑いに気づいてしまう自分が嫌だった。ドナが話しかけるたびに彼がすくんでしまうのがわかった。

「で、レコードの話はどうなった？」とわたしは大きな声で訊いた。うまくいっていることを念押しのように話せば、トムの信用もかたまるんじゃないかと期待して。だって、どう変わってもここはランチで、わたしの言ったことはぜんぶ真実で、あとは彼が心をひらいてくれさえすればいいのだから。けれどもスザンヌはなんともいえない表情をわたしにむけた。彼女がどんな反応をするのか、みんなが見守っている。契約がうまくいかなかったことを、じっと見つめてくる彼女の目が物語っていた。

「ミッチのやつ、ひどい裏切り者だったんだよ」と彼女は言った。

わたしはあまりのショックに、スザンヌが見せた醜い憎しみをちゃんと受け止めることができなかった。あのラッセルが成功しないなんてことがあるわけがない。彼がささやくように話すとき、その体を電流のように取り巻く不思議なオーラがミッチには見えなかったなんてことがあるわけがない。なんであれラッセルが持つ力は、この場所でしか効かないものだったとでもいうのか？　けれどもスザンヌのぎらぎらした怒りに、わたしもすぐに引きこまれた。

「本気じゃなかったんだ、どういうわけか。嘘だったの。あいつらみんなそう」とスザンヌは言った。

「あのヤク中ども」

「ラッセルを怒らせたら、ただじゃすまないよ」ドナもうんうんうなずきながら言った。「口では約束しといて、それを破るなんてさ。ミッチはラッセルがどんな人か知らないんだ。ラッセルなら指一本動かす必要ないってのに」

あの日、ラッセルはヘレンをひっぱたいた。なんでもないことみたいに。わたしはこのざわざわした気持ちを整理するために、頭のなかで目を細めて、違う見方をしようとした。

「でもミッチも考えなおしてくれるかもしれないよね？」とわたしは言ってみた。それからようやくトムのほうを見ると、彼はろくに聞いてはいなくて、その視線はポーチの先にむけられていた。

スザンヌは肩をすくめた。「ひどいやつ。「さあね。約束なんかしてなかったみたいに消えやがって」そこでふんっと鼻を鳴らした。「ラッセルにもう電話するなって言ったらしいよ」

わたしはミッチのことを考えていた。あの夜、欲望に突き動かされた彼は野獣のようで、髪の毛が腕の下敷きになってわたしが顔をしかめたっておかまいなしだった。その霧に覆われたような目で見られているあいだはずっと、わたしたちの存在はぼやけ、体は肉体という記号でしかなかった。

「でもいいんだ」とスザンヌは無理に笑顔を浮かべて言った。「だって――」

そこで途切れたのは、トムがあわてたように急に立ちあがって、みんなを驚かせたからだった。彼はポーチをバタバタと駆け下りて、全速力でプールのほうに走っていった。なにかを叫んでいるけれど聞き取れない。シャツの裾がズボンから飛び出し、なにもかもさらけ出してすがりつくような声で叫んでいる。

「どうしたっていうの？」とスザンヌが言う。わたしもわけがわからず、カッと顔が熱くなり、どうしようもない恥ずかしさが恐怖に変わっていった。トムはまだ叫びながら、プールの階段を駆け下りていった。

「子供が」と彼は言った。「男の子が」

ニコだ。ぱっと浮かんだのは、あの子の物言わぬ体が水中に沈んでいるところ、小さな肺が水でいっぱいになっているところだった。ポーチがぐらっと傾く。わたしたちがあわててプールに駆けつけたときにはすでにトムがぬるぬるした水から子供を引きずり出しているところで、ニコは無事だということがすぐさまあきらかになった。なにも問題はなかった。ニコは芝生に座りこんで、水をしたたらせながら傷ついた表情を浮かべている。顔の前でこぶしを作って、トムを押しのけようとしている。この子が泣いているのはほかでもないトムのせいで、知らない男に怒鳴られ、遊んでいただけなのにプールから引きずり出されたからだった。

「どういうつもり？」とドナがトムに言った。ニコの頭を、犬を褒めるときのように乱暴になでている。

「この子が飛びこんだんだ」トムの体中にパニックが波紋のように広がって、彼はハアハアと息を切らし、シャツはびしょびしょで靴もたっぷり水を吸いこんでいた。

「で？」

トムは大きく目を見ひらいた。説明しようとするのは逆効果であるとも知らずに。

「プールに落ちたと思ったんだ」

「でも水が張ってあるし」とヘレンは言った。

「雨水だけどね」とドナがくすくす笑いながら言った。

「この子は大丈夫」とスザンヌは言った。「あんたのせいでおびえてるじゃない」

「ゴボゴボゴボ」ひきつけを起こしたようにヘレンが笑いだした。「この子が死んだとか思ったわけ？」

「溺れる可能性だってあったんだぞ」とトムは言った。しだいに声が高くなっていく。「誰も見てなかった。まだ泳げる年じゃない」

「あんたの顔」とドナが言った。「ひどいことになってるよ、クスリでもやってんの？」

トムが生臭いプールの水を吸ったシャツをぎゅっとしぼる。廃品置き場のがらくたが太陽を浴びている。ニコが立ちあがって、髪の毛を振っている。それから妙にまじめくさったかわいらしい顔で鼻をひくひくさせた。女の子たちがみんな笑いだしたので、ニコは転がるように走っていったけれど、三人ともそれを気にかけるようすもなかった。そしてわたしは自分も心配していなかったようなふりをした。なにも問題ないとわかっていたようなふりをした。なぜならトムが情けなく見えたからで、誰の目にもあきらかな彼のパニックは行き場をなくし、当の子供ですら彼に腹を立てていた。わたしは彼を連れてきたこと、彼がこんな騒ぎを起こしたことを恥ずかしく思った。しかもスザンヌに見つめられ、それがどんなにばかげた考えだったかを思い知らされた。助けを求めるトムと目が合ったけれど、彼はわたしの表情、わたしがさっと視線を地面に戻すしぐさに心の距離を見て取った。

「ただ、気をつけたほうがいいと思うよ」とトムは言った。

スザンヌは鼻で笑った。「気をつけろって？」

「おれはライフガードだったんだ」とトムはかすれた声で言った。「たとえ浅い場所でも溺れることがある」けれどもスザンヌは耳を貸さず、ドナにむかって顔をしかめた。きっとみんなが抱く嫌悪感には、わたしも含まれているのだ。それは耐えがたいことだった。

「まあ落ち着いて」とわたしはトムに言った。

トムは傷ついた顔をした。「ひどい場所だよ、ここは」

「なら出ていきな」とスザンヌが言った。「それが名案だと思わない？」彼女のなかでアンフェタミンが暴れまわり、うつろで残忍な笑みを浮かべる——そこまでつらく当たることはないのに。

「少し話せない？」とトムがわたしに言った。

スザンヌは笑った。「なにそれ、ここで話しなよ」

「ちょっとだけだから」と彼は言った。

わたしがためらっていると、スザンヌはため息をついた。「話してきな」と彼女は言った。「ったく」

トムが三人から離れていき、わたしも足を引きずるようにしてついていった。近づいたらなにかが伝染(うつ)るみたいに。何度か後ろを振り返ったけれど、三人はポーチのほうに戻っていくところだった。わたしもそこに混ざりたかった。トムのことが、そのやぼったいズボンや、くしゃくしゃの髪が腹立たしくてしかたなかった。

「なに？」とわたしは言った。いらいらしながら口を尖らせて。

「うまく言えないんだけど、ふと思ったんだ――」そこで口ごもり、母屋のほうをちらっと見て、自分のシャツを引っぱった。「よかったらいまからいっしょにおいでよ。今夜、パーティーがあるんだ」と彼は言った。「留学生会館で」

その光景が目に浮かんだ。リッツのクラッカー、溶けかかったアイスクリームのまわりに集うまじめな集団。学生運動の話をして、読んだ本のリストをくらべ合う。わたしはほんのわずかに肩をすくめてみせた。そのしぐさが偽りであることを彼はわかってくれたようだった。

「それなら電話番号を教えておけばいいかな」とトムは言った。「共有の電話だけど、取り次いでもらえるから」

スザンヌの笑い声が風に乗って容赦なく押し寄せてくる。

「いいって」とわたしは言った。「どっちにしろここは電話がないし」

「いい人たちじゃないね」とトムはわたしの目をとらえて言った。彼は洗礼を終えた田舎の宣教師みたいにずぶ濡れのズボンを太ももに張りつけて、熱心に見つめてきた。

「なんでわかるの？」ほっぺたにカッと血がのぼる。「よく知りもしないくせに」

トムは話にならないというように両手を広げた。「まるでごみの山だ」と吐き捨てるように言う。

「それが見えないのか？」

彼が言っているのは崩れかかった母屋や、伸びすぎてからみ合った植物のことだった。廃棄された車やドラム缶、放置されてカビやシロアリにやられたピクニックの敷物のことだった。そういうものがぜんぶ見えていたのに、わたしのなかにはなにひとつ入ってこなかった。彼にたいして心はすでにかたくなになっていたから、それ以上言うことはなかった。

トムが去ったことで、女の子たちはよそ者の視線に邪魔されることなく、ますます本性をさらけ出した。もう平和でのんびりしたおしゃべりもなければ、くつろいだ沈黙がのどかに漂っているようなこともなかった。

「あれれ、お友達は？」とスザンヌが言った。「あんたの大親友はどこ？」その言葉にはちっとも気持ちがこもっていなくて、片方の脚は小刻みに上下しているのに、表情はうつろだった。

わたしはみんなのように笑い飛ばそうとしたけれど、トムがバークレーに戻ってしまったことに、どういうわけか心をかき乱されていた。庭のごみにかんしてはトムの言うとおりだし、ごみはもっとあるし、じっさいにニコになにかあってもおかしくはなかったわけで、つまりそれはどういうことか。ドナだけじゃなく全員が前よりも痩せ細って、髪の毛はぱさぱさで、目の奥がどんよりしていることにわたしは気づいた。彼女たちが笑うと、栄養不足で舌が苔に覆われているのが見えた。いつのまにかわたしは、ラッセルが戻ってくることに大きな期待をかけていた。ひらひら飛んでいきそうになるわたしの心に、しっかり重しをしてほしかった。

「罪作りな人だ」ラッセルはわたしを見つけるなり、そう言った。「いつも逃げて。置いていかれた俺たちは胸が張り裂けそうになるというのに」

わたしは自分に言い聞かせようとした。懐かしいラッセルの顔を見て、ランチはなにも変わってはいないと。けれども彼に抱きしめられたとき、顔になにかなすりつけてあるのに気づいた。それはもみあげのはずなのに、点々と毛が生えているわけじゃなくのっぺりしている。もっとよく見ると、炭かアイライナーみたいなもので描いてあるのだとわかった。それはわたしを困惑させた。ひねくれた試み、すぐにばれるようなごまかし。ペタルーマの知り合いの男の子が、ニキビを隠すために化粧品を万引きしたことを思い出す。ラッセルの手がわたしのうなじをさすると、かすかなエネルギーが伝わってきた。彼が怒っているのかどうかはわからない。彼が帰ってきたことで、ランチはたちまち活気づいて、みんなでみすぼらしい仔ガモのようにぞろぞろと彼のあとをくっついていった。わたしは以前のようにスザンヌと腕を組もうとしたけれど、彼女は生気のない、どこを見ているのかわからない笑顔を浮かべて腕を振りほどき、脇目もふらずにラッセルを追いかけていった。

ここ数週間にわたってラッセルがミッチに嫌がらせをしてきたことを知った。予告なしに家に行ったり、ガイを送りこんでごみ箱をひっくり返させたりした。ミッチが帰宅すると、芝生にはつぶしたシリアルの箱や、びりびりになったパラフィン紙や、食べ物の脂がついたアルミ箔などがぶちまけられていたという。管理人が一度だけラッセルに会っていた。管理人のスコッティはミッチにこんなふうに話した。男が門の前に車を停めてこちらをじっと見ていたので立ち去るように言うと、男はにっこり笑って、自分はこの家の元オーナーなのだと言った、と。さらにラッセルはレコーディングエンジニアの家にも行き、ミッチとやったセッションのテープをせしめようとしていた。家にいたのはエンジニアの妻だった。彼女はこんなふうに振り返っている。呼び鈴の音にいらっとした。奥の寝室で生まれたばかりの赤ちゃんが眠っていたからだ。ドアを開けると、そこに汚れたラングラーのジーンズをはいて薄笑いを浮かべたラッセルがいた。

セッションの話は夫から聞いていたので、彼女はそれがラッセルだとわかったけれど恐れることはなかった。本気では。初めて会ったときの彼は危害を加えるような人間には見えず、夫はいま家にいないと告げると、ラッセルは肩をすくめた。

「テープをもらえればそれでいいんだ」と彼は伸びあがって家のなかをのぞきこみながら言った。

「手間は取らせない」そのとき初めて彼女のなかに不安がよぎった。古いスリッパのなかでつま先にぎゅっと力が入り、廊下の奥からぐずる赤ん坊の泣き声が漂ってくる。

「夫はそういうものをぜんぶ仕事場に置いているので」と彼女が言うと、ラッセルは信じた。

そのあと、庭のほうで物音がしたのを彼女は覚えている。薔薇の茂みがガサゴソいうので窓からのぞいてみたけれど、砂利を敷いたドライブウェイと月明かりに照らされた芝生以外にはなにも見えなかった。

わたしが戻った最初の夜は、かつての夜とはまるで違っていた。以前は、子供みたいに生き生きした顔がそこらじゅうにあふれていた。わたしはよく鼻で甘えてくる犬をなでて、耳の後ろを思いっきり掻いてやった。規則正しく手を動かすうちに幸せのリズムに引きこまれた。いつもと違う夜もあって、みんなでＬＳＤをやったことや、ラッセルが酔っぱらったバイク乗りの前に出ていき、理詰めでやっつけたこともあった。それでも怖いと感じたことはなかった。だけどこの夜は、消えかけた焚き火のようすからして違っていた。火が完全に消えても誰も注意を払わず、みんなの渦巻くエネルギーはラッセルにむけられ、ラッセルははじけ飛ぶ寸前の輪ゴムのようにふるまった。

「まずはこれだ」とラッセルは言った。ゆっくり歩きながら短い歌を披露した。「いま即興で作ったのに、すでに名曲だ」

そのギターはチューニングが狂って、まのぬけた音を奏でているにもかかわらず、ラッセルは気づかないようだった。声にも余裕がなくて必死な感じがした。

「じゃあもう一曲」と彼は言った。チューニングをあれこれいじってから、ギターをジャカジャカとかき鳴らし始めた。わたしはスザンヌの目をとらえようとしたけれど、彼女はラッセルにすっかり引きこまれていた。「これが音楽の未来だ」と彼は騒音を奏でながら言った。「連中はラジオでかかる曲がいい曲だと思っているが、それは違う。やつらの心にはほんとうの愛がないんだ」

彼の言葉のはしばしにほころびが見えていることに、誰も気づいていないようだった。みんな彼の言うことをおうむ返しに唱え、口もとをゆがめて共感を示している。ラッセルは天才なんだ。それはわたしがトムに言ったことで、もし彼がここにいてラッセルを見たら、どんな憐みの表情を浮かべるかは想像できた。そう思うとトムが憎らしくなるのは、わたしにもわかるからだった。ラッセルの歌はどれも中身がすかすかで、雑に作られたのがわかるというか、雑ですらなく、たんにひどかった。センチメンタルで、ひたすら甘ったるく、愛にかんする歌詞は小学生が作ったように薄っぺらで、子供の手で描いたハートマークみたいだった。輝く太陽、咲き誇る花、みんなの笑顔。それでもわたしには心から認めることができなかった。彼を見つめるスザンヌのまなざし——彼女のそばにいたかった。誰かを愛せば、それが自分を守る物差しのような働きをしてくれると思っていた。相手は目盛りを読んで気持ちの強さを理解し、それに応じた行動を取る。わたしにはそれが公平に思えたし、公平というのは、世界が気にかけてくれたことを示す尺度のような気がした。

たびたび見る夢がいくつかあって、結末から覚めてもそのイメージや設定の一部を事実だと思いこんでいて、それを現実生活にまで引きずってきてしまうことがあった。そのあとでじつは結婚などしていなかったとか、鳥のように飛べる秘密を解き明かしてなどいなかったとわかるときのショックは大きく、ほんとうに悲しかった。

ラッセルがスザンヌに、ミッチ・ルイスの家に行って彼を懲らしめてくるように指示する場面——それをわたしも目撃したような気がずっとしていた。真っ暗な夜、コオロギの涼しげな歌声と、不気味なフクロウたち。だけどそんなはずはなかった。それにかんする文章を読みすぎたせいで、じっさいに目にしたように思いこんでしまったんだろう。幼いころの、やけに色鮮やかな記憶のひとコマとして。

そのとき、わたしはずっとスザンヌの部屋で待っていた。彼女の帰りを待ち焦がれて、いらいらしながら。その夜、何度か彼女に話しかけようとして腕を引っぱったり、視線を追いかけたりしたけれど、そのたびに払いのけられた。「あとで」と彼女は言い、そのひとことがあったから、わたしは彼女の部屋の暗がりで、約束が果たされるときを想像しているのだった。部屋に足音がした瞬間、胸がきゅっとなり、それから期待でふくらんでいく——スザンヌだ。でもそのときなにかがふわっとかすめていき、ぱっと目を開けると、ドナだった。彼女が枕を投げつけてきたのだった。

「眠れる森のお姫さん」と彼女は言って、くすくす笑った。

わたしはできるだけ美しい寝姿でいようとした。体をもぞもぞさせているうちにシーツはすっかり熱くなり、耳はスザンヌが帰ってくるどんな音にも反応できるようになっていた。けれどもその夜、彼女は部屋に戻らなかった。限界まで起きて、あらゆる物音に神経を尖らせていたけれど、いつのまにか眠気に負けてつぎはぎの眠りにおちいった。

じつのところ、スザンヌはラッセルといたのだった。おそらく彼のトレーラーにはファックした直後のむっとする空気が漂い、そのなかでラッセルはミッチにかんする計画を打ち明け、スザンヌとふたりで天井を見つめている。想像できるのは、彼がまず真っ先に崖っぷちまで行き、そのあとも詳細を避けてうろうろしているところ。そのせいでスザンヌは自分も同じことを考えていたとか、そもそも自分が考えたことだと思い始めるかもしれない。

「おれのために地獄の番犬になってくれるね」と彼はやさしく語りかける。瞳の奥に渦巻く執念は、愛とも間違えやすい。想像しにくいけれど、その瞬間、スザンヌはきっと舞いあがっている。彼の手が彼女の頭を掻きむしる。よく男たちが犬を興奮させてよろこばせようとするときにやるやつだ。それからプレッシャーがぐんぐん高まり、もっと大きな流れに乗りたいという願望が湧いてくる。

「すごいことになるぞ」とラッセルは言う。「やつらも無視できない」目に浮かぶのは、彼がスザンヌの髪の毛を指にからめてわざと引っぱるところ。ほんのちょっと引っぱるだけなので、彼女には胸のドキドキが痛みによるものなのか、よろこびによるものなのかわからない。

彼はドアを開けて、スザンヌを送り出す。

次の日、スザンヌは一日中そわそわしていた。あわてた表情でひとりどこかへ行ったり、差し迫ったようすでガイとひそひそ話し合ったりしていた。わたしは手にした彼女のかけらの大きさではラッセルに勝てないのが悔しくて、むきになった。彼女は自分をぱったり閉じてしまい、わたしは遠くの関心事だった。

自分の混乱する心をあやし、希望が持てる説明をあれこれ考えたけれど、あるとき笑いかけてみたところ、すぐにわたしとわかってもらえず、彼女は目をぱちぱちさせて、わたしが忘れ物の手帳を届けにきた赤の他人であるような顔をした。彼女がはんだづけされたような目をしていることにもたびたび気づいた。内側にむけられた険しい表情。あとになって、それは準備をしていたのだとわかった。

夕食は温めなおした豆で、アルミニウムのような、鍋にこびりついた焦げの味がした。パン屋のチョコレートケーキはぱさぱさで霜がびっしりついていた。みんなが家のなかがいいと言うので、ささくれた床の上に座り、皿を膝の上に斜めに置いて食べることになった。しかたなく原始人のように背中をまるめて食べたものの、みんな食が進まないようだった。スザンヌはケーキを指で押して、それがぽろぽろ崩れるのをながめている。みんながたびたび視線を交わすようすは、はしゃぎたいのをがまんしているみたいで、サプライズパーティーでも企んでいるようにしか見えなかった。ドナがスザンヌに意味ありげに古着を手渡すと、もうわけがわからず、場違いのようなみじめな気持ちがわたしを無我夢中にさせた。

覚悟を決め、なんとしてもスザンヌと話そうと思った。けれどもゲロみたいな残飯から顔を上げると、彼女はすでに立ちあがろうとしているところだった。わたしには見えない知らせを受けて動いているのだ。

みんなでどこかへ行く気だとわかったのは、彼女の懐中電灯の光を頼りに、やっと追いついたときだった。よろめき、絶望で息が詰まりそうになる。スザンヌがわたしを置いていこうとしている。

「いっしょに連れてって」とわたしは言った。草むらを切り裂いて進む彼女のあとにできる獣道を必死についていく。

スザンヌの顔は見えない。「どこに?」と彼女は落ち着いた声で言った。

「どこへでも」とわたしは言った。「だっていまからどっかに行くんでしょ」

するとと彼女ははずんだ声で、からかうようにこう言う。「ラッセルから頼まれてないよね」

「でも行きたいの」とわたしは言った。「お願い」

厳密には、スザンヌはイエスとは言わなかった。それでも彼女はわたしが追いつけるくらいにペースをゆるめた。それがわたしには思いがけないことで、しっかりした意図を感じた。

「じゃあ着替えて」とスザンヌは言った。

わたしは自分を見下ろして、なにが彼女の気分を害したのか見定めようとした。コットンのシャツ、ロングスカート。

「黒っぽい服に」と彼女は言った。

十四、

車に揺られているときのことは、長い病のようにもやもやして現実味がなかった。ガイがハンドルを握り、その横にヘレンとドナが座っていた。スザンヌは後部座席で窓の外を見つめていて、そのすぐ隣にわたしがいた。夜が深まり漆黒の時間帯を迎えるなか、車は街灯の下を走っていた。硫黄色の明かりがスザンヌの顔の上を流れていき、わたし以外はみんな魂が抜けたようになっている。ときどき、ほんとうは自分がまだ車を降りていないような気がすることもあった。もうひとりのわたしがずっとそこにいるような。

その夜、ラッセルは農場(ランチ)に残った。それが奇妙なことだという印象さえ受けなかった。スザンヌたちは世に放たれた彼の使い魔で、以前からずっとそんな感じだった。ガイはセコンドのような存在で、スザンヌとヘレンとドナは迷いを知らなかった。ルーズもいっしょのはずだったけれど来なかった。あとになって彼女は、嫌な予感がして残ることにしたと説明した、とはいえ、それが真実かどうかはわからない。彼女のなかに現実世界とつながるくびきになりかねない手ごわい道徳心があるのをラッセルが感じて、引きとめたのかもしれない。ルーズにはニコという、自分のおなかを痛めた子がいた。ルーズはもっとも重要な目撃者として、白いワンピースで、髪の毛をきっちりと真ん中で分けて証言台に立った。

わたしも同行することをスザンヌがラッセルに伝えたのかどうかはわからない。その疑問には誰も答えていない。

カーラジオがついていて、そこから流れてくるのは、ばかばかしいくらいにかけ離れた世界に暮らす人々のサウンドトラックだった。ほかの人はみんな眠るしたくをして、母親たちは夕食のチキンの最後のひとかけらをごみ箱に捨てているころだろう。ヘレンが、ピズモビーチに打ちあげられた一頭のクジラについてだらだらしゃべっていた。大地震が来る前触れだって話、ほんとだと思う？　その説に興奮したように膝立ちになる。

「みんなで砂漠に逃げなきゃならないね」と彼女は言った。誰もその餌には食いつかず、一瞬、車内が静まりかえる。ドナがぼそっとなにか言ったけれど、ヘレンは歯を食いしばっていた。

「窓、開けてくれない？」とスザンヌが言った。

「寒いよ」とヘレンが赤ちゃん声で訴えた。

「ほら早く」とスザンヌが背もたれをバンバン叩きながら言った。「こっちは溶けそうになってるんだから」

ヘレンが窓を開けると、車内に排気ガスのまじった空気が流れこんできた。海が近いので潮の香りもする。

そんな場所に、わたしはみんなといた。ラッセルは変わってしまい、状況は悪くなっていたけれど、わたしにはスザンヌがいた。彼女の存在は、どんな不安も捕まえて檻に閉じこめてしまう。それは先に眠ってもママが怪物を追い払ってくれると、子供が信じているようなものだった。ママだって怖いのかもしれないのが子供にはわからない。子供を守るには自分の無力な体を差し出すことしかできないのをママは知っている。

心のどこかでは、事態がどこへむかっているのかわかっていたのかもしれない。暗闇に沈んだかすかな光。そこへたどり着くまでの軌道がなんとなく見えていて、それでもついていったのかもしれない。わたしはその夏だけじゃなく、人生のさまざまな節目で、あの夜をふるいにかけてやみくもに確かめようとすることになるのだ。

スザンヌは、いまからミッチの見舞いにいくとしか言わなかった。その口ぶりはかつて聞いたことがないくらい冷酷で尖っていたけれど、それでもなお、わたしの頭では「ダットン家でしたようなことをするんだ」としか思いつかなかった。精神的に揺さぶりをかけて、一瞬だけミッチを怖がらせ、世界の順序をがらっと入れ替えてもらう。いいことじゃないか――スザンヌの彼への憎しみが許しとなって、わたしの憎しみにも火をつけた。太い指で体をまさぐり、わたしたちをながめまわしながら意味のないことを途切れがちにつぶやく。まるでそういうありふれた言葉でわたしたちをだまして、自分がどんな汚らわしい目つきをしているか気づかせまいとするみたいに。彼に無力感を味わわせたかった。異界からやってきたいたずら好きのお化けのようにミッチの家を占拠してやるのだ。

わたしがそう感じたばっかりに、そのとおりになった。なにかがここにいる五人をひとつにむすびつけているという感覚、別世界から吹くひやっとした風がわたしたちの肌や髪をなでていく。とはいえその別世界が死であるかもしれないとは、一度だって考えたことはなかった。報道が急激に勢いを増すまで、本気では信じられなかった。言うまでもなくそれ以降は、死の気配があらゆるものを染めてしまったように思えた。それは車内に充満する無臭の霧のようで、その霧を吸って吐く行為が、わたしたちのしゃべるひとことひとことを形作っていた。

車はまだそれほど遠くまでは来ていなくて、ランチを出て二十分くらいだったかもしれない。ガイは急カーブの多い真っ暗な山道をゆっくり進み、広々とした平地に出るとスピードを上げた。ユーカリの木立を通り過ぎ、窓の外には冷たい霧が立ちこめていた。

わたしは意識を集中させて、あらゆるものをしっかりと琥珀のなかに閉じこめた。ラジオ、ぶつかり合う体、スザンヌの横顔。これをみんなはいつも味わっているんだと想像した。近すぎてわからないくらい、おたがいの存在が網目のようにつながった状態。このあふれ出る友愛の気持ち、このつながりのおかげで、自分は沈まずにいるんだという感覚。

わたしとのあいだにスザンヌは手を置いていた。懐かしいながめに心を揺さぶられ、その手がミッチのベッドの上でどんなふうにわたしをつかんできたかを思い出す。表面がでこぼこした爪は、栄養不足で割れやすくなっている。

愚かな希望に蝕まれたわたしは、自分がこの先も彼女の関心という幸せな場所にとどまり続けるだろうと信じていた。彼女の手を取ろうとした。メモを渡すみたいに手のひらにぽんと触れた。するとスザンヌはぎくっとして、わたしは彼女が自分の世界に入りこんでいたことに初めて気づいた。

「なに？」と彼女は鋭く言った。

表情を取り繕うことがまったくできなかった。スザンヌは飢えた愛情が群れをなして飛ぶのを見たに違いない。その深さを測ろうとしたに違いない。井戸に石を落とすように——けれども底に当たる音がしない。彼女の目がうつろになる。

「車を止めて」とスザンヌは言った。

ガイはハンドルを握り続けた。

「止めてったら」とスザンヌが言うと、ガイはちらっとわたしたちを振り返ってから、右車線の路肩に車を寄せた。

「どうしちゃったの——」とわたしは言ったけれど、それをスザンヌはさえぎった。

「降りて」と言いながらドアを開ける。動作が速すぎて引きとめることもできず、映像が先走り、音声が遅れて聞こえてくるみたいだった。

「またまたあ」とわたしはできるだけ冗談ぽく聞こえるように言った。スザンヌはすでに車を降りて、わたしが出るのを待っている。彼女は本気だった。

「だけどなんにもない場所だよ」と、わたしは弱りきった顔でハイウェイを見渡した。スザンヌはいらだたしげに体を動かしている。わたしは助けを求めてほかのみんなのほうを見た。室内灯に照らされた三人の顔には表情がなく、銅像のように冷ややかで人間味に欠けていた。ドナは目をそらしたけれど、ヘレンは医学的好奇心があるような目でわたしを見ていた。ガイは座る位置を変え、バックミラーの向きを直している。ヘレンが小声でなにか言い、それをドナがシッと制した。

「ねえスザンヌ」とわたしは言った。「お願い」力ない抗議の声。

彼女はなにも言わなかった。ついにわたしが体を引きずるように外に出ても、スザンヌは迷いのひとつも見せなかった。彼女がふたたび車に乗りこんでドアを閉めると、室内灯がぱっと消えて、みんなは闇のなかに戻っていった。

そして走り去った。

ひとりぼっちになったのがわかった、と同時に、浅はかな望みも抱いていた。みんないまに戻ってくる、これはただの冗談で、スザンヌがこんなふうにわたしを置いていくはずがない、そんなことするわけがない——自分がぽいと投げ捨てられたことはよくわかった。わたしにできるのはただズームアウトして、どこかはるか高いところから見下ろすことだけだった。暗闇にひとりたたずむ女の子を。見ず知らずの誰かを。

十五、

最初の数日間はありとあらゆる噂が飛び交った。ABCのハワード・K・スミスは誤ってミッチ・ルイスが殺されたと伝えてしまったものの、これはほかの噂とは違い、すみやかに訂正された。NBCのデイヴィッド・ブリンクリーは、切り裂かれるとか撃ち殺されて芝生に放置されるなどした犠牲者は六人だと伝えた。この数字はのちに四人に修正された。処刑や悪魔のシンボルみたいなことを初めに言いだしたのはブリンクリーだ。これはリビングルームの壁にハートが描かれていたことから始まった混乱だった。そのハートは、殺された母親の血をタオルの先に染みこませて描いてあった。

勘違いするのもうなずける。そのかたちに猟奇的な意味を読み取って、なにか謎めいた不吉なメッセージだと思いこんでしまうのもしかたない。真相を信じるよりも、黒ミサの痕跡だと思っていたほうが楽なのだ。ほんとうはただのハートで、恋に悩む女の子が描くノートの落書きと変わらないのに。

道路を一キロ半ほど歩くと出口があり、すぐ近くにガソリンスタンドがあった。ベーコンが焼けるような音をたてる硫黄色のライトの下を出たり入ったりした。伸びあがって揺れながら道路を見張った。誰かが来てくれることをついにあきらめたとき、公衆電話から父の家にかけた。タマルが出た。

「もしもし」とわたしは言った。

「イーヴィー」と彼女は言った。「よかった。いまどこ?」キッチンで彼女が受話器のコードをよじってコイルを重ねようとしているのが目に浮かぶ。「きっとかけてくれると思ってた。すぐにかかってくるって、パパも言ってたのよ」

わたしはどこにいるか説明した。声がうわずっていることに彼女は気づいたはずだ。

「いまから行く」と彼女は言った。「そこを動かないでね」

縁石に腰かけ、膝を抱えて待った。ひんやりした空気が秋の訪れを告げる。ブレーキランプの星座が一〇一号線沿いを流れていき、それを大型トラックがスピードを上げて煽っている。わたしはスザンヌにかんする言い訳をぐるぐる考えていた。彼女がなぜあんなことをしたのか説明がつくんじゃないかと。けれどもじっさいには恐ろしい、生々しい現実に気づいただけだった——わたしたちは一度だって近い関係じゃなかったのだ。わたしなんかどうでもいい存在だったのだ。

自分に好奇の目がむけられているのを感じた。スタンドでヒマワリの種を買い、煙草の葉を地面にぷっと吐き出すトラック運転手たち。父親らしい歩き方の、カウボーイハットをかぶった男たち。わたしがひとりでいることを、どうとらえようか考えているらしい。むき出しの脚、長い髪。わたしが受けたすさまじい衝撃が強力なスクラムを組んで、近寄るなと警告していたに違いない。彼らはわたしを放っておいてくれた。

ようやく白いプリムスが近づいてくるのが見えた。タマルはエンジンを切らなかった。助手席に乗りこむと、見慣れたタマルの顔がありがたくてもじもじしてしまう。彼女の髪は濡れていた。「乾かす時間がなくて」と彼女は言った。わたしを見る表情はやさしいけれど、戸惑ってもいた。訊きたいことはいろいろあるのに、わたしが答えないだろうとわかっているのだ。秘められた世界に若者が生きていることは、ときどき必要に迫られたときだけ表面化して、子供はいなくなるものだと親に教えこむ。わたしはすでに消えた子供だった。

「心配しないで」と彼女は言った。「あの人、あなたが出てったことをママには知らせてないから。いずれ戻ってくるなら、無駄に心配させるだけだってわたしが言ったの」

唯一の文脈を失い、すでに悲しみは倍にふくれつつあった。スザンヌは永久にわたしのもとを去った。がくんと足を踏みはずして、どこにもかすることなく落ちていくような感じだった。タマルは片手でハンドバッグを探って、小さなゴールドのケースを取り出した。型押しをしたピンクの革をあしらった名刺入れみたいなやつだ。なかにジョイントが一本だけ入っていて、彼女はグローブボックスを顎で示した。わたしはライターを探してあげた。

「パパに言わないでね」彼女は道路に目をむけたまま吸いこんだ。「わたしまでガミガミ言われちゃうから」

タマルが言ったことはほんとうだった。父は母に連絡をしなかった。とはいえ父は怒りに震え、一方で恥ずかしそうにしていた。娘というペットに餌をやり忘れたことに。

「おまえの身になにかあったらどうするんだ」と父は俳優みたいにせりふを考えながら言った。

タマルは父の背中をぽんぽんと叩いてキッチンへ行き、自分で飲むためにコーラを注いだ。ふたりきりになった父は吐く息がカッカして、その顔はおろおろしていた。わたしがリビングルームを横切っていくのを見ているうちに、父の気持ちはだんだん落ち着いてきたようだった。これまで起きたことを思えば、こんなのは恐れるようなことじゃなかった。去勢された父の怒りなんて。この人になにができるのか。わたしからなにを奪えるのか。

こうしてわたしはパロアルトの味気ない自分の部屋に戻ってきた。ランプから放たれるのはビジネス旅行者を照らす無機質な明かりだった。

翌朝、わたしが起きたころには誰もいなくて、父とタマルは仕事に出たあとだった。ふたりのどちらか——おそらくタマル——が扇風機をつけっぱなしにしてくれていて、作り物めいた観葉植物が風に揺れていた。寄宿学校に入る日は一週間後に迫っていたものの、父のアパートメントで過ごす七日間は長すぎるように思えた。夕食を七回も切り抜けなければならないのだから。でも一方では、ずるいくらいに短い気もした。これなら習慣だの文脈だのを身につけるひまもない。わたしはただ待てばよかった。

テレビをつけて、くだらないおしゃべりの心休まるサウンドトラックを流しながらキッチンを漁った。棚にあったライスクリスピーの箱に、シリアルのくずがほんの少し残っていた。それをひとつかみ食べて、空になった箱を畳んだ。グラスにアイスティーを注いだらクラッカーを出して、それがポーカーのチップならうれしくなってしまうような高さに積みあげる。それをカウチに運ぶ。そして腰を下ろそうとしたとき、画面を見て凍りついた。

イメージが洪水のように湧いてきていっきに広がっていく。

単独、あるいは複数の犯人はまだ捕まっていません、とニュースキャスターは言った。ミッチ・ルイスのコメントはまだ取れていません。湿った手のなかでクラッカーが粉々に砕けた。

裁判が終わってようやくいろんなことがあきらかになった。いまではおなじみとなったあの夜がどんな弧を描いたのか。ありとあらゆる詳細が公開された。ときどき考えてみることがあった。自分がどんな役を演じていたかもしれないのか。どのていどまで関わっていたのか。いちばん楽なのは、なにもしなかっただろうと思うことだった。わたしがみんなを止めたとか、わたしの存在がよりどころとなって、スザンヌを人の道に踏みとどまらせたとか。それは願望で、説得力のあるたとえ話みたいなものだった。一方で別の可能性もあり、それはしつこくつきまとい、しかも姿は見せないのだった。ベッドの下にひそむお化け、階段の下で待ち伏せする蛇。ひょっとしたらわたしもなにかしていたかもしれない。

それはたやすいことだったかもしれない。

スザンヌたちはわたしを道端に置き去りにしたあと、まっすぐミッチの家にむかった。そこから車で三十分の道のりだ。その三十分間で、わたしの追放劇を糧にみんながひとつにまとまり、ほんとうの巡礼者になっていったのかもしれない。スザンヌは前の座席に腕を組んでもたれかかり、アンフェタミンの作用で体中に自信をみなぎらせている。ガイはハイウェイを降りて片側一車線の道路を走りだし、ラグーンにかかった橋を渡る。出口ランプ付近には白い低層のモーテルが立ち並び、そびえ立つユーカリの木が空気にぴりりと胡椒をきかせている。ヘレンは法廷で証言するさい、自分はあまり気が進まないということを、このとき初めて仲間に伝えたと主張している。でもわたしは信じない。自分に疑問を抱いたとしても、それはあくまでも水面下の話で、気泡がひとつ、頭のなかを漂い、ポンとはじけるていどのことだから。みんなの疑問はしだいに薄れていく、夢の細部が薄れていくように。ヘレンはナイフを忘れてきたことに気づいた。裁判の記録によれば、スザンヌはヘレンを怒鳴りつけたというけれど、四人は取りに戻るという案をしりぞけた。彼らはより大きな流れに捕らわれて、すでに惰性で進んでいた。

一行はフォードを道路沿いに停めた。わざわざ隠そうともしなかった。ミッチの家の門へむかう途中、四人の心はいったんためらったように見えたあと、ひとつの生命体のように同じ動きを始める。

その光景が目に浮かぶ。ミッチの家を、砂利敷きのドライブウェイから見たところ。穏やかな湾を臨む船首のようなリビングルーム。四人にとっては見慣れた場所だ。わたしと知り合う前、彼らはひと月ほどミッチと暮らしていたのだ。デリバリーの請求書をためこみ、タオルの使いまわしで水いぼを流行らせた、とはいえ。その夜、彼らの目にはミッチの家がそれまでとは違ったふうに、ロックキャンディみたいにキラキラして見えたかもしれない。そこの住人の運命はすでに決まっていて、そのあまりに悲惨な運命に、四人は早くも悲しみに近いものを感じていたかもしれない。大きなうねりの前では住人たちはどこまでも無力で、その命はすでに用済みの、うっかり雑音を重ね録りしたカセットテープのようなものだったからだ。


四人はミッチがいるものと思っていた。いまでは誰もが知る話だ。じつはミッチは、『ストーン・ゴッズ』というお蔵入りになる運命の映画用に書いた曲の作業でロサンゼルスに呼び出されていた。その晩、トランス・ワールド航空の最終便でサンフランシスコ国際空港からバーバンクに飛び立ち、家はスコッティにまかせていた。スコッティは午前中に芝刈りをしたものの、プールの掃除が済んでいなかった。ミッチの別れたガールフレンドが訪ねてきて、息子のクリストファーと二晩泊めてもらえないかと言ってきた。二晩だけでいいからと。

スザンヌたちは家に知らない人間がいるのを見てびっくりした。一度も会ったことのない人たちだった。ともすればこれが途中でやめるタイミングになっていたかもしれない。確認し合うように視線を交わしたあと、車に戻って、しょんぼりと黙りこむ。けれども彼らは引き返さなかった。ラッセルに指示されたとおりのことをした。

派手にやれ。あらゆる人間の耳に届くようなことをしろ。

母屋にいた人たちは寝る準備をしていた。リンダと、まだ幼い息子だ。彼女は息子の夕食にスパゲッティを作り、彼のボウルからフォークでひと口もらったけれど、わざわざ自分のぶんは作らなかった。ふたりが使っていたのは来客用のベッドルームで、床に置いたキルト地の旅行かばんからは服があふれ出していた。クリストファーの手垢で汚れた、黒いボタンの目がついたトカゲのぬいぐるみもいっしょだった。

スコッティはグウェン・サザーランドというガールフレンドを呼び寄せて、ふたりでレコードを聴いたり、家主のいないあいだにジェットバスを使ったりしていた。グウェンは二十三歳、マリン郡のコミュニティ・カレッジを卒業したばかりで、スコッティとはロスという小さな町のバーベキューで知り合った。とくに美人というわけではなかったけれど、グウェンはやさしくて人当たりがよく、男の子がボタン付けや髪の手入れを何度でも頼みたくなるような女の子だった。

ふたりでビールを何本か飲み、スコッティのほうはマリファナも少し吸ったけれど、グウェンは吸わなかった。ふたりが夜を過ごした小さな管理人小屋を、スコッティは軍隊並みにきれいに保っていて、ソファベッドのシーツは病室のようにきっちりたくしこんであった。

スザンヌたちが最初に出くわしたのはスコッティで、彼はカウチでうとうとしていた。スザンヌはそのままグウェンの気配がするバスルームを見にいき、ガイはヘレンとドナにむかって母屋を調べにいくように顎で合図した。ガイはスコッティをこづいて起こした。スコッティは鼻をふんと鳴らして夢の世界から戻ってきた。そのときは眼鏡をかけていなくて――居眠りするときに胸に置いたのだ――

―きっとガイのことを、早めに帰ってきたミッチだと思ったに違いない。

「ごめん」とスコッティはプールのことを考えながら言った。「悪かったよ」あたりを叩いて眼鏡を探した。

それからあわてて眼鏡をかけると、彼の目に映ったのは、ガイの手もとから笑いかけてくるナイフだった。

スザンヌが、バスルームにいた女の子を見つけた。グウェンはシンクに覆いかぶさるようにして、顔にバシャバシャ水をかけていた。体を起こしたとき、目の端に人影が映った。

「ハーイ」とグウェンは顔から水をしたたらせながら言った。人当たりがいいのは、びっくりしたときも同じだった。

グウェンはそれがミッチかスコッティの友達だと思ったかもしれない。だけどきっと数秒後には、なにかがおかしいと気づいたに違いない。微笑み返す女の子(スザンヌはよく微笑み返してきた)が、まるでレンガの壁のような目をしていることに。

ヘレンとドナが、母屋にいた女と小さな男の子のお迎えにいった。リンダは動揺してしきりに喉を触りながらも、ふたりについていった。リンダはショーツの上に大きめのTシャツを羽織っていた。おとなしく言うことを聞いていれば助かると考えたに違いない。目でクリストファーを安心させようとした。母の手が彼のぽっちゃりした、爪の伸びすぎた手をつかんでいた。このときまだクリストファーは泣いていなかった。彼は初め、わくわくしているようすで、ゲームだとでも思っているみたいだったとドナは言った。かくれんぼとか、レッドローバーみたいな。

そんなことが起きているあいだ、ラッセルがどうしていたのか想像してみる。農場(ランチ)では誰かが火をおこして、ラッセルはそのせわしなく揺れる明かりのなかでギターを弾いていたかもしれない。あるいはルーズか誰かを自分のトレーラーに連れこんでいっしょにジョイントを吸いながら、煙がゆったりと漂って天井付近にとどまるのをながめていたかもしれない。その女の子は彼のすぐそばで彼の注目を独り占めして得意になっていたかもしれないけれど、もちろん彼の心は遠くに行っている。エッジウォーター通りの、玄関を出たらすぐ海が広がっている家に行っている。彼が小ずるそうに肩をすぼめるところや、奥に渦巻きを宿した二つの目が、ぴかぴかに磨いたドアノブのように冷たく光るのが見えるようだ。「彼らがやりたがったんだ」とのちに彼は言った。裁判官に面とむかってけらけら笑った。笑いすぎて息ができなくなるくらい。「俺がやらせたと思ってるのか？　この手が少しでもなにかしたと思ってるのか？」職員に法廷から連れ出されることになっても、ラッセルは激しく笑っていた。

全員が母屋のリビングルームに集められた。ガイは彼らを大きなカウチに座らせた。犠牲者たちはそっと目配せしたけれど、自分たちが犠牲者であることはまだ知らない。

「わたしたちをどうする気？」とグウェンが何度も訊いた。

スコッティがみっともないくらい汗をかきながら、お手あげだというように目玉をぐるりと動かすと、グウェンは笑った。この人は守ってくれないと、急に気づいたのかもしれない。この人はただの若造で、眼鏡はくもり、唇を震わせ、いま自分は家から遠く離れたところにいるんだと。

彼女は泣きだした。

「うるさい」とガイが言った。「黙ってろ」

グウェンは涙をこらえようとして静かに震えていた。女の子たちが全員を縛りあげているあいだも、リンダはクリストファーを落ち着かせようとした。ドナがグウェンの手首をタオルで縛った。リンダはガイの手で引き離される前に、息子をもう一度だけぎゅっと抱きしめた。グウェンはカウチに座りスカートがめくれあがった状態で、思いっきり泣き叫んでいた。太ももがむき出しになり、顔はまだ水で濡れていた。リンダがスザンヌにささやいた。財布にあるお金をぜんぶ持っていっていいし、銀行に連れていってもらえればもっと渡せると。リンダは抑揚のない落ち着いた声で自制心を保とうとしていたけれど、もちろんできるはずがなかった。

最初にやられたのはスコッティだった。ガイは彼の手にベルトを巻きつけた。

「ちょっと待て」とスコッティは言った。「おい」手荒なあつかいにいらだちをあらわす。

それにカッとなったのがガイだった。力まかせにナイフを突き立てたせいで、柄が真っ二つに裂けた。スコッティは逃れようとしたけれど床に倒れこみ、腹をかばって寝返りを打とうとした。鼻と口から血がぶくぶく噴き出していた。

グウェンは縛り方がゆるかったために、ナイフがスコッティに沈みこんだ瞬間、タオルを振りほどいて玄関から飛び出した。アニメみたいな、作り物めいた派手な悲鳴をあげていた。もう少しで門にたどり着くところで、つまずいて芝生に倒れこんだ。彼女が立ちあがるよりも先にドナが襲いかかった。背中に這いあがり、やがてグウェンがていねいに、早く死なせてほしいと頼むまで刺し続けた。

彼らは最後に母と息子を殺した。「お願い」とリンダは言った。はっきりした声で。この期におよんでまだなにかしらの猶予がもらえるのを期待していたのだろう。彼女はとても美しい人で、まだ若く、子供がいた。「お願い」と彼女は言った。「お金をあげるから」だけどスザンヌがほしいのはお金じゃなかった。アンフェタミンが彼女のこめかみを締めつけ、呪文のようにドクドク鳴っている。一方では美しい人の心臓が、その胸のなかでフル回転している——麻薬にも似た、狂おしい速さで。美しい人がそうであるように、リンダも信じていたに違いない。きっとどこかに解決策があって、自分は助かるはずだと。ヘレンはリンダを押さえつけた。リンダの両肩にかけた手は最初はためらいがちで、へたくそなダンスのパートナーのようだったけれど、いらいらしたスザンヌに急かされると、さらに力をこめた。なにが起きようとしているのかを知り、リンダは目を閉じた。

クリストファーも泣きだしていた。カウチの裏側でうずくまっている子供を、誰も押さえつける必要はなかった。その子の下着には、鼻をつくおしっこのにおいが染みこんでいた。彼の声は悲鳴となり、感情をぜんぶ吐き出すようにして泣いた。母親は絨毯の上で、もう動かなくなっていた。

スザンヌは床にしゃがみこんで、両手を彼のほうに伸ばした。「おいで」と彼女は言った。「ほら」

これはどこかに書かれているわけじゃないけれど、わたしがいちばんよく想像する場面だ。スザンヌの両手はおそらくすでに血まみれになっている。服や髪の毛から立ちのぼる生温かい人体のにおい。その姿がはっきりと目に浮かぶのは、いろんな顔の彼女を知っているからだ。彼女は穏やかで神秘的な空気を身にまとい、水のなかにいるようにゆったりと体を動かす。

「おいで」とスザンヌが最後にもう一度言うと、男の子はじりじりと彼女に近づいていく。それからこの子が膝の上に来ると、彼女はしっかりつかまえて、ナイフを贈り物のように差し出す。

ニュースが終わるころには、座りこんでいた。アパートメントのなかでこのカウチだけが切り離されて真空状態になったようだ。さまざまなイメージがふくらんで、悪夢の蔓みたいに枝分かれしていく。邸宅のむこうに広がる無関心な海。玄関までの階段を下りてくるワイシャツ姿の警官の映像。彼らには急ぐ理由がないのがわかる。すでに手遅れで、もう助かる人はいないからだ。

理解できたのは、これが自分よりもはるかに大きいニュースだということ。わたしには最初のひらめきがちらっと見えただけだということ。出口めがけて走っても、掛け金はかんたんには開かない。ひょっとしたらスザンヌはグループを抜けたかもしれないし、関わっていないかもしれない。けれどもそんなことをがむしゃらに願ったところで、むなしく響くだけだった。もちろん彼女は手を下している。

いろんな可能性が寄せては返す。どうしてミッチは家にいなかったのか。これから起きることに自分はどうからんでいるのか。数々の警告を、どうして無視できたのか。泣かないようにがんばっているうちに、息が苦しくなってきた。わたしが取り乱しているのを見て、スザンヌがいらだつところが想像できる。冷ややかな声でこんなふうに言う。

なんで泣いてんの？

あんたはなにもしてないのに。

事件が未解決だったときのことを思うと不思議な気持ちになる。あの行為が、スザンヌたちとは別のところに存在していたことを思うと。だけど世間ではそうだった。彼らは何か月も捕まらなかった。その犯行は卑劣で、他人事とは思えず、巷にヒステリーが広がった。家庭のかたちを変えてしまった。家は突如として安全な場所ではなくなり、慣れ親しんだ場所という概念が真っ向から否定された。住人たちをあざ笑うように――ほら見ろ、これがリビングルームだ、キッチンだ、だがそれがなんの役に立つというのか。慣れ親しんだ場所というやつが。結局のところ、なんの意味もないじゃないか。

そのニュースは夕食のときもずっと鳴り響いていた。わたしは目の端でなにかが跳ねるたびに振り返ったけれど、それはたんにテレビに映る光だったり、窓の外を通り過ぎる車のヘッドライトだったりした。父は首を掻きながらテレビを観ていて、その顔にはわたしの知らない表情が浮かんでいた――父は恐れていた。

「子供よ」と彼女は言った。タマルはそれを放っておかなかった。「子供を殺さなければまだ救いがあったのに」

いまに気づかれるだろうという、ぼんやりとした確信があった。わたしの表情が断裂を起こして、不自然に黙りこんでいることに。けれどもふたりは気づかなかった。父は玄関に鍵をかけ、さらに寝る前にもう一度確かめた。わたしはしばらく起きていた。ランプの明かりの下で見る自分の手はぐにゃっとして生気がなかった。紙一重の差で結果は違っていたのか？　あの夜、空にきらめく惑星が別の軌道を描いたり、別の潮流が浜に打ち寄せたりしていたら――それが、わたしが手を下した世界と、下していない世界とを分けるわずかな差になっていたんだろうか。眠ろうとしても、内側をぐるぐる旋回する暴力がわたしの目をひらかせた。さらにそのむこうには猛り狂う別の感情もあった。こんなときでさえ、わたしは彼女が恋しかった。

解明しようにも、この事件の論理はあまりにもひねくれていて、しかもあまりにも多くの側面があり、あまりにも多くの間違った手がかりが含まれていた。警察に残されたのは四人の遺体と、それぞれが死を迎えた現場の状況だけで、それは順序がばらばらになったメモのようなものだった。無差別だったのか？　ターゲットはミッチだったのか？　あるいはリンダか、スコッティか、はたまたグウェンであった可能性も？　ミッチには知り合いがたくさんいて、有名人らしく敵や恨みを抱く仲間も多かった。ミッチを始めとする複数の人物からラッセルの名前もあがったけれど、大勢いるなかのひとりにすぎなかった。警察がようやくランチを調べにくるころには、グループはすでにそこを捨てて、バスで西海岸の野営地をあちこち移動しながら砂漠に身をひそめていた。

わたしは知らなかったけれど、捜査は行き詰まり、警察はささいなことを追いかけるので手いっぱいだった。芝生に落ちていたキーホルダーは結局のところ管理人のものと判明し、ミッチの元マネージャーまでもが監視下に置かれた。死によって、取るに足らないことにまでこじつけのように重要性が与えられ、その交錯する光があらゆるものを証拠に変えてしまった。わたしはなにが起きたかわかっていたから、警察にもわかるはずだという気がしていた。だからスザンヌが逮捕されて、警察がわたしを捜しにくる日を待った。だって、ダッフルバッグを置いてきてしまったし、きっとあのバークレーの学生トムが、スザンヌがミッチにかんして恨みがましくしゃべっていたことを事件とむすびつけて、いまに警察に通報するだろう。その恐怖はほんものだったとはいえ、たいした根拠があるわけじゃなかった。トムはわたしのファーストネームしか知らない。彼は善良な市民として警察に話したかもしれないけれど、そこからなにかが浮かびあがることはなかった。警察には電話や手紙が殺到し、あらゆる種類の人間が犯行声明を出したり、秘密の情報があると持ちかけたりしていた。わたしのダッフルバッグはどこにでもあるようなもので、個人を特定できるような特徴もなかった。なかに入っていたのは服が何着かと、『緑の騎士』にかんする本が一冊。それとマール・ノーマンのコンシーラーが一本。大人びたふりをする子供の持ち物だ。それにもちろん中身はすでに空けられて、役に立たない本は捨てられて、服は女の子たちの手に渡っていることだろう。

これまでたくさんの嘘をついてきたけれど、今回のは、より大きな沈黙の上に成り立つ嘘だった。わたしはタマルに打ち明けることを考えた。父に話すことも考えた。けれどもそこで頭に浮かぶのはスザンヌのことで、想像のなかで彼女が爪をいじりながら急にこちらをむいて、じっと見てくるのだった。わたしは誰にもなにも言わなかった。

事件のあとに続くあの恐怖は、いまでもかんたんに呼び起こすことができる。寄宿学校に入るまでの一週間は、ひとりでいるのがつらくて部屋から部屋へとタマルや父のあとをついてまわり、窓の外をちらちら見ては黒いバスがいないか確かめた。一晩中起きていた。わたしが寝ずの番をして、その苦しんだ時間を対価として差し出せば、この家が守られるような気がしたのだ。信じられないのは、わたしがこんなに参っていることや、こんなにふたりを必要としていることに、タマルも父も気づいていないことだった。ふたりは人生がこのままずっと続いていくものだと思っていた。やるべきことはいくらでもあり、ふたりが決めた流れにわたしは麻痺した頭で従った。なんであれ、これまでわたしをイーヴィーにしていたものに取って代わったのが、そのしびれたような感覚だった。シナモンハードキャンディへの愛、将来の夢——そういったものがぜんぶこの新しい自分に入れ替わってしまった。しゃべりかけられたらうなずいて、お湯で両手を真っ赤にしながら夕食の皿をすすいでは乾かす取り替え子（チェンジリング）のようなわたしに。

寄宿学校が始まる前に、母のところに戻って荷造りをすることになった。カタリナの制服は母がすでに注文済みで、ベッドの上に紺色のスカートが二枚と、セーラー襟のブラウスが一枚畳んであり、レンタルのテーブルクロスみたいな業務用洗剤のにおいがした。わざわざ着てみる気にもならず、スーツケースのテニスシューズの上に押しこんだ。ほかになにを詰めたらいいのかわからないし、なにを詰めようと関係ないように思えた。わたしは部屋をぼんやりながめた。以前はだいじだったもの——ビニールの表紙の日記帳、ブレスレットにつける誕生石、鉛筆画の本——がどれも魂の抜けた価値のないがらくたに見える。いったいどんな女の子がこんなものを好むのか想像しようにもできなかった。いったい誰がこんなものを手首につけたり、自分の一日を書き記したりするのか。

「もっと大きいスーツケースのほうがいい？」と戸口で母の声がしてぎくっとする。母の顔はしわがめだち、煙草を吸ってばかりいるのがにおいでわかった。「必要なら、わたしの赤いのを使って」たぶん、母はわたしの変化に気づいていた。タマルや父にはわからなくても。幼い脂肪がすっかり取れた、きつい顔つきをしていることに。けれども母はそういうことにはいっさい触れなかった。

「これで大丈夫」とわたしは言った。

母は一瞬沈黙して、わたしの部屋を見渡した。空っぽに近いスーツケース。「制服はぴったりだった？」と母が訊いた。

袖を通してさえいなかったけれど、これまでなかった素直な態度をしぼり出すようにしてうなずいた。

「よかったよかった」母がにっこりして唇がひび割れた瞬間、わたしはふいに打ちのめされた。

本をクローゼットにしまっているとき、白っぽいポラロイド写真が二枚、古い雑誌の束の下に隠れているのを見つけた。わたしの部屋に突然あらわれたスザンヌ。触れば火傷しそうな凶暴な微笑み、ぽってりした乳房。嫌悪感を呼び起こすこともできる。アンフェタミンでハイになり、汗まみれで殺戮にいそしむスザンヌ。でもその一方で、どうしようもない流れに身をまかせてしまうこともできた――ここにスザンヌがいるのだから。処分したほうがいいのはわかった。この写真には、すでに有罪の証拠となる気配が満ちていた。それなのにできなかった。わたしは写真を裏返しにして、二度と読み返すことのない本のなかに隠した。もう一枚の写真に写るのは誰かの汚い後頭部で、完全にそっぽをむいていた。しばらく見つめたあと、それが自分だということにようやく気づいた。

第四部

サーシャとジュリアンとザヴが早くに出ていってしまうと、わたしはまたひとりになった。家はいつもどおりの姿になった。ただしもうひとつの部屋のベッドだけは、シーツがぐちゃぐちゃでセックスのにおいがして、ここにほかの人間がいたことを示していた。ガレージの洗濯機でシーツを洗おう。それを畳んでクローゼットの棚にしまったら、床を掃いて、また元のそっけない部屋に戻そう。

その日の午後、冷たい砂の上を散歩した。貝殻のかけらが散らばり、穴がぽこぽこ開いたところには砂蟹がひそんでいる。耳に吹きつける風が気持ちよかった。風は人々を追い散らす——短大生たちの悲鳴があがり、そのボーイフレンドたちがブランケットのさざ波を追いかける。家族連れはついにあきらめて車にむかい、折り畳み椅子や、安っぽい凧のすでに壊れたのを運んでいる。わたしは二枚重ねにしたスウェットのふくらみのおかげで、なんとなく守られているような気分になり、いつもよりのんびり歩いた。ちょっと進むごとに、巨大なロープ状の海藻に出くわした。消防士が使うホースくらいの太さで、ぐちゃぐちゃにからまっている。腹をくだしたエイリアンの落とし物みたいで、とてもこの世のものとは思えない。昆布の一種で、ブルケルプというんだと教わったことがある。名前がわかったところで、気味が悪いことには変わりなかった。

サーシャはろくにあいさつもしないで出ていった。ジュリアンの脇にもぐりこんで、硬い表情でわたしの同情を跳ね返そうとしていた。彼女はすでにそこにはいなくて、頭のなかにある別の場所に行っていたのだ。そこにいるジュリアンはとろけるようにやさしくて、人生は楽しいか、そうじゃないとしても興味深い人生で、それはそれで価値のあることなんじゃないか。なにかしら意味はあるんじゃないか。わたしは笑いかけて、見えない糸で瞬時にメッセージを送ろうとした。けれども彼女が求めていたのは最初から最後までわたしではなかった。

カーメルでは霧がさらに濃くなり、わたしが通う寄宿学校のキャンパスを猛吹雪のように包んでいた。礼拝堂の尖塔、すぐ近くに広がる海。九月に入って、わたしは予定どおり学校に通いだした。カーメルは時が止まったような町で、同級生はみんなじっさいよりもずっと幼く見えた。モヘアのセーターを集めて色ごとに並べておくルームメイト。寮の壁をひらひらと覆うタペストリー、消灯時間を過ぎたあとの忍び足。上級生が運営する売店ではポテトチップやソーダやキャンディなどが売られていて、女の子はみんな、週末の九時から十一時半までここで飲み食いできることがとびきり洗練された最高の自由であるかのようにふるまった。話す内容や、レコードを何箱も持っていると息巻くわりには、彼女たちは子供っぽかった。ニューヨークから来た子たちでさえそうだった。ときどき礼拝堂の尖塔が霧で見えなくなると、現在地がわからなくなって迷子になる子もいた。

最初の数週間、わたしは女の子たちを観察した。中庭で大声で呼び合い、バックパックを背負ったり手にぶら下げたりした女の子たち。まるでガラス越しに見ているようで、探偵小説に出てくるおてんば娘を思わせた。好きなだけ食べて、愛されて育ち、週末はポニーテールにリボンをむすんでギンガムチェックのシャツを着るような子。彼女たちは家に手紙を書き、かわいがっている仔猫や、愛すべき妹についてしゃべった。共有スペースにはスリッパに部屋着姿の女の子たちが集い、小型冷蔵庫で冷やしたチョコバーを食べながらテレビに群がって、心がブラウン管と一体化してしまうまで観ていた。ある女の子のボーイフレンドが亡くなった。スイスでロッククライミングをしているときの事故だった。みんながその子のまわりに集まって、悲劇に胸を熱くした。力になるというドラマチックな言葉を支えているのは嫉妬だ。不幸はめったにないからこそ魅惑的だった。

自分がめだっていないか気が気でなかった。心の底にある恐れが見えているんじゃないか。けれどもこの学校の構造――独特で、ほとんど自治都市みたいなところ――は、そんなぼんやりした不安も切り裂いてしまうように見えた。驚いたことに、わたしにも友達ができた。詩の授業でいっしょの子。ルームメイトのジェサミンだ。わたしの恐怖は、ほかの子たちの目には深遠な空気をまとっているように映った。わたしが孤立しているのは、うんざりするような経験がそうさせているんだと。

ジェサミンはオレゴン州に近い牧畜の町で育った。彼女のもとに兄から漫画本が送られてきた。それは女のスーパーヒーローがはちきれそうなコスチュームを着て、蛸や犬のキャラクターとセックスするような内容だった。ジェサミンの兄はそれらをメキシコの友達から手に入れているらしく、彼女はそういうばかげたバイオレンスが好きで、ベッドの横に頭を垂らして読んだ。

「ひどいよ、これ」と彼女は鼻で笑い、本を投げてよこした。わたしは四方八方に飛び散る血や、山のように盛りあがった乳房になんとなく吐き気を覚えるのを隠そうとした。

「ダイエット中だから、食べ物は誰かと分けるようにしてるの」ジェサミンはあるときそう言って、机の引き出しにしまっておいたチョコ菓子をひとつ分けてくれた。「前は半分捨ててたんだけど、そしたら寮が鼠だらけになって、できなくなっちゃった」

彼女はコニーを思い出させた。おなかにへばりついたシャツを照れくさそうに引っぱるしぐさなんかが。コニーはペタルーマの高校に行くことになっていた。あの低い階段を通って、ささくれのできたピクニックテーブルでランチを食べているだろう。いまさら彼女についてなにを思ったらいいのかもわからなかった。

ジェサミンはわたしが地元にいたころの話を聞きたがった。わたしがハリウッドの看板の真下で暮らしていたように考えているのだ。カリフォルニア・マネーが建てたシャーベットピンクの家で、庭師がテニスコートを掃除しているところなんかを。わたしが酪農の町の出身でも、それをちゃんと伝えても無駄だった。それ以外のこと、たとえばわたしの祖母がどんな人だったかという事実のほうがよっぽど大きかったのだ。入学したてのころ、ジェサミンはわたしがあまりしゃべらない原因をあれこれ推測した。そこで、そのあらましにわたしは足を踏み入れることにした。たくさんいたなかのひとりとして、あるボーイフレンドの話をした。「有名人だったんだ」とわたしは言った。「誰かは言えないけど、しばらくいっしょに暮らしてた。あそこが紫色してんの」とわたしがせせら笑うと、ジェサミンも笑った。嫉妬と驚きに包まれた顔でわたしのことを見ていた。わたしもそんな目でスザンヌを見ていたのかもしれない。物語はすらすらと口をついて出た。それは都合のいい物語で、いちばんよかったころの農場(ランチ)を借りてきて、折り紙のように新しいかたちに折ればよかった。すべてがわたしの思いどおりになる世界だった。

フランス語の先生は最近婚約したばかりのきれいな人で、人気者の女子に婚約指輪をはめさせてあげるような人だった。美術の授業を担当しているのはクック先生といって、新米教師としての不安からとても熱心な先生だった。ときどき顎に沿ってファンデーションの境目がくっきり残っているのは哀れを誘ったけれど、わたしにやさしく接しようとしてくれた。わたしがぼんやりしていたり、腕枕をしていたりするのに気づいてもなにも言わなかった。わたしをキャンパスから連れ出して、麦芽入りのミルクセーキとぬるま湯みたいな味のホットドッグを食べさせてくれたこともあった。いろんな話をしてくれた。ニューヨークを出て仕事に就くまでのいきさつ、都会はアスファルトからの照り返しがきついこと、近所の犬のせいでアパートメントの階段が糞だらけだったこと、精神的に少し病んでしまったこと。

「ルームメイトが食べているものをひと口だけもらうような生活だった。しばらくするとまったく食欲がなくなって、とうとう体を壊した」クック先生は眼鏡の奥で苦しそうな目をした。「あんなに悲しい気持ちになったことはないのに、たいした理由があるわけじゃないっていう感じ？」

先生は、わたしがいまの話に自分を重ねるのをあきらかに待っていた。地元にいるボーイフレンドとか、入院中の母に会えないつらさとか、あるいは意地悪なルームメイトによる心ない陰口みたいな、悲しいけれど手に負えないわけじゃない物語を期待しているのだ。わたしのためにかっこよく理解を示して、年上らしい分別ある見方をさっと差し出してあげることのできるシチュエーション。じっさいにクック先生に真実を話すことを想像すると、現実離れしたおかしさがこみあげてきて、わたしは口をぎゅっとむすんだ。先生はあの未解決の殺人事件のことを知っていた。誰もが知っていた。人々はドアに鍵をかけ、防犯効果の高い本締錠（デッドボルト）を取りつけ、さらに保険にと番犬を買った。必死の警察はミッチからなにも得られず、当のミッチは恐れをなして南フランスに逃げてしまったものの、家のほうは翌年まで取り壊されなかった。蒸気のように漂う恐怖を味わおうとして、巡礼者が家の前までやってくるようになっていた。彼らはなにをするわけでもなく車のなかにいて、やがてうんざりした近所の人に追い払われて去っていった。ミッチがいないので、捜査員たちはドラッグの売人や、妄想癖のある病人や、退屈した主婦から得た手がかりを追いかけていた。霊能者までもが駆り出されて、ミッチの家を部屋から部屋へ歩きながら、ヴァイブレーションをつかまえようと神経を集中させた。

「犯人は孤独な中年の男です」と霊能者が言っているのを、ラジオの視聴者参加番組で聞いたことがある。「若いころ、あることをしなかったせいで罰せられたことがある人です。Kという文字が見えます。バレーホという名の街も見えます」

たとえクック先生が信じてくれたとしても、なにを話せばいいのか。八月以降、ぐっすり眠れたことがなくて、それは夢という監視の行き届かない場所が怖いからなんだということを？　あるいは部屋にラッセルがいると確信しながら目を覚ますこと。そんなときはよどんだ空気のせいで、手で口をふさがれたみたいに苦しくて息もたえだえになること。わたしが卑屈な考えにおかされていること。つまりどこかに並行して存在する世界があり、そこではあの事件は起きていなくて、わたしはランチを出ていこうとスザンヌに言い聞かせている。そこではあの金髪の母親とテディベアみたいな息子が食品売り場でカートを押しながら、言葉少なに疲れたようすで、日曜の夕食はどうしようかとしゃべっている。その世界ではグウェンが濡れた頭にタオルを巻いて、脚にローションをすりこんでいる。スコッティはジェットバスのフィルターに詰まったごみを取りのぞいているところで、スプリンクラーが静かに水をまき、近くのラジオから流れる歌が庭のほうまで聞こえてくる。

わたしが母に書く手紙は、初めのうちは劇場で繰り広げられる演技だった。しばらくすると、それなりにほんとうのことになった。

授業はおもしろいです。

友達が何人かできました。

来週、みんなで水族館に行って、ライトアップした水槽でクラゲがふわふわしながら繊細なハンカチみたいに水中浮遊するのを観てきます。

岬の先端まで来たころには、風はさらに強くなっていた。砂浜は人けがなく、ピクニック客も、犬の散歩をしていた人たちもいなくなっている。ごろごろした岩を踏み越えて、砂浜のほうに引き返すことにした。崖と波の狭間を歩いていく。こんな散歩は何度もしたことがあった。いまごろサーシャたちはどのあたりにいるだろうか。まだLAを抜けて一時間くらいだろうか。考えるまでもなく、ジュリアンとザヴが前で、サーシャが後ろに座っているのがわかる。目に浮かぶのは彼女がときどき前に身を乗り出してジョークを聞き返したり、おもしろい看板を見つけてふたりに教えたりしているところだ。ないがしろにされまいとキャンペーンを繰り広げたものの、しまいにはあきらめてまたシートに体をあずける。ふたりの会話はしだいに不明瞭になって意味のない雑音に変わり、道路をながめると、果樹園が通り過ぎていく。枝が鳥よけの銀色のテープでキラキラしている。

ジェサミンと売店に行く途中で共有スペースを通りかかったとき、誰かが声をかけてきた。「下でお姉ちゃんが捜してるよ」わたしは顔を上げなかった。自分のはずがないから。でもわたしだった。なにかが起きようとしていることを理解するにはちょっと時間がかかった。

ジェサミンは傷ついたようすだった。「お姉ちゃんがいるなんて知らなかった」

いつかスザンヌが会いにくることはわかっていたのかもしれない。

綿毛で埋めつくしたような手ごたえのない学校生活は不快じゃなかった。同じように、体が眠っているような感覚もそれなりに心地よかった。その腕や脚がむっくり目を覚ますまでは。それは棘が刺さったみたいに、ちくっとする痛みとともに戻ってきて——寮のエントランスに隠れるようにしてもたれかかるスザンヌ。ぼさぼさの髪、荒れた唇を見たとたん——彼女の存在が、皿のように積み重ねた時間を叩き割った。

あらゆるものがわたしのもとに戻ってきた。鈍い刃で切りつけたような恐怖に、心臓がどうしようもなくストロボをたき始める。とはいえ、スザンヌになにができる？　真っ昼間で、学校は人の目であふれている。見たところ、彼女はこの風景を形作る空騒ぎに気づいている。教師たちが個別指導にむかい、女の子たちがテニスバッグをかついでチョコレートミルクの息を吐きながら中庭を横切る。それはここにはいない母親たちの努力があったことを示す証拠だ。スザンヌの顔には、不思議がる動物のようなよそよそしさがあって、自分が迷いこんだこのおかしな世界を値踏みしているのだった。

わたしが近づいていくと、彼女はすっと背筋を伸ばした。「びっくりした」と彼女は言った。「だいぶさっぱりしたね」その顔には見たことのない険しさがあって、爪に血まめができていた。

わたしはなにも言わなかった。言えなかった。ずっと毛先をいじっていた。わたしの髪は前よりも短くなっていた。バスルームでジェサミンが、雑誌に出ていた見本とにらめっこしながら切ってくれたのだ。

「会えてうれしそうじゃん」とスザンヌは言った。微笑んでいた。わたしも微笑み返そうとするけれど、心から笑えない。それは遠回しにスザンヌをよろこばせたようだった。わたしの恐怖は。

なんとかしたほうがいいのはわかった。こうして玄関の日よけの下に立っていれば、誰かが足を止めて質問したり、わたしの姉に自己紹介したりする可能性はますます高まる。それなのに体が動かない。ラッセルたちもそう遠くないところにいるはずで――いまもわたしを見ている？　そこらじゅうの窓が生きているような気がして、心にぱっと浮かぶのはスナイパーや、こっちをじっと見つめるラッセルの視線だった。

「部屋を見せて」とスザンヌが言いだした。「見てみたい」

部屋には誰の姿もなく、ジェサミンはまだ売店にいた。スザンヌは止める間もなくわたしを押しのけてなかに入っていった。

「あらすてき」と彼女はお嬢様風の高い声で言った。それからジェサミンのベッドに座った。ぽんぽん跳ねる。視線の先には、ハワイの自然を写したポスターがテープでとめてある。作り物めいた海と空が、砂糖をまぶしたあばら骨みたいな砂浜を挟みこんでいるやつだ。それからジェサミンが父親にもらったまま開けてもいない『ワールドブック百科事典』のセットをながめる。ジェサミンは彫刻をほどこした木箱に手紙をしまっていて、その蓋をスザンヌは迷わず開けて、ごそごそ調べ始める。

「ジェサミン・シンガー」と封筒の名前を読みあげる。「ジェサミン」とくりかえす。それから蓋をバンと閉めて立ちあがった。「で、これがあんたのベッドなのね」彼女はばかにしたように片手でわたしのブランケットをかきまわす。胃のあたりが揺さぶられて、ミッチのシーツにくるまったわたしたちの姿が目に浮かぶ。彼女の額とうなじにぺったり貼りついた髪の毛。

「ここが気に入ってんの？」

「まあまあかな」わたしはまだ戸口にいた。

「まあまあか」とスザンヌは言って微笑んだ。「あのイーヴィーが学校はまあまあとか言ってるよ」

わたしはずっと彼女の手を見ていた。この二つの手が具体的にはなにをしたのか、まるで確率の問題であるかのようにずっと考えていた。彼女はわたしの目の動きを追った。わたしの考えていることがわかったに違いない。急に立ちあがって言った。

「そうそう、見せたいものがあるんだ」

学校の門を出てすぐの脇道に、スクールバスが停まっていた。なかでごそごそ人が動くのがわかる。

ラッセルと、誰か知らないけどまだ残っている人たち——きっと全員だ。ボンネットを塗り替えてあるけれど、それ以外はなにもかも同じだった。不死身のけだものみたいなバス。するとある確信に襲われた。いまに取り囲まれる。わたしは隅に追いつめられる。

人の目には、斜面に立つふたりの姿は友達のように見えただろう。あたりには土曜日らしい空気が漂い、わたしはポケットに両手をつっこんで、スザンヌは額に手をかざしておしゃべりしている。

「みんなでしばらく砂漠に行くんだ」と告げる彼女の目には、きっとあわてふためく表情のわたしが映っていたはずだ。わたしは自分の人生を分ける頼りない境界線の存在を感じた。今晩のフランス語クラブの集まり——マダム・グイヴェルがバタータルトを出してくれることになっていた。カビ臭いマリファナを、ジェサミンはよく消灯時間が過ぎたあとに吸いたがった。たとえあのことを知っていたとしても、心のどこかでは行きたいと願っている？　スザンヌの湿った息、ひんやりした手。地べたで眠り、イラクサの葉を噛んで喉をうるおす。

「あの人は怒ってないよ」と彼女は言った。ぐつぐつ煮えるような目でわたしの目を見つめながら。「あんたはぜったいにしゃべらないってわかってるから」

それはほんとうで、わたしはなにひとつしゃべっていなかった。黙っていれば、誰の目にも見えない世界にいられる。わたしはたしかにおびえていた。黙っていたのは、怖かったせいもあるかもしれない。あの恐怖はたとえ月日が流れて、ラッセルやスザンヌたちが刑務所に入ったあとでも呼び起こすことができた。だけどなにか別のものもあった。自分じゃどうすることもできないスザンヌへの想いだ。ときどき安物の口紅を乳首に塗って遊んでいたスザンヌ。人が彼女からなにかを奪おうとしているのを知っていたかのように、そこらじゅうに牙をむいて歩いていたスザンヌ。わたしが誰にもしゃべらなかったのは、スザンヌを守りたいからだった。だって、ほかに彼女を愛してあげた人がいただろうか。スザンヌを抱きしめて、教えてあげた人がいただろうか。あなたの胸で鳴っている心臓はちゃんと意味があってそこにあるんだよ、と。

両手が汗まみれなのに、それをジーンズで拭くことがどうしてもできない。この瞬間をちゃんと理解したくて、スザンヌという女性を心に描こうとする。スザンヌ・パーカー。公園で初めて彼女を見たときに、世界は生まれ変わった。彼女の口がどんなふうにわたしの口に微笑みかけたか。

わたしをちゃんと見てくれた人はスザンヌより前にはいなかったから、彼女がわたしの定義になった。彼女に見つめられると、たちまち体の中心がやわらかくなって、たとえそれが彼女の写真でも、わたしだけにむけられた秘密の意味がこめられているような気がした。彼女がわたしを見る目はラッセルとは違っていて、それは彼をも封じこめてしまうからで、彼女の前では彼もほかの誰もが小さくなって見えた。わたしたちはそういう男たちと暮らして、彼らの好きなようにさせてきた。だけど男たちは、わたしたちには隠している部分があることを決して知ろうとしない。なにかが欠けていることにいつまでも気づこうとせず、探すべきものがほかにあることすら知らない。

スザンヌは善人ではない。それはよくわかっていた。けれどもじっさいの知識を、わたしはできるだけ自分から遠ざけた。たとえば検死官が言っていたこと、リンダの左手の小指が指輪とともに切り落とされていたのは顔を守ろうとしたためだということなんかを。

なにか説明してくれそうな表情でスザンヌがわたしを見ているような気がしたのに、そのとき、スクールバスのフロントガラスの奥のかすかな動きが彼女の注意を引いた。いまだにラッセルの一挙一動を気にしているのだ。彼女は急に事務的な態度になった。

「オーケー」と彼女は見えない時計の針の音にうながされるように言った。「そろそろ行くね」脅し文句がほしいくらいだった。彼女が戻ってくるようなことをほのめかすのだ。彼女を怖がらせるなり引きとめるなりすることのできる、正しい言葉の組み合わせを知りたかった。

それきり彼女とは写真やニュースでしか会わなかった。それでも、彼女が永久にいなくなったとはとても考えられなかった。わたしにとってスザンヌたちはずっと存在し続けるだろうし、決して死なないと信じていた。ふつうの暮らしをしていても背景にはたえず彼女たちがいて、ハイウェイを飛びまわり、公園をすり抜けていく。決して途絶えることも衰えることもない力に突き動かされて。

あの日、スザンヌは小さく肩をすくめたあと、草に覆われた斜面を下りていきバスのなかに消えた。妙に心に残る微笑みを浮かべていた。まるである時間、ある場所でふたりで会う約束をしたのに、わたしが忘れてしまうことをむこうは知っていたみたいに。

スザンヌがわたしを放り出したのは、ふたりの違いに気づいたからだと信じたかった。彼女の目には、わたしには誰も殺せないのがあきらかで、しかもわたしが車に乗っている理由は彼女であることがわかるくらいにはまだ正気だった。彼女は次に起こることからわたしを守ろうとした。それは心に負担をかけない考え方だ。

けれどもそれを難しくしている事実もある。

あんなことをするからにはきっと憎しみを抱いていたはずで、彼女は荒れ狂う嫌悪感から逃れようとするみたいにナイフを何度も何度も突き立てた。そんな憎しみは、わたしにも覚えがないわけじゃない。

憎しみはかんたんだ。たえず入れ替わりながらずっとそこにある。お祭りで下着の上から股間をなでてきた赤の他人。歩道でいきなり突進してきて、こっちがひるむとけらけら笑いだした男。ある晩、年のいった男が高級レストランに連れていってくれたけれど、わたしはまだ牡蠣を食べるような年齢ですらなかった。二十歳にもなっていなかった。店のオーナーも同席して、あと有名な映画監督もいっしょだった。男たちは激しい議論を繰り広げ、わたしの入りこむ余地はなかった。だから厚手のナプキンをいじりながら水を飲んだ。壁ばかり見ていた。

「野菜も食べなさい」と突然、映画監督の声が飛んできた。「もう大人なんだから」

彼はわたしに、わたしがすでに知っていたことを思い知らせたかったのだ。おまえは無力だと。彼はわたしに欠けているものを見つけて、それをわたしにむかって振りかざしたのだ。

わたしは瞬時に憎しみを抱いた。古くなった牛乳を一口飲んだ瞬間に、腐敗臭が鼻を突き抜けて頭蓋骨全体に広がっていくみたいに。監督が笑うとほかの男たちも笑い、年のいった男はあとでわたしを家に送る途中、わたしの手を自分の股間に押しつけた。

こんなのは珍しくもなんともない。同じようなことは何百回もあった。もっとあったかもしれない。少女の顔をしたわたしの内側では、憎しみがびりびり震えていた。たぶんスザンヌはそれに気づいた。当然のように、わたしの手は意識するようになる。ナイフの重みと、人体特有の弾力。めちゃくちゃにしてやりたいものはいくらでもあった。

できたかもしれないことをしなかったのは、スザンヌに止められたからだった。そうやって、わたしは彼女がなれなかった女の子の分身として世界に放たれた。彼女が寄宿学校に通うことはぜったいになかったけれど、わたしにはまだできた。彼女はもうひとりの自分を運ぶメッセンジャーとしてわたしを送り出したのだ。ここにあるのはスザンヌがくれたものだった。壁に貼ったハワイのポスターの、楽園のもっとも低俗な例みたいな砂浜と青い空も。詩の授業を受けられることも、洗濯物は袋ごと部屋の外に出しておけばいいことも、親との面会日に血のしたたる塩辛いステーキを食べられることも。

それは贈り物だった。じゃあそれをわたしはどうやって生きた？　人生は、かつて思い描いたようには積みあがっていかなかった。寄宿学校を出たあと、短大に二年通った。あの空虚な七〇年代をロサンゼルスで過ごした。まず母を葬ったあと、父も見送った。父の髪は小さな子供みたいに薄くなっていた。いろんな支払いをして、食料品を買い、目の検査を受けるあいだも、日々は岩肌を転げ落ちるがれきのようにぼろぼろ崩れていき、人生は崖っぷちからたえず後退していた。

忘れている瞬間もあった。ある夏、ジェサミンに一人目が生まれたというので、シアトルまで会いにいったときのことだ。コートに髪の毛が入りこんだまま歩道で待っている彼女を見るなり、年月がひとりでにほどけて、一瞬、自分がかつて愛らしくて罪のない女の子だったような気がした。オレゴン出身の男と暮らしていた年、キッチンには観葉植物が吊るしてあり、ふたりの車にはシートの破れを隠すためにインド製のブランケットが敷いてあった。冷めたピタパンにピーナッツバターを塗って食べ、湿った緑のなかを散歩した。南に下って、温泉が湧き出る渓谷のそばでキャンプをした。近くにいたグループは、『ピープルズ・ソング・ブック』に入っている曲をぜんぶ歌えた。太陽が温めた岩の上に寝そべり、湖で濡れた体を乾かしていると、ふたりの体が溶け合ってかすんでいくような気がした。

けれどもそこにまたぽっかり穴が開く。もう少しで妻となるところで、彼を失った。もう少しで友人として認められるところだった。でもそうはならなかった。夜に枕もとのランプを消して、無頓着で孤独な暗闇のなかにいると気づいたとき。そんなときは恐怖のせいでひねくれた頭で考えてしまうのだった。こんなのは贈り物なんかじゃないと。スザンヌは有罪判決を受けたあと、罪を贖う機会を得た。刑務所で行われる聖書の勉強会に出て、ゴールデンタイムの番組でインタビューを受け、通信制の大学で学位まで取った。わたしが知っているのは傍から見た中途半端な物語で、しかもわたしは罪を犯してもいない逃亡者だった。誰も捜しにこないことを心の半分では願い、もう半分では恐れていた。

やっぱりというか、最終的にしゃべったのはヘレンだった。彼女はまだ十八歳で、注目されることに飢えていた。みんながあれほど長いあいだ刑務所に入らずにいたのが不思議なくらいだ。ヘレンはベイカーズフィールドで盗品のクレジットカードを使ったことで捕まっていた。郡の拘置所に一週間いたら出られるはずだったのに、彼女は同房の女に自慢せずにはいられなかった。あるとき共有スペースにあるコイン式のテレビで、殺人事件の捜査にかんする続報が流れた。

「そんな写真で見るよりもずっとでかい家なんだよ」とヘレンが言ったというのが、同房の女の話だ。なにげなく、顎を突き出してそんなことを言うヘレンが目に浮かぶ。同房の女はきっと、初めは相手にしなかった。子供っぽく虚勢を張る彼女にあきれた。けれどもヘレンがやめないでいると、女はあるときから急に熱心に聴き始めた。報奨金や、刑期の短縮のことを考えながら。もっと聞かせろとけしかけ、話を続けさせた。たぶんヘレンは注目されたのがうれしくて、一部始終を話して聞かせたのだろう。なんなら話をふくらませて、ときどき不気味に黙りこむなんてこともしていたかもしれない。お泊まり会でお化けの話をするときによくやるように。わたしたちはみんな、見てもらいたくてしかたないのだから。

十二月の終わりまでには、全員が逮捕された。ラッセル、スザンヌ、ドナ、ガイ、それとほかのみんなも。彼らがパナミント・スプリングスにテントを張って暮らしていたところに、警察が突入したのだ。破れたフランネルの寝袋、ブルーシート、キャンプファイヤーの跡。ラッセルは警察が来たとたんに逃げ出した。警官隊をひとり残らず振り切れると思ったみたいに。警察車両のヘッドライトがピンクの朝もやのなかで輝いていた。情けないことに、ラッセルはあっというまに捕まって、草むらで膝立ちになり両手を頭の後ろで組まされた。ガイは手錠をかけられながら、度胸ひとつでここまで来た人生にも限界があったことを知って愕然とした。小さな子供たちはソーシャルサービスのバンに乗せられ、ブランケットにくるまって、冷えたチーズサンドイッチを渡された。みんなおなかがぽっこりして、頭にはシラミが湧いていた。警察は誰がなにをしたのかまだ知らないので、スザンヌも痩せこけた女の子の集団のひとりにすぎなかった。女の子たちは警察が手錠をかけようとすると狂犬みたいに地面につばを吐き、ぐにゃぐにゃになった。その抵抗のしかたには、なにか狂気じみた品格があった。逃げようとした子はひとりもいなかった。最後の最後まで、女の子たちのほうがラッセルよりも強かった。

同じ週、カーメルには雪がちらつき、うっすらと白く積もった。授業は休講になり、わたしたちは霜をサクサク踏みしめながら、デニムジャケットで中庭を闊歩(かっぽ)した。それが地球で最後の朝みたいに思えて、わたしたちはさらなる奇跡が降ってくるかのように灰色の空に目を凝らしたけれど、雪は一時間もしないうちにすべて溶けてどろどろになった。

ビーチの駐車場まで戻る途中、男が目に入った。こちらにむかって歩いてくる。まだ百メートル近くあるだろうか。頭がきれいに剃ってあり、好戦的な頭蓋骨のかたちがはっきりわかる。Tシャツ姿というのが不自然で、皮膚が風に吹かれて赤くなっていた。こんなふうに不安を感じる自分が嫌になる。どうしたってこの状況を考えてしまう。わたしは砂浜にひとりきり。駐車場まではまだだいぶある。わたしとこの男のほかには誰もいない。くっきりと浮かびあがる崖、その条線と脈打つ緑の苔。風が砂地舞いあがった髪の毛が顔に打ちつけられ、知らない場所に来たような無防備な気分になる。風が砂地を耕し、畝（うね）を作る。わたしは男のほうにむかって歩き続けた。どうにかペースを保ちながら。

　ふたりの距離が五十メートルくらいに縮まった。男の腕は筋肉で盛りあがっている。むき出しの頭蓋骨が突きつける容赦ない事実。わたしはペースを落としたけれど、関係ない。男はあいかわらずきびきびした足取りでこっちにむかってくる。歩きながら頭が上下に跳ね、異様なリズムを刻んでいる。石だ、とわたしは狂いそうな頭で考える。彼はきっと石を拾う。それでわたしの頭蓋骨を叩き割り、脳みそが砂の上に流れ出す。それからきっと両手でわたしの首を絞める。気管がつぶれるまで。

　くだらないことばかり浮かんでくる。

　サーシャのこと、しょっぱくて子供っぽい唇のこと。幼いころ、家のドライブウェイに並んだ木々の梢から太陽がどんなふうに見えていたかということ。わたしがスザンヌを想っているのを本人は知っているんだろうかということ。あの母が最期にどんなふうに赦しを乞うたのかということ。

　男はぐんぐん近づいてくる。両手に力が入らずじっとりしている。助けて、と心のなかで叫んだ。助けて。いったい誰に言っているのか？　この男？　神さま？　この状況をなんとかしてくれるなら誰でもいい。

　そしてついに男が目の前に来た。

　なんだ、と心のなかでつぶやく。なんだ。だって彼はふつうの男で、悪意などなく、耳のなかに隠れた白いイヤフォンに合わせて首を振っているのだった。ビーチを散歩しながら音楽と、霧でかすんだ弱々しい日差しを楽しんでいるだけだった。すれ違うときにむこうが微笑んできたので、わたしも微笑み返した。人がよそ者に、知らない人間に微笑みかけるときのように。

謝辞

かけがえのない指導をしてくださったケイト・メディナとビル・クレッグに感謝を捧げます。それからアナ・ピトニアック、デリル・ハグッド、ピーター・メンデルサンド、フレッド・クラインとナンシー・クライン、わたしのきょうだいであるラムジー、ヒラリー、ミーガン、エルシー、メイミー、ヘンリーにも感謝を。

訳者あとがき

本書はエマ・クラインの***The Girls***（二〇一六年）の全訳である。

刊行されたとき二十七歳だったこの若い女性作家のデビュー作をめぐっては、十二社が競り合った末に、ランダムハウスが本書をふくむ三作品で二百万ドルという思いきった内容の契約で版権を勝ち取った。版権の行き先が決まる前にプロデューサーのスコット・ルーディンが映画化権を取得したことなども話題を呼び、アメリカやイギリスを中心にベストセラーとなった。

『ザ・ガールズ』のおもな舞台は、ヒッピー・ムーブメントが全盛期を迎えていた一九六九年夏の、カリフォルニア州北部の田舎町だ。十四歳の女の子イーヴィーは、裕福な家庭に育ったが、離婚した両親がそれぞれの人生に夢中で娘をかえりみないことや、親友と芝居じみた友情を演じることに失望し、張り合いのない日々を送っていた。ところがある日、公園でぼろぼろの服を着た年上の女の子たちを見かけたときから彼女の運命は変わり始める。なかでも黒い髪の子、スザンヌの奔放さに引きつけられたイーヴィーは、すぐに彼女たちが暮らすコミューンに出入りするようになる。そこではカリスマ性を持つリーダー、ラッセルを中心に、長髪の若者たちが集団生活を送っていた。イーヴィーはラッセルが説く愛に根差した新しい世界や、みんなで日銭を稼ぎながらのんびりとマリファナを吸って歌を歌うような生き方に共鳴し、スザンヌへの憧れと、「認められたい」という願望をエネルギーに、コミューンのなかでの地位を確かなものにしようとがんばる。ところが、あることをきっかけに調和は崩れ始め、ラッセルたちはきわめて暴力的な行為にむかって転がり落ちていく……その顚末や、スザンヌに翻弄され続けるイーヴィーの心の動きが、当時と数十年後のカリフォルニアを行き来しながら彼女の一人称で語られる。

本書はフィクションだが、ひとりのカリスマに心酔する集団がむごたらしい事件を起こすまでの流れは、有名なチャールズ・マンソンの事件をモデルにしている。

一九六九年八月に、ビバリーヒルズに近いロマン・ポランスキー監督の邸宅で、五人が惨殺された事件だ。翌日には、そこから遠くない場所で別の夫婦の惨殺遺体も発見された。犠牲者のなかにポランスキーの妻で女優のシャロン・テートがいたことや、猟奇的な殺し方だったこと、壁に犠牲者の血で「PIG」などと書き残されていたことなどから憶測がヒステリックに飛び交い、たいへんな騒ぎになった。数か月後に、マンソン率いるカルト集団「ファミリー」のメンバーたちが逮捕された。実はポランスキー邸での殺人は、前にそこに住んでいた音楽プロデューサーを狙ったもので、人違いがきっかけだったことや、夫婦が殺されたのは前日の犯行をカモフラージュするためだったこともわかった。マンソンはそれらをふくむ九人の殺害に関わったことで起訴され、死刑判決を受けた（のちにカリフォルニア州で死刑制度が一時的に廃止されたことで終身刑に減刑された）。

世間の注目を集めたのは事件の猟奇性やマンソンのカリスマ性もさることながら、彼を崇めて殺人まで犯した若い女性たちの存在だった。彼女たちはマンソン・ガールズと呼ばれ、逮捕後も彼への愛を口にする姿がテレビで流れた。

犯行前からマンソンが語っていた「ヘルター・スケルター」なる構想（まもなく黒人対白人の最終戦争が始まり、大混乱を経て、彼が新世界の指導者になるというもので、ビートルズの同名の楽曲にそのメッセージがこめられていると彼は考えた）や、ヒッピー・ムーブメントをたくみに取り入れた彼の言動はサブカルチャーと相性がよく、事件以降、多くのミュージシャンやアーティストがマンソンに触発された作品を作った。映画やテレビ番組の題材にされることも多く、その流れはいまも途絶えていない。現在も服役中の彼のもとにはいまだにファンレターが届くという。

『ザ・ガールズ』ではラッセル以外にも、多くの登場人物にモデルが存在する。イーヴィーが夢中になるスザンヌは、マンソン・ガールズのひとりで、八件の殺人で起訴された当時二十一歳のスーザン・アトキンスがモデルになっているし、ラッセルがミッチに恨みを抱くくだりは、前述した音楽プロデューサーやビーチ・ボーイズのメンバーとの不和をもとにしている。

この事件を作品のバックグラウンドに選んだことについて著者は、「カリフォルニア北部で育ったので、チャールズ・マンソンについてはいろんな話を聞かされた。彼はわたしにとってブギーマン（悪い子をさらっていく怪物）のような存在になった」と語っている。それから高校生になって、事件を追ったノンフィクションを読んだとき、著者はマンソンを取り巻く女性たちに興味をそそられた。「みんなとても若く、マンソンに出会う前の彼女たちの人生について知ると、とても他人事とは思えなかった」[*1]

チャールズ・マンソンの事件については、ネット上に無数の情報が散らばっているほか、書籍では、ビート詩人のエド・サンダースによる詳細な記録『ファミリー　シャロン・テート殺人事件』（一九七四年、草思社。二〇一七年に文庫化）や、マンソンのインタビューを記録した『チャールズ・マンソン　悪魔の告白』（一九九〇年、ジャプラン出版。絶版）などで読むことができる。

とはいえ、『ザ・ガールズ』はタイトルのとおり「女の子たち」の物語で、悪夢を再現することを目的とした作品ではない。

著者はインタビューのなかで、こう語っている。「事件のことはそれほど重要ではなくて、それよりも女の子が日々受けている暴力や、日常にひそむ残忍さを書こうとした。目に見える犯罪が背景にあるなかで、そういうもっと心理的な犯罪を描いた作品が書けるのかというのは、ある意味では自分に課した挑戦だった」[*2]

あるいは、古き良き時代を懐かしむたぐいの作品でもない。著者いわく、一九六九年当時のようすについてリサーチするのは楽しかったけれど、アナクロニズムにならないように、あくまでもひとりの女の子の人生を描くことに集中したという。執筆の参考にしようと、母親が十三歳のときに書いた日記を見せてもらったとき、月面着陸の日（一九六九年七月二十日）に、「今日は髪を切ったらひどいことになった」としか書いてなかったことも、歴史的に重要な時期をティーンエイジャーの視点で描くうえでの青写真になったという。女の子にとって興味があるのはもっぱら、「自分は誰が好きで、誰に好かれて、誰が嫌いで、自分の髪型はどう見えるか」[*1]ということなのだと。

本書には、女の子の日常にひそむ暴力をほのめかす、ドキッとするような言葉がいくつも出てくる。たとえばこうだ。

> 誰かがわたしのいいところを教えてくれるのを待っていた。〔中略〕とにかく準備ばかりして過ごした。雑誌の記事に教わったのは、人生は誰かに気づいてもらうまでの待合室にすぎないということだった。その時間を、男の子たちは自分らしく生きることに使っていたというのに。

（二四ページより）

若い女の子であるイーヴィーは、世界が押しつけてくる価値観に弱く、影響されやすい。それについて著者は、「異性間のラブロマンスにかんする神話が巷にあふれるなかで、男性の視線にどっぷりつかって育ったキャラクター」[*1]に興味があったと語っている。また、「男たちから操られ、虐げられがちな女の子の立場をあきらかにしようとした作品であることには違いないけれど、一方では、世界に与えられた枠組みを超えて女同士でつながろうともがきながらも、男性の視線を自分のなかに取りこんで、それをたがいにぶつけ合う女たちの話でもあると思う」[*3]とも言っている。たしかに、イーヴィーは自分もふくめたまわりの女性たちを、たびたび男の目でながめて評価を下している。さらに、作品のなかでイーヴィーたちはたびたび「人形」にたとえられる。主体性を持たない女の子の立場をあらわした悲しい言葉だが、イーヴィーをくりかえし「お人形さん」と呼んで、ラッセルに「生贄」として差し出そうとするのは、同じような立場の女の子であるドナだ。イーヴィーの目には主体的に生きているように見えたスザンヌでさえも、ふとした瞬間に「人形」になってしまうことからは逃れられない。

著者はさらに踏み込んで、そんな状況が、「(フェミニズムは前進したとされる今日のアメリカで)どれだけ変わったのか。あるいは『見られたい、知ってもらいたい』という女の子の願望にはなにか普遍的なところがあるのか」[*3]を問いかけたかったという。それが、中年になったイーヴィーと現代の少女サーシャを登場させた理由だった。答えを出そうとは思わないと著者は言うが、イーヴィーがサーシャの顔に露骨に浮かんだ「愛されたい願望」に同情しながらも、しゃべり続ける男たちを前に、結局はふたりで「小さいときから慣れ親しんだ沈黙」（二四七ページ）のなかに身をひそめる場面は、時代が変わっても、年齢を重ねても、状況がそれほど変わっていないことをみごとにあらわしている。本書には女の子でいることの本質を言い当てた言葉や場面が宝箱のように詰まっている。共感したり、ハッと気づかされたりしながら、ひとつひとつ味わってほしい。

作品の評判については、発売とほぼ同時に主要な媒体で好意的なレビューが書かれ、アメリカの人気ドラマ『GIRLS／ガールズ』の製作・脚本・監督・主演をつとめ、ベストセラーとなったエッセイ集『ありがちな女じゃない』（二〇一六年、河出書房新社）の著者でもあるレナ・ダナムや、アメリカ文学界の重鎮リチャード・フォードなどから、新人作家の少女期に対する洞察力や筆力への賛辞が寄せられた。ただ、マンソンの事件を題材にする意味や、クライン独自の凝った表現をちりばめた文体をめぐっては、一部の批評家が疑問を投げかけただけでなく、読者のあいだでも議論を呼んだ。文体について、*The New York Times*のドワイト・ガーナーは「ポエムを読んでいるようだ」と批判したが、一方で、*The New Yorker*のジェームズ・ウッドはクラインの表現がときに過剰であることを指摘しながらも、大胆で独創的な言葉の選び方や比喩に触れて、「二十七歳にしてすでに名文家で、詩神（ミューズ）によって急速に成長させられたかのようだ」と称賛している。

エマ・クラインは一九八九年、カリフォルニア州ソノマ郡でワイナリーを営む両親のもとに、七人きょうだいの二番目として生まれた。そこはいまもコミューンが多く残る土地で、クライン自身もそういったコミュニティに憧れたことがあったという。子役としてCMやテレビ映画に出演したことがあり、バーモント州の大学でアートを専攻したあと、ロサンゼルスでふたたび演技の道を志すが、ステレオタイプな女の子の役のオーディションばかり受けさせられることにうんざりして半年も経たずに断念。その後、ニューヨークに移ってコロンビア大学の修士課程でクリエイティヴ・ライティングを学び、修了後は*The New Yorker*の校正係としてパートタイムで働きながら、在学中から書いていた小説をいっきに仕上げ、それがデビュー作『ザ・ガールズ』として二〇一六年六月に刊行された。ブルックリンの友人宅の庭にある、ネット環境もないガーデニング用の納屋に居候しながら『ザ・ガールズ』を書いたという話は語り草になっていて、近くのアパートメントに引っ越した現在も納屋は仕事場として残してあるという。

『ザ・ガールズ』でデビューしたとはいえ、それ以前にもエッセイや短篇をいくつか世に送り出している。コロンビア大学在学中に書いた短篇"Marion"は*Paris Review*に掲載され、翌年の二〇一四年に、デビュー前の才能ある作家に贈られる同誌のプリンプトン賞を受賞している。"Marion"は性に目覚めたばかりの少女期の危うさをコミューンで育った十一歳の少女の目を通して描いた作品で、『ザ・ガールズ』の世界観にも通じることから版権争奪戦の根拠にもなったと思われる重要な作品だ。『ザ・ガールズ』以降も、短篇を*The New Yorker*や*GRANTA*などに寄せていて、二〇一七年春には*GRANTA*の「最注目の若手アメリカ作家」のひとりに選出されている。短篇はいずれも著者がつねに関心を寄せているという「人間であることの暗い部分」を鋭く描いた力作だ。

長篇二作目への期待が高まるが、インタビューなどから察するかぎりでは、本人はそれほど焦っていないようすだ。彼女はスマートフォンを持たず、SNSもやらない（プロモーション用のフェイスブックのアカウントは閉鎖を考え中とのこと）。世間の反応を気にすることなく執筆に集中できるのはいいことだけれど、しょっちゅう迷子になるのが悩みだという。

本書を訳すにあたっては、早川書房編集部の窪木竜也氏にたいへんお世話になった。心からお礼を申し上げたい。

二〇一七年十月

出典

＊1 *The Telegraph*, "How Emma Cline's family inspired her cult novel on the Manson murders"

＊2 *The Guardian*, "Emma Cline: It was exhausting, even in fiction, to remember being a teenager"

＊3 サンフランシスコのデ・ヤング美術館のエキシビション、〈The Summer of Love Experience〉を訪れた著者に、読書クラブのPage Viewが行ったインタビュー。

訳者略歴　翻訳家　訳書『美について』ゼイディー・スミス，『ガールズ・オン・ザ・ロード』ニコシア＆サントス，『黄金の街』リチャード・プライス他多数

ザ・ガールズ

2017年11月10日　初版印刷
2017年11月15日　初版発行

著者　エマ・クライン
訳者　堀江里美（ほりえさとみ）
発行者　早川　浩
発行所　株式会社早川書房
東京都千代田区神田多町2－2
電話　03－3252－3111（大代表）
振替　00160－3－47799
http://www.hayakawa-online.co.jp

印刷所　株式会社亨有堂印刷所
製本所　大口製本印刷株式会社

Printed and bound in Japan

ISBN978-4-15-209719-4 C0097

早川書房の文芸書

シンパサイザー

The Sympathizer

ヴィエト・タン・ウェン
上岡伸雄訳
46判上製

「私はスパイです。冬眠中の諜報員であり、秘密工作員。二つの顔を持つ男――」獄中のスパイは告白をつづる。一九七五年四月、サイゴン陥落。敗戦した南ヴェトナムの将軍らはアメリカに渡る。しかし将軍に付き添う大尉は、北ヴェトナムのスパイだった。彼は再起をもくろむ難民の動向を、親友でもある同志に密かに報告し続けるが……。ピュリッツァー賞など文学賞八冠の傑作長篇！